大学教授のように小説を読む方法

増補新版

トーマス・C・フォスター
矢倉尚子 訳

How to Read Literature Like a Professor
Thomas C. Foster

白水社

大学教授のように小説を読む方法〔増補新版〕

Japanese translation rights arranged with Thomas C. Foster
c/o Sanford J. Greenburger Associates, Inc., New York
through Tuttle-Mori Agency, Inc., Tokyo

装丁　柳川貴代

わが息子、ロバートとネイサンに

目次

まえがき

本というものがすごいのは、それぞれに命があることだ。作家は新作に取り組むとき、自分の仕事をしっかりわきまえているつもりでいる。実際そうなのだろう、締めくくりの文に最後の句読点を打つ瞬間までは。ほとんどの場合、締めの記号はピリオドである。しかしじつは疑問符をつけるべきなのだ。その後起こることは、誰にも予測がつかないのだから。

典型的な例が、最高傑作が出版時に大こけした作家たちである。ハーマン・メルヴィルやスコット・フィッツジェラルドを思い出してみるがいい。それまでの作品で多くの読者を獲得していたメルヴィルは、白い鯨を死に物狂いで追う話なら大当たり間違いなしと思ったことだろう。ところが現実はまるで違った。フィッツジェラルドの、過去を書き替えようとするロマンチックな夢追い人の物語もまたしかり。『グレート・ギャツビー』は以前の作品に比べてはるかに精緻であり、人間の本性や歴史的瞬間についてはるかに深い洞察を含んでいて、大勢いた愛読者層がそっぽを向いたことが信じられないほどだ。もっとも、そっぽを向かれたのはまさにそのせいだったかもしれない。近づきつつある破綻を予測できるのは、陰気すぎるのと同じようなものだ——実際に惨事が訪れるまでは。フィッツジェラルドの同時代人T・S・エリオットがいみじくも看破したとおり、人は重すぎる現実には耐えられないのである。いずれにせよフィッツジェラルドは、自作の大半が絶版になり、印税が途絶えるまでしか生き永らえなかった。世界が『ギャツビー』の偉大さに気づくまでには、その後三十年あまりを要した。そして『白鯨』がすぐれた古典と認識されるまでには、さらに三、四倍の年月がかかったのである。

もちろん、世の中には予想外のベストセラーになってずっと売れ続ける作品もあれば、一時的に大当たりしたあと跡形もなく消えてしまうものもある。だが私たちが心を奪われるのは、白鯨／ギャツビー系の展開だ。ある作家とその作品が世界でどう評価されているかを知りたいなら、あと二百年ほど待って訊きにきてもらいたい。

本の評価の変転が、いつもこうまで極端なわけではない。物書きなら、誰でもいいから自分の本を読んでほしいと願うものだし、いちおうは読者層を想定して書いてもいる。それが当たる場合もあれば、まるっきり外れることもある。つぎに書くのは、私自身の告白録めいたものだ。

謝辞や協力者の名前は、本の最後に入れるのが普通だろう。しかし私はここで、とてつもない貢献をしてくれたあるグループへの感謝を述べておきたいと思う。この人たちがいなければ、増補新版などありえなかったからだ。十二年ほど前にオリジナル版の原稿を書いていたころ、私はそこそこはっきりした読者像を思い描いていた。大学にもどって学び直そうとしている三十七歳の女性。おそらく離婚でもして、職業は看護師あたり。国家資格の条件が変わったために、大学で単位を取り直す必要が出てきた。学士の資格が必要なので、今度こそ興の向くまま英文学を専攻することにしたのだ。女性は昔から読書が大好きだったが、自分の文学経験には何かが欠けていると感じていた。教師たちが知っているくせに教えてくれなかった、何か奥深い秘密みたいなものが。

冗談だろうって？　とんでもない。一流大学の分校で教えている私は、彼女、またはその男性版でゼネラルモーターズの組立ラインからレイオフされた人たち（このなかにも女性がいるが）に始終出くわしている。ミシガン大学本体でなくミシガン大学フリント校で教える醍醐味のひとつは、つねに大人の学生に接することができ、その多くが学びへの強い欲求を抱いていることだ。もちろん通常の大学生タイプも大勢いるにはいるのだが、むしろ普通でない学生たちから、私はさまざまなことを教わった。まず第一に、人の経験をこうと決めつけてはならないこと。学生のなかにはジョイスやフォークナーやヘミングウェイの全作品を読破した者がいたし、私には到底太刀打ちできないほどチェコの小説を読んでいる者がいるかと思えば、スティーヴン・キングやダニエル・スティールしか読まない学生もいた。ヒッチコック・マニアやベルイマンやフェリーニの信奉者もいれば、『ダラス』が芸術だと思っている学生もいた。しかもうわべからはどちらとも判別しがたいときていた。

　第二に、よく説明すること。大人の学生は若いクラスメートたちより手近なコツを知りたがるし、ときには教えてくれとはっきり要求してくる。私のことを大先生と思っているかペテン師と思っているかは別として、いつもからくりを知りたがり、私がなぜ奇妙ともいえる解釈に達したのかを解明しようとする。

　第三は、原則を説明したらさっさと身を退くことだ。こうした年かさの学生たちには、テキストの分析方法を説明したあとは邪魔をしないことにしている。私のアプローチや教授法が見事な効果を上げるからではない。私の解説はどうやら彼らが独自の読み方をするための免罪符になるとみえて、皆が自由に解き放たれ、飛び立っていくからだ。若い学生にも自由な発想はあるのだが、教室以外の生活を知らないせいで引っ込み思案になりがちだ。知的に自立するためには、自分の力で自由に考えてみるのがいちばんなのだ。

　ではこうした年長の学生は天才ぞろいなのだろうか？　いやいや、天才もいなくはないだろうが、大多数はそうではない。みながみな隠れ知識人というわけでもない。もっとも、昼休みに本ばかり読んでいるので「教授」とあだ名されるようなタイプがかなりいることは確かだが。頭の良しあしは別としてこの連中は、私がするのと同じように意見を押しつけたり、講釈をたれたりしてくる。そこで私は、世の中にはこの種の人間が大勢いるに違いないと考えた。そして彼らのために本書を書いたのである。

　ところがこれがとんでもない読み違いだった。もちろん当たった部分もある。大人の読者からはずいぶん連絡をもらった。そのなかには先ほど述べたような人たちもいたし、大学で英文学を専攻したものの、自分は文学研究のコツみたいなものを学びそこなったと感じている人たちもいた。こうした読者からはときおりEメールを受け取った。その後二年ほど経つと、受け取るコメントの性格が変化してきた。英語教員からメールが来るようになったのだ。たびたびではないが、折にふれて。そしてさらに六か月後、今度は高校生から連絡をもらうようになった。先生たちは総じて絶賛してくれ、生徒たちもほとんどはそうだった。ごくまれに嫌がらせメールが混じっていて、やらせではないことがわかった。ある女子高生は、これはまだお手やわらかなほうだが、次のように書いてきた。「だから何なのって感じ。あなたの本に書いてあるのは、九年生のとき習ったことばかりです」私は彼女に、きみの九年生時代の先生に会って握手したいものだと返事を出した。ただし返本は受けつけないとも。優秀な高校生に大学レベルの教育をするＡＰ《アドヴァンスト・プレイスメント》英語担当教員たちのサイトでこの本が話題になっていると人づてに聞いたのも、このころだ。

　それから何年ものあいだ、私は全米各地の教員や生徒たちと交信する機会に恵まれてきた。これまでに受けた質問は、「○○と書いてあるのはどういう意味ですか？」から、「この考え方を、別のこの本にも当てはめていいでしょうか？」、さらには「僕のレポートのこの部分を（あるいはレポート全部を）読んでみてもらえますか？」まで種々さまざまだ。最初の二つは大変けっこうだが、最後のはあまりよろしくない。この私が倫理的に困った立場になるからだ。とはいえ、見知らぬ他人の私を生徒たちがここまで信頼してくれると思うと、悪い気はしない。

彼らと直接交流する機会も多々あった。毎年あちこちの教室に出向いて、本書とその使い方について高校生たちとディスカッションしている。こうした訪問は純粋に楽しいし、脱帽するような質問が必ず出るものだ。いうまでもなく、こうした訪問は数時間のドライブで行ける地域に限定されてしまうが、一度はケンタッキー州のフォート・トーマスまで出かけたことがある。私はまた、デジタル化の恩恵に浴して、オンラインでも学生たちと関わってきた。ハーパーコリンズ社のアカデミックマーケティングの女王ダイアン・バローズは、私または私のデジタル版をニュージャージーからヴァージニア、アリゾナ州フラッグスタッフまでの教室に送り込もうと、寝る間も惜しんで工夫を重ねている。そしてもちろん、スカイプなどのアプリのおかげで、こうした訪問はいまや当たり前のものになってしまった。

その後の年月で私がもっとも感銘を受けたのは、高校英語教員全般、とくにAP英語担当者たちの限りない創造性である。彼らは教室でこの本を使うにあたって、私などが千年かかっても思いつかない、すごい方法を編み出した。あるクラスでは、生徒一人がひとつの章のキーパーに指名される。たとえばサムが「ただの雨や雪じゃない」の章のキーパーになったとすると、まずこの章の重要事項を説明するポスターを作り、本の中に降水現象が出現した場合はいつも、その意味を説明すべく準備を整えなければならない。これではサムがほぼいちばん大変で、貧乏くじを引いたような気がするが、忙しいのが好きなタイプなのかもしれない。他のクラスでは、生徒たちがグループになって短編映画を作る。映画には、この本の少なくともひとつの概念が含まれていなければならない。一年の終わりに模擬アカデミー賞授賞式をやるが、タキシードとオスカー像（古いスポーツトロフィーで代用したと聞いた）まで用意するという念の入れようだ。すばらしいではないか。こうした企画で私が何より気に入っているのは、生徒たちの自主性がしっかり組み込まれているところだ。本書の長所のひとつは、教科書的な要素がまったくないことだと思う。だから先生たちが自由に使えるのであり、実際にじつに多彩な使い方をしている。その開放感が生徒にも伝わり、内容に自分の考えを加えて創造力を発揮できるのだろう。

それが本書が先生たちに人気を呼んだ理由なのだろうか。私にはわからない。この本が授業で使われていると最初に聞いたときは驚いた。アカデミックな付属品（注とか用語解説とか、章の終わりの質問とか。ちなみに私は昔からあれが大嫌いだ）は一切ないし、分類も行き当たりばったりだというのに。私は議論を自分にとって納得のゆく方法で仕分けしたが、教室向きにしたわけではない。じつはどうすれば教室で使いやすくなるのかもわからない。この本で授業をするつもりなど、毛頭、さらさらないからだ。おっと、告白してしまった。べつに過度の謙遜から使うのをためらっているわけではない。おかげさまでそんな欠点は持ち合わせていないので。理由はもっと現実的だ。この本には私の文学的洞察の大半と、すべてのジョークが詰まっている。これを課題図書にしたら、私のやることがなくなってしまうではないか。思うに教育の達成目標とは、学生が教師を必要としないところまで導くこと――つまり教師を失業させることだ……さすがに、ここまで早い引退はごめんこうむりたい。

というわけで、高校教員がこの本を夏休みの課題図書に指定していると聞いたときは、あぜんとしたものだ。これを高校で使えるということ自体、高校英語教員の創造力と知性の証明だと思う。最近の子は全然本を読まないと言われる時代に、この先生たちは読書の喜びを生徒に目覚めさせたのだ。その仕事量たるや大変なもので、一度に百五十人もの生徒のレポートを採点することもある。大学教授なら想像しただけで吐き気がするだろう。にもかかわらず十分な尊敬は得られず、仕事に見合う報酬も得ていない。私があちこちの高校の教室に出かけていくのを見て、同僚がきみならアメリカ中どこの高校でも雇ってもらえるなと冗談を言ったことがある。とんでもない思い違いだ。私など現職の高校教員の足元にもおよばない。

『大学教授のように小説を読む方法』を成功に導いてくれた高校の先生たちには、深い感謝しかない。このような本が出版され、増補新版まで出ようとしているのは、よくも悪くも諸君のおかげだ。個々に御礼を言うことはできないが、代表者に謝意を表しておきたいと思う。よりにもよってソフトボールのチームパーティーで夜遅くまで議論を闘わし、ミシガン州の高校教員のなかで初めて私を歓迎してくれたオケモス・ハイスクール（ミシガン）のジョイス・ヘイナー（退職）、ラピア・イースト・ハイスクールのエイミー・アンダースンとビル・スプリュイット（ミシガン）、フリントのパワーズ・カトリック・ハイスクールのステイシー・ターチン、カリフォルニア州ユーレカのアカデミー・オブ・ザ・レッドウッズのジニ・ウォズニー。彼らはみな、増補新版のために（生徒たちの意見も含めて）有意義な提案をしてくれた。その他にも、長年のあいだに口頭またはメールでさまざまな意見を寄せてくれたみなさん、本当にありがとう。みなさんの仕事はどんな書物より価値がある。

今回の増補新版への変更点はけっして多くはないが、意味があると思っている。悩める著者にとって何よりありがたいのは、二、三のとんでもない書き間違いを訂正できたことだ。いや、それが何かはここには書かない。ずっと恥を忍んできたのだから、これ以上醜態をさらしたくはない。ほかに仕上げ段階で気になるちょっとした文法や表記法にはかなり手を入れた。不要な重複や繰り返し、言葉の選択ミス、自分が書いておきながらひどく読みづらく、「おいおい、もう少しましに書けたはずだろう」と突っ込みたくなるようなところだ。もっと本質的な改訂部分もある。ソネットの形式についての章は、本書のほかの部分とそぐわないという意見が多かった。この章では形式や構成について論じていたのだが、その他の部分はすべて、物や行為や出来事などの比喩的意味や、それが表面的な意味から別のものに変化することを解説しているからだ。しかし筆者同様ソネットの章が気に入っていた読者も、ご心配にはおよばない。現在、詩の解説書をおそらくはEブックで出版する予定で進めているので、二、三年後にはまたお目見えできるだろう。心臓病とその他の病気についての二つの章は、無理やり引き伸ばした感があったため、短縮してひとつにまとめてしまった。

代わりに加えたのが、登場人物の性格描写についての章と、主人公の親友にして副将という立場がいかに健康に悪いかを論じた章である。一般的な象徴と個人的な象徴についての解説も加えた。本書で強調したい教訓のひとつは、比喩的なイメージには普遍文法があって、イメージも象徴も反復と再解釈によって力を得ていく、ということだ。とはいえ、当然ながら作家はつねに新しい比喩や象徴を発明しようとするものであり、それが作品のなかで繰り返されることもあれば、一度現れただけで消えてしまうこともある。いずれの場合も、読者にはこうした変則事例に対する戦略が必要なので、そのための説明を加えたつもりだ。

私はまた分析力に自信をつけてもらうための方法として、主体的な読書経験の進め方や、文学的な意味が創られるにあたり読者の役割がきわめて重要であることを考察した。積極的に自分の読解を積み重ねているにもかかわらず、多くの学生や読み手がテクストに対して受動的な見方をすることに、私はいつも驚かされる。いい加減にもっと自分自身を信頼するようになってほしいものだ。

もちろん文学というのは動く標的のようなもので、本書が世に出てから十年あまりのあいだにも、無数の本が出版されている。参考文献や例を版ごとに見直す必要はないけれども、今回は最近出版された作品も多少説明に加えてみた。ここ数年で、ティーンエイジ・ヴァンパイアや、怪物だの寄生生物だのが暗躍するジェイン・オースティンもの、「ミスター・ダーシーの又従兄弟の妻さかむけに苦しむ」とかいうタイトル〔ベストセラーになった『高慢と偏見とゾンビ』をはじめ、続々と出版されるオースティン作品の続編やスピンオフを皮肉っている〕に食指が動かないわれわれのような読者にとってさえ、詩やフィクションやクリエイティブなノンフィクションの世界ですばらしい発展があった。いっぽうこの種のトレンドとは別に、才能あふれる新人や大御所の著名作家がさまざまなジャンルですぐれた作品を発表している。ゼイディー・スミス、モニカ・アリ、ジェス・ウォルター、コラム・マッキャン、コルム・トビーン、マーガレット・アトウッド、トマス・ピンチョン、エマ・ドナヒュー、ロイド・ジョーンズ、アダム・フォールズ、オルハン・パムク、テア・オブレヒト、そしてオードリー・ニッフェネガー。しかもこれはフィクションの書き手だけだ。あっと驚くような新発見もあれば、痛ましい損失もあった。やれ文学は死んだとか、これこれのジャンルが廃れた（なかでも小説は槍玉にあげられやすい）という声をよく耳にするが、文学はけっして死ぬことはなく、「発達」も「衰退」もしない。それどころかつねに拡張し、増加している。もし停滞したとか古びたと感じるとすれば、当人が十分に注意を払っていないだけだ。有名作家の妻についての知られざる物語であろうと、変革期の英国または米国にやってきた新人種であろうと、救命ボートにトラといっしょに乗った少年、はたまたバルカンの村に現れたトラ、世界貿易センターのツインタワーの間を綱渡りする男であろうと、新しい物語や、古い話に新趣向を加えた物語は、ずっと語り続けられていく。そしてあなたは、物語の先が知りたいばかりに明日の朝も目覚めようと思うのだ。

感謝の話題が続いているあいだに、決定的に重要な人たちに謝意を表しておきたいと思う。学生に会うたびに、私は触発される。職業柄、当然ながら大学生と大学院生をいつも相手にしているわけだが、彼らとの交流は充実しているかと思えばもどかしく、胸が弾むかと思えばがっくりさせられ、しかしときには奇跡を生むこともある。学生の大部分は英文学専攻だが、一般教養科目の必要単位のおかげで他分野を専攻する学生を教える機会にも恵まれ（私のお気に入りはなんといっても生物専攻の連中だ）、彼らはいつもひと味違うスキル、姿勢、質問をぶつけてくる。そして私に注意を向けさせる。

私はこの十年ほど高校生とも頻繁に接してきたが、誰もがこうした機会を持てればよいと思っている。単に高校に通う年代の若者というのではなく、学習する能力を備えたティーンエージャーと。この世代についてはさんざん書かれたり語られたりしていて、その多くはネガティブな内容だ――本を読まない、まともな文章が書けない、自分のまわりの世界に関心がない、歴史を、科学を、政治をまったく知らない、といった具合に。つまり、私自身が十代のころ言われていたのとまるで同じことだ。それどころかさらに昔からも。いずれどこかから、このとおりの内容が象形文字で刻まれた粘土板か、パピルスの巻物が発掘されるに違いない。一部は事実だと思うし、昔からそうだったのだろう。しかし私自身が高校生と会ったりメールをやりとりしたりした結果、確実に言えることがある。彼らは考え深く、学究心があり、おもしろく、好奇心や反骨精神旺盛で、前向き、野心的で、努力を惜しまない。選択肢を与えられると、楽な道を選ぶこともできるのにもかかわらず、課題が多くて要求水準も高いＡＰクラスを選ぼうとする。しかも本が好きだ。シラバスの範囲を超えて読み、なかには厖大な量を読む子もいる。そして書く。書くことを仕事にしようと考えている者も少なくない。ライターとして生計を立てるのは不可能に近いしこの先もっと難しくなるだろうと言われても、彼らはなおライターを目指す。私が受ける質問や、高校生との対話から、それがわかるのだ。そして言語、ストーリー、詩、創作に興味を抱く若者がいるかぎり、文学は生き続ける。それはデジタル化へと進むかもしれないし、手書きにもどるかもしれない、グラフィック・ノベルになるか、スクリーン上になるかもしれないが、とにかく創作は続き、読み継がれるだろう。

二年ほど前、ミシガン州のグランドラピッズで講演と朗読をしたことがある。地元の公立高校の生徒たちが、私の本にサインしてくれと持ってきた。新刊書ではない。前年、十年生のときに授業で読まされた本だ。誤解のないようにおことわりしておくが、このイベントのとき、彼らは次の学年になっていた。つまり、これで成績が上がることは期待できなかった。彼らが来たのは、ただただ英語のクラスが楽しかったからで、それはつまりすばらしい授業をした先生が好きだったからであり、そして課題本の著者が①ミシガン在住で、②彼らの町に来ることになっていて、しかも③まだ死んでいなかったからである。③は、学校で読む本としては稀少な部類に入る。持ってきた本は使い込まれていた。あちこちに線が引かれ、背表紙がほつれ、表紙の角は折れて、酷使されたあとがあった。ブルドーザーで轢かれたようなのも二、三、見受けられた。何人かの生徒が、バリエーションはあるものの同じ意味のコメントを口にした。「課題のなかにこの本があったときは落ち込んだけど、読んでみたらすごくよかった／意外と悪くなかった／まあまあだった」そしてありがとうと言ってくれた。生徒たちから礼を言われたのだ。私はもう少しで泣きそうになった。

こんな経験をしてきて、感謝以外に言えることがあるだろうか。

プロローグ　いったいどうやったんだ？

え、ミスター・リンドナーですか？　あのしょぼくれた？

そのとおり。あのしょぼくれたミスター・リンドナーさ。きみはいったい悪魔がどんな姿で出てくると思ったの？　もしそいつが真っ赤で尻尾と角を生やし、割れたひづめをしていたら、どこのまぬけでも拒絶するだろう。

学生たちと私は、アメリカ戯曲の傑作のひとつ、ロレイン・ハンズベリーの『日向の干しぶどう Raisin in the Sun』（一九五九）について議論を闘わせているところだ。冒頭の質問は、ミスター・リンドナーは悪魔であるという私のコメントに対してまさかとばかりに浴びせられたもので、まあよくあることである。筋立てはこうだ。シカゴのアフリカ系アメリカ人ヤンガー一家は、白人居住区域の家を買い、手付金を支払った。気弱そうで腰の低い小男ミスター・リンドナーがこの家の権利を買い取ろうと、小切手を手に住民組合から派遣されてくる。当初主人公のウォルター・リー・ヤンガーは、一家の資金（最近亡くなった父親の生命保険金）があると信じて、この申し出をきっぱりと断った。ところがその直後に、その金の三分の二が盗まれていたことが判明する。今の今まで屈辱的だと思っていた申し出が、突然天の助けのように見えてきた。

悪魔との取引というモチーフは、西洋文化のはるか昔までさかのぼる。この種のストーリーの典型ともいうべきファウスト伝説では、どのバージョンでも、まず喉から手が出るほど欲しいもの——権力、知識、あるいはヤンキーズをやっつけられる剛速球——を見せられる。手に入れるには、魂を売りさえすればよい。このパターンは、エリザベス朝のクリストファー・マーローの『フォースタス博士』から、十九世紀のヨハン・ヴォルフガング・フォン・ゲーテの『ファウスト』、そして二十世紀ではスティーヴン・ヴィンセント・ベネーの『悪魔とダニエル・ウェブスター』、さらには映画『くたばれ！ヤンキース』〔ブロードウェイ・ミュージカル。のちに映画化〕まで、綿々と続いている。ハンズベリーの戯曲では、ミスター・リンドナーは申し出にあたって露骨にウォルター・リーの魂を要求したりはしない。そもそもリンドナー本人も気づいてさえいないのだが、じつは魂を売れと迫っているのと同じなのだ。自分のせいで家族を経済的苦境に追い込んでしまったウォルター・リーには、逃げ道が用意される。アフリカ系の家族が越してくることを望まない白人住民たちに、自分が対等でないと認めさえすればよいのだ。誇りと自尊心とアイデンティティーが金で買われようとしている。これが魂を売り渡すことでなくて何だろう？

　他のファウスト伝説とハンズベリー版の最大の違いは、ウォルター・リーが最終的に悪魔の誘惑に打ち勝つところだ。これまでのバージョンはすべて、最後に悪魔が首尾よく魂を手に入れるかどうかによって、悲劇だったり喜劇だったりしてきた。ところがハンズベリー版では、主人公は気持ちのうえでは取引に応じてしまうものの、ふと自分を見つめ直し、どんな代価を払おうとしているかに気づいて、間一髪悪魔の——つまりミスター・リンドナーの——申し出を断るのである。こうしてこの劇は、数々の苦悩と涙にもかかわらず、構成上は喜劇となる。悲劇的な転落が目前に迫りながらも回避されて、ウォルター・リーは、内なる悪魔と外から迫ってくる悪魔つまりリンドナーと四つに組んで闘い、転落せずに勝ち抜いたヒーローとなるのだ。

大学教授と学生がこのような議論をしているとき、双方が独特の目つきをする瞬間がある。私の目つきは「なんだ、こんなことがわからないのかね?」であり、学生側のは「わかりませんよ。そんなの先生のこじつけでしょう?」である。コミュニケーションが阻害されているわけだ。両者はたしかに同じ物語を読んだのだが、問題は同じ分析機器を使っていなかったことにある。大学生か教師として文学のクラスに出たことのある読者なら、このような瞬間を経験しているはずだ。ときには教授がありもしない解釈をでっち上げているように思えたり、分析の手品とでも言おうか、隠し芸で奇術を見せられたような気がしたりするかもしれない。

じつのところ、それはどちらも当たらない。読者として少しばかり多くの経験を積んでいる大学教授は、長年のあいだに「読解の言語」を使いこなせるようになっている。学生のほうはそれをちょっぴり齧《かじ》りかけたばかりだ。私が言いたいのは、文学の文法、伝統的手法やパターン、コードと法則などで、私たちはみな、作品を読むにあたってこれらを適用することを学んでいく。どんな言語にも、用法と意味を支配するルールとしての文法があり、文学言語も例外ではない。それは言葉そのものと同様、多分に恣意的である。例として「アービトラリー〔恣意的〕」という言葉を見てみよう。この言葉にもともと意味があったわけではない。過去のどこかの時点で今のような意味をもつように合意がなされたのであり、それは英語だけの合意だった。（この音は、日本語やフィンランド語では何の意味ももたないはずだ）。美術でも同じことが言える。われわれ西洋人は遠近法――奥行きの錯覚を与えるために画家が使うトリック――を、効果的で絵画には不可欠なものだと決めてしまった。ヨーロッパのルネサンス期のことだ。しかし東西の美術が初めて出会った一七〇〇年代、日本では画家も観衆も、自分たちの絵に遠近感がないことを気にも留めていなかった。当時の日本人は、絵画芸術にとって遠近感が特に重要だとは考えていなかったのだ。

文学にも固有の文法がある。もちろん、あなたもそれは知っていたはずだ。知らなかったとしても、前のパラグラフの構成から、こう来るなと予測はつけていただろう。どうやって？　論説文の文法に則ってだ。あなたには読む能力がある。読む能力の一部は、作文の作法を知っていて、それを認識し、結果を予想するということだ。書き手が主題を提示し（文学の文法）、つぎに本題からそれてべつの題材を示したら（言語、美術、音楽、犬のしつけ――何でもいい。二つ三つ出てくれば、パターンに気づくはずだ）、最初にもどってそうした例を元の主題にあてはめてみせる（一丁上がり！）ものと決まっている。筆者もたった今、同じことをした。作文の作法が使われ、認識され、結果が予測され、予測が実現して、双方が満足を得た。ひとつのパラグラフから、これ以上何を望むことがあるだろう。

脱線する前に言おうとしていたことだが、文学でも同じだ。短編や長編小説には多くの技法が詰まっている。登場人物のタイプ、プロットのリズム、章分け、視点の制約。詩は詩でまた形式、構造、韻律、韻など、特有の技法が多数ある。戯曲もしかり。そのうえさらに、ジャンルを超えた共通の約束事がある。「春」はきわめて普遍的な題材だ。雪、闇、睡眠なども。物語でも詩でも戯曲でも、春が登場したとたんに、私たちの想像力の空には連想の星座がきらめくことになる。青春、期待、新生活、生まれたての子羊、跳びはねる子どもたち……挙げていけばきりがない。さらに連想を進めれば、これらの星座は再生、豊穣、刷新といった抽象概念までを含めるに至るだろう。

わかった。文学を読むにはいろんな技法が鍵になるんだね。どうすればそれを見分けられるの？

カーネギー・ホールの舞台を目指すのと同じさ。練習あるのみだ。

素人読者は小説のテクストに向き合うとき、当然ながらストーリーと登場人物に着目する。これはどういう人間だろう。何をしていて、どんな幸運または不幸がふりかかろうとしているのだろう。こうした読者は最初のうち、あるいは最後まで、感情のレベルでしか作品に反応しようとしない。作品に喜びや反発を感じ、笑ったり泣いたり、不安になったり高揚したりする。つまり、感情と直感で作品世界に没入するのだ。これこそまさに、ペンを握った、あるいはキーボードを叩いたことのある作家が、祈りの言葉を唱えつつ作品を出版社に送るときに念じている読者の反応である。ところが英文学教授が小説を読むときは、感情レベルの反応も受け入れはするものの（教師とてディケンズの『骨董屋』でリトル・ネルが死ぬ場面では涙も流す）、主たる関心は小説のほかの要素に向けられてしまう。この効果はどこから来ているのか？　この人物は誰に似ている？　これに似た状況設定をどこで見たのだったろう？　ここはたしかダンテの（あるいはチョーサー、あるいはマール・ハガード〔カントリー・ミュージックのスター〕の）引用じゃなかったかな？　もしこんな質問ができるようになれば、こんなレンズを通して文学テクストを見る方法が身につけば、あなたの読みと理解はがらりと変わる。読書はさらに実り多く楽しいものになるはずだ。

記憶。シンボル。パターン。これが何にもましてプロの読者と一般大衆を分ける三つのアイテムだ。英文学教授はみな記憶に呪われている。新しい作品を読むとき、私はいつも頭の中で回転式のメモ帖を繰り、類似点や予測される結末を探してしまう。この顔はどこで見たのだったかな、このテーマは知っているんじゃないか？　こんな能力を行使したくないと思うことは多いが、やらずにはいられないのだ。たとえばクリント・イーストウッドの『ペイルライダー』（一九八五）を観はじめて三十分、ははん、これは『シェーン』（一九五三）だな、と気づく。するとその後はもうすべてがアラン・ラッドの顔とダブって見えてしまう。エンタテインメントの世界では、けっしてありがたい性癖ではない。

大学教授はまた、象徴性に焦点をあてて読み、考える。そうでないことが立証されるまでは、あらゆるものが何かの象徴として機能するのだ。私たちはつねに問いかける。これは隠喩だろうか？　それはアナロジーなのか？　あっちは何を指し示しているのだろう？　文学と批評のクラスで学部から大学院へと進んでいける学生は、あるがままを示しながら同時にべつの何かを暗示するような表現を解読する素質をそなえている。中世の叙事詩『ベーオウルフ』（八世紀）に登場するグレンデルは本物の怪物だが、（a）人類の存在に対する宇宙の敵意（中世のアングロサクソン人はそれを痛切に感じていた）と、（b）人間のうちの高度な資質（タイトルにもなっているヒーローによって体現される）のみが克服できる人間性の闇の象徴にもなっている。シンボルという観点から世界を解読するこの素質は、いうまでもなく、象徴性の想像力をはぐくむ長年の訓練によってさらに強化されていくのである。

　これに関連したプロの読書に見られるもうひとつの現象は、パターン認識だ。ほとんどの文学研究者は、表面にあらわれたディテールを読み込みながら、ディテールが示すパターンを見ている。象徴性の想像力と同じように、それはストーリーと自分のあいだに距離を置けるということであり、プロット、ドラマ、登場人物の情動的レベルを超えて先を見る力があるということだ。そういう人たちは、人生と書物に似かよったパターンがあることを経験から知っている。この技は英文学教授だけのものではない。コンピューター診断の時代以前に車の修理にあたった腕のいい自動車工は、エンジントラブルの原因をパターン認識で突きとめていた。これこれの異常が出ていたら、どこそこをチェックすべし、というように。文学にはパターンがひしめいている。あなたが読書の最中にでも、作品から一歩さがってパターンを探してみることさえできれば、読書体験からはるかに多くを得られるだろう。幼い子どもたちがお話を始めるときは、何が重要かという取捨選択ができないために、思い出せるかぎりの細部や言葉を全部入れ込もうとするものだ。だが成長するにつれ、ストーリーの広い意味でのプロット――どの要素が意味を深め、どの要素が不要か――を意識しはじめる。読者も同じだ。勉強を始めたばかりの学生は、しばしばディテールの洪水に呑みこまれてしまう。せっかく『ドクトル・ジバゴ』（一九五七）を読んでも、名前が覚えきれないという印象だけが残るかもしれない。その点ずるがしこいベテランになると、こうしたディテールを理解するかあるいは無視して、その背後にあるパターンや慣例や元型を見つけることができるのだ。

象徴性を見抜きパターンを見つける力と最強の記憶力を併せもった人物が、文学以外の状況で何を読み取れるかの例を見てみよう。ある医師が男性患者を観察していて、どうやら父親に反感を抱いているようだと気づく。しかし母親に対してはやさしくて愛情深く、甘えた様子さえ見える。この男だけの問題だからそれはそれでいい。だが今度はべつの男に同じ傾向を見つけた。さらにもう一度。そして二度。ひょっとしたらこれはひとつの行動パターンではあるまいか。そこでふと考える。「おや、いったいどこで見たのだったろう?」記憶が過去の経験から何かを掘り起こしてくる。臨床治療とは無関係の、ずっと昔若いころに読んだ戯曲だ。父親を殺して自分の母親と結婚した男の話。この医師は気の利いた名前を考える名人なので、問題の行動パターンをエディプス・コンプレックスと名づけた。そう、先に述べたように、こうした能力を発揮するのは英文学教授だけではないのだ。ジークムント・フロイトは文学研究者がテクストを読むように患者を「読み」、われわれが小説や詩や戯曲を解釈するときと同じ想像力に富んだ解釈で症例を解析した。フロイトがエディプス・コンプレックスを識別したのは人類の思想史上偉大な瞬間であり、心理学的にも文学的にもきわめて大きな意味をもっていた。

このあとの紙面で、私は教室でやっているのと同じことを試みたいと思う。読者のみなさんにプロの文学研究者の読み方を見ていただき、われわれが読むときにかならずついてまわるコードやパターンを広く紹介するつもりだ。私は学生たちに、ミスター・リンドナーが悪魔の化身で、ウォルター・リー・ヤンガーにファウスト的取引をもちかけているという私の解釈に同意することだけを求めているわけではない。私がいなくても自力でその結論を引き出せるようになってもらいたいのだ。練習と忍耐とわずかな指導さえあれば、必ずできる。読者のみなさんもできるはずだ。

1　旅はみな探求の冒険である（そうでないときを除いて）

よろしい、最初はこうだ。まったくの仮定の話だが、あなたは今、一九六八年の夏を舞台にした十六歳の平凡な少年についての本を読んでいる。少年は――とりあえずキップと呼ぶことにしよう――徴兵される前にこのニキビが治りますようにと念じていて、今はA＆Pスーパーマーケットに向かっているところだ。キップの自転車は変速ギアなしのママチャリ並みなので、それだけで赤っ恥なのだが、そいつに乗って母親のお使いに行こうとしているのだから、なお始末が悪い。途中で彼は何度か難儀な目にあう。ジャーマン・シェパードとのいささか不愉快な出会いがひとつ。最悪なのはスーパーマーケットの駐車場で、片思いの相手カレンがトニー・ヴォクソールのぴかぴかの新車、バラクーダのそばで笑いこけているのを見てしまったことだ。そもそもキップはトニーがヴォクソールという名字だってことだけで大嫌いなのだ。それに比べるとスミスなんていかにもダサいし、キップ・スミスときたらもう終わってる。しかもトニーのバラクーダは目の覚めるようなグリーンで、まあ光速並みのスピードが出るわけだし、奴は生まれて一度もバイトする必要に迫られたことがないときてる。で、カレンはえらく楽しそうに笑いながら振り向いてキップに気づくのだが――キップはついこのあいだ彼女をデートに誘ってみたばかりだ――無視して笑い続ける（ここでは物語の構造を検討しているのであるから、彼女が笑うのをやめたところで何ら支障はない。しかし私たちが目下創作中のこの話では、彼女は笑い続けることにする）。キップは母親に頼まれたワンダーブレッド〔アメリカでもっとも一般的で安価な食パン〕を買うために店に入る。そして食パンの棚に手を伸ばしたその瞬間、年齢をごまかして今すぐ海兵隊に志願してやるぞ、と決心するのだ。たとえベトナムに行くことになったってかまうもんか。親父にいくら金があるかですべてが決まるこんなシケた町にいてもお先真っ暗だ、と考えて。あるいは、ワンダーブレッドの袋に描かれた赤、青、黄色の風船のひとつに聖アビラールの顔が浮かび上がったのを見て啓示を受けたから、でもよろしい（べつにどの聖人でもいいのだが、ここで空想上の作者は比較的無名の聖人を選んだものとする）。私たちの目的にとって、キップの決断の動機は、カレンが笑い続けたかどうか、聖人の顔が浮かんだのが何色の風船だったかと同様、まったく関係がないのである。

では、ここでいったい何が起こったのだろう？

いやしくも英文学の教授なら誰でも――さほど変人の教授でなくとも――たった今騎士が宿敵に遭遇する場面を目撃したことに気づいたはずだ。

言い換えれば、探究《クエスト》の冒険が始まったのである。

えっ、だって食パン買いにいっただけでしょ？

そのとおり。だがそれが探求の冒険なのだ。冒険物語の構成要素を見てみよう。騎士、危険な道程、聖杯（それが何であろうと）、少なくとも一頭のドラゴン、邪悪な騎士、姫君。こんなところだろうか。このリストならなんとか埋められそうだ。騎士（その名はキップ）、危険な道程（獰猛なジャーマン・シェパード）、聖杯（ひとつはワンダーブレッドだ）、少なくとも一頭のドラゴン（六八年型バラクーダなら火も吐ける）、邪悪な騎士（トニー）、そして姫君（笑い続けていても、いなくても）。

いくらなんでも無理があるんじゃない？

表面だけ見ればたしかにそうだ。しかし構造を考えてみよう。探究の冒険に必要なのは、つぎの五つである。(a)探求者、(b)目的地、(c)目的地に行く建前上の理由、(d)途中でぶつかる苦難や試練、(e)目的地に行く真の理由。(a)は簡単だ。探求者はたんに探求の旅をする人物で、本人が自覚しているかどうかは関係ない。実際、本人が気づいていない場合のほうが多いのである。(b)と(c)はセットで考えるべきだ。われらが主人公つまりヒーロー(と言っても、とりたてて英雄的に見える必要はないのだが)に対して、誰かがどこかへ行って何かをするように指示をする。聖杯を探しに行け。スーパーに行って食パンを買え。ラスベガスに行って男をぶち殺せ。任務の崇高さに差はあるにせよ、構造的には同じである。どこどこへ行って何なにをせよ。私がさっき「建前上の理由」と書いたことを思い出していただきたい。それは(e)があるからだ。

どんなときでも、探求の冒険の真の理由は、建前とはまったく別ものである。現に、探求者は建前上の目的を果たせずに終わることのほうが多いのだ。では、彼らはなぜ旅に出て、私たちはなぜ興味を惹かれるのだろう。彼らが旅立つのは、建前上の目的を自分の本当の使命だと信じ込んでいるからだ。しかし私たちは、これが学びの旅であることを知っている。彼らはもっとも重要な題材、つまり自分自身について、あまりよく知らないのだ。**探求の冒険の本当の目的は、つねに自分探しである。**だから旅人はほとんどが若く、未熟、未経験で、庇護されていることが多い。四十五歳にもなれば自分を知っているはずだし、その歳で知らないとしたら、死ぬまで駄目だろう。しかし十六や十七の子どもなら、自分探し学科で学ぶべきことがまだまだ山とあるはずだ。

現実の例を見てみよう。私は二十世紀後期の小説を教えるとき、いつも世紀最高の探求冒険小説、トマス・ピンチョンの『競売ナンバー49の叫び』(一九六五)から始めることに決めている。ビギナーの読者がこの本を読むと、難解で、不愉快で、ひどく妙な小説だと思いがちだ。たしかにこの小説には漫画じみた奇妙さがあり、それが冒険小説の構造を見えにくくしている。もっとも、初期英国文学の冒険小説の傑作『サー・ガウェインと緑の騎士』（十四世紀後期）やエドマンド・スペンサーの『妖精の女王』（一五九六）にも、現代の読者が漫画的だと感じるような要素が含まれている。要は、挿絵入り古典文学と漫画雑誌のどちらを対象にするかというだけの話だ。さて、『競売ナンバー49の叫び』の設定はこうである。

①探求者――若い女性。結婚にも人生にもあまり満足していない。学習するのに年を取りすぎてはいない。男に対して毅然とした態度が取れない。

②目的地――任務を果たすため、彼女は車でサンフランシスコ近郊の自宅から南カリフォルニアまで行かなければならない。その後その二か所を行ったり来たりして、同時に彼女自身の過去（崩壊しつつある人格とＬＳＤ依存をもつ夫、精神に異常を来たした元ナチの精神分析医）と未来（きわめて不明瞭）を行き来することになる。

③目的地に行く建前上の理由――彼女はかつての恋人でけた外れの資産家にして奇人のビジネスマン、切手収集家でもある男の遺言執行人に指名されている。

④途中でぶつかる難題や苦しみ――われらがヒロインは、ひどく奇妙で怪しげな、時として本当に危険な連中につぎつぎ出くわす。サンフランシスコで落伍者や疎外された人々の世界を一晩じゅう歩き回り、かかりつけの精神分析医の診療所では、妄想に駆られて銃の乱射事件を起こした医師の説得に当たる（伝統的探求小説の研究で「聖堂の危険 Chapel Perilous」として知られる危険な閉塞状況だ）。さらには何世紀にもわたる郵便制度の陰謀らしきものに巻き込まれる。

⑤目的地に行く真の理由――彼女の名前がエディパということは話しただろうか？　フルネームはエディパ・マース。ソポクレースによるギリシア悲劇『オイディプス王』（伝紀元前四二五）の主人

公から取られている。オイディプスの真の不幸は自分自身を知らないことだ。ピンチョンの小説では、ヒロインが心の支えにしてきたもの――ちなみにすべて男性である――が、欺瞞、あるいは信頼性に欠けることがわかってひとつずつ失われていく。最後はぼろぼろになって打ちひしがれるか、自分だけを頼りに立ち上がるかしかなくなる。立ち上がるためには、まず頼るべき自分を見つけなければならない。彼女は大変な苦労の末にそれを成し遂げる。男たちやタッパーウエア・パーティーや安易な答えを振り捨てる。最後の大きな謎に自ら飛び込んでいく。そしてついに自分自身を知る、と言ってしまっていいだろうか？　もちろんけっこうだ。

とはいえ……

あなたはまだ首をかしげているに違いない。それならどうして、目的地に行く建前上の理由が薄れて消えてしまうのか？　話が進むにつれて遺言や遺産のことはろくに話題にものぼらなくなり、代わりに現われた郵便制度の陰謀までが未解決に終わる。この小説の結末で、ヒロインはレア物の偽切手がオークションにかけられるところを目撃しようとしている。ひょっとしたらオークションの間に謎が解明するのかもしれない。だがここまでの経緯を見るかぎり、それは大いに疑問だ。それより何より、私たちはもうそんなことはどうでもよくなっている。今では彼女が独り立ちできるとわかっているし、男たちが頼りにならないことを発見しても世界が終わるわけではなく、彼女の人格は完成されたと知っているからだ。

五十語あまりに集約されたこの点にこそ、文学教授たちが『競売ナンバー49の叫び』を絶賛する理由がある。たしかに初めはいささか異様に感じるかもしれない。奇を衒《てら》った実験小説だと思うかもしれない（一九六五年にしては）。だがいったんこの小説世界に入り込んでみれば、探求冒険小説の伝統に忠実に従っていることがわかるはずだ。『ハックルベリー・フィンの冒険』、『指輪物語』、『北北西に進路を取れ』『スター・ウォーズ』などもしかり。主人公がどこかへ行って何かをする物語、特に、行って何かをすることがもともと本人の意志でない場合はほぼすべて、この法則が当てはまる。

ここでひとつお断りしておこう。私がこの章や続く本書の中で、ある見解がつねに正しいとか、ある条件が必ず当てはまるといった印象を読者に与えたとすれば、お詫びしなければならない。文学研究の世界で「つねに」とか「絶対に」とかいう言葉はさほど意味をもたないのだ。あることがつねに正しいように見えたとしても、とたんにどこからか生意気者が現われて、そうでないことを証明してしまう。文学とは父権制的なものだと思っていると、今は亡きアンジェラ・カーターのような小説家や、イーヴァン・ボーランドのような現代詩人が現われて根こそぎ引っくり返し、われわれの思い込みがとんでもない間違いだったことを読者と作家たちに突きつけてみせる。一九六〇年代から一九七〇年代にかけて、読者がアフリカ系アメリカ人の作品を類型化しはじめたかと思うと、イシュメール・リードのようにどの型にも収まらない手品師が登場する、といった具合だ。ではもう一度旅の場合を考えてみよう。時には探求の旅が失敗することもあるし、主人公自身が旅に出ない場合もある。そもそも、旅は本当にすべて探求なのだろうか？　そうとも限らない。私自身、車を運転して仕事に行き、家に帰るだけの日は多い——冒険もなく、成長もせずに。小説でも同じことが言えるはずだ。作家がプロット上の必要から、主人公を家から仕事場へ、また家へと移動させねばならないこともある。これらをすべて認めたうえで、もし本の中で登場人物が旅立ったら、読者はやはり、こいつはひょっとして、と目を光らせるべきだ。

それが探求の冒険だとわかったら、あとはしめたもの。

2　あなたと食事ができて嬉しいです——聖餐式《コミエニオン》の行為

ジークムント・フロイトの逸話をご存じだろうか？　ある日、学生だか助手だか取り巻きだかのひとりが、フロイトの葉巻好きを葉巻の男根のイメージに結びつけてからかった。すると、かの偉大な学者はあっさりと「葉巻がただの葉巻にすぎないこともある」と答えたというのだ。話の真偽はどうでもいい。というか、むしろ作り話ならいいと思うくらいだ。でっち上げられた逸話には、ある種の真実が含まれているものだから。それはともかく、葉巻がただの葉巻にすぎないこともあるということは、当然、ただの葉巻でない場合もあるわけである。

毎日の食事についても同じことが言える。もちろん文学作品中の食事についても。ときには食事がただの食事にすぎず、集まって一緒に食べるのが、ただ集まって食べるだけにすぎないこともある。ただし、そうでない場合のほうが多い。一学期に一回か二回、私はそのとき取り上げている作品についてのディスカッションを中断し、格言を唱えることにしている（以後、私の格言はすべて太字で書くこととする）。**人々が集まって飲み食いするとき、それは聖餐式《コミユニオン》である**（聖餐式とはイエスが最後の晩餐でパンを取り、「これがわたしのからだである」といい、杯を取って「これがわたしの血である」と言って弟子たちに与えたという聖書の記述に由来するキリスト教の儀式のこと）。私がこう言うと、どういうわけか学生たちは参ったなという顔をする。彼らの多くにとって、「聖餐式」という言葉はひとつの意味しかもたないからだ。だが聖餐式の概念そのものは、けっしてキリスト教の専売特許ではない。ほとんどどんな宗教にも、信者が集まって一緒に食物を分かち合う儀式があるものだ。「インターコース」に「性交」以外の意味があるように、あるいは少なくともかつてはあったように、「コミュニオン」もすべてが宗教がらみというわけではない。実際、文学に現われる聖餐にはじつに多種多様な解釈ができる。

あらゆる種類の聖餐について、ひとつ言えることがある。現実世界では、パンを裂いて配るのは、分かち合いと平和の行為になる。パンを裂き割りながら人の頭を叩き割ることはないからだ。敵や上司とおもねろうとするときを除けば、ふつう人が食事に招くのは自分の友達だ。一緒に食卓を囲む相手について、私たちはかなり厳しく選り好みしている。たとえば嫌いな人から食事に招かれたら、断る人が多いだろう。食べものを体内に入れるという行為はきわめて個人的で、一緒にいて気持ちのいい相手とかやりたくないものなのだ。もっともどんな習慣にも破られる場合はある。たとえば部族の長やマフィアの首領《ドン》は、敵をランチに招いておいて手下に殺させたりする。だがたいていの地域で、こういうのは非常に汚いやりくちとみなされる。一般的に他者とものを食べるのは、「私はあなたの味方だ。あなたが好きだ。一緒にコミュニティーを作ろう」と呼びかけているのと同じであり、これこそが「コミュニオン」なのである。

文学でも同じだ。しかも文学の場合は、もうひとつ別の理由がある。作家にとって食事のシーンを書くのは難しいうえに、元来面白くない場面なので、よほどの理由がないかぎり物語に組み入れようとはしないものだ。その理由は、登場人物たちの相性の良し悪しに関わっている。待ってくれ、食べものは食べものじゃないか。フライドチキンについて何を今さら目新しいことが書ける？　食べかたにしたって、テーブルマナーに多少の差がある程度だろう。そのとおり。したがって登場人物をこういう陳腐で使い古された退屈な状況に置こうとする以上は、肉とフォークとワイングラスが並んでいる以外に、何か重要なことが起こらなければならない。

では文学中の食事にはどんなものがあるのだろう。そこからどのような効果を上げられるのか。思いつくものなら何でもいい。

まずは、間違っても宗教的な聖餐式とは混同されようのない例から考えてみよう。私の学生が「たしかにまるで教会っぽくない」と評した、ヘンリー・フィールディングの『トム・ジョーンズ』(一七四九)に登場する食事シーンである。トムと女友だちのミセス・ウォーターズが宿屋でムシャムシャ、カリカリと骨をしゃぶり、指をなめなめ食事をしている。流し目を送りながらズルズルペチャペチャと味わっては満足のうめき声を上げる、要はこの上なく官能的な食べっぷりだ。主題上は特に重要とも思えないし、伝統的な聖餐式の概念とは対極にある場面だが、二人が体験を共有していることは間違いない。この食事シーンが相手のからだをむさぼっている場面でなくて何だろう。欲望を燃やしあっていると言ってもいい。これがアルバート・フィニー主演による映画、『トム・ジョーンズの華麗な冒険』(一九六三)になると、もうひとつ別の要素がからんでくる。監督のトニー・リチャードソンは、セックスをあからさまにセックスとして描くことができなかった。六〇年代の初めには、まだタブーが存在したのだ。だからセックスに代わる場面を入れた。結果はというと、これまで撮影された映画でこれ以上猥褻なシーンは数えるほどしかないと思うほどのものになった。この二人がエールを飲み、鶏の脚をかじり、指をしゃぶり、快楽にふけってうめき声を上げるのを見ていると、観客のほうが寝そべって煙草でも吸いたくなってくる。しかしこの欲望の表現こそ、ある種の儀式だとは言えないだろうか。もちろん完全にプライベートで、宗教とは縁のない儀式だが。あなたと一緒にいたい。あなたも私のそばにいたい。だから二人で体験を共有しよう。そう、そこがポイントだ。聖餐式《コミユニオン》はべつに神聖でなくてもいい。上品である必要さえないのだ。

もうすこし穏健な例をあげておこうか。今は亡きレイモンド・カーヴァーが「大聖堂」（一九八一）という短編を書いている。狭量な偏見にとらわれた男の話だ。語り手でもあるこの男は、障害のある人やマイノリティーなど自分と毛色の違う人たち、そして自分が知らない妻の過去に関わることすべてを毛嫌いしている。作家が登場人物に強い偏見をもたせるのは、偏見を克服するチャンスを与えるためと相場が決まっている。失敗するかもしれないが、すくなくともチャンスは与えられる。それが西部の掟なのだ。名なしの語り手は、冒頭で妻の友人である全盲の男性が訪ねてくることを明かす。語り手がいやがっていると知っても私たちは驚かない。逆に、ははん、この男は自分と違うタイプの人間への嫌悪感を克服しなければならないのだなとぴんと来る。物語が終わるまでに語り手は変わっていき、訪問客と二人でテーブルに向かい、目の見えない相手に大聖堂がどんなものかをわからせるために一緒に絵を描くまでになる。それには相手の手を握らなければならないが、物語の最初の段階では、とうていそんなことはできなかったはずだ。カーヴァーの課題は、差別意識にとらわれた偏狭な男を、いかにして盲目の客人と手を重ねられるまでにもっていくかということだった。その答えは、食べものである。

私がついたスポーツのコーチは一人残らず、強豪チームと対戦するときになると、やつらだってズボンをはくときは片方ずつ脚を入れるんだぞ、と言ったものだ。コーチたちは言いかたを替えて、あいつらもおまえたちと同じように山盛りのパスタをぱくぱく食うんだぞ、と言ってもよかったはずだ。あるいはカーヴァーの物語でいえば、キューブステーキを。語り手は目の見えない客人の食べっぷり——巧みにナイフを使い、忙しくがつがつと、つまりごく正常な食べかただ——を見ているうちに、ある種の尊敬の念を抱くようになる。夫、妻、訪問客の三人は、キューブステーキとポテトと野菜をむさぼるように食べつくす。そのあいだに語り手の盲人に対する嫌悪感が薄らぎはじめるのだ。語り手はこの客人とのあいだに共通のもの——生活の基本としての食事——を見出し、二人のあいだに絆が生まれたことに気づく。

食後に吸うマリファナはどうなの？

ジョイントをまわすのと、聖餐式で聖餅と聖杯《カリス》をまわすのが、似ていると思う人はいない。だが象徴として考えた場合、いったいどれほどの違いがあるだろう。断っておくが、私はなにも他人との心理的障壁を崩すのに非合法ドラッグが必要だと言っているわけではない。ただ、参加者がどこか儀式めいた手順で何らかの物質を体内に取り込んでいることはたしかだ。その行為はやはり、「私はあなたの味方だ。あなたが好きだ。一緒にコミュニティーを作ろう」と伝えることになるだろう。ひょっとしたら、信頼の度合いはこちらのほうが強いかもしれない。それはともかく、食事どきのアルコールと食後のマリファナのおかげで十分にリラックスした語り手は、本質を見抜く力が研ぎ澄まされ、二人で大聖堂の絵を描くに至るのである（ちなみに、大聖堂こそはまさに聖餐式が行なわれる場だ）。

どうしてもくつろげない場合は？　食事中に気まずくなったり、食事が成立しなかったときはどうなるの？

もちろん結果は大きく異なるが、理屈は同じはずだ。和気藹々《あいあい》とした食事がコミュニティー作りと理解に役立つとしたら、食事の中断は不幸の前ぶれになる。ご存じのとおり、テレビドラマではたびたび目にするシーンだ。二人が食事しているところに歓迎されざる第三者が登場すると、最初にいた一人あるいは両方が食べるのをやめてしまう。皿にナプキンを置く、食欲がなくなったとか何とかつぶやく、黙って席を蹴って行ってしまう、などなど。彼らが侵入者をどう思っているかは一目瞭然だ。映画の中で、戦場で兵士が仲間と缶詰の野戦食を分けあう場面、少年が野良犬にサンドイッチを分けてやる場面を思い出してみるがいい。揺るぎなき友情、心の絆、やさしさなど、あふれんばかりのメッセージが伝わってくるはずだ。一緒に食卓を囲むことに、私たちがどれほど大きな意味を見出しているかがわかるだろう。では、二人が食事している場面を見せられ、一方が何か企んでいたり、相手を消そうとねらっているのがわかったらどうだろう？　実際に殺人が起きたとき、観客の殺人者への反感は増幅される。社会でもっとも重要視されている、ディナーの相手に無礼を働いてはいけないという礼節に背いたことになるからだ。

アン・タイラーの『ここがホームシック・レストラン』（一九八二）の場合を見てみよう。一家の母親は何度も何度も家族そろってディナーをしようと試みるのだが、そのたびに頓挫する。誰かが来られなかったり、途中で呼び出されたり、ちょっとした悲劇が起こったり。このレストランに子どもたちがようやく全員集まって食卓を囲めるのは、母親が死んだときだ。もちろん、この食卓で子どもたちは象徴的に母親の血と肉を分かち合うのである。母親の命――そして死――は、子どもたちの共有体験の一部になる。

共に食卓を囲むことの最大の効果を知りたければ、ジェイムズ・ジョイスの『ダブリンの人びと』の最後を飾る短編「死者たち」（一九一四）を読んでほしい。公現祭、つまり十二夜を祝うディナー・パーティーをめぐるすばらしい物語だ。ダンスとディナーのあいだにさまざまな衝動や欲望が姿を現わし、敵意と協調関係が浮かび上がる。主人公のゲイブリエル・コンロイは、自分の優越意識が根拠のないものであることを思い知らされる。この宵のあいだに自尊心を傷つけられるような小さなショックが続き、それが重なって、自分も社会の平凡な一構成員にすぎないことがわかってくるのだ。ジョイスが読者をこの場の雰囲気に誘い込もうとするにあたって、テーブルとそこに並ぶ料理がこれでもかとばかりに描写される。

テーブルの端に、丸々とした茶色の鵞鳥が一羽載っており、もう一方の端には、葉の付いたパセリの小枝が散らされた襞《ひだ》付きの台紙の上に、大きな豚の腿《もも》肉が載っていて、その外皮が取り除かれ、パン粉が振りかけられている。その脛《すね》のまわりにはきれいに仕上げた紙製のひだ飾りが巻いてあり、この横にはスパイスの利いた牛の腿肉がある。この対抗する前衛の間に、サイド・ディッシュ用の皿が二列に平行して並んでいる。赤と黄のゼリーで作った二つの小さな教会堂。赤いジャム載せブラマンジェの塊が山盛りの浅皿。紫色の干しブドウと皮剝《む》きアーモンドがいっぱいの、茎状の取っ手の付いた大きな緑の葉の形をした大皿。この大皿と対になっているのは、密集方陣を形どるスミルナ産イチジクの載った大皿。すりおろしたナツメグを上に掛けたカスタード菓子の皿。金紙と銀紙で包んだチョコレートやキャンディーが盛ってある小鉢。背の高いセロリの茎が何本か立ててあるガラスの壺。テーブルの中央には、オレンジとアメリカ産リンゴをピラミッドの形に盛り付けた果物台の番兵として、ずんぐりとした旧式のカットグラスのデカンターが二本立ち、一本にはポートワインが、もう一本には薄黒いシェリー酒が入っている。蓋をした角型ピアノの上には、プディングが大きな黄色い皿に載って待機している。その背後には、スタウト、エール、ミネラルウォーターの瓶からなる三分隊が各々の軍服の色に従って整列していて、最初の二分隊は黒の軍服で茶と赤の名札を付け、三番目のもっとも小さな分隊は白の軍服で緑の懸章《けんしょう》を斜めに掛けている。

〔米本義孝訳／ちくま文庫〕

かつてこれほど丹念に料理と飲物を描き、巧みに軍隊用語を駆使することで、食料が戦闘に備える軍隊になったような効果をあげた小説家はいなかった。「対抗する前衛」「番兵」「分隊」「懸章」。こんなパラグラフは、何らかの目的、隠された思惑がなければ書けるものではない。なんといってもジョイスはジョイスであるから、目的はざっと五つほどある。天才にはひとつでは足りないのだ。だがいちばんの目的は、読者をこの瞬間に引きずり込み、自分も一緒に食卓についているような気にさせ、食事を現実のように感じさせることだ。それと同時に彼は、宵のあいだじゅう一貫して流れる緊張と葛藤の感覚を伝えようとしている。食事の前も食事中も、「われわれ」対「彼ら」、「私」対「あなた」の対立の瞬間が現われる。張りつめた緊張感は、全員が心をひとつにして祭日を祝うはずの豪華な食事とは、本来矛盾するはずのものだ。ジョイスはきわめて単純にして、きわめて深遠な目的をもって、この描写を選んでいる。目的は読者を聖餐式に参加させることだ。さもなければ私たちは飲んだくれのフレディ・マリンズと耄碌《もうろく》した母親をせせら笑い、誰も聞いたことのないオペラや歌手をめぐる食卓の話題を無視し、若者たちの戯れには皮肉な笑みを浮かべるだけで、食事の最後にスピーチをしなければならないゲイブリエルの不安をまともに受けとめようとはしないだろう。私たちが傍観できなくなるのは、入念な場面描写のおかげで、自分も食卓についているような気になってしまうからだ。そして、自分のことで頭がいっぱいなゲイブリエルよりも先に、私たち全員がある運命を共有していることに気づいてしまう。

共有しているのは私たち自身の死だ。この部屋にいる人はすべて、めっきり老け込んだジュリア叔母からうら若い音楽の生徒まで、死すべき運命にある。今夜でなくても、いつかは。そのことに気づきさえすれば（私たちにはあらかじめタイトルでヒントが与えられている。ゲイブリエル自身はこの夜にタイトルがついていることを知らない）、あとはすんなりと読めるはずだ。英雄にも凡人にも平等に訪れる死の前では、人生の幸不幸などごく表面的な差異にすぎない。物語の結びでは雪が降ってくる。美しく感動的な描写のうちに、雪は「すべての生者たちと死者たち」の上に等しく降りつもる。当然だ。雪は死にそっくりだから、と読者は思う。ジョイスが用意してくれた聖餐式《コミュニオン》の食卓に加わったおかげで、私たちはもう受け入れる準備ができている。それは死を悼む聖餐式ではなく、その前に来るもの、生命の儀式なのだ。

3　あなたを食事にできて嬉しいです――吸血行為

助詞を入れ変えるだけで、これほどがらりと変わってしまうとは！「あなたと食事ができて嬉しいです」の「と」を「を」に変え、「が」を「に」に変えると、まるっきり違う意味になる。ぐっと不健全になる。かなり不気味だ。そう、文学作品中の食事は、いつも友好的とは限らない。それどころか、どう見ても食事とは思えないケースさえある。さて、ここで怪物の登場だ。

なあんだ、吸血鬼か。『吸血鬼ドラキュラ』なら読んだよ。アン・ライスもね。

それはけっこう。良質の恐怖小説はどなたにでもお勧めだ。ただし、吸血鬼などはほんの序の口、しかも本当に怖いキャラクターでさえない。見ただけで正体がわかるだけいいほうなのだ。まずドラキュラ氏ご本人を考えてみよう。私の言う意味がわかっていただけるはずだ。ご存じのとおり、映画に出てくるドラキュラ伯爵はほぼ例外なく妖しい魅力をそなえている。正統派のセクシーな美男子のこともあるが、いずれにしても魅惑的で謎めいて、危険な雰囲気をただよわせている。そして、いつも美しい未婚の女性（十九世紀のイングランド社会では、未婚は処女を意味していた）をねらう。処女の生き血を吸うと若返り、生き生きして（この表現が不死身のドラキュラにふさわしいかどうかはともかく）精力的にさえなる。いっぽう、血を吸われた犠牲者たちは自分も吸血鬼になって、つぎの犠牲者を探しはじめる。伯爵の宿敵ヴァン・ヘルシング教授とその仲間たちは、ドラキュラ退治をすることで、じつは若者たち、とくに若い女性たちを救おうとしているのだ。この図式はブラム・ストーカーによる原作（一八九七）にすでにあらわれているのだが、映画になるとさらに極端に走る。ここでちょっと考えてみよう。魅力的だが邪悪な老人が若い女性を襲って自分の印を残し、純潔を奪う――同時にその女性を若い男たちにとって「無価値な」（結婚の対象にならないという意味で）ものにしてしまう。襲われた女は、なすすべもなく彼の罪を真似ることになる。こう考えると、ドラキュラ伯爵の物語がたんに読者を死ぬほど怖がらせるためだけの目的で書かれたのではなく、何か別の意図があったことがわかるだろう。どうやらセックスに関係がありそうだと考えるのは、自然な結論だ。

もちろんセックスに関係があるのはあたりまえのこと。蛇がイブを誘惑したときから、罪悪はセックスにからむものと決まっている。では具体的にどういうことだろう？　身体的な恥辱と不健全な性欲、たぶらかし、誘惑、危険、などなど。

吸血鬼って生き血を吸うやつのことじゃないの？

いやいや、もちろんそうなのだが。ただ、文字どおりの吸血行為以外のことも意味しているのだ。たとえば利己主義、搾取、個人の自主性を踏みにじる、といったことだ。これについてはあとでもう一度話すことにしよう。

この原則は、幽霊やドッペルゲンガー（自分と瓜二つの邪悪な分身）など、恐怖小説に登場する吸血鬼以外の常連にもあてはまる。文学作品中の幽霊がたんなる幽霊以上の存在だというのは、普遍的真理と言ってもいいほどだ。単純な怪談はともかく、最後まで飽きずに読めるような文学的幽霊は、お化けという以外に何かしらの意味をもって登場する。夜中に城壁に現われる、ハムレットの父親の亡霊を考えてみよう。父王はなにも息子につきまとうためだけに出るわけではない。デンマークの王家で進行している恐るべき不正を知らせるために出てくるのだ。あるいは『クリスマス・キャロル』（一八四三）のマーレイの亡霊。これなどは、スクルージを教育するための、鎖を引きずって歩く道徳授業といっていい。そもそもディケンズの幽霊はみな、読者を怖がらせる以上の目的をもって現われる。ジキル博士の分身はどうか。極悪非道なエドワード・ハイド氏は、どんな立派な人物にも陰の部分があることを読者に示すために存在する。ヴィクトリア朝時代の通念として、ロバート・ルイス・スティーヴンソンも人間の二面性を信じていた。その二面性を文字どおりに書き表した作品はひとつだけではない。『ジキル博士とハイド氏』（一八八六）では、ジキル博士に秘薬を飲ませて邪悪な分身に変身させる。しかし今では読まれることも少なくなった『バラントレーの若殿』（一八八九）では、同じ意図で死に至る確執を運命づけられた双子を登場させている。すでにお気づきだろうが、ここで挙げる例の多くはヴィクトリア朝の小説家だ。スティーヴンソン、ディケンズ、ストーカー、J・S・レ・ファニュ、ヘンリー・ジェイムズ。どうして？　それは、ヴィクトリア朝時代の人たちにはあからさまに書けないことがたくさんあったからだ。おもに性行為や性欲について、作家たちは知恵をしぼり、かたちを変えて、作品の中に禁じられた話題を忍び込ませた。彼らは「昇華」の達人だったのである。だが主題やその扱い方に制限がなくなった今日でも、作家たちはなお、幽霊や吸血鬼、人狼、その他ありとあらゆる恐ろしげな存在をもちだして、平凡な現実を象徴させている。

二十世紀の最後の十年と二十一世紀の最初の十年は、ティーン・ヴァンパイア時代と名づけていいだろう。この現象のきっかけは、やはりアン・ライスの『夜明けのヴァンパイア』（一九七六）に始まる『ヴァンパイア・クロニクルズ』のシリーズ（一九七六―二〇〇三）だ。その後数年にわたりライスの独壇場だったが、しだいに他の作家も参入してきた。一九九七年から始まった『バフィー～恋する十字架～』の思わぬヒットで、ヴァンパイアはついに毎週テレビに登場するまでになった。さらなるブームに火をつけたのは、ステファニー・メイヤーの『トワイライト』（二〇〇五）以降のティーンとヴァンパイアのシリーズである。メイヤーの発想の妙は、普通のティーンエイジャーの女の子と、彼女を愛しながらも血を吸いたい衝動と闘わなければならないヴァンパイアの若者（彼らの場合、若さは比較の問題のようだが）を中心に据えたことだ。このシリーズでは吸血願望（つまり性的願望）をいかに抑制するかが小説の重要なエレメントになっているところが、セルフコントロールとはおよそ無縁だった従来のこのジャンルの主人公たちとの大きな違いになっている。逆に抑制から解き放たれたのが、ティーンエイジャーの読書欲だった。メイヤーは二〇〇八年と二〇〇九年に全米の作家中で売上一位を記録している。批評家は大半が顔をしかめたが、思春期の子どもたちは明らかに書評など読まないとみえる。

そこでこんな格言はいかがだろう。**幽霊や吸血鬼が、ただの幽霊や吸血鬼で終わることはない。**

ただし、ここで少々困ることがある。幽霊や吸血鬼は、いつもそれらしい姿で登場するとは限らないのだ。ときには人の生き血を吸う怪物が普通の人間だったりする。幽霊か人間かの微妙なジャンルを扱ったもうひとりのヴィクトリア朝作家、ヘンリー・ジェイムズを見てみよう。ご存じのとおり、ジェイムズは心理リアリズムの大家だ。唯一の大家、と言っていいかもしれない。ミズーリ川並みに長く蛇行したセンテンスを連ねた部厚い小説がお好みなら、ジェイムズをおすすめする。しかし彼は幽霊や悪魔憑きを扱った短めの作品も書いていて、こちらもそれなりに面白く、長編よりはるかに読みやすい。『ねじの回転』（一八九八）は住み込みの家庭教師をめぐる話だ。彼女は養育をまかされた二人の子どもを奪おうとする邪悪な幽霊からこの子たちを守ろうとして失敗する。だが見方を変えると、家庭教師は妄想に取りつかれて子どもをねらう幽霊を見たと思い込み、過保護になるあまり文字どおりの意味で子どもの息を詰まらせたのかもしれない。あるいは正気を失った家庭教師が、実際に子どもをねらう邪悪な幽霊に出くわしたのかもしれない。あるいは……まあ要するに、このプロットの組み立てはじつに巧妙で、読者の視点次第で変わるようにできている。つまり、出たのか出なかったのかさえわからない幽霊が主要な役割を果たす小説なのである。そこでは家庭教師の心理状態が大きな意味をもち、ひとりの少年の命が失われる。家庭教師と「憑きもの」とが少年を殺してしまうのだ。これを父親の育児放棄（子どもの養育を託されたはずの養父は、家庭教師に丸投げした）と、子どもの息を詰まらせるような母親の過干渉の話と読むこともできるだろう。これら二つの主題要素は、コード化されてプロットに組み込まれている。記号の細目は、ゴーストストーリーの細部にあてはめられているのだ。ちなみにジェイムズにはもうひとつ、よく知られた中編小説『デイジー・ミラー』（一八七八）がある。ここには幽霊も悪魔憑きも出てこないし、真夜中にローマのコロッセウムまで出かける以上の謎めいた事件もない。デイジーは若いアメリカ女性で、その自由奔放さゆえに、彼女が受け入れられたいと切望しているヨーロッパ社交界の堅苦しいしきたりを破ってしまう。デイジーが気を引こうとする青年ウィンターボーンは、デイジーに好意を寄せながらも反発を感じ、在欧アメリカ人社会から締め出されるのを恐れて、最後は彼女から離れていく。さまざまな不運が続いた末にデイジーは死ぬ。表向きは夜中の散歩でマラリアに感染したためだ。だが、本当にデイジーを殺したのは何だろう？　そう、吸血鬼だ。

いや本当に。吸血鬼なのだ。たしかに私は、この小説には幽霊も謎めいた事件も出てこないと書いた。だが牙とマントがなくても吸血鬼にはなれる。繰り返しになるが、吸血鬼伝説の本質はこうだ。堕落した時代遅れの価値観を体現する年長の人物と、若い娘――望ましくは処女。娘の若さ、活力、美徳などが強引に奪われる。年長の男は生命力を保つ。若い娘の死、または破滅。よろしい。ではあらためて見てみよう。ウィンターボーンとデイジーという名前は、それぞれに冬―死、冷たさ――そして春―命、花、再生――を意味しており、いずれ衝突する宿命にある（季節の意味については後半の章で詳しく論じることにする）。冬の霜は咲いたばかりの可憐な花を萎れさせてしまうからだ。ウィンターボーンはデイジーよりかなり年上で、息苦しい在欧アメリカ人社会に縛られている。デイジーは初々しい純真な娘だが――ここがヘンリー・ジェイムズの真骨頂だ――あまりに純真すぎて無節操に見えてしまう。ウィンターボーンと伯母、その友人たちはデイジーのふるまいに眉をひそめつつも、思い切り悪口を言える対象ほしさに彼女と完全に縁を切ろうとはしない。仲間に入りたいというデイジーの願望をもてあそび、その活力を食い物にして萎れさせる。ウィンターボーンは一種の窃視者で、デイジーの危険を眺めてスリルを味わいつつ、高みから批判している。だからコロッセウムでデイジーが男友達と一緒にいるのに気づいても無視を決め込む。いみじくもデイジーはそれを見て、「私がここにいないみたいに無視したわ！」と言う。意味するところは誰の目にも明らかだろう。ウィンターボーンと彼が属する排他的なグループは、こうして徹底的にデイジーを餌食にする。彼女の新鮮な生命力を吸いつくしたあと、衰弱させ死なせてしまうのだ。死を前にしてさえ、デイジーは彼にことづけを残している。だがウィンターボーンのほうは、デイジーを破滅させ死に追いやったあとも、自分が引き起こした結果に悪びれるふうもなく、同じような生活を続けていくのである。

では、この話のどこが吸血鬼につながるのか？　ジェイムズは本当に幽霊や妖怪を信じていたのだろうか。『デイジー・ミラー』のテーマは、人はみな吸血鬼だということなのか。そうではないだろう。ジェイムズの他の小説も含めて言えるのは（『聖なる泉』〔一九〇一〕がすぐ頭に浮かぶ）、彼が吸血鬼的人物を、物語の狂言回しとして便利に使えると考えていたらしいことだ。作品ごとに状況はがらりと変わるものの、この人物はさまざまな姿に身をやつして登場する。『ねじの回転』では、本物の吸血鬼あるいは悪霊を利用して、一種の心理社会的神経症を描き出そうとした。今なら機能不全性なんとかかとレッテルを貼られるところだろうが、ジェイムズ自身は、育児に対する姿勢の問題とか、社会から軽視され切り捨てられた若い女性の精神的不満ぐらいにしかとらえていなかっただろう。いっぽう『デイジー・ミラー』では、礼節をわきまえ「まとも」であるはずの上流社会が犠牲者を食い物にして破滅に追い込むメカニズムの象徴として、吸血鬼的人物を使っている。

このような試みをしたのはジェイムズだけではない。十九世紀は、日常と怪奇の違いが紙一重であることを示そうとする作家がひしめいていた。まずはエドガー・アラン・ポー。怪奇小説を書いてスティーヴン・キング並みの人気を得たJ・S・レ・ファニュ。『ダーバヴィル家のテス』(一八九一)で男たちのさまざまな欲望の食いものにされるヒロインを描いたトマス・ハーディ。あるいは、弱肉強食や適者生存の法則が支配していた十九世紀後半に自然主義運動の影響を受けて書かれた小説のほぼすべてだ。もちろん二十世紀になってからも、社会的な吸血行為や食人行為を書いた小説は枚挙にいとまがない。次世代のポーともいうべきフランツ・カフカはこのダイナミクスを使って『変身』(一九一五)を書いたし、「断食芸人」(一九二四)では伝統的な吸血鬼譚が巧みに裏返され、芸人が断食して餓死するのを人々が見物する。ガブリエル・ガルシア゠マルケスの『エレンディラ』(一九七二)の同名の純真なヒロインは、冷酷な祖母に利用され、売春させられる。D・H・ロレンスは、登場人物たちが生きるか死ぬかのせめぎあいで相手を食いつくし破壊するという展開を、数多くの短編で用いたほか、「狐」(一九二三)のような中編、『恋する女たち』(一九二〇)などの長編小説にも使った。『恋する女たち』のグドルン・ブラングウェンとジェラルド・クライチは表面的には愛し合っているように見えるが、二人ともどちらか一方しか生き残れないことに気づいたとき、相手を破壊する行動に出る。そしてアイリス・マードック。どの作品をとってもいい。マードックはいみじくも『切られた首』(一九六一)という題名の小説を書いているが、本章の議論にぴったりなのは、ゴシック小説風の不気味さを詰め込んだ『ユニコーン』(一九六三)のほうだろう。もちろん世間には、テーマや象徴とは関係なくお手軽なスリルのために幽霊や吸血鬼を登場させた作品も数多いが、こうした本はいわば消耗品で、読者の記憶にも書店の棚にも長居はできない。怖いと思うのは読んでいるあいだだけだ。だが先に挙げたような本当に怖い物語では、登場人物が他者を衰弱させることによって力を得るたびに、食人鬼、吸血鬼や幽霊が、つぎからつぎと出没するのである。

エリザベス朝、ヴィクトリア朝、あるいは現代を問わず、吸血鬼とは要するにそういうものだ。姿を変えた搾取の構造。自分の欲しいものを手に入れるために他人を利用すること。自分たちの要求を通そうとして誰かの権利を否定すること。自分たちの欲望、それも醜い欲望を、他者のニーズより上に置くこと。人の生き血を吸うとは、そういうことなのだ。吸血鬼は朝になると目覚めて――おっと違った、目覚めるのは夜だった――言う。「不死でいつづけるために、私は他人の生命力を奪わなくてはならない。相手がどうなろうと知ったことか」前々から思っていたのだが、ウォール街のトレーダーは事実上これと同じことを言っているのではあるまいか。人が隣人に対して利己的にふるまい、利用しようとするとき、そこにはいつも吸血鬼が徘徊している。

4　たしかどこかでお会いしたような

英文学を教えていていちばん嬉しいことのひとつは、なつかしい友だちにつぎつぎ再会できることだ。もっともビギナーの読者にとってはどの話も目新しく見えて、読書とはとりとめのないものだという印象をもつかもしれない。読書を小学校時代にやった点つなぎゲームに見立ててみるといい。番号順に点をつないで絵にしましょうと言われても、子どもの私は実際に全部の線を書いてみるまで、何の絵かさっぱりわからなかった。ところが他の子は点々だらけのページを見たとたんに、「あ、これは象だよ」「汽車だ」と言うのだ。私の目にはただの点だけ。これは、ひとつには素質もあると思うが――生まれつき二次元の視覚解析に長けた人もいる――おもに練習量の差だろう。点つなぎをやればやるほど、隠された絵が早く見えるようになるわけだ。文学も同じこと。パターン認識には才能も多少関係するとはいえ、ほとんどは訓練のたまものなのである。十分に本を読み、十分に考察を重ねていけば、パターンや元型、反復が自然に見えてくる。点々の中の絵と同じように、見かたを覚えさえすればいい。ただ見るだけではなく、どこを見るか、いかに見るか、なのだ。文学は他の文学から生まれるものである、とカナダの偉大な文芸評論家ノースロップ・フライは言った。それならば当然、ある文学作品が他の作品に似ていても驚くことはない。文学を読むなら、これだけは覚えておくといいだろう。**この世に完全にオリジナルな文学作品は存在しない。**これさえ知っていれば、あとは古い友だちを探しにいって、お決まりの疑問を口にするだけだ。「ところでこの娘《こ》、どこで会ったんだっけ?」

私の好きな小説のひとつに、ティム・オブライエンの『カチアートを追跡して』(一九七八)がある。アマチュア読者も学生もたいてい気に入る本だから、根強いロングセラーになっているのもうなずける。ベトナム戦争の残虐シーンに引いてしまう読者もいるかもしれないが、ほとんどの読者は、初め不快に感じた小説の世界に、いつのまにかすっかり引き込まれていることに気づくはずだ。ストーリーに夢中になった読者のなかには(なにしろすばらしく出来のいい話なので)気づかない人があるかもしれないが、この小説のほとんどは誰かのコピーだ。といっても、なんだ剽窃だったのかと落胆する必要はない。これはれっきとしたオリジナル作品であり、オブライエンが借用したものはすべて、彼自身が語るストーリーの文脈上で完璧な意味を与えられている。過去のソースから引いてきた材料に、彼自身の考えた目的を果たさせるべく、べつの意味をもたせたのだと理解すれば、さらによくわかるはずだ。この小説は三つの部分が組み合わされてできている。一つめは主人公のポール・バーリンの現実の戦争体験で、仲間の兵士カチアートが戦線離脱して脱走するまでの話。二つめは分隊がカチアートを追ってパリまで行く空想上の旅の話。そして三つめは、南シナ海沿いの監視塔の上で夜警に立つバーリンの長い夜。ここで彼は見事な記憶力を駆使して過去を回想しつつ、空想の糸を紡ぐ。戦争そのものは現実に起こっていることなので、バーリンもたいしたことはできない。多少事実を取り違えたり、出来事が前後したりはするが、全体としては現実が記憶に一定の体系を与えている。しかしパリへの旅となると話はべつだ。実際にはすべて作りごと、というか、バーリンがその短い人生のあいだに読んだものの寄せ集めなのだ。彼は自分が知っている小説や物語や歴史のなかから事件と人物を創り出していく。そこには自分自身の体験も含まれる。意識せずにやっていることだから、当人は記憶の中から出てきたと思い込んでいる。オブライエンはここで、創作の過程、ストーリーがいかにして書かれるか、手の内を明かしてくれている。その過程で重要なのは、ストーリーを無から創り出すことはできないということだ。書き手の意識は、少年時代の体験や過去に読んだ本、書き手／創り手がかつて観た映画のすべて、前の週に電話セールスの相手と交わした会話――つまり頭の奥に潜むあらゆる記憶からさまざまな断片をひっぱり出してくる。オブライエンの作中人物のように無意識の場合もあるだろう。だがふつう作家は、過去のテクストを意識的に目的をもって使う。オブライエン自身がしているように。ポール・バーリンとは違って、オブライエンは自分がルイス・キャロルやアーネスト・ヘミングウェイを借用したことを知っている。小説家と登場人物の違いをはっきりさせるために、二本立ての語りの構造を用意しているのだ。

小説の中ほどで、オブライエンは登場人物を道路の穴に落とす。それだけではない。登場人物のひとりが、穴からは落ちて出ればいいんだよと言う。こうはっきり言われたとき、あなたはすぐにルイス・キャロルを思い出したはずだ。穴に落ちていくなんて、『不思議の国のアリス』（一八六五）みたいだな、と。ビンゴ。それさえわかれば十分だ。分隊が穴の下に発見するもの、つまり張りめぐらされたベトコンの地下トンネル（本物とはほど遠いが）と罪を犯して地下に幽閉された将校は、アリスが迷い込む不思議の国にそっくりだ。ある本――男性が書いた、しかも戦争小説――がルイス・キャロルのアリスから状況設定を借用しているとわかったら、あとはもう何でもありだろう。読者はこのことを念頭に置いて、小説の登場人物や状況、出来事を見直してみなければならない。これはヘミングウェイに似ている、こっちは「ヘンゼルとグレーテル」だ、これはポール・バーリンの「本当の」戦争のあいだに起こることだな、という具合に。ちょっとした「トリビアの泉」気分であれこれ出典探しを楽しんだあとは、いよいよ大物にとりかかる番だ。サーキン・オウン・ワンって、いったい誰なんだろう？

サーキン・オウン・ワンというのはポール・バーリンの純愛の対象、夢の恋人である。ベトナム人で地下トンネルに精通しているが、ベトコンではない。男を惹きつける歳にはなっているが、童貞の若い兵士が性欲をかき立てられるほど成熟してはいない。そもそもバーリンの空想が始まったあとで登場する彼女は、「現実」のキャラクターでさえない。注意深い読者なら、ある回想の戦場シーンで兵士たちが村人の身体検査をするとき、同じ金の環のイヤリングをした少女がいるのに注目して、これが「現実」のモデルだなと気づいただろう。だがモデルといっても外見だけの話、中身はべつだ。では彼女のモデルは誰なのか？　いったいどこから来たのだろう？　ごく基本的なところから考えてほしい。細かいことには目をつぶり、大まかなタイプを見るのだ。はて、彼女みたいなタイプをどこで見たかしら。褐色の肌をした若い娘が白人の男たち（まあ大半は白人ということで）のガイド役をつとめる。知らない言葉を話し、行くべき道や食料の見つけかたを知っている。白人を案内して西へ連れて行く。そう、それだ。

いやいや、ポカホンタスではない。ディズニー映画で大活躍を見せたとはいえ、ポカホンタスは道案内に類することなど何もしていない。どういうわけかポカホンタスのほうが宣伝が効いているようだが、ここはもうひとりのほうだ。

そう、サカジャウィア〔一八〇〇年ごろルイス・クラーク探検隊の道案内役として西部遠征を助け、太平洋まで連れて行ったショショーニ族の若い娘〕である。敵地を横断するのに道案内が必要になったとき、私だったら迷わずサカジャウィアに頼む。ポール・バーリンも同じことを考えた。彼が求めたのは、思いやりがあって、ものわかりがよく、自分にない強さをもち、そして何よりも、最終目的地のパリまで安全に連れて行ってくれる人物だった。オブライエンはここで、読者の歴史や文化や文学の知識を巧みに利用してみせる。読者が意識的あるいは無意識にサーキン・オウン・ワンとサカジャウィアを結びつけ、勝手に人物像をふくらませてくれるのを期待している。それだけではない。ポール・バーリンがどれほどせっぱ詰まった状況にいるかを理解させようとしているのだ。サカジャウィアが必要だとしたら、よほど深刻に道に迷っているに違いない。

とはいえ、私はべつにサーキン・オウン・ワンの正体を暴きたかったわけではない。オブライエンの小説に忍び込んでストーリーを作りあげている文学上または歴史上のモデルがいる、という事実を指摘したかっただけだ。オブライエンはルイス・キャロルの代わりにトールキンを使うこともできただろう。表面に見えるものは違っても、本質は変わらなかったはずだ。文学上のモデルが変われば、ストーリーの方向も変わる。だがいずれにせよ、堆積する地層のように下から別のストーリーが浮かび上がって一種の共鳴現象が起きる、という意味では同じことだ。このときストーリーは平板さを脱し、深みをもつようになる。私たちは今、したたかな老教授のようにこの多重構造を読み取る練習をしているのだ。見慣れた顔が隠れているのを見つけ出す。点をつないでみる前に象を見つけられるようにするわけだ。

物語は別の物語から生まれると言うけど、サカジャウィアは実在の人物でしょ？

たしかにそうだ。でも私たちの視点から言えば、そのことは問題ではない。歴史も一種の物語なのだから。現代では誰もサカジャウィアに会った人はいない。彼女について語られた記録から知識を得ているだけだ。そういう意味で、サカジャウィアは歴史というより文学上のキャラクターであり、ハック・フィンやジェイ・ギャツビーと同じようにアメリカ神話の一片なのだ。現実味のなさから言っても。要するに、つきつめればすべて神話だということ。ここで重要な秘密が明らかになる。

これだ。**この世にストーリーはひとつしかない。** さあ、とうとう言ってしまった。もう引っ込みはつかない。ストーリーはひとつしかない。今も昔もひとつ。そのストーリーは昔から存在し、どちらを向いてもまわりにあふれていて、われわれが読んだり聞いたり見たりする話はすべて、その一部なのだ。

『千夜一夜物語』、『ビラヴド』、「ジャックと豆の木」、『ギルガメシュ叙事詩』、『O嬢の物語』、『ザ・シンプソンズ』〔アメリカのテレビアニメ〕。

T・S・エリオットは、新しい作品が創造されると、それは既存の作品の秩序のなかに置かれ、その秩序にある種の変更が加えられるのだと述べた。この言いかたは、私にはどうも墓場のようでぴんと来ない。私の考える文学はもっと生き生きしたものだ。ウナギの入った樽みたいに。作家が新しいウナギを創作してやると、そいつはくねくねと樽に入っていき、もつれたウナギの塊の中にもぐり込む。それは新しいウナギなのだが、樽の中にいる、あるいはかつていたウナギたちすべてと、ウナギらしさを共有している。この譬え話を聞いても、げんなりして本を読む気が失せたと言わない読者は、正真正銘の本好きに違いない。

要するにこういうことだ。ストーリーはほかのストーリーから生まれ、詩はほかの詩から生まれる。しかも元は必ずしも同一ジャンルとは限らない。戯曲から生まれる詩もあれば、小説から生まれる歌もある。十九世紀ロシアの作家ニコライ・ゴーゴリの名作「外套」を二十世紀アメリカの作家T・コラゲッサン・ボイルがポストモダン風に書き直した「外套2」のように、どこから影響を受けたかが明々白々な場合もある。ジェイムズ・ジョイスの「二人の伊達男」〔『ダブリンの人びと』中の短編〕を下敷きにウィリアム・トレヴァーが「続二人の伊達男」を書いたのも、ジョン・ガードナーが中世の『ベーオウルフ』を元にポストモダニズムの傑作『グレンデル』を書いたのも同じだ。かと思えば、これほど直接的でなく、もう少し微妙なのもある。ある小説の構成がずっと昔に書かれた別の小説を思い出させるとか、現代の吝嗇なキャラクターがスクルージを連想させるとか。もちろん聖書も忘れてはならない。聖書にはさまざまな機能があるが、これもまたひとつの大きなストーリーの一部なのだ。女性のキャラクターがスカーレット・オハラやオフィーリア、それどころかポカホンタスのイメージに重なることだってある。類似点は露骨であったりアイロニックだったりコミカルだったり悲劇的だったりするけれども、読者がそのことに気づくためには、文学を読む訓練を積んでおく必要がある。

文学作品がお互いに似かよっているというのはよくわかった。でも、そのことが文学を読むときにどんな意味があるの？

じつにいい質問だ。類似点に気づかなかったところで、どうということはないわけだからね？　つまり最悪の場合でも、先行作などなかったかのように目の前の作品を読むというだけの話。そこから先に起こることはすべてボーナスになる。そのひとつが、私が〝なるほど因子〟と呼んでいるやつ、過去の経験にかぶる見覚えのある要素を見つけたときの、あの嬉しい満足感だ。もっとも、似ていると気づいて喜ぶだけでは意味がない。そこから先へ進もう。よくあるケースとしては、先行するテクストと共通の要素を見つけたとき、読者は空想なりパロディなり、とにかく先行作との比較並列を始める。とたんに、ページの上に書かれた表面的な内容を追うより、もっと深い読み方に変わるのだ。もう一度『カチアートを追跡して』を見てみよう。『不思議の国のアリス』を髣髴《ほうふつ》とさせる描写で分隊が穴に落ちるくだりを読んだとき、読者はごく自然に、落ちた先は一種の不思議の国なのだろうと予測する。じつは最初のところからして、予測は当たっている。牛車とサーキン・オウン・ワンの伯母さんたちは、彼女や兵士たちより速く落下していくからだ。これは、すべての物体は一定の9.8m/s²で加速していく、という重力の法則に反している。ここでポール・バーリンはベトコンの地下トンネルを見ることになる。生来の臆病者バーリンにとって、現実にはけっして見られなかったものだ。しかも空想世界のトンネルは現実以上に入り組んで手ごわい。戦争が終わるまで地下に幽閉された敵の将校は、ルイス・キャロルも泣いて喜びそうな不条理な論理でこの刑を受け入れている。トンネルには潜望鏡まであって、そこからバーリンは現実の戦争、彼自身の過去を覗き見ることができる。これらのエピソードはべつにルイス・

キャロルを思い出さなくても普通に読めるけれども、不思議の国とのアナロジーのおかげで私たちはバーリンが作り出した空想世界をより豊かに理解することができるし、その空想の突飛さを感じ取れるようになるのだ。

こうした古いテクストと新しいテクストとの対話は、つねにさまざまなレベルで行なわれている。批評家はこの対話を「間テクスト性」と呼ぶ。詩やストーリー間の相互関連性のことだ。テクスト間の対話は、ひとつのテクストに何層もの意味をもたせることによって読書経験を深め、豊かにしてくれる。そのなかには読者が気づいてさえいない意味もある。今読んでいるテクストが他のテクストと呼応する可能性を意識すればするほど、私たちは多くの類似点や関連に注目するようになり、テクストは生気を増していく。これについては後でまた論じることにして、今はただ、新しい作品も古い作品と対話をしており、遠まわしの言及から直接的な引用まで、いろいろなかたちで古いテクストを想起させることによって、こうした対話の存在を示しているのだと述べておくにとどめよう。

読者がこのゲームのやりかたを理解したことが作家にわかると、ルールはとたんに複雑になる。故アンジェラ・カーターは小説『ワイズ・チルドレン』(一九九二)で、シェイクスピア劇で名を成した役者一家を登場させた。読者のほうはシェイクスピア劇の要素が使われることをある程度予期しているから、恋人に裏切られた若い娘ティファニーが、錯乱してあらぬことを口走りながら、乱れた服装でテレビの生番組に登場し、その後失踪して溺死したことが判明しても、驚いたりはしない。英語で書かれた史上もっとも有名な芝居の中で、ハムレットの哀れな恋人オフィーリアが錯乱して溺れ死ぬのとそっくり同じだからだ。ただし、じつはカーターの小説はシェイクスピアとともに手品もテーマにしているので、溺死したと思わせるのは古典的な騙しの手法である。死んだと思われたティファニーは後に突然現れて、不実な恋人を狼狽させる。カーターは狡猾にも、私たち読者がティファニー＝オフィーリアという図式を頭に入れたことを計算したうえで、今度はそのティファニーを別のシェイクスピア劇『から騒ぎ』の女主人公、ヒーローになぞらえるのだ。ヒーローは友人たちの忠告に従って死んだふりをして葬儀を演出させ、疑り深いフィアンセを懲らしめる女性である。カーターは昔のテクストに材料を求めただけでなく、読者の反応を予期してその裏をかき、もっと大きなトリックを仕掛けたわけだ。ティファニーが死んだと思い込んだり突然の生還に驚いたりするのにシェイクスピアの知識が必要なわけではないが、シェイクスピア劇に詳しければ詳しいほど、読者は強い反応を示すことになる。カーターはその巧妙な話術でわれわれの期待を逆手にとって驚かせるが、同時に、シェイクスピア劇にも使われた俗っぽい事件を題材にすることで、若い男が自分に惚れた女にひどい仕打ちをするのは昔も今も変わらないんだよと釘を刺しているのだ。さらには、男女関係で力の弱い側は、なんとか影響力を行使するためにあらゆる策略をめぐらさなければならないのだということも。カーターの新しい小説は、大昔からある古いストーリーを語っている。またそれは、大きなひとつのストーリーの一部でもあるのだ。

でも、読者がそういう関連性にまるっきり気づかなかったらどうなるの？

まず第一に、心配はご無用だ。もし当の小説そのものが面白くなければ、ハムレットをタネ本にしていようが救われはしない。登場人物は、まずその人物として生きている必要がある。サーキン・オウン・ワンがどの有名人に似ているのだったかと悩む前に、サーキン・オウン・ワン自身として魅力的に描かれていなければ意味がないのである。ストーリーが面白くて人物もよく描けているけれども、読んでいるあなたにはどんな引喩も関連も類似も思い浮かばなかったとする。それならそれで、よく書けた小説を読んだというだけのこと。いっこうにかまわない。ただ、この章で述べてきたような他の要素、類似やアナロジーに気づき始めたときは、小説の理解が深まり、より複雑な意味を愉しめるようになるはずだ。

だけど、古い本を全部読んだわけじゃないし。

それは私も同じだ。全部読んだ人などいない。かの大評論家ハロルド・ブルームといえども。とはいえ、たしかにビギナーの読者は多少不利な立場にいるので、だからこそ大学教授の助言が役に立つ。しかしこれは独力でもじゅうぶん到達できる領域だ。子どものころ、私はよく父とキノコ狩りに行った。最初はキノコなどまったく目に入らないのだが、父に「ほら、そこに黄色いスポンジみたいなやつがあるぞ」とか「あそこに黒い尖ったやつが」などと言われて探しているうちに、だんだん焦点が合ってくる。そうこうするうちに、自分でも見つけられるようになった。全部ではなく、ほんのときたまなのだが、いったんアミガサタケが見えるようになったら、もう面白くてやめられない。文学部の教授がやることもこれと似ている。キノコのそばに来たとき、このへんにあるぞと教えるのだ。それさえわかれば（しかもキノコはたいてい目の前にある）自力でキノコを見つけられるようになるだろう。

5　疑わしきはシェイクスピアと思え……

ここでクイズをどうぞ。ジョン・クリーズ、コール・ポーター、『こちらブルームーン探偵社』、『デスヴァレー・デイズ』。さて共通点は？　いやいや、コミュニストの陰謀うんぬんではない。じつはこの四つとも、ストラットフォード・アポン・エイヴォン生まれの元革手袋職人見習い、ウィリアム・シェイクスピアが書いた『じゃじゃ馬ならし』つながりなのである。イギリスの喜劇俳優ジョン・クリーズは、一九七〇年代にBBCがシェイクスピア全作品をテレビ化した際にペトルッキオを演じている。コール・ポーターは、『じゃじゃ馬ならし』の現代版ブロードウェイ・ミュージカル『キス・ミー・ケイト』の作曲者だ。テレビドラマ『こちらブルームーン探偵社』でこの戯曲をパロディにした「今宵はシェイクスピア」という回は、もともとひねりの効いたテレビシリーズ中でも飛びぬけた傑作だった。しかし何といっても異色中の異色は『デスヴァレー・デイズ』だろう。一九五〇年代から六〇年代に放映されていた西部劇のアンソロジーで、後の大統領ロナルド・レーガンがホスト役をつとめていた時期もあり、トウェンティ・ミュール・ティーム・ボラックスという洗剤のメーカーがずっとスポンサーになっていた番組だ。このリメイク版は開拓時代の西部を舞台に、エリザベス朝の英語とは縁もゆかりもないドラマに仕上がっていた。じつは私の世代の仲間には、これが初めてのバード〔bardは詩人の意。The Bardでシェイクスピアを指す〕との出会いだったとか、面白いシェイクスピアがあるんだと初めて知った、という連中が大勢いる。ご存じのとおり、公立学校ではシェイクスピアといえば悲劇しか読ませないからだ。しかもここに挙げた例は、長年にわたって酷使されてきた『じゃじゃ馬ならし』ネタの、ほんの氷山の一角にすぎない。どうやらこの筋書きは時と場所を越えていかようにでも料理できる、変幻自在の素材らしいのだ。

十八世紀から二十一世紀までの文学史のどこを切り取ってもいい。そこに君臨するシェイクスピアの存在の大きさを知れば、驚愕するに違いない。シェイクスピアはどこにでもいる。思いつくかぎりのあらゆる文学形体の中にいる。しかもどれひとつとして同じではない。まるですべての時代、すべての作家が、自分だけのシェイクスピアを再生産しているかのようだ。彼の名を冠した戯曲が本当にシェイクスピア本人によって書かれたかどうかさえ、いまだに確実にわかってはいないというのに。

一九八二年、ポール・マザースキー監督は『テンペスト』の興味深い現代版を撮った。この映画にはアリエルらしき人物（スーザン・サランドン）や、コミカルだが悪辣なキャリバン（ラウル・ジュリア）、プロスペロー（著名な映画監督ジョン・カサベテス）、孤島、一種の魔術などが、ひとひねりされて登場する。映画のタイトルは何かって？『テンペスト』だ。ウディ・アレンによる『夏の夜の夢』のリメイク版は『夏の夜のセックス・コメディ』（邦題『サマー・ナイト』）と名づけられた。内容はご想像のとおりだ。ＢＢＣのシリーズ、『マスターピース・シアター』では『オセロー』を現代に置き換えて、黒人警官ジョン・オセローと美しい白人の妻デシー、昇進を見送られたことを根に持つ同僚ベン・イアーゴの話に仕立て上げた。オリジナルを知っている人ならなるほどと納得できるだろう。加えて、十九世紀にさかんに作られたシェイクスピア原作のオペラがある。その後『ロミオとジュリエット』から『ウェストサイド物語』が生まれたのはよく知られている。一九九〇年代になって、そこから現代の若者文化と自動拳銃に彩られた映画ができた。また一九三〇年代にはプロコフィエフによるバレエ組曲も作られている。これが『ハムレット』となると、二、三年おきに新しい映画が生まれているような気がする。トム・ストッパードは、『ハムレット』中のマイナーキャラの運命に焦点をあてて、戯曲『ローゼンクランツとギルデンスターンは死んだ』を書いた。そして無教養の砦のごときあの『ギリガン君SOS』にも、テレビでビルコ軍曹を演じて売れっ子になったフィル・シルヴァースがハムレットのミュージカルを企画する話が出てくる。圧巻はポローニアスの有名な台詞「貸し手にも借り手にもなるな」をビゼーのオペラ『カルメン』の「ハバネラ」の旋律に合わせて歌うところだろう。

シェイクスピアをモチーフにするのは、舞台や映画だけに限らない。ジェイン・スマイリーは『リア王』を原案に『大農場』(一九九一)を書いた。時代も場所も違えど、欲と感謝と誤算と愛についての深い考察であることに変わりはない。ほかに、タイトルへの転用というのもある。ウィリアム・フォークナーが気に入ったのは『響きと怒り』だった。オールダス・ハクスリーは『すばらしい新世界』を選んだ。アガサ・クリスティーはやはり『マクベス』から『親指のうずき』を取り、続けてレイ・ブラッドベリが『何かが道をやってくる』を書いた。だが、なんといってもシェイクスピア物のチャンピオンといえば、前章でも触れた、アンジェラ・カーターの遺作『ワイズ・チルドレン』だろう。表題のチルドレンは双子の姉妹で、当代随一のシェイクスピア俳優の隠し子だ。父の父もまた、当代随一のシェイクスピア俳優だった。双子のドーラとノーラ・チャンスは正統派演劇とは対照的なショービジネスに身を置くダンサーだが、ドーラの語る物語にはシェイクスピア劇の激情や状況があふれている。祖父が不倫を働いた妻を殺して自殺したいきさつは『オセロー』を連想させるし、前章でも触れたように、オフィーリアのように溺死したと思われた娘は、終わりになって『から騒ぎ』のヒーローよろしく突然生還する。この小説は、人が消えたりまた現われたり、変装した人物、男装した女、さらにはリア王を破滅させたリーガンとゴネリルばりの性悪な姉妹が出てきたりと、あっけに取られることばかりだ。カーターが描く『夏の夜の夢』のハリウッド版映画製作現場は、オリジナルの六人の職工たちも顔負けのはちゃめちゃぶりで、一九三〇年代に実際に作られた映画を思い出させる。

これらはシェイクスピアのプロットや状況設定が借用された例のほんの一部に過ぎないが、これだけであれば、他の不滅の大作家たちとさしたる違いはないだろう。

ところが、話はここで終らない。

われらが沙翁を読むいちばんの喜びが何かをご存じだろうか？　その後の一生を、かつて読んだ台詞の一節にめぐり合いながら暮らせるということだ。たとえば――

To thine own self be true.　自己に忠実であれ。（『ハムレット』）〔以下小田島雄志訳／白水ｕブックス〕
All the world's a stage, / And all the men and women merely players　この世界はすべてこれ一つの舞台、人間は男女を問わずすべてこれ役者にすぎぬ。（『お気に召すまま』）
What's in a name? That which we call a rose / By any other name would smell as sweet　名前ってなに？　バラと呼んでいる花を別の名前にしてみても美しい香りはそのまま。（『ロミオとジュリエット』）
What a rogue and peasant slave am I　ああ、なんてやくざな卑劣漢だ、おれは。（『ハムレット』）
Good night, sweet prince, / And flights of angels sing thee to thy rest!　おやすみなさい、天使の歌を聞きながら安らかな眠りにつかれますように。（『ハムレット』）
Get thee to a nunnery　尼寺へ行け。（『ハムレット』）
Who steals my purse steals trash　私の財布を盗む者はくずを盗むようなものだ。（『オセロー』）
［Life's］ a tale / Told by an idiot, full of sound and fury, / signifying nothing　（人生は）白痴のしゃべる物語だ、わめき立てる響きと怒りはすさまじいが、意味はなに一つありはしない。（『マクベス』）

The better part of valor is discretion　勇気の最上の部分は分別にある。（『ヘンリー四世第一部』第五幕第四場）

（Exit, pursued by a bear）　熊に追われて退場　（『冬物語』）

A horse! A horse! My kingdom for a horse!　馬をくれ！　馬をくれ！　馬のかわりにわが王国をくれてやる！（『リチャード三世』）

We few, we happy few, we band of brothers　少数だが、幸せな少数よ、われわれは兄弟の絆で結ばれている。（『ヘンリー五世』）

Double, double, toil and trouble; / Fire burn and cauldron bubble　ぐらぐら煮えろ、釜のなか。苦労も苦悩も火にくべろ、燃えろよ燃えろ、煮えたぎれ。（『マクベス』）

By the pricking of my thumbs, / Something wicked this way comes　この親指がうずくぞ。何かが道をやってくる。（『マクベス』）

The quality of mercy is not strained, / It droppeth as the gentle rain from heaven 慈悲は義務によって強制されるものではない、天より降りきたっておのずから大地をうるおす、恵みの雨のようなものなのだ。（『ヴェニスの商人』第四幕第一場）

O brave new world, / That has such people in't!　ああ、なんて素晴らしい新世界！　りっぱな人たちがこんなにおおぜい！（『テンペスト』）

おっと、そして忘れてはならない、

To be, or not to be, that is the question.　このままでいいのか、いけないのか、それが問題だ（生きるべきか死ぬべきか、それが問題だ）。（『ハムレット』）

　そういえば聞き覚えがあるぞ、と思ったあなた。聞いたのは今週だろうか？　いや今日だったかな？じつはかくいう私も、今朝この章をまとめはじめたときテレビのニュースでひとつ耳にしたばかりだ。手元にある『バートレット引用句辞典』は、シェイクスピアの項が四十七ページを占めている。私も全部知っているとは言わないが、ほとんどはお馴染みのものばかりだ。実際、引用句を並べようとして困ったのは、どこで終わりにするかだった。その気になれば一日でも続けていられただろう。これは私の想像だが、第一に、読者のほとんどは前述の引用句の出典にあたる戯曲を一部しか読んでいないのではあるまいか。そして第二に、それでも大半の引用句に聞き覚えがあると思ったのではないだろうか。出どころはわからなくても、言い回しそのものは知っているぞと（あるいはわかりやすく嚙みくだいたバージョンを）。

　わかったよ。じゃあシェイクスピアはどこにでもいるんだね。どうしてだろう？

　シェイクスピアがわれわれ読者にとって意味があるのは、作家たちに非常に重んじられているからだ。だからここは作家の側から考えてみることにしよう。

　シェイクスピアを使うと賢そうに見える？

　賢そうに見えるって、何と比べて？

　そりゃあ、たとえば『ロッキーとブルウィンクル』〈アメリカのアニメ〉を出してくるよりさ。

　たしかにそうだ。おやおや、それはぼくの大好きなアニメだぞ。しかし、シェイクスピアほど聞こえのいいネタはなかなかないからね。ひとつもないと言ってもいいかもしれない。

　それに、引用するってことはシェイクスピアを読んだってことでしょう？　学があるわけだ。

　そうとは限らないよ。たとえば私の場合、九歳になるころには『リチャード三世』の「馬をくれ！」

のくだりをそらで言えた。父が大好きで、芝居がかった調子でこの場面をやってみせるのを、物心ついたころから聞かされていたからだ。私の父は高校を出ただけの工員で、シェイクスピアを暗誦して自慢しようなどという気持ちはこれっぽちもなかったと思う。ただ、気に入って何度も読み返している戯曲のストーリーや台詞のことを熱く語るのは好きだった。やはりこれがいちばんのモチベーションになるのではないだろうか。芝居が好き、登場人物が好き、美しい言葉が好き、追い詰められてもウィットを忘れない台詞が好き。私は剣で刺されて死にたくはないが、万一そういうはめに陥ったときは『ロミオとジュリエット』のマキューシオのように冷静さを保ち、傷は重いかと訊かれて「そう、井戸ほどは深くはないし、教会の門ほどは広くもない。それでもこたえる」などと言ってみたいと思う。死にかけているのに洒落を言えるなんて、誰が憧れずにいられようか。おそらく世の作家たちも博識をひけらかしたくて引用句を使うというよりは、読んだり聞いたりしてきた言葉が自然に出てくるのだと思う。そしてたいていの作家にとって、シェイクスピアの台詞は頭にこびりついて離れないのだろう。

それに、書き手の権威を感じさせるという効果もあるね。

聖典が権威をもつように？　あるいは凝りに凝った文体が権威をもつように？　たしかにシェイクスピアには聖典に通じるところがある。かつて開拓者の一家が幌馬車に乗って西部を目指したとき、スペースは大変に貴重だったため、本は二冊しか持たないのが普通だった。聖書とシェイクスピアだ。そもそも高校生が毎学年必ず読まされる作家がほかにいるだろうか。あなたがアメリカの中規模の都市に住んでいるとして、地元の劇場で毎年確実に上演される劇作家はオーガスト・ウィルソンでもなければアリストパネスでもない。シェイクスピアだ。つまり、シェイクスピア作品には聖典と同じような遍在性があるのだ。非常に深いところで、シェイクスピアはわれわれの心に刻み込まれている。しかもそれは、言葉や場面、戯曲そのものが美しく、すばらしいからだ。世の中のほぼすべての人が知っているものが、ある種の権威をもつのは当然だろう。たった一行の台詞を口にしただけで、誰もがああ、とうなずくのだから。

だが、ここにもうひとつ別の要素がある。シェイクスピアは他の作家が格闘を挑みたくなるような人物を提供してくれているのだ。あるいは他のテクストが新しいアイデアをぶつけられるようなテクストを。作家はつねに、過去の作家たちと関連をもたざるを得ない。もちろん、その関連性はテクストに表われてくる。いかなる作品にも、作家に何らかのかたちで影響を及ぼした過去のテクストが反映されているはずなのだ。この関連性からは相当な葛藤が生まれる可能性がある。これが前章でも触れた、間テクスト性である。もちろんここに述べたことはシェイクスピアだけの問題ではない。たんに大作家として聳え立っているために、もっとも多くの作家が影響を受けているというだけのことだ。間テクスト性についてはまた論じるとして、ここでは例だけを挙げておこう。T・S・エリオットは「J・アルフレッド・プルーフロックの恋歌」(一九一七)の中で神経症気味の臆病な主人公に、自分はハムレット王子になるように生まれついてはいない、せいぜいが舞台を埋める数合わせのためのエキストラか、筋の進展のために犠牲になる従臣にすぎないと言わせている。ここでたとえば「ぼくは悲劇のヒーローになるべく生まれついてはいない」というかわりにハムレットを出すことで、エリオットは自分の主人公が置かれた状況を瞬時に読者に理解させることができた。一ページ使って説明しても、こうはいかないだろう。気の毒なプルーフロック氏がどんなに頑張っても、なれるのはせいぜいハムレットの父王の亡霊を最初に目にする衛兵バナードーやマーセラス、あるいは王とハムレットの両サイドから利用され、処刑される運命とも知らずに旅立つ不運な廷臣、ローゼンクランツとギルデンスターンぐらいのものだ。しかしエリオットの詩はたんに『ハムレット』を引用しているだけではない。同時にハムレットとの対話を始めてもいるのだ。今はもう偉大なる悲劇の時代ではない、とプルーフロックは語る。おろおろする不運な男の時代だと。しかし、考えてみればハムレット自身も、おろおろする不運な男ではなかったか。彼がおのれの不運から抜け出して、気高く悲劇的に人生を終えられたのは、ひとえに状況のなせるわざだった。こうしたテクスト間の相互作用は、詩の中のほんの数行で起こるだけなのだが、それでもエリオットの詩とシェイクスピアの戯曲の双方に、意外性に満ちた新しい光を投げかけることができる。エリオットがプルーフロックの劣等感を説明するためにハムレットを引き合いに出さなければ、けっして起こらなかったことだ。

覚えておいてほしいのは、シェイクスピアのテクストをそのまま書き写すような独創性に欠ける作家はあまり多くはないということだ。ふつうはプルーフロックのようなダイアローグが提示されて、過去の作品の一部を利用しつつ、新しい作品が独自の主張をする。作家はあるメッセージを書き換えたり、時代から時代への変化（あるいは継続性）を掘り下げたり、過去の作品の一部を想起させることで新しい創作作品の特徴を際立たせたり、読者の知識を利用したりして、まったく新しいもの、アイロニックな意味でオリジナルなものを創り出していくのだ。こうしたアイロニーはシェイクスピアのみならず、先行するどの作家にもあてはまる。新しい作家たちにはそれぞれの計略があり、自分だけのものの見方をもっているのである。

たとえばこれはどうだろう。南アフリカでアパルトヘイト批判の急先鋒に立った作家のひとりに、戯曲『マスター・ハロルド Master Harold...amd the Boys』（一九八二）で知られるアソル・フガードがいる。この戯曲を書くにあたってフガードがもじった作家は誰か――もうおわかりだろう。あなたはさらに飛びつくように、人種問題といえば『オセロー』だな、と当たりをつけたかもしれない。ところがどっこい、青年が成長していく物語としてフガードが選んだのは、『ヘンリー四世第二部』だった。シェイクスピア劇では、ハル王子は放蕩生活から足を洗い、フォルスタッフと飲み歩くのをやめて王位を継ぐ。

そして『ヘンリー五世』で檄を飛ばして自軍の士気を高め、アジャンクールの戦いにみごと勝利する国王になる。つまり彼は、一人前の大人として責任を負うことを学ぶのだ。フガードの現代版では、ヘンリーはハロルドと名を変え、遊び仲間の黒人からはハリーと呼ばれている。ハル王子と同じように、ハリーも成長してマスター・ハロルドになり、父から家業を継がねばならない。問題は、継ぐ価値のない家業の後継者になることが何を意味するかだ。フガードはそれを問いかけている。ハロルドが継ぐべき役割は、大人としての責任に加えて、人種差別と心ない人権無視をも含んでおり、青年はそれを確実に身につけていく。つまり、『ヘンリー四世第二部』はハロルドの成長を測る手立てを提供しているのだが、この場合の成長とは、じつは人間がもっとも唾棄すべき衝動への退行にほかならないのだ。しかしまた同時に『マスター・ハロルド』は、私たちがシェイクスピア劇を観ながら当然のものとして受け入れている概念——支配者の特権、ノブレス・オブリジェ、権力、相続、社会的に認められた行動、ひいては大人とは何かということまでを、あらためて自分に問い直してみるきっかけを与えてくれる。ハロルドのように友だちの顔に唾を吐きかけられるようになるのが、大人になった証なのだろうか？そうではないだろう。フガードは、もちろんはっきり書いているわけではないけれども、大人になったヘンリー五世がかつての遊び仲間フォルスタッフを冷酷に追放したことを、私たちに思い出させる。シェイクスピアが標榜したような価値観は、忌まわしいアパルトヘイトに直結したのだろうか？　フガードから見ればそうだ。そして彼の戯曲は、私たちがそうした価値観と、それを描いた戯曲とを新しい目で見直す機会を提供してくれる。

世の作家たちがシェイクスピアを使って何をしているか、いくらかわかっていただけただろうか。もちろんシェイクスピア以外の作家を使ってもいいのだが、使用頻度はぐっと低くなる。なぜかって？理由は簡単だ。シェイクスピアはストーリーが抜群だし、人物は魅力的、言葉もみごとだから。そして誰でも知っているからだ。代わりにフレク・グレヴィルを引用してもちっともかまわないのだが、そのときは作家が自分で注を用意しなければならないだろう。

　では読者にとってはどうなのか？　フガードの例が示すように、二つのドラマが織り成す相互作用に気づいた読者は、新たな意味を創り出そうと試みる劇作家の共同執筆者になる。フガードは読者がシェイクスピアのテクストを知っていることを前提に自分の劇を書いているので、そのぶん露骨な表現をせずにすませている。私はいつも学生に言うのだが、読むことは想像力の活動だ。想像力が求められるのは作者の側だけではない。しかも、このようなダイアローグが交わされるのを聞くことで、私たちは両方の作品をより深く、豊かに理解することができるようになる。新しい作品の含意を読み取るいっぽうで、過去の作品についてもわずかながら読み方を変えることになる。そして私たちが誰よりも親しんでいる作家、たとえ戯曲を読んだことがなくても「知っている」作家は、シェイクスピアなのだ。

　というわけで、本を読んでいて、この部分はうまく書け過ぎじゃないの、と感じたら、出どころはもうおわかりだろう。

　そして友よ、あとは、沈黙。〔ハムレット最後の台詞〕

6 ……さもなければ聖書だ

つぎの点を結びなさい。庭、蛇、疫病、洪水、海が割れる、パン、魚、四十日、裏切り、否認、奴隷と逃亡、太った子牛、乳と蜂蜜。これらがすべて詰め込まれた本を、あなたは読んだことがあるだろうか?

じつはこれ、ほとんどの作家が読んでいる。詩人、劇作家、脚本家もしかり。映画『パルプ・フィクション』でサミュエル・L・ジャクソン演じるギャングは、あらゆる下品な放送禁止用語のあいまに(といっても大半はfで始まる一語なのだが)ヴェズヴィオ火山よろしく聖書の語句を連発する。まさに黙示録的発想とレトリックだ。これを観るかぎり脚本・監督のクエンティン・タランティーノは、罵り言葉を連発するわりには、かなり聖書に親しんでいるに違いない。あのジェームズ・ディーンの映画はなぜ『エデンの東』というタイトルになったのか。原作者のジョン・スタインベックが「創世記」を知っていたからだ。〔この本はアダムとイブの息子、カインとアベルの物語を下敷きにしている。神に愛される弟を妬んだカインは、アベルを殺してエデンの園の東へと追放される〕エデンの東にいるということは、堕落した世界にいるということ。ジェームズ・ディーンの映画に、そしてもちろんスタインベックの原作に、これほどふさわしいタイトルはないだろう。

古い諺にあるように、悪魔でも聖書を引用することはできる。それなら作家にできないはずはない。

信仰がなくても、ユダヤ教―キリスト教文化の中で暮らしていなくても、「ヨブ記」や「マタイによる福音書」や「詩編」から素材を取り出して使うことはできる。楽園、蛇、炎の舌〔「使徒言行録」精霊降臨の場面より〕、つむじ風の中から聞こえる声〔「ヨブ記」より〕などが文学にたびたび登場するわけは、これで説明がつくだろう。

　トニ・モリスンの『ビラヴド』〔一九八七〕では、逃亡奴隷のセサが四人の幼い子どもたちと住むオハイオの家に、四人の白人が馬に乗ってやってくる。セサは子どもを奪われて奴隷にされてしまうことを恐れ、錯乱して子どもたちを「救う」ために殺そうとするが、二歳の娘――のちのビラヴド――を殺したところで阻止される。他の元奴隷たちや白人たちの誰ひとりとして、セサがなぜそんなことをしたのか理解できない。そしてこの不可解さこそがセサの命を救い、残った子どもたちを奴隷にされる運命から護るのである。彼女の狂気のような暴力に説明はつくのか？　いや、それはあまりにも理不尽で、極端で、均衡を欠いている。彼らもみなそう思っている。ところが私たち読者には、なんとなく理解できるような気もするのだ。奴隷の国から馬に乗って近づいてくる四人の白人。セサが直感し、私たちにもぴんと来るのは、これは世の終わり《アポカリプス》が来たのだな、ということだ。「ヨハネの黙示録」で四人の騎士がやってくるのは、終末の日、大審判の日である。モリスンの色彩描写は聖ヨハネのオリジナルとは少々違うけれども――緑の馬を登場させるのはなかなか難しいだろう――即座に関連に気づくのは、モリスンが **the four horsemen** という表現を使っているからだ。馬上の男たちでもなければ、ライダーでもない。**horsemen** である。これはかなり明白だ。しかも、四人のうちの一人は馬に乗ったまま、ライフルを膝にのせている。黙示録に登場する第四の騎士、蒼ざめた馬に乗った「死」にそっくりではないか。映画『ペイルライダー』の場合、クリント・イーストウッドは、観客に確実に気づいてもらおうと、ヒントになる引用句を入れている（もっともイーストウッドの西部劇映画では、よそ者が現われたら「死」

世の終わり《アポカリプス》が馬に乗ってやってきたら、あなたならどうするだろう?

それがセサの行為の説明なのだ。

トニ・モリスンはもちろんアメリカ人で、プロテスタント文化の中で育った。だが、キリスト教などの宗派でも聖書を読む。ジェイムズ・ジョイスはアイルランド人のカトリックだが、かなり頻繁に聖書の要素を使っている。私はよく教材として、「アラビー」(一九一四)を取り上げる。純真さの喪失をテーマにした、『ダブリンの人びと』の中の珠玉の一編だ。「純真さの喪失」を別の言葉で言えば、もちろん「堕落」になる。アダムとイブ、楽園、蛇、禁断の実。純真さの喪失を描いたストーリーはすべて、ある人が神の不興を買った体験の再現にほかならない。喪失は個人のレベルで、主観的に起こるものだから。で、「アラビー」のあらすじはこうだ。主人公の少年——十一歳から十三歳ぐらいの微妙な年頃——は、これまで学校と、ダブリンの街角で仲間とカウボーイごっこをして遊ぶだけの単純明快な日常を送っていたのだが、ある日突然異性に目覚める。初恋の相手は友だちのマンガンの姉さんだ。彼女にも主人公の少年にも名前がないので、いささか具体性に欠けるきらいはあるのだが、それはそれで意味がある。思春期の入り口にいる語り手にとって、欲望の対象は具体的なかたちをもってはいないし、彼はおそらく自分が欲望を抱いていることさえ気づいていないからだ。男女を隔てて教育することで純潔を保たせようとするアイルランドのカトリック文化のなかで育った少年は、異性間の関係についても、清潔かつ婉曲に書かれたものしか読んだことがない。そんな彼が、「アラビー」という異国情緒漂う名前のバザーで彼女に何か買ってくる約束をする。意味深長なことに、彼女のほうは修道院に付設されたカトリックの女子校で黙想会《リトリート》があるために、バザーに行くことができないのである。家庭の事情でいらいらしながら待たされたあげく、彼は終了直前にバザー会場に着く。出店はもうほとんど閉まっているが、ようやく一軒開いている店を見つける。店の前では若い女が二人の若い男とふざけあっていて、少年は気後れを感じる。若い女は気のない様子で何かほしいのかと訊くが、怖気づいた少年はいらないと答えてその場を離れる。悔しさと恥ずかしさで目をうるませながら。そのとき彼は、自分の気持ちが崇高でも何でもなく、おそらくは自分に何の関心も抱いていないつまらない少女のために使い走りをしようとしていたのだと気づいて、情けなさにうちのめされるのだ。

ちょっと待って。純潔はわかるけど、どうして堕落なの？

当然だろう。純潔があって、それを失うわけだから。ほかに何がいる？

聖書っぽいものだよ。蛇とかりんごとか、せめて楽園ぐらい。

悪いけど、楽園もりんごもなしだ。バザー会場は屋内だから。しかし、出店の入り口の両側には大きな壺が置かれている。東洋の番兵のように、とジョイスは書く。この番兵が、唯一聖書を連想させるところだ。「こうしてアダムを追放し、命の木に至る道を守るために、エデンの園の東にケルビムと、きらめく剣の炎を置かれた」「創世記」第三章二四節。人が何かに近づけないようにするために、きらめく「剣の炎」ほど有効なものはないだろう。この場合の何かとは、過去の純潔である。エデンの園でも、少年時代でも。純潔さの喪失を描いた物語が心に沁みるのは、絶対に後戻りがきかないからだ。少年の目が苦悩に燃えたのは、それが「剣の炎」だったからだ。

作家が聖書にモチーフ、人物像、テーマやプロットを求めなくても、題名だけはいただきたい、という場合もある。聖書は魅力的な題名の宝庫だ。『エデンの東』のことは前に述べた。ティム・パークスは『炎の舌 Tongues of Flame』という小説を書いている。フォークナーには『アブサロム、アブサロム！』と『行け、モーセ』がある。後者は黒人霊歌の題名だが、もとになっているのは聖書だ。さて、あなたが絶望と、不能と、未来など存在しないという感覚を小説に書きたいと思ったとしよう。あなたはそのとき旧約聖書の「コヘレトの言葉」をひもとき、夜のつぎは必ず新しい朝になる、人生とは生と死と新生の永遠のサイクルの一環であり、ひとつの世代が次の世代を綿々と引き継いで続いていく、ということを思い出させるくだりに目を向ける。そして、太古の昔から信じられてきた、世界と人類は再生を続けていくという信念が、西洋文明を破壊したわずか四年のあいだに粉々に崩れたことを思い、その一節を逆説的に使ってやろうと思いつく。あなたが第一次世界大戦を生き延びたばかりのモダニストなら、そうするかもしれない。少なくとも、ヘミングウェイはそうだった。「コヘレトの言葉」第一章五節より、『日はまた昇る』。この偉大な小説に、完璧な題名ではないか。

題名以上に多いのが、状況や言葉の引用だ。詩は聖書の語句に満ちている。なかには明々白々なものもある。ジョン・ミルトンは主題の大半と材料を聖書から取って、『失楽園』、『楽園の回復（復楽園）』、『闘士サムソン』を書いた。さらに、初期の英文学は宗教に関するものが多く、ほぼつねに宗教の影響を受けている。『サー・ガウェインと緑の騎士』や『妖精の女王』の探求する騎士たちは、自分で気づいているか否かにかかわらず（通常は気づいているが）宗教のために目的のものを探し続ける。『ベーオウルフ』は、大ざっぱに言って――勧善懲悪の話である以前に――北方ゲルマン社会の原始信仰のなかにキリスト教が到来したことを語っている。怪物のグレンデルはカインの末裔だとされる。では、私たちはみな悪党ではないか？　チョーサーの『カンタベリー物語』（一三八七―一四〇〇）の巡礼者たちでさえ、彼ら自身もその話も必ずしも信心深いとはいえないものの、復活祭に合わせてカンタベリー大聖堂に巡礼するところであり、その話の多くは聖書や宗教講話を思い出させるものだ。ジョン・ダンは英国国教会の牧師だったし、ジョナサン・スウィフトはアイルランド国教会の主席司祭であった。エドワード・テイラーとアン・ブラッドストリートはアメリカのピューリタンだ（テイラーは牧師）。ラルフ・ウォルド・エマソンは一時期ユニテリアン教会の牧師だったし、ジェラルド・マンリー・ホプキンスはカトリック司祭だった。ダンやマロリーやホーソーン、ロセッティを読めば、いたるところで聖書からの引用やプロットや人物に行き当たるし、話全体が聖書から取られていることも多い。あえて言うならば、二十世紀中盤以前の作家はすべて、磐石の宗教教育を受けていたのである。

今日でさえ、多くの作家たちが祖先の信仰と軽い会釈以上のつきあいをしている。終わったばかりの前世紀でいうと、T・S・エリオットとジェフリー・ヒル、アドリエンヌ・リッチとアレン・ギンズバーグなど、現代版の宗教的あるいは霊的な詩人たちがいて、彼らの作品には聖書の語句とイメージがちりばめられている。エリオットの『四つの四重奏曲』（一九四二）の急降下爆撃機は鳩にそっくりで、聖霊降臨の火の贖罪を通じて爆撃の火からの救いを提供している。『荒地』（一九二二）ではエマオへの道で弟子たちに混じって歩きはじめたキリストの姿を借りる。「東方三博士の旅」（一九二七）ではクリスマス・ストーリーを用い、「聖灰水曜日」（一九三〇）ではやや風変わりな四旬節の意識を描く。ヒルは詩人としてのキャリアを通じて堕落した現代世界における霊の問題と取り組んでいるので、「ペンテコスト城 The Pentecost Castle」や「カナン Canaan」（一九九六）に聖書からのテーマやイメージを見出しても、少しも意外には感じない。アドリエンヌ・リッチは、贖罪の日の意味を考えた「ヨム キッパー、一九八四」の中で前世代の詩人ロビンソン・ジェファーズに呼びかけているし、ユダヤ教は彼女の詩にかなりの頻度で現われる。ギンズバーグは、いまだかつて嫌いな宗教に出会ったことがないという詩人で（彼は自分を「仏教徒のユダヤ人」と呼ぶことがあった）、ユダヤ教、キリスト教、ヒンズー教、イスラム教をはじめ、世界のあらゆる宗教に素材を求めている。

もちろん、誰もが宗教をストレートに使うわけではない。モダンおよびポストモダンのテクストの多くは本質的にアイロニックであり、聖書を出典とした引喩は宗教的伝統と現代との連続性を強調するときだけでなく、分裂や隔絶を説明するためにも使われる。いうまでもなく、こうしたアイロニーはときに問題を引き起こす。サルマン・ラシュディは『悪魔の詩』（一九八八）を書いたとき、コーランや預言者マホメットの生涯にかかわった人々のパロディとして（理由はいろいろあるが、おもに不道徳さを表現するために）登場人物を描いた。聖典をアイロニーの道具に使うのを理解しない人がいることはラシュディにもわかっていたはずだが、まさか自分が死刑宣告のファトワーが出されるほどひどく誤解されようとは、思ってもみなかったに違いない。現代文学でキリストに見立てられた人物は（これについては14章で詳しく述べる）ほとんどがキリストより卑小な存在になっている。当然、保守的な宗教家や信者にはおもしろくないところだ。しかし多くの場合、パロディとして描かれた人物は軽くてコミカルなので、不快感を与えることは多くない。ユードラ・ウェルティのすぐれた短編「私が郵便局に住む理由　Why I Live at the P. O.」（一九四一）の語り手、シスターは、妹に対抗心を燃やしている。その妹は、ふしだらとまではいかなくても、かなり疑わしい状況で家を出ていたのだが、ある日戻ってくる。甘やかされてだめになった妹が帰ってきたおかげで、シスターは五人の家族と子ども一人のために鶏を二羽料理しなければならなくなり、ひどく腹を立てる。シスターは気づいていないが、私たち読者には、この鶏がじつは太った子牛だなとわかる。伝統的な意味での大宴会ではないかもしれないが、「放蕩息子」（ここでは娘）の帰還を祝うご馳走ではあるだろう。聖書の中の兄たちと同じようにシスターも、勝手に家を飛び出して、家族の愛情の取り分を使い果たしたはずの妹が、帰ってくると手放しで歓迎され、犯した罪も即座に忘れられてしまうのを見て、いら立ったり嫉妬したりするのだ。

さてもうひとつ、名前という要素がある。大勢のジェイコブにジョナー、レベッカ、ジョーゼフ、メアリー、スティーヴンたち〔順に、イスラエル人の祖ヤコブ、神の使命を逃れようとしたためクジラに呑まれたヨナ、ヤコブの母リベカ、ヤコブの子もしくはマリアの夫ヨセフ、イエスの母マリア、最初の殉教者ステファノ〕、それに少なくとも一人のヘイガー〔ハガル。アブラハムの妻サライの女奴隷で、子のないサライの指図でアブラハムの子イスマエルを生むが、サライの嫉妬のため砂漠に追放される。ここでいうヘイガーは『ソロモンの歌』の登場人物〕。小説でも戯曲でも、登場人物の命名は作家にとって重大な仕事だ。オイルカン・ハリー、ジェイ・ギャツビー、ビートル・ベイリー〔アメリカの同名の新聞連載漫画の主人公〕といった具合に、名前がしっくり合っていなければいけないのは当然として、人物について作家が伝えたいメッセージを含んでいることも大切だ。トニ・モリスンが『ソロモンの歌』(一九七七)で描いた一家は、聖書を開いて、内容を見ずに指差した場所にある固有名詞を子どもの名前にすることに決めている。おかげで一人の娘はパイロット〔キリストを処刑させたローマ帝国のユダヤ総督の名。日本語聖書ではポンテオ・ピラトと表記〕と名づけられ、次の世代にはファースト・コリンティアンズ〔新約聖書、「コリント人への第一の手紙」〕という女の子が生まれる。モリスンがこんな命名法を使ったのは、この一家とそれを取り巻く地域社会の特徴を明確にしたかったからだ。こんなふうに子どもの名前をつけるとき、聖書以外に考えられる材料といえば、せいぜい地図あたりだろうか。だが世界中のどんな都市や村や川を持ち出したところで、「パイロット」のインパクトには及びもつかないだろう。この場合、名前は当人の性格を映しているわけではない。賢くて心が広く、惜しみなく与えるパイロット・デッドほど、ポンテオ・ピラトから遠い人物はいないからだ。モリスンの命名法は、父親が読めもしないページから指差し法でわが子の名前を決めてしまうほどに、聖書に全幅の信頼を寄せる社会について、多くを語っているのである。

わかった。つまり聖書はいろんなところに出てくるんだね。だけど問題は、われわれ読者があんまり……

聖書に詳しくないって？　それはそうだ。私も聖書研究家ではない。しかしそんな私でさえ、これは聖書からの引喩だなとわかるときがある。ある方法――「反響テスト」とでも呼べそうな手法を使うからだ。物語や詩が、その直接的な枠組みからはずれて拡がっているような気がするとき、本来の枠組みの外で響いているような気がするとき、私は聖書からの引喩を探すことにしている。たとえばこんなふうに。

ジェイムズ・ボールドウィンの短編、「ソニーのブルース」(一九五七)の結びの場面で、ナイトクラブに来た語り手は、ステージ上の弟に酒を届けさせる。才能はあるが気まぐれな弟ソニーを受け入れ、支えてやるぞというメッセージを伝えるためだ。ソニーは酒を一口飲んでピアノの上に置き、次の演奏を始める。するとそのグラスが「まさによろめきの杯のように」光り輝くのである。私は長いあいだ、この部分の出典を知らなかった。まあ、考えてほぼ見当はついていたけれども。これはじつに中身の濃い短編で、苦痛と救いのテーマは読む者を捉えてやまず、全編を通じて文章もみごとなので、何度か読み返していても結びの一行について考え込む必要がなかったのだ。だが、ここではたしかに何かが起こっている――ある種の響き、字面だけではない深い意味があるのだという予感が伝わってくる。ピーター・フランプトンは、Eメジャーこそは偉大なるロックのコードだと言う。コンサート会場を一気に沸かせたければ、一人でステージに上がって、大音量でぶっといEメジャーをかき鳴らせ。アリーナ中が、このコードの後に何が続くか知ってるぜ、と。同じ興奮は読書でも起こし得る。文学の場合、ヘヴィだが期待の火花が散るような「ぶっといEメジャー」の響きが聞こえるときは、そのフレーズなり何なりはほぼ例外なく別の書物からの引喩で、特別な意味を付加されていると思っていい。ほとんどの場合――引用部分が作品全体とトーンや重さが違うと感じられる場合は特にだが――出典は聖書だ。そこで今度は、聖書のどの部分なのか、意味は何なのかという問題になる。私はボールドウィンの育ての親が街頭説教師であったこと、代表作が『山にのぼりて告げよ』(一九五二)であることを知っていた。また、語り手が弟ソニーへの責任を否定するあたりから、この短編がカインとアベルの物語を色濃く反映していることに気づいていた。というわけで、これは聖書だという直感には自信があったのだ。さいわい「ソニーのブルース」はさまざまなアンソロジーに編み込まれているため、答えにぶつからないほうが不思議なくらいだった。出典は「イザヤ書」第五一章十七節。（「目覚めよ、目覚めよ／立ち上がれ、エルサレム。主の手から憤りの杯を飲み／よろめかす大杯を飲み干した都よ」）神の怒りの杯について述べた箇所だ。文脈としては、道を見失った息子たちが、苦しめられ、それでも荒廃や破滅に屈服しきらずにいる、というところ。つまり、この物語の結末は「イザヤ書」の引用によってますます暫定的で不確かなものになっているわけだ。ソニーはジャズピアニストとして成功するかもしれないし、しないかもしれない。ヘロイン中毒に逆戻りして、また法を犯すかもしれない。だがその先には物語の舞台となっているハーレムの住民の意識があり、さらには長年にわたって痛めつけられ、よろめかす大杯を飲んでしまったブラック・アメリカの意識がある。ボールドウィンが書いた最後のパラグラフには希望があるが、それは恐ろしい危険と背中合わせであることを知ったうえでの希望なのだ。

さて、聖書の出典を知ったおかげで、私の読みは格段に深まったといえるだろうか？　いや、さほどではないだろう。引喩がもたらす効果は控えめで、雷鳴が轟くわけではない。意味が逆転したり、劇的に変わったりはしないのだ。そんなことを期待するのは、作家の自滅行為になる。引喩に気づかない読者が多すぎるからだ。そうではなく、「イザヤ書」と結びつけることで結末が少しだけ重みを増したのだと私は思う。インパクトが強まり、いくらか哀感も帯びたかもしれない。兄弟の仲がまずくなり、若者がつまずき、道を踏み外すのは、二十世紀に始まった問題ではない。太古の昔から続いてきたことだ。人類が味わう大きな試練は、ほとんどすべて聖書に詳述されている。ジャズやヘロインや更生施設は出てこなくても、ソニーが抱えた悩みと本質は同じだ。ヘロインや刑務所といった現代的なセッティングの後ろに潜む、病み苦しむ心。兄が味わう無力感と怒り、そして自責の念。死んでいく母親に弟のソニーを守ると誓った約束を破ってしまった挫折感――聖書はそのすべてを語っている。

聖書という要素が加わることで、ソニーと兄の物語にはぐっと深みが増した。ジャズミュージシャンの弟と数学教師の兄をめぐる地味で哀しい話というだけではなくなった。積み上げられた神話の力を得て、遠い先祖たちの心の機微と共鳴するようになった。二十世紀の中ほどに閉じ込められていた物語が時空を越えて広がり、時と場所を問わず兄と弟のあいだに存在する軋轢《あつれき》や、思いやりと苦痛と罪悪感と自尊心と愛について語りはじめたのだ。このようなストーリーは、けっして時代遅れになることはない。

7　ヘンゼルディーとグレーテルダム

〔イギリスの童謡や『鏡の国のアリス』に登場するトウィードルダムとトウィードルディーにヘンゼルとグレーテルを掛けている〕

ここまで私は、あらゆる文学は別の文学から派生する、という概念を読者に叩き込んできた。しかしここで扱うものは、カテゴリーの線引きがごく曖昧で、長編小説、短編小説、戯曲、詩、歌、オペラ、映画、テレビ、CM、そしてもっと新しい、あるいはまだ発明されていない電子メディアの数々まで、何でもござれなのだ。では、ここでちょっと作家の気持ちになってみよう。骨組みだけが目立つストーリーに少しばかり肉付けしようと、あなたはどこかから素材を借りてくることに決める。さて、**Who ya gonna call?**《だれをよぶ》〔一九八四年のハリウッド映画『ゴーストバスターズ』の主題歌で繰り返される言葉〕

じつのところ、『ゴーストバスターズ』という答えでも悪くはない。短期的には。しかし百年後にあなたの本を読む人が、一九八〇年代のコメディ映画をはたして知っているだろうか？　まあ無理だろう。だが今だったら確実に通じる。時事的な反響を求めるなら、最近の映画やテレビを使えばいい。視座や効果の持続性という意味ではやや限定されるかもしれないが。しかし、ここはもう少し権威ある《カノニカル》出典を考えてみたいと思う。ところで、「文学のカノン」とは重要な文学作品の正典のことだ。誰もがそんなものは存在しないというふりをするけれども、もちろん実際に存在するし、重要な意味をもっている。つねに議論の種になるのは、何が――というよりむしろ誰が――カノンに含まれるべきかという問題だ。それはまた、大学のコースで取り上げる作品を決めることにもなる。ここはアメリカであってフランスではないので、カノンを選定するアカデミーのような機関は存在しない。だから、言うなれば業界標準のようなものだ。私の学生時代、カノンは白人男性に大きく偏っていた。現代英国の女性作家といったら、かろうじてヴァージニア・ウルフが食い込んでいるだけだった。今ではおそらくドロシー・リチャードソン、ミナ・ロイ、スティーヴィー・スミス、イーディス・シットウェルあたりも入ってくるだろう。「偉大な作家」や「偉大な作品」のリストはかなり流動的なものなのだ。それはさておいて、借用の問題にもどろう。

というわけで、「古典」文学のなかで、何から借用したらよいのか？　ホメーロス〔ホーマー〕？　今この名前を目にした読者の半数ほどは、『ザ・シンプソンズ』の父親ホーマーの顔を思い浮かべたはずだ。みなさんのうち、最近『イーリアス』を読んだ人がどれだけいるだろう？　ミシガン州ホーマーでは、ホメーロスを読んでいるだろうか？　オハイオ州トロイの市民はトロイの歴史に関心があるか？たしかにこれが十八世紀なら、ホメーロスを選んでおけば間違いなかっただろう。もちろん原書でなく翻訳で読む人が多かったにしても。しかし読者の大多数がそれと気づいてくれる引用を目指すなら、現代にホメーロスは向かない（ことわっておくが、これはホメーロスを引用しない理由にはならない。ただ、すべての読者が意味を汲み取ってくれるわけではないと気づいてもいいころだが）。ではシェイクスピア？　なんといっても過去四百年間、引喩については究極の原典であり、現在も変わらないのだから。ただし、シェイクスピアをもち出すなんて、わざとらしくて鼻につくよ、とそっぽを向く読者もいるだろう。しかも、シェイクスピアの語句は未婚の異性のようなものだ。いいと思うのはみんな、とっくに誰かに取られている。それなら二十世紀の作家はどうだろう。ジェイムズ・ジョイスは？　絶対やめたほうがいい。複雑すぎる。T・S・エリオットは？　エリオットの文章はそれ自体が引用ばかりだ。カノンが多様化したせいで問題になるのは、現代の作家たちにとって、読者が共有している知識を予測するのがひどく難しくなってしまったことだ。読者の知識はかつてなかったほど分散している。では、平行関係や類似、プロット構成、引例にあたり、作家がこれなら誰でも知っているはずだと安心して使えるタネ本は何だろう？

児童書。

そうだ。『不思議の国のアリス』。『宝島』。ナルニア国物語。『たのしい川べ』（ケネス・グレアム）や『キャット イン ザ ハット』（ドクター・スース）。『おやすみなさいおつきさま』（マーガレット・ワイズ・ブラウン）。シャイロックを知らない人でも、サムアイアム〔ドクター・スースの絵本『緑の卵とハム』の主人公〕は知っている。おとぎ話もそうだ。主要なものだけだが。一九二〇年代にロシア・フォルマリストの批評家がもてはやしたスラヴ民話は、ケンタッキー州パデューカではほとんど知られていないが、ディズニーのおかげで「白雪姫」はウラジオストクからジョージア州ヴァルドスタまで、「眠れる森の美女」はアイルランドのスライゴーからカリフォルニア州サリナスまで、誰もが知るところとなった。さらにボーナスといえるのが、おとぎ話には曖昧さがないことだ。ハムレットのオフィーリアへの仕打ちやレアティーズの運命をどう判断していいのかわからない人も、意地悪な継母やルンペルシュティルツヒェンなら、迷わず悪者だと確信できる。プリンス・チャーミング〔『シンデレラ』に登場する王子〕や涙の癒しの力〔失明した王子がラプンツェルの涙で視力を回復したことを指す〕には、誰もが心惹かれる。

作家が利用できるおとぎ話が数あるなかで、きわだって動員力の高いのがひとつある。少なくとも二十世紀後半にはそうだった。「ヘンゼルとグレーテル」だ。いつの世にもその時代に好まれるお話があるものだが、子どもたちが家から遠く離れた場所で迷子になってしまう話には、普遍的な魅力があるとみえる。不安の時代、ブラインド・フェイスが「キャント・ファインド・マイ・ウェイ・ホーム」を歌った時代、ロストボーイ〔一九八七年の映画。三人の少年が吸血鬼を退治する〕のみならずロスト・ジェネレーションの時代、「ヘンゼルとグレーテル」が好まれるのは当然だし、実際好まれている。一九六〇年代以降、この話はさまざまな作品に顔を出してきた。ロバート・クーヴァーに「お菓子の家 The Gingerbread House」という短編があるが、彼の創意は二人の子どもたちをヘンゼルとグレーテルと名づけなかったことだ。作者は読者が確実にオリジナルのストーリーを知っていることを利用して、この作品を書いている。誰もが知っている場面を出す代わりに、読者がすぐ気づく象徴を使うのだ。お菓子の家《ジンジャーブレッドハウス》に着いてから魔女をオーブンに押し込むところまでの筋は誰でも知っているので、クーヴァーはそれには触れない。たとえば魔女は、話が進むうちに、換喩《メトミニー》の手法で、もともと着ていた黒い布に変身してしまい、私たちはまるで、その布が目の端をよぎるのを見たような感覚にさせられる。（換喩とは修辞技法のひとつで、一部分に全体を表現させる方法。たとえば、ある問題についての米国の立場を代表して「ワシントン」という）。魔女が子どもたちを捕まえる場面は、直接には出てこない。代わりに魔女は、パンくずを食べた鳩を殺してしまう。ある意味で、この行為はなお恐ろしい。子どもたちにとって、家に帰る道が存在することの、唯一の記憶を消してしまうことになるからだ。物語は、男の子と女の子がお菓子の家に着いて、黒い布が風にはためくのがちらりと見えたところで終わる。そこで読者は、自分たちがこのおとぎ話について何を知っているのか、話の要素をどこまで当然の成り行きと決めつけているのか、あらためて考え直させられることになるのだ。子どもたちが何も知らずに魔女の家に迷い込み、いよいよこれからドラマが始まるというところで物語を終わらせてしまうことにより、クーヴァーは読者に、私たちの反応――不安、恐怖、興奮――が、昔読んだオリジナルのおとぎ話との出会いにいかに条件づけられているかを見せつける。ほらね、あなたにはお話なんかいらない、話は完全にあなたの中に取り込まれているんだから、というわけだ。これが、読者が備えているタネ本——ここではおとぎ話——の知識を作家が巧みに利用している例のひとつだ。また、お話をいじくって、あべこべにしてしまうこともできる。アンジェラ・カーターが『血染めの部屋』（一九七九）でしたように。これは昔の性差別的なおとぎ話を引っくり返した、破壊的かつフェミニスト的改訂版を集めた短編集である。カーターは、青ひげ、長靴をはいた猫、赤頭巾といったお話を読者の予想とは逆の展開にすることで、おとぎ話に埋め込まれた性差別を明らかにし、ひいてはこうしたお話を容認する文化をも糾弾する。

しかし、昔話の使い道はこれだけではない。クーヴァーやカーターは昔話そのものに重点を置いたが、他の多くの作家は「ヘンゼルとグレーテル」や「ラプンツェル」そのものに焦点を当てるわけではなく、昔話の一部分を掘り起こし、自分の物語を補強するために使う。よろしい。ではあなたが作家になったと仮定しよう。主人公は若いカップルだ。もう子どもという齢ではない。もちろん木こりの子どもではないし、兄と妹でもない。とりあえず若い恋人たちということにしておく。理由はどうあれ、二人は道に迷っている。家から遠く離れたところで車が故障したのだ。森ではなく大都市の、低所得者向け高層住宅の並ぶ物騒な地区で。郊外の住宅地に住みＢＭＷを乗りまわすこのカップルは、曲がる道を間違えて、彼らにとっては原生林にも等しいスラム街に迷い込んでしまった。携帯電話もなく、駆け込めるのはクラックの密売所ぐらい。この架空の物語はなかなか劇的な設定で、さまざまな可能性を秘めている。まさに現代の話だから、木こりもいなければ、パンくずもジンジャーブレッドもない。それなのになぜ、昔のおとぎ話など蒸し返す必要があるのか。現代の状況に、いったい何の役に立つというのだろう。

さてそれでは、あなたがこの物語で強調したい要素は何だろう。若いカップルが遭遇する困難のうち、いちばん共感できるのは何だろう。道を見失って途方に暮れた感覚だろうか。自分のせいでもないのに危機に瀕して、家から遠く離れて帰れなくなった子どものような。あるいは誘惑の魔の手だろうか。子どもにとってのジンジャーブレッドは、大人にとっての麻薬かもしれない。それとも、日ごろ活用しているサービスがいっさい使えない状態で、自力で状況を打開しなければならないなりゆきかもしれない。

どんな効果をあげたいかに応じて、あなたは昔話をひとつ選び（ここでは「ヘンゼルとグレーテル」）、二つの物語に関連性がありそうな要素を目立つところに入れておく。ごく単純なことでいい。たとえば、曲がるところを一度か二度間違えて、まったく土地勘のない地区に迷い込んでしまった男が、パンくずを落としながら来ればよかったと考えるとか。あるいは女のほうが、魔女の家に閉じ込められることにならなきゃいいけど、と思うとか。

小説家を目指すあなたには、なかなかうまい取引だ。昔話をそっくり使う必要はないのだから。X、YとBは入っているのに、A、CとZは欠けている。だがかまうことはない。なにもおとぎ話を再現しようというわけではない。既存のストーリーの（おっと、本気で大学教授のような考え方をしたいなら、ここは「先行するテクスト」と言おう。すべてはテクストなのだから）ディテールやパターンを一部借用して、作品に奥行きと風合いを加える、テーマを浮かび上がらせる、発言にアイロニーを効かせる、読者の記憶にしっかりと刻み込まれたおとぎ話の記憶を利用する、など。多くも少なくも、好きなだけ使えばよい。じつは、たったひとつ何かに言及するだけで、お話をそっくり全部思い出させることさえ可能なのだ。

なぜかって？　おとぎ話はシェイクスピアや聖書や神話、その他の物語や伝説と同じように、ひとつの大きなストーリーの一部であり、私たちはみな、絵本を読んでもらったりテレビの前で肩を寄せ合ったりした子ども時代からずっと、このストーリーやバリエーションとともに暮らしてきたからだ。昔話をパロディにしたバッグス・バニーやダフィ・ダックの漫画を観てしまったら最後、それはあなたの意識の一部に刷り込まれて残る。以後はワーナー・ブラザーズを忘れてグリムを読むことが難しくなってしまうだろう。

それってつまり、アイロニックな結果につながるんじゃないかな?

もちろん。アイロニーこそは、先行するテクストから借用する場合の最良の副次効果のひとつだ。アイロニーはさまざまな姿を借りて、小説や詩の駆動力になっている。表向きアイロニックともいえない作品や、婉曲なアイロニーの場合でさえそうだ。たしかに、例の恋人たちは森の中の無邪気な子どもたちとは似ても似つかぬように見える。だが、じつは案外そうでもないかもしれない。社会的にいえば、迷い込んだのは彼らにとって手も足も出ない場所である。しかも危険にさらされている。皮肉なことに、力の象徴だったはずのもの——BMW、ロレックスの時計、金、高価な服——は何の役にも立たないどころか、かえって災厄を招きかねない。彼らが魔女から逃れて帰り道を見つけるのは、昔話のいたいけな子どもたちに劣らず至難のわざなのだ。彼らは魔女をかまどに押し込む必要などないし、パンくずを落としたり、壁を壊して食べたりすることもない。しかもおそらく無邪気さとはほど遠いだろう。複雑化して道徳さえ曖昧になった現代社会におとぎ話やその単純明快な世界観を持ち込もうとするとき、作家はまず間違いなくアイロニーを目指している。

実存主義の時代以降、この迷子の物語は大いにもてはやされてきた。クーヴァー。カーター。ジョン・バース。ティム・オブライエン。ルイーズ・アードリック。トニ・モリスン。トマス・ピンチョン。リストは延々と続く。だが、なにも「今月のおすすめ」、いや「二十世紀後半のおすすめ」だからといって、「ヘンゼルとグレーテル」を使わなければならないわけではない。「シンデレラ」にはいつも確実なユーザーがいるし、「白雪姫」も便利。本当は、腹黒いお妃と継母が出てくるものならどれでも使用に耐えるのだ。「ラプンツェル」にはそれなりの活用法があり、J・ガイルズ・バンドも彼女のことを歌っている。ではプリンス・チャーミングは？　使ってもいいが、比較に耐える現代人はなかなかいないだろうから、おそらくアイロニーの材料にしかならないだろう。

ここまであなたが作家だったらという話をしてきたが、もちろん現実はあなたも私も読者である。では、読者にとってはどうなのだろう？　第一に、読者がテクストに取り組むときに関係してくる。すわって小説を読み始めるとき、読者が求めるのは登場人物、ストーリー、意図など、通常の要素だ。だがあなたが私のような読者なら、続いて自分になじみのあるものを探し始めるだろう。おや、これはなんだか知ってるような気がするぞ。そうだ、『不思議の国のアリス』じゃないか。しかしどうしてここで赤のクィーンが出てくるんだろう？　こいつはウサギの穴のことかな。なぜ？　どうして？

私の考えはこうだ。私たちはストーリーに未知のものを求める。しかし同時に親しみも感じたい。新しい小説が前に読んだのと同じではつまらないが、いっぽうでは前に読んだものとある程度共通点があって、理解の一助になればとの期待もある。もし未知と親しみを同時に感じさせることができれば、中心となるストーリーラインの主旋律に合わせた響きとハーモニーが聞こえてくるはずだ。このハーモニーから、奥行きや真実性、共鳴音が生まれる。そんなハーモニーを生むのは聖書かもしれないし、シェイクスピア、ダンテ、ミルトン、それとも誰もが知っている素朴なテクストかもしれない。

つぎに近所の本屋さんに行って小説を買うときは、なつかしのグリム兄弟もお忘れなく。

8　ギリシア語みたいにちんぷんかんぷん

　ここまでの三つの章では、三種類の神話について語ってきた。シェイクスピア、聖書、そして民話およびおとぎ話。宗教と神話の関係は、ときとして教室で問題を引き起こす。神話イコール「うそ」と決め込んでいる学生がいて、確固たる信仰とは一致し得ないなどと言い出すからだ。だが、私のいう「神話」はそういうものではない。ストーリーとシンボルを形づくり、維持する力のことだ。アダムとイブの物語を、字義どおりにせよ比喩的にせよ真実と信じるかどうかは重要ではあるが、この文脈上では意味がない。文学を読み、理解しようとする本書の試みでは、私たちの関心はもっぱら、あるストーリーが文学創作者の使う素材としていかに機能するか、それが他のストーリーまたは詩にどのように情報を与えるか、読者にどう受けとめられるかにある。三種類の神話は、現代作家（ところで、あらゆる作家は現代作家である。ジョン・ドライデンでさえ、作品を書いていた時代には古臭くなどなかった）に、素材と対応と奥行きを与える源泉として役立っており、読者に正しく認識された場合には、作品を読む経験を豊かにし、深めてもくれるのである。三種の神話のうち、人間の置かれた状況をもっとも広範囲にカバーしているのは聖書だろう。来世までも含むあらゆる時代の生活、個人どうし国家どうしのすべての関係、個人体験の肉体的、性的、心理的、精神的なあらゆる側面などを網羅しているのだから。とはいえ、シェイクスピアの世界や民話とおとぎ話の世界も、ほぼすべての領域にわたってはいる。

私たちが「神話」というとき、それは一般にストーリーのことであり、人間が人間について、物理学、哲学、数学、化学には――いずれも非常に有益で役に立つ学問ではあるけれども――できないような方法で説明するための、ストーリーの力のことだ。こうした説明はストーリーというかたちをとってそれぞれの集団の記憶に深く刻み込まれ、文化を形成するとともに、文化によっても再形成されていく。私たちのものの見方を決め、私たちが世界をどう読むか、ひいては自分をどう読み解くかにかかわっていく。言い換えれば、**神話とは、本当に重要なストーリーの真髄なのだ。**

どんな地域社会にも、独自の重要なストーリーの真髄がある。十九世紀の作曲家リヒャルト・ワグナーは、オペラを作るにあたってゲルマン神話に素材を求めた。歴史的・音楽的に見て結果が成功したか否かはべつとして、部族神話をオペラにしたいという強い意図はじゅうぶんに理解できる。二十世紀後期の米国では、ネイティヴ・アメリカン文学が大きな隆盛を迎えた。多くは先住民の部族神話に素材やイメージやテーマを求めたものだ。たとえばレスリー・マーモン・シルコの「黄色い女」、ルイーズ・アードリックのキャシュポー家とナナプシュ家をめぐる一連の小説、ジェラルド・ヴィゼナーのいっぷう変わった『ベアハート Bearheart: The Heirship Chronicles』など。トニ・モリスンが『ソロモンの歌』で空飛ぶ人間を登場させたとき、多くの読者、特に白人読者は、イーカロスのモチーフを用いたのだと早合点した。しかしモリスン自身の説明によれば、これは彼女の部族と地域社会にとって重要な意味を持つ、空飛ぶアフリカ人《フライング・アフリカン》の伝説〔十九世紀初頭、奴隷としてアメリカ南部に連れてこられたイグボ族が反乱を起こして集団自殺した事件が、アフリカ系アメリカ人のあいだでは空を飛んでアフリカに帰ったと伝承された〕を念頭に置いて書かれたのである。あるレベルでは、シルコとワグナーの企画に大きな違いはない。ワグナーもたんに自分の部族の神話に立ち帰ろうとしただけなのだから。私たちはとかく、トップハットにハイカラーの時代に生きた人々も部族に所属していたのだという事実を忘れがちだが、忘れれば失うものも多い。ここに挙げた例で芸術家たちが試みたのは、自分と地域社会にとって大切なストーリー——神話——を取り戻すことだった。

ヨーロッパとユーロ・アメリカの文化には、もちろんもうひとつの原点となる神話が存在する。多くの欧米人が神話と聞いて思い浮かべるのは、二、三千年前の地中海北岸、つまりギリシアとローマだ。ギリシア・ローマ神話は欧米人の意識構造に、あるいは無意識の中にまでしっかりと入り込んでその一部になっているので、誰もそのことに気づかないほどだ。うそだと思うなら考えてみてほしい。私の住む町の大学は、チーム名をスパータンズという。高校はトロージャンズだ。わが州にはトロイという都市があり（ちなみにここにはアセンズ〔アテネ〕というハイスクールがある。さらにはイサカ、スパータ、ロムルス、レムス、ローム〔ローマ〕がある。これらの町は州内の各地に散らばっていて、入植の時期も違う。ミシガン州の真ん中の、エーゲ海からもイオニア海からもはるかに離れた（じつはイオニアという町からはさほど遠くないのだが）場所にイサカという名前がつくこと自体、この国にギリシア神話がいかに根強く定着しているかを物語っているではないか。

ここでもう一度トニ・モリスンに話をもどそう。私はかねてから、イーカロスが印刷媒体でやけにもてはやされるのを少々不思議に思っていた。イーカロスの翼を作ったのは父親のダイダロスだった。ダイダロスはクレタ島から安全に本土に着陸する方法を知っており、事実無事に到着する。だが怖いもの知らずの息子イーカロスは、父の忠告を無視して墜死する。イーカロスの墜落は昔から人々を魅了し、文学や美術で取り上げられてきた。たしかに、ここにはさまざまな要素が含まれている。わが子を救おうとする親の努力と、それが叶わなかった悲哀、病気以上に危険な治療、自己破壊につながる若気の至り、大人の知恵と若者の無謀さの衝突、そしてもちろん、真っ逆さまに海に墜落する恐怖。これらはモリスンや空飛ぶアフリカ人とは何の接点もない。モリスンが読者の反応に戸惑ったのも無理からぬところだ。しかしこのストーリーとパターンとは私たちの意識にしっかりと刷り込まれて潜んでいるために、飛ぶ、墜落する、というイメージが現われたとたん、自動的に結びつけてしまうのだ。たしかに『ソロモンの歌』にはあてはまらなかったけれども、あてはまる作品は数多くある。一五五八年、ピーテル・ブリューゲルは傑作『イカロスの墜落のある風景』を描いた。前面では農夫が牛を使って畑を耕しており、その向こうには羊飼いと羊の群れがいる。海では商船が順調に航海を続けている。どこから見ても平穏な日常のひとこまだ。唯一災厄を予感させるのが、絵の右隅に見える二本の脚。逆さまになって、今にも水の中に消えていこうとしている。これがわれらがイーカロス少年である。絵の全体から見ればごく小さな存在だが、効果は絶大だ。悲劇の少年がかもし出すペーソスがなければ、物語もテーマもないただの農夫と商船の絵である。私はそこそこ定期的に、この絵に基づいて書かれた二つの素晴らしい詩を教材に取り上げている。W・H・オーデンの「美術館」(一九四〇)と、ウィリアム・カーロス・ウィリアムズの「イカロスの墜落のある風景」(一九六二)だ。いずれ劣らぬ名作で、トーンも文体も形式もまったく違っているが、共通しているのは、個人の悲劇を前にしても世界は続いていく、という認識である。二人の詩人はこの絵に異なるものを見る。ブリューゲルは農夫と船を描いたが、それは私たちがギリシア人から受け継いだ物語には登場しない。いっぽうウィリアムズとオーデンは、この絵からそれぞれ違う要素を抜き出して強調している。ウィリアムズの詩は絵の絵画的要素に注目し、情景をとらえながらテーマになる要素を忍び込ませている。ページ上の文字までが狭く縦長に配置され、空から落ちてくる少年の姿を連想させるようになっている。しかしオーデンの詩のほうは、苦しみは本質的に個人的なものであり、世界は個人の悲劇に何の関心も示さないという瞑想である。一枚の絵がこれほど異なる反応を引き出せるというのは、驚くべき、そして嬉しい発見ではないか。ここから先は、読者が絵と詩から自分だけのメッセージを受け取ればよい。六〇年代にティーンエイジャーだった私は、GTO、442、チャージャー、バラクーダといったいわゆるマッスル・カーを競って求めた仲間たちに、イーカロスの運命を重ね合わせてみずにはいられない。安全運転講習も、親が口をすっぱくして説いた忠告も、これらの車の魔力に打ち勝つことはできず、悲しいかな、あまりにも多くの青少年がイーカロスと同じ運命をたどったのである。私よりはるかに若い学生たちには、彼ら自身のイーカロスの翼があるのだろう。だが、すべてがこの神話に立ち帰ることに変わりはない。少年と、翼と、予期せぬ墜落とに。

そう、これが神話のひとつの活用法である。詩や絵画やオペラや小説に明白な主題を提供すること。では、神話にはほかにどんなことができるだろう？

ひとつ思いつくことがある。あなたがカリブ海沿岸の貧しい漁師たちの集落を取り上げて、叙事詩を書きたいと思ったとしよう。あなたはその村の生まれで、人々を家族のようによく知っている。彼らの嫉妬や恨みや冒険や危険を描き、さらには旅行者や白人の土地所有者が見落としてきた彼らの尊厳と人生とをすくい取りたいと考える。ひとつの方法は、ごく生真面目に叙述することだろう。真剣で実直な人物を作り上げ、善良さに基づいて高貴な行動を取らせる。だが、はっきり言ってこれは絶対にうまくいかない。できあがった詩は堅苦しく、わざとらしいものになるだろう。わざとらしさは高貴ではあり得ない。そもそも、この漁師たちが聖人であるはずはないのだ。彼らとてさまざまな間違いを犯す。いかに勇敢で優雅で力強く、物知りで奥が深いとしても、ときには狭量になって人をねたみ、欲にかられることもあるだろう。あなたが描きたいのは高貴さであって、トントではないのだ。ローンレンジャーじゃあるまいし。〔トントは「ローンレンジャー」に登場するネイティヴ・アメリカンの忠実な相棒〕もうひとつの方法として、ライバル意識と暴力を扱った昔の物語に重ね合わせるというやり方がある。勝者も最後は破滅を迎える物語、さまざまな欠点はあるけれども、登場人物が高貴さを保っている物語だ。登場人物には、ヘレン、フィロクテティーズ、ヘクター、アシール〔アキレウス〕という名前をつけてやろう。まあとにかくそれが、ノーベル文学賞作家、デレク・ウォルコットが『オメロス』（一九九〇）でやったことだった。名前はもちろん『イーリアス』から取っているのだが、ウォルコットは同時に『オデュッセイア』からも人物や状況を借りてこの詩を書いた。

ここで当然疑問が湧いてくる。なぜそんなことをしたのか？

二十世紀も終わりの作家が、なぜ紀元前十二世紀から八世紀にかけて口承で伝えられ、おそらくは二、三百年後にようやく書きとめられた物語を下敷きにしなければならないのだろう？　現代の漁師たちを神々の末裔である伝説のヒーローになぞらえる必要がどこにある？　ではお答えしよう。まず手始めに、ホメーロスの伝説のヒーローたちも、じつは農夫であり、漁師であった。しかもそもそも、私たち自身も神々の末裔ではないのか？　ウォルコットは平行技法によって、この世の状況がいかに卑俗であっても、私たちのうちにも偉大さへの可能性が秘められていることを示してみせたのだ。

これがひとつの答え。もうひとつは、私たちが思う以上に、じつは両者の状況が似通っている、ということだ。『イーリアス』のプロットは、特に神々しいわけでも壮大なわけでもない。この叙事詩を読んだことのない人はトロイ戦争の話だと勘違いしているようだが、実際は違う。これはひとつの長い長い行為を書いた物語だ。アキレウスの怒りである。アキレウスは大将アガメムノンに腹を立て、ギリシア側について戦うことをやめてしまう。アキレウスが戦線に復帰するのは、自分の行動がもとで親友のパトロクロスが死んだあとだ。この時点で彼は怒りをトロイ人、ことに彼らの英雄であるヘクトルに向けて、最後は殺してしまう。怒りの理由？　アガメムノンに戦利品を横取りされたからだ。そんな些細なことで？　じつはもっと悪い。戦利品は女なのだ。アガメムノンは、神の命令と世論の圧力で愛妾をその父親に返さざるを得なくなり、腹いせに、もっとも大っぴらに自分に楯突いたアキレウスから愛妾ブリーセイスを奪い取ったのである。ずいぶんしみったれた話ではないか。これが高貴だといえようか？　ヘレネーも、パリスの審判も、トロイの木馬も関係ない。大もとのところは、自分の戦争花嫁が横取りされたことに激怒し、大量殺人を背景に癇癪を起こした男の話なのである。それももとはといえば、別の男メネラオス（アガメムノンの弟）が自分の妻をヘクトルの弟にあたるパリスに横取りされたからで、こうしてヘクトルは全トロイの運命を双肩に負って戦うことになったのだ。

しかしどういうわけかその後何世紀にもわたって、二人の女の奪取をめぐるこの物語は、ヒロイズムと忠誠心、犠牲と敗北などの理想を典型的に描いたものとして、もてはやされ続けていく。ヘクトルは勝ち目のない戦いにもかかわらず、誰よりも雄々しく振舞い続ける。親友を失ったアキレウスの嘆きはまさに悲痛そのものだ。大物たちの一騎打ち――ヘクトルとアイアス、ディオミディスとパリス、ヘクトルとパトロクロス、ヘクトルとアキレウス――は、息詰まるばかりの激しさで興奮を誘い、その結果は華麗な祝祭と悲嘆とをもたらす。現代作家がつぎつぎとホメーロスから借用したり模倣を試みたりしているのは、不思議でもなんでもない。

それはいつから始まったの？

ほぼ、できてすぐからだ。紀元前一九年に亡くなったウェルギリウスは、ホメーロスのヒーローたちになぞらえてアエネアスを作り上げた。アキレウスが何かしたり、オデュッセウスがどこかへ行けば、アエネアスも同じことをする。なぜ？　それが英雄たる者の生き方だからだ。アエネアスは冥界に行く。なぜ？　オデュッセウスが行ったから。アエネアスはクライマックスを迎えた戦いで、敵陣の将を一騎打ちで倒す。なぜ？　アキレウスが同じことをしたから。万事この調子。といっても、こう聞いて想像するほど物真似じみてはいないし、ユーモアやアイロニーがないわけでもない。アエネアスとその部下たちは滅亡したトロイの落人だが、そのトロイの英雄が敵方の先例にならって同様の行動をとる。

しかもこのトロイ人たちは、オデュッセウスの故郷であるイサカの海岸を通過するとき、自分たちに滅亡をもたらした相手を嘲り、罵声を浴びせるのである。だがウェルギリウスは結局のところ、ホメーロスが先に英雄のありかたを定義づけていたからこそ、アエネアスにこうした行動を取らせたのだった。

ウォルコットに話をもどそう。ウェルギリウスからほぼ二千年後、ウォルコットは自らが創造したヒーローたちに、明らかにホメーロスの象徴的再現とわかる行動をとらせた。たしかにところによっては無理がある。小さな漁船で戦場の一騎打ちはなかなか難しいからだ。また彼のヘレンは「一千隻の小舟を出航させたほどの顔」ではない〔クリストファー・マーロー『フォースタス博士』の一節のもじり。世界一の美女とされ、トロイ戦争を引き起こしたヘレネーを「一千隻の船を出航させたほどの顔」とした〕。いかんせん小舟では威厳に欠ける。それでもウォルコットは彼らを高貴さや勇気が試されるような状況に置き、人類にとってもっとも基本的、原初的な行動へと向かわせる。ちょうど、何世紀も以前にホメーロスがやったとおりに。まず、家族を守ろうとする義務感。これはヘクトルだ。自らの尊厳を保とうとする意志。これはアキレウス。貞節を守り、信じ続ける決意。これはペネロペ。わが家へ帰りつくための苦闘。オデュッセウス。ホメーロスが私たちに示したのは、人間にとってもっとも重要な四つの葛藤だった。自然との葛藤、神との葛藤、他人との葛藤、そして自分自身との葛藤。人が自分の真価を示そうとするなら、この四つがすべてではないだろうか。

もちろん現代では、アイロニーの効果を出すために、平行関係がわざと予想外の展開で使われることがある。オデュッセウスの放浪を下敷きにして三人の脱獄囚をめぐるコメディを作ることなど、いったい何人が思いつくだろう。ジョエルとイーサンのコーエン兄弟が監督した二〇〇〇年の映画『オー、ブラザー！』が、まさにそれだった。結局のところ、これも家に帰ろうとする話なのだから。あるいはこちら。もっとも有名な例だ。一九〇四年、ダブリンのとある一日。この日にひとりの若者が将来を決め、年上の男は町の中を放浪し、日付の変わった深夜にやっと妻のいる家に帰る。この本とホメーロスの関連を示すのは、表向きひとつの手がかりしかない。『ユリシーズ』（一九二二）というタイトルである。今ではよく知られているように、ジェイムズ・ジョイスはこの小説の十八のエピソードをすべて、『オデュッセイア』の出来事や状況に対応するように書いた。たとえば新聞社を場面にした章があるが、これはオデュッセウスが風の神アイオラスの島を訪ねた話と平行関係にある。関連はいかにも薄く見えるかもしれない。まあ、新聞記者たちは口先《ウィンディ》ばかりの集団だし、この章はさまざまな修辞に満ちており、一陣の風が吹き抜けるという箇所まであるのだけれども。しかし、ここでの類似というのが、遊園地のミラーハウスで目にするゆがんだ像や間の抜けた姿のようなものだと理解すれば——つまり、アイロニックな平行関係だと考えれば、ホメーロスのオリジナルとの関連が見えてくるだろう。アイロニーであるという事実が、この平行関係を——そしてアイオラスのエピソードを——これほど面白くしているのだ。ジョイスはウォルコットと違い、登場人物たちに古典的な高貴さを与えることにはさほどこだわらないが、最後には彼らもそれに似たものを感じさせるにいたる。哀れなレオポルド・ブルームがダブリンの町を一昼夜うろつきまわり、際限なく厄介ごとにぶつかって、人生の悲痛な悩みの種を思い出すのを見守っているうちに、私たちはこの男もそれなりに高貴なのだと思えてくる。ただし、ブルームの高貴さはオデュッセウスのそれとはまったく別物だ。

　ギリシア・ローマ神話は、もちろんホメーロスだけではない。オウィディウスが『変身物語』で書いた多くの変身譚は、フランツ・カフカ以外にもいろいろな作品に登場する。男がある朝目覚めて自分が巨大な甲虫に変わっていることに気づく小説を、カフカは『変身』と名づけた。インディ・ジョーンズはまさにハリウッドの申し子に見えるが、命知らずの探検家が財宝を探しに旅立つパターンは、アポローニウスの『アルゴノーティカ』にあるイアソンとアルゴー船の乗組員の物語にさかのぼる。もっと身近な例が知りたい？　ソポクレースによるオイディプスとその呪われた一族についての戯曲は、あらゆるバリエーションで繰り返し使われている。機能不全に陥った家庭、個人の人格崩壊などの事例で、ギリシア・ローマ神話に原型を求められないものはないといっていい。フロイトの学説にギリシア悲劇の人物の名前が使われたのも、故なきことではない。女がむごい仕打ちを受けて、悲嘆と怒りのあまり凶暴になる話？　それならアエネアスとディードか、イアソンとメディアをどうぞ。また、原始宗教のつねでギリシア神話にも、なぜ季節があるのか（デメテルとペルセポネーとハデス）から、ナイチンゲールはなぜあんな鳴き方をするのか（ピロメラとテレウス）にいたるまで、さまざまな自然現象の説明が編み込まれている。幸いなことに大半は文字で書き留められており、しかも多くのバージョンがあるので、私たちはこのすばらしいストーリーの宝庫をいつでも訪ねることができる。しかもこれらのストーリーについては作家と読者の双方がかなり豊富な知識を共有していて、作家が神話を使うと、私たちにもたいていぴんとくる。完璧にわかる場合もあれば、うすうすのこともあり、ルーニー・テューンズのアニメで見て知っているだけだったりもするのだが。神話との関連に気づくことで、私たちの文学経験はより深く、豊かで、意味のあるものになり、現代のストーリーもまた、神話の力を帯びて重い意味をもつようになるのだ。

若い読者向けの新しい展開でいえば、なんといってもリック・リオーダンの『パーシー・ジャクソンとオリンポスの神々』だろう。この小説五部作は、『盗まれた雷撃』（二〇〇五）から始まる。札付きの問題児パーシーは、自分がポセイドンの息子で、ゼウスのお気に入りの武器、雷撃《ライティング・ボルト》を盗んだ犯人だと思われていることを知る。さらに、親友だと思っていた少年はサテュロスだとわかり、ミノタウルスと闘い、アテナの娘と友達になり、ハデスは大混乱に陥る。半神半人のパーシーは正常性に問題があるが（ＡＤＨＤや難読症）、ヒーロー面では正真正銘の本物で、実戦で何度も証明してみせる。そこで役立つのが神の血筋と、神話の仲間たちだ。魔法魔術学校の優等生の子孫というのもなかなかのものだが、いやはや海神の息子となると……

そういえば書き忘れたことがある。ウォルコットが選んだ『オメロス』というタイトルについて。カリブ海の島の言葉でホメーロスという意味だ。もちろん。

9　ただの雨や雪じゃない

暗い嵐の夜だった。

ああ、それなら知ってるって？　そう、スヌーピーだ。チャールズ・シュルツがスヌーピーにこう書かせたのは、決まり文句だからだ。〔スヌーピーは小説を書いては出版社に送るが、いつもボツになる。彼の小説はつねにこの一行で始まる〕それもずっと昔、人気者のビーグル犬が小説家になろうと志すはるかに以前からの。現にヴィクトリア朝時代の人気作家エドワード・ブルワー＝リットンも「暗い嵐の夜だった」と書いている。小説、しかもスヌーピー同様、あまりぱっとしない小説の冒頭に使っているのだ。さて、これであなたは暗い嵐の夜について必要なことはすべて学んだことになる。ただ一点を除いて。

なぜ？

ふむ、やっぱり不思議だと思った？　世の小説家たちはどうして、風がひゅうひゅう鳴ったり、バケツを引っくり返したような雨が降ったりするのが大好きなんだろう。貴族の館でも掘っ立て小屋でも疲れた旅人でも、とにかくずぶ濡れにしてやりたくてたまらないようにみえる。

あなたは言うかもしれない。どんな物語にも設定は必要だよ、天気もその設定のひとつでしょ、と。

確かにそのとおりだが、それだけでもない。天気はもっと奥が深い。私はこう考えている。天気はただの天気ではない。**ただの雨などない。**これは雪でも晴れでも暑くても寒くてもみぞれでも同じだ。もっとも、みぞれは例が少なすぎて一般論にはならないが。

で、雨の何がそんなに特別なのだろう？　人類が陸に這い上がって以来、どうやら海は、隙あらば人を水中に引きもどそうと狙っているらしい。そこで周期的に洪水を仕掛け、水の底に引きずり込んで、人類の進歩のあとを破壊しようとするのである。ご存じノアの話。大雨、大洪水、箱舟、キュービット、鳩、オリーヴの小枝、虹。思うに大昔の人々にとって、この聖書の話は何より心安らぐものであっただろう。神はノアに虹を見せることで、神の怒りがどれほど激しくても人類を絶滅させはしないと告げたのだ。虹がもたらした安堵は、さぞ大きかったに違いない。

ユダヤ教／キリスト教／イスラム教世界に住む私たちは、雨とその副次物がからむ神話をいやというほどもっている。他の神話にも雨は出てくると思うが、ここは三つの宗教に限らせていただく。溺れることは私たちの最大の恐怖のひとつ（陸上動物の性《さが》として）であり、あらゆるものを呑み込んで溺れさせる洪水は、恐怖をさらに増幅させる。雨はそんな遠い祖先の記憶を、深いところから呼び覚ますのだ。大量の水は、私たちの存在の根源に訴えかける力をもっている。ときにはそれが意味するものは、ノアだ。D・H・ロレンスは『処女とジプシー』（一九三〇）の中で洪水が邸宅を破壊する場面を書いたとき、ノアの大洪水を念頭に置いていたに違いない。それは壊すと同時に新しいスタートを可能にする、巨大な消しゴムのようなものだった。

しかし、ほかにも雨にできることは多い。「暗い嵐の夜」（街灯やネオンといった光源が存在しないころ、嵐の夜は暗黒そのものだったに違いない）は、独特の雰囲気や気分を演出する。同じヴィクトリア朝時代でもエドワード・ブルワー＝リットンよりはるかにすぐれた作家トマス・ハーディに、「三人の見知らぬ客」（一八八三）という短編がある。死刑囚（脱獄中）と絞首刑執行人、死刑囚の弟の三人が、おりしも子どもの洗礼式のパーティーを開いている羊飼いの家に偶然集まってしまうという話だ。死刑執行人は自分の獲物が目の前にいることに気づかないが（パーティーの出席者たちも気づかない）、弟は気づいて逃げ、そこで捜索騒ぎが始まる。このすべてが、そう、暗い嵐の夜に起こるのである。もっともハーディはこの言葉は使わずに、彼独特のアイロニックで超然とした調子で楽しげに悪天候を描写している。不運な旅行者たちは土砂降りの雨にたたられ、どこでもいいから雨宿りできる場所を探すはめになる。こうして三人の客がやってくるわけだ。ハーディが聖書を頭に置いていなかったとは言わないが、嵐について書くときに、ノアとの連想はなかったと思う。では、なぜ雨を取り入れたのだろう。

まず第一に、プロット上の工夫がある。雨は男たち（脱獄囚とその弟）を非常にまずい立場に追い込む。私はときにプロットを軽視し過ぎるきらいがあるのだが、作家の意思決定でプロットが果たす重要性を見くびってはいけない。第二は雰囲気。雨は他の天気にくらべ、ミステリアスで陰気で孤独だ。もちろん霧でもよろしい。つぎに、惨めさの要素がある。ハーディという作家は、選択の余地がある場合はつねに、登場人物をより惨めな立場に置きたがる。そして雨は人の置かれた環境のなかで、もっとも惨め指数の高いもののひとつだ。わずかな雨とわずかな風があれば、七月四日の独立記念日に低体温症で死ぬことだってありうるのだから。言うまでもないことだが、ハーディは雨が大好きである。最後に、民主主義的要素がある。雨は正義の人にも不正義の人にも平等に降るのだ。死刑囚と死刑執行人が共に雨に追われて避難先を探さねばならなくなったことから、二人の間には一種の盟友関係ができあがる。雨の機能はほかにもあるけれども、ハーディがこの短篇にとりわけたちの悪い大嵐を選んだのは、以上の理由からだと考えていいだろう。

雨のほかの機能とは？　たとえば、雨には汚《けが》れがない。雨のパラドックスのひとつは、降ってくる雨は清らかなのに、地面に落ちたとたんに泥んこのぬかるみを作ることだ。ある人物を象徴的に洗い清めたければ、雨の中を歩かせればよろしい。目的地に着くころには人が変わっているはずだ。風邪を引くかもしれないが、それはまたべつの話。怒りが消えた、混乱がなくなった、罪を悔い改めたなど何でもござれで、ついていた染み——比喩的な意味の——はすっかり洗い流される。その反面、万一途中でつまずいたりすれば、泥にまみれてもっと染みだらけになってしまうだろう。作家はどちらでも選べるし、本当にうまい作家なら、両方同時に使うこともできる。ただし、洗い清めるほうには、願望という問題がある。何を願っているのか、何を洗い流したいのか、よほど気をつけなければならない。ときには裏目に出るからだ。『ソロモンの歌』でトニ・モリスンは、捨てられた哀れな恋人ヘイガーを清めの雨に打たせる。長年の恋人（しかもいとこである。微妙なのだ）ミルクマンから、もっと見栄えのいい相手（つまり容姿、特に髪が「白人」に近い女性）を見つけたせいで振られてしまったヘイガーは、町に出て憑かれたように洋服やアクセサリーを買いあさり、美容院やネイルサロンに行き、ミルクマンが求めていると思われる姿に自分を作り変えようとする。ところがこの幻想のためにお金と霊能力を使い果たした直後に大雨にあって、服も買った物も髪型もすべて台無しになってしまう。こうして彼女は蔑まれた「黒人的」ちぢれ髪と激しい自己憎悪とともに残されるのだ。雨は汚れを取り除くかわりに、彼女の幻想と誤った理想美を洗い流す。だがこの経験は彼女を打ちのめし、ヘイガーはほどなくして傷心と雨のせいで死んでしまう。清めの雨が本人のためになるとは限らないのだ。

　そうかと思えば、再生させる雨もある。おもに雨と春との結びつきによるのだが、ここでふたたびノアが登場する。雨は世界を生き返らせ、新たな成長と緑への回帰を可能にするのだ。もちろん小説家というのは一筋縄ではいかない連中だから、これもまたアイロニーにされてしまう。ヘミングウェイは『武器よさらば』（一九二九）の結末で、フレデリック・ヘンリーの恋人を出産直後に死なせる。悲嘆にくれた主人公は病院を飛び出して、そう、ご想像どおり、雨の中に出て行くのだ。出産も春に結びつくから、出産で死ぬこと自体がアイロニーなのだが、生命を与えるはずの雨がさらにその効果を高めている。ヘミングウェイの場合、アイロニーには上限がないのだ。それはジョイスの「死者たち」も同じである。物語の終わり近くで、グレタ・コンロイは夫に、はるか昔に死んだ永遠の恋人、マイケル・フュアリーの話をする。肺病を病んでいたその少年は、グレタの部屋の窓の外で雨に濡れて立っていて、一週間後に死んだのだった。雨はたんに真実味を出すための小道具だという説も成り立つだろう。西アイルランドが舞台なら雨はほぼ必然であるから、この見方は正しい。だが同時に、ジョイスは雨を新しい生命や再生と結びつける読者の期待を逆手に取り、もうひとつの、あまり文学的とはいえない雨の連想――冷え込み、風邪、肺炎、死――を使うのである。両者を巧みに衝突させて、愛のために死ぬ少年のイメージを浮かび上がらせている。若さ、死、あふれるような情熱、悲しみ、それらが雨に打たれて立っているかわいそうなマイケル・フュアリー少年を取り巻いている。ヘミングウェイと同様、ジョイスのアイロニーにも上限がないのだ。

雨は春を代表する要素である。四月の雨が、五月に花を咲かせる。春は再生だけでなく、希望と新しい気づきの季節だ。あなたがモダニスト詩人で、したがってアイロニーに徹したとすると（私がいまだアイロニーに訴えずにモダニズムを示唆したことがないのにお気づきだろうか?）、この関連を逆手にとって、「四月は残酷な月」といった書き出しの詩を作るかもしれない。それがT・S・エリオットの『荒地』である。この詩の中で、エリオットは春や雨や豊穣について、私たちのうちに文化的に刷り込まれた期待を覆してみせる。しかも読者は、詩人が意図的にそうしたのか問う必要さえない。エリオット自身が意図的だと注釈をつけてくれているからだ。さらにジェシー・L・ウェストンの『祭祀からロマンスまで』（一九二〇）から暗示を受けたことまで説明している。同著でウェストンが論じたのは漁夫王神話で、アーサー王伝説はその一部に過ぎない。一連の神話の中心人物――漁夫王――は、調停者としてのヒーローを代表する人物だ。社会の何かがおそらく修復不能なほど壊れているところに現われて、それを正すヒーローである。自然と農業の生産力は、私たちが生き延び食べていくためにきわめて重要なので、ウェストンが扱った題材には、荒れた土地や、失われた生産力を回復するための試みに関連したものが多い。当然、雨は顕著に現われる。ウェストンにならうように、エリオットはこの詩の冒頭から雨の不在を強調する。いっぽうエリオットのテクストで水は複合媒体であり、テムズ川は汚染され、腐敗の場となる。きわめつけは川岸にいるぬらぬらした腹の鼠だ。しかも、雨は確実に来たわけではない。最後になって私たちは雨が降りそうだと聞かされるが、目の前で雨が地面を打っているというのとは違う。つまりまだ起こってはいないので、実際に雨が降ったときの効果はわからない。雨の不在がこの詩の主要な部分を占めているのである。

雨は太陽と出会って虹をつくる。虹については前にも述べたが、このことは考慮すべき価値がある。金貨の壺やレプリコーンとも多少のかかわりはあるにしても〔アイルランドの妖精レプリコーンは金貨の壺を持っていて、虹の端に行けば見つけられるという伝説がある〕、虹のイメージはおもに神からの約束や、天と地の間の平和を象徴するために用いられる。神はノアに虹を示して、二度と大洪水を起こさないことを約束した。西洋の作家にとって、聖書的な意味を意識せずに虹を使うことはまず不可能だ。ロレンスはもっとも出来のよい小説のひとつに『虹』（一九一六）という題をつけた。ご想像どおり、この作品には洪水のイメージと、それに関連するものがすべて含まれている。エリザベス・ビショップの詩「魚」（一九四七）は、「すべては／虹、虹、虹だった」という突然の光景で終わっているが、これを読むと、人と自然と神の間の契約が関わっているのだなということがすっと入ってくる。もちろん彼女は魚を逃がしてやる。読者が思いつく解釈のなかで、虹の解釈はおそらくもっとも外れがないだろう。虹というのはほどほどに珍しく、しかも派手なので、見落とすことはまずありえないし、その意味はわれわれの文化にとりわけ深く刻み込まれている。もし虹が理解できたら、雨やそのほかの気象現象も自然にわかっていくだろう。

たとえば霧。これはほぼ例外なく混乱や困惑の合図だ。ディケンズは『荒涼館』（一八五三）で、遺産が整理され遺言に異議が唱えられる衡平法《こうへいほう》裁判所の場面に、瘴気《ミアズマ》という文学的、寓意的な霧を持ち込んだ。ヘンリー・グリーンは『遊山にゆく Party Going』（一九三九）で、濃霧を出してロンドンを麻痺させ、金持ちの若い旅行者たちをホテルに足止めにした。いずれのケースでも、霧に精神的、倫理的、物理的な役割を与えているわけだ。私の知るかぎりで、作家が霧を使うのは何かがはっきり見えない場合と、問題になっている事柄がうさん臭い場合のどちらかだと思う。

では雪は？　雪も雨と同様大きな意味をもたせることができるが、内容はまったく違う。雪は清らかで、過酷で、厳しく、暖かく（逆説的に断熱材として）、よそよそしく、魅力的で、遊ぶには楽しいが、重くて、汚らしくもなる（降ってから何日も経った場合）。雪はいかようにも、好きに使える。ウィリアム・H・ギャスの「ザ・ペダースン・キッド The Pedersen Kid」（一九六八）では、猛吹雪に続いて死がやってくる。ウォレス・スティーヴンズは「雪の人間」（一九二三）で、非人間的な抽象的思考、特に虚無にかかわる思考を表現するために雪を使った。「そこにないものは／何も見ず、そこにある『無』を見つめるのだ」ぞっとするようなイメージではないか。またジョイスは「死者たち」で、主人公を気づきの瞬間に導いていく。自分は他人より上だと自惚れていたゲイブリエルは、一晩の経験から少しずつ自信を失っていく。そして最後に、窓の外で雪が「アイルランド全土に降っている」のを見ながら、雪は死と同じように万物を一にするのだと気づくのだ。「すべての生者と死者の上に」雪がしんしんと降りそそぐ結びのイメージは美しい。

ここで取り上げた内容は、のちに季節の章でもう一度論じることになる。もちろん天候はさらに多くの可能性を秘めており、本を一冊費やしても足りないほどだ。だが今はとりあえず、詩や小説を読むときはまず空模様をチェック、と覚えておけばじゅうぶんだろう。

10 ヒーローのとなりに立つな

もうおわかりだろうが、私は折にふれて人生訓をたれたくなる。これから書くのは私の忠告でもいちばん重要なことだから、よく聞いていただきたい。もし諸君のところに古代ギリシアの戦車に乗った男が近づいてきたら、名前を訊きたまえ。相手が「ヘクトル」と答えたら、うなずいていてはいけない。じっと立っていてはいけない。歩いて立ち去るのもだめだ。走って逃げろ。全速力で。『イーリアス』の授業をするとき、私のお気に入りネタは、ヘクトルの戦車の御者にふりかかる運命だ。御者の名前が明かされてから刺し殺されるまでの間隔は平均五行。ときには名前も知れぬうちに槍で刺されることさえあり、いくらなんでも気の毒になる。そのうちに私が「お、また新しい御者だ」と言って黙り込むだけで、話が通じるようになる。つぎに何が起こるかわかっているからだ。ところで、じつはホメーロスは叙事詩に意識的にコメディーの要素を取り入れているのだが、この部分はそれではないと思う。むしろ、ヒーローの身にふりかかる運命の身代わり——それも複数の——とみなしてよいだろう。これには残念ながらヒーローだけでなく、身近な人々も含まれる。

抒情詩を例外として、ほぼすべての文学は登場人物によって成り立っている。つまり人間が題材である。これは文芸批評史上で別段特異な指摘というわけではないが、折にふれて思い出してみるべき視点ではある。そして人間、あるいは登場人物が読者や観客の関心をつなぎとめるためには、ときおり何らかの行動を起こす必要がある。大きいところでは、探求の旅に出る、結婚する、離婚する、出産する、死ぬ、殺す、逃走する、国を支配する、足跡を残す、など。小さなところでは、散歩に行く、食事する、映画を観る、公園で遊ぶ、飲む、凧を揚げる、一セント銅貨を拾う、など。ときには小さな行為が重大な結果を招く。ときには重大そうな行為がたいしたこともなく終わる。しかし行動の大小にかかわらず、登場人物の身に起こるもっとも重要なことは変化だ——成長する、発達する、学習する、大人になる。呼び方はどうでもよい。私たちが人生で経験しているように、変化はときに困難でつらく、耐え難くて危険でさえある。場合によっては命にかかわることさえある。

主人公だけはべつとして。

この身代わり現象のもっとも入り組んだ例は、もっとも古い話のひとつでもある。欠点のあるヒーローと言えば、なんといってもアキレウスだろう。『イーリアス』という叙事詩は、一般の想像とは違って、トロイア戦争の物語などではない。実際は十年も続いた戦争のうちの、ほんの五十三日ほどの短期間の出来事にすぎないのだ。つまり叙事詩でさえも、だらだらと続く事件よりは、単独の行為とその結果を描くほうが効果的だということだ。ヒーローの帰還とか、怪物に悩まされる人びとを救いに来た勇士とか、最初の人間二人が神の恩寵を失うとか。わけてもこの叙事詩は特に純粋で、ひとりの男の行為と、それが何千何万の人間に与えた影響だけを語っている。教室でこの話をするとき、私は思いきり強調して、これはアキレウスの怒りについての本なんだよ、と言うことにしている。

ギリシア軍の総大将アガメムノンに自分が略奪した女を横取りされて、英雄アキレウスは激怒する。その後に起こるすべての出来事は、アガメムノンとその追随者（要するにアキレウスの取巻きを除くほぼすべての人びと）に対するすさまじい怒りから発している。ギリシア軍が劣勢になってゆく流れからヘクトルとの最後の対決まで、すべてはアキレウスの物語だ。彼自身は登場しない『イーリアス』の多数の巻においてさえも。怒り狂ったアキレウスは故郷のプティアに帰ると言い出すが（私はかねてから、この地名が発音不可能だから帰らないのではないかと思っていた）、この態度はどうにも子どもじみて男らしくないように思える。結局帰りはしないのだが、自分の船のそばで寝泊まりするうちにギリシア軍に対する態度を硬化させていく。多数の戦死者が出ても、アキレウスは気にとめない。アガメムノンが謝罪して、例の娘を含め奪ったものをすべて返すと言う。おもだった英雄たちのほぼ全員――オデュッセウス、アガメムノン、ディオメデス、エウリュピュロス――が負傷する。しかしアキレウスは関心を示さない。彼を立ち上がらせるものはひとつしかない。本人は気に入らないだろうが。彼の副将パトロクロスから、頼むから戦場にもどってほしい、それがだめならアキレウス率いるミュルミドン人の軍を戦闘に復帰させ、自分に指揮を取らせてほしいと懇願されるのである。

さあ、この先どうなるかはわかるね？

その前にもうすこし説明しておこう。パトロクロスはアキレウスの副将だが、もともとふたりは幼なじみで、子どものころからの親友だった。いかにして小物が大物の邸に住むようになり、ふたりの友情が芽生えたかについては、メロドラマじみた長い物語がある。ふたりは詩の中で繰り返しきわめて親密に描かれ、寄り添ってすわったり、身をもたせかけたりしている。だが待ってくれ、話はそれで終わらない。パトロクロスは戦闘に加わるが、自分自身としてではない。アキレウスの鎧を身につけて出ていくのだ。長期的に見ると、この結果アキレウスは鍛冶の神へパイストスに見事な鎧を作ってもらうことになる。短期的には、パトロクロスはトロイア軍を震え上がらせることに成功する。彼らがもっとも恐れていたアキレウスだと思い込ませたからだ。ここでパトロクロスは、親友とほとんど同じぐらい偉大になる機会を与えられる。この「ほとんど」が曲者だ。パトロクロスはトロイア軍に大殺戮をみまわせる。それまでどのギリシア人にもできなかったほどに。あるときはトロイア勢の只中に三度も飛び込んでゆき、そのたびに九人の敵を殺す。しかも名乗りあっての一騎打ちとは別の話である。あまりにうまくいったのですっかり調子に乗ってしまい、トロイアを制圧しようとする。この間違いが命取りになった。アキレウスであることと、ほとんどアキレウスみたいであることには、生死を分ける決定的な違いがあったのだ。

パトロクロスの死はホメーロスの物語でさまざまな役目を果たしているが、すべてパトロクロス本人でなく、アキレウスがらみだ。もっとも重要なのは、これでアキレウスがアガメムノンへの怒りを納めざるをえなくなったこと。ただし問題は、本質的に怒りっぽいたちのアキレウスが、感情を消し去ることはできず、矛先を変えただけだったことだ。パトロクロスを殺したことで、ヘクトルが期せずして彼の怒りの新たな標的になってしまう。パトロクロスはこの戦争で、アキレウスが心から死を悼むことのできる（そして実際にそうする）唯一の相手だった。なにしろ並みの兄弟以上に近しい竹馬の友なのだ。アキレウスは愛妾を奪われて怒りはしたが、たとえ彼女が死んでもパトロクロスのときのように嘆き悲しみはしなかっただろう。アキレウスが自らを痛めつける儀式——身体から髪にまで灰や砂を浴びせかける、涙にくれる、地面に身体を打ちつける——は、この叙事詩のなかで、どの戦いにも匹敵する感動的な場面だ。それを引き起こすことのできた者は一人しかいなかった。言わずと知れたパトロクロスである。

パトロクロスが死ぬ理由としてこれと関連づけられるのが、アキレウスの武具が戦利品としてヘクトルに奪われてしまい、新しい鎧が必要になるという展開だ。ちょっと待ってよ、パトロクロスが死ななければ、アキレウスは新しい鎧なんか必要なかったわけでしょ、とあなたは言うかもしれない。確かに、そうだ。だがアキレウスがギリシア最高のヒーローとなるには、たとえ立派でも古い武具ではカッコよさが不足していた。ギリシア人は鎧でヒーローを判断したからだ（その点ではアメリカ人に似ている）。ホメーロスが思い描いた派手な演出のためには、アキレウスはたんにすばらしいだけではなく、神々しい鎧、神にしか作れない鎧を持つ必要があったのである。というわけで彼は、オリンポスの鍛冶屋であるヘパイストスがあつらえてくれた特製の鎧を手に入れる。パトロクロスにすればつらい役回りだが、だれかがやらなければならないことだった。

ヒーローの親友になるいちばんの問題は、これだ。ヒーローにはそれぞれのニーズがあり、あるいは物語のニーズがあるわけだが、話が続かなくなるので、自分でニーズを満たすわけにはいかない。そこでどうするか？　もちろん友達の出番だ。シェイクスピアがキャプレット家とモンタギュー家の間で最後の一線を越えようとしたとき、ロミオを死なせるだろうか？　もちろんそんなことはしない。気の毒に、主人公よりはるかに人好きのする親友のマキューシオが犠牲になるのだ。ジェイムズ・フェニモア・クーパーが『モヒカン族の最後』で、マグワの悪党ぶりを証明して主人公に復讐する動機を与える必要に駆られたとき（特に動機が必要とも思えないが）、作者はナッティー・バンポーを死なせるだろうか？　それは絶対ありえない。殺されるのはアンカス、ナッティーの親友で共に捜索にあたっているチンガチグックの息子である。じつのところ、物語であれ歌であれ、小説であれ映画であれ、復讐、激怒、思い切った行動などの理由づけとして断然説得力があるのが、親友（またはその子孫）を殺されることなのだ。やはり英雄タイプの人間には近づきすぎないほうがよろしい。

でもそんなの不公平じゃないか。

おっしゃるとおり不公平だ。しかし、である。そんなことは誰も気にかけない。文学には独自のロジックがある。本当の人生ではないからだ。しかも（ここが肝心なところだが）、**登場人物は人間ではない**。もちろん人間らしく見えはするだろう。スキップしたり怒ったり泣いたり笑ったり、何でもするわけだが、生身の人間ではない。私たちは危険を顧みず、ついそのことを忘れてしまう。

人間じゃないってどういうこと？　それが本当なら、どうして彼らの運命がこんなに気にかかるの？　すばらしい質問だ。しかも二つとも。順番にいこう。彼らが人間でないのは、一度も存在したことがないからだ。だれか街で彼らにばったり出会ったことがあるだろうか？　アキレウスやハック・フィンや歴史物のキャラクターに出くわさないのは当然として、現代小説の人物だって会ったことはないはずだ。通常はそのほうが好都合でもある。ハリー・ポッターが本のページから抜け出して走り回ることはないし、ましてヴォルデモート卿も出てこない（私が好都合という意味がおわかりだろう）。もちろんキャラクターの扮装をした連中に出くわすことはあるかもしれないが、本物ではない。登場人物が実在の人物をモデルにしていることは多い。ヘミングウェイの研究者は好んで、このキャラクターは作家のこの友人、あるいは元友人（元のほうが断然多い）がモデルだと指摘したがる。だが、モデルにするのと本人を出すのとは次元の違う話だ。私たちは登場人物をモデルになった人物のフィルターを通して読んだりはしないし、そんなことをしてはならない。

これは前にも言ったことで、いずれまた言うと思うが、重要なことだから繰り返しておく。テクストに出てこないなら、それは存在しない。私たちが読み取れるのは、小説や戯曲や映画の中にあるものだけだ。作家がなんらかのテクストを創ったという事実が公表されているのにもかかわらずテクストの中に証拠がない場合、動機を探るのは研究者の仕事であって、読者がその意味に取り組む必要などない。こう考えればいいだろう。大多数の読者は、テクスト化されていない証拠にアクセスすることはできない。では読みながらどのように関係を把握していくのだろう。登場人物は言葉だけで造られた架空の存在だ。私たちは彼らを、人物描写、本人およびほかの登場人物の言動を通じて知る――作家の義理の兄貴だのライバルだの、モデルになったかもしれない人の言葉を通じてではない。読者は作家にほんのすこし助けてもらいながら、こうした言葉や行動に基づいて判断を下していくのである。

では第二の質問だ。本物の人間でないなら、読者はどうして彼らの運命に一喜一憂してしまうのか。そう、いったいどうしてだろう？　ハリー・ポッターの勝利になぜ大喜びするのか？　リトル・ネルの死に涙を流すのか？　この世に存在したこともない人間に感情移入してしまうのか？　答は簡単。やめようにもやめられないからだ。読者が気になってたまらない架空の人物たちについて、はっきりしていることがある。この二つの強い原動力によって造られている。作家が記憶や観察力、創造力を使ってある人物を発明し、読者が——集合としての読者ではなく、本を読む個々の読者のことだ——自分自身の記憶、観察力、創造力を使って再発明するわけだ。作家の発明ではスケッチのように人物像が描かれるが、二番目の読者の発明では、その人物像を受けとめて隙間が埋められていく。だから私たちはときどき自分でも気づかないうちに、テクストにない要素で隙間を埋めてしまう。年季の入った本読みならだれでも、お気に入りの小説を手に取り、くっきり記憶に残っている一節とか、登場人物の人となりが明解に描写された部分を見つけようとして、それがどこにも存在しないのに気づいた経験があるだろう。私たちは登場人物を自分にとってよりリアルなものにしようと、勝手に形作ったり、というか作り変えたりする。べつのところでも書いたが、読書はフルコンタクト・スポーツだ。読者はもてる知性と創造力、感受性のすべてを駆使して、言葉の波に体当たりする。その結果生まれるものは、ときには小説家や劇作家の作品である以上に、私たち自身の創作にもなる。私たちが登場人物の運命を気にかけるのは、しごく当然ではないか。

登場人物は作家の空想の産物であり——読者の空想の産物でもある。

私たちはふつう大人になるまでに、浅はかで幼稚で衝動的で無謀な友達をもつのは危険だと学習する。だがわれわれが小説か映画の登場人物だったら、おそらくまだ学習していないだろうし、死ぬ直前に気づくことになるかもしれない。この条件ではおうおうにして、横にいた者が巻き添えで命を落とすことになるからだ。例ならいくらでもあるけれど、わかりやすいのは次の三本だろう。『理由なき反抗』（一九五五）、『サタデー・ナイト・フィーバー』（一九七七）、そして『トップガン』（一九八六）。いずれの映画も、カッとなりやすい若者が挑戦的な態度をとる。『理由なき反抗』のジム・スターク（ジェームズ・ディーン）、『サタデー・ナイト・フィーバー』のトニー・マネロ（ジョン・トラボルタ）、『トップガン』のピート・〝マーヴェリック〟・ミッチェル（トム・クルーズ）。怒りと自信過剰と疎外感がごっちゃになった彼らは扱いにくく、何をしでかすかわからない。そして三人とも自分のせいで身近な人を死なせてしまう。ジム・スタークの無謀な行為は、ライバルのバズ・グンダーソンの死を招く。愚かしい度胸試しのゲームをして、車ごと崖から転落するのだ。ジムを慕う若者プレイトウ・クロウフォード（サル・ミネオ）も、思いがけない事件の連続に動転してピストルを振り回し、警察に射殺されてしまう。そのピストルは、怪我人が出ないようにジムがあらかじめ弾を抜いておいたものだった。トニーの悪ふざけはボビーCの死を招く。ヴェラザノ・ナローズ・ブリッジから足を踏み外して落ちるのだ。マーヴェリックの向こう見ずな飛行は愛機F－16を操縦不能に追い込み、相棒のレーダー要員グース（アントニー・エドワーズ）を緊急脱出時に死なせてしまう。ちなみにこうして見ると、高所からの墜落死というモチーフがひどく多いのに気づく。このあたりはいつか調べてみると面白いかもしれない。

この三本の映画は構造的にもよく似ている。未熟な若者が教訓を学んで成長する話だ。ところが教訓の性格とドラマチックな展開を必要とする映画の宿命から、誰かが身代わりで痛い思いをしなければならない。主人公が早々と死んでしまってはメジャー映画として成り立たないので、主人公の子分（またはライバル、またはその両方）に代わりに死んでもらうのだ。こうして映画の三大要素、ドラマと死と罪悪感が出揃うことになる。この現象は、ほかにいくらでも例を挙げることができる。ジョセフ・コンラッドの『ロード・ジム』では、ジムの過剰な自信が、兄弟のように接してきた村長の息子、デイン・

ウォリスの死を招く。ジムは自責の念から村長のドラミンに銃を渡し、進んで自分の心臓を撃ち抜かせる。そこで読者はコンラッドが根本で悲劇作家であることに気づくのである。デヴィッド・リーン監督の名作『アラビアのロレンス』では、T・E・ロレンス（ピーター・オトゥール。彼はロード・ジムの役も演じた）の二人の弟子がロレンスを見習おうとして、悲惨な死に方をする（流砂とダイナマイト事故）。それもただ、この戦争が生易しいものではないことを彼に学ばせるためだった。

補佐役たちの身に降りかかる災難には、さまざまな形がある。ここまでは悲劇的な例を見てきたが、なかには滑稽なのも悲喜劇的なのもある。ハック・フィン自身はかすり傷程度ですむけれど、いっしょにいかだに乗る逃亡奴隷のジムにはもっと大きな不運が待っている。チャーリー・チャップリンの多彩なサイレント映画の中で、チャップリン演じる小さな放浪者はありとあらゆる危険に遭遇しかけるが、顔前に倒れてくる板や頭上から落ちる金梃子（よろしい、どれも実際には存在しないと思うのだが）は、ほぼ例外なく、たまたま近くに立っていたツキのない同僚や追手にぶつかる。パイ投げでも、名喜劇役者の顔に当たることはめったにない。たいていは五セント玉を拾おうとして身をかがめた隙に、後ろにいた金持ちのご婦人や銀行の頭取に命中することになる。

この、隣のやつがやられるという筋書きにはいろいろな原因があるだろうが——天の悪意、不運、打たれ役が必要だった、など——ほとんどの場合、プロット上の必要から入ったものだ。プロットを先に進めるためには、何かが起こらなければならない。つまり、誰かが犠牲になる必要がある。主人公がその「誰か」になることは、まずない。じつに不公平だ。しかも実態はもっとひどい。

おわかりだろうが、文学は民主主義ではない。すべての男女は生まれながらに平等だというのは自明の真理だと、私たちは信じている。ところが小説など文学の世界では全然平等ではない。いい思いをするのは一人か二人だけ。残りは全員、その一人をゴールに送り込むためにだけ存在するのだ。本書でたびたび目にする名前、E・M・フォースターは、『小説の諸相』という著書の中でつぎのようなことを述べている。創作の世界は、平面的人物（フラット・キャラクター）と立体的人物（ラウンド・キャラクター）に分けられる。立体的人物は三次元の人格で、さまざまな特質や長所や弱点や矛盾をあわせもち、変わったり成長したりできる。だが平面的人物のほうは、そうはいかない。物語やドラマの中で人格が確立されるには至らず、漫画の切り抜きのように二次元的なのである。文学の人物像を「動的」と「静的」と呼ぶ批評家もいるが、私たちはラウンドとフラットでいくことにしよう。この二種類のキャラクターのうち、ラウンドのほうがあらゆる転機を独り占めする。どういうことかというと、作家の仕事は一人か二人の人物を良くも悪くも終点まで追いかけ、その発展や成長ぶりを見届けることなのだ。あるいは成長しないところを。そのほかの人物はほぼすべてプロットを成立させるために存在するのであって、プロット上必要とあればあっさり抹殺されてしまう。フィニッシュラインに至るまでに主人公が屍の山を乗り越えなければならないなら、そうさせるがいい。終点で死んでしまうのも結構だが、とりあえずはそこまで到達してもらわなければならない。『ハムレット』がいい例だ。

あえて危険を顧みず、ここは鷹揚な見方をすることにして、現実世界の人間はみなラウンド・キャラクターだとしよう。ときどき疑いたくなるやつがいることは確かだが、それはそれとして。つまり私が言いたいのは、われわれはすべて完成された存在だということだ。私たちの中にはいろいろな性質があって、全部がスムーズに共存するとはかぎらない。もっと重要なのは、われわれは成長し、発展し、変化することができるということだ。だれもがよりよい人間になれるが、失敗することもある。言い方を変えれば、私たちは一人残らず、自分のストーリーの主人公なのである。ストーリーはたびたび衝突しあうため、他人が自分ほど完成されていない、あるいは完成される必要を感じていないように見えることがあるが、だからといって他人のリアリティーが薄まるわけではない。ところがこの基本的真実がに平等なのである。

このことを理解するにはもう一度、登場人物は人間ではないという前提に立ち帰る必要がある。彼らは細かさの差こそあれ、人間らしく描かれた虚像である。生身の人間はさまざまな要素からできている——肉、骨、血、神経などだ。文学の中の人間は言葉でできている。息をすることも血を流すこともできないし（流しているように見えることは多いが）、食べることも愛することもできない。やっているように見せることは可能だけれど、実際にしているわけではない。彼らに路上で出くわした人は、がっくり失望するだろう。しかし作家が生身の人間並みにすべてを書き込もうとしたら、読者は心底退屈するはずだ。ラウンド・キャラクターでさえ、人間としては不完全だ。彼らは本物の人間のように見せかけた幻影にすぎない。読者がどこまでその存在を信じるかで、作家の力量が決まる。それはまた読者の力量でもある。しかしここで問題が生じる。秘訣は、読者としては登場人物の存在を信じ、批評家としては虚構を認めることだ。本書の狙いは、読者批評家とでも表現すればいいだろうか、熟練した読者を育てることにある。つまり、本を楽しんで読みつつ分析もできるような読者だ。わかったわかった、ワーズワースの「解剖するためにまず殺す」あたりを持ち出したいんだろう。でもそれはナンセンスだ。私の知るかぎり、文学作品をばらばらに分析できる専門家の中に、文学を愛し楽しんでいない者はいない。そもそもわれわれがなぜ文学研究者になったと思う？　もちろん文学を読むのが大好きだったからだ。知的な読者なら、その両方を同時にやってのけることができる。分析というといかにも楽しみを脅かすように聞こえるかもしれないが、現実には何の心配もない。

それならどうして全部ラウンド・キャラクターにしないの？

なるほど、理屈にかなったよい質問だ。それには芸術的というより現実的な理由がある。登場人物は、最低限これだけは必要、という基準でつくられている。役目さえ果たせばそれでよい。作家は各キャラクターが与えられた仕事をするためだけのリアリティーを与える。なぜだろう。

＊まず第一に、フォーカスの問題がある。もしすべての登場人物が生き生きと明瞭な性格を示していたら、読者はだれに焦点を絞るかをどうやって判断すればいいのだろう？　それではひどく紛らわしいし、はっきり言えるのは、読者は必要以上にややこしいものを嫌うということだ。

＊第二に、労働集約度の問題がある。マイナーキャラも含めて登場人物全員の経歴から、能力、興味、欠点、病的こだわりなど、すべてを設定しておくのはいかにも大変すぎる。そうでなくても扱いにくい連中なのだから。

＊第三は、用途がはっきりしなくなることだ。ある人物が悪党の役回りだとすると、じつは母親思いだとか、ペットの犬を飼っているとかいうのは逸脱になる。犬（または母親）を蹴っ飛ばしでもしてくれればべつだが。フラット・キャラクターは、存在の意図や筋書き上の役割がわかりやすいのが普通で、読者はそれを見分けるためのあらゆるヒントを求めているものだ。

＊第四に、本の長さを考えてみてほしい。ディテールを全部書き込んだら、短編はみな中編、ひょっとしたら長編小説になってしまう。すべての小説は『戦争と平和』になり、『戦争と平和』はあなたの本棚を押しつぶすだろう。かくして簡潔さは失われ、かといって情報量が増えるわけでもない。第一項で見たとおり、情報量の拡大は時として損失になる。文学作品はいまのままの長さでじゅうぶんだというのは、衆目の一致するところだろう。

ここまでフラット／ラウンド問題について二者択一のような書き方をしてきたが、実際ははっきりした境界線があるわけではない。もちろん完全にフラットなキャラクターはある。だが、もしグラフを描くなら、ラウンドのぎりぎり端あたりに位置するようなキャラクターもいるのだ。たとえばハムレットの叔父で悪役の代表のようなクローディアスだが、この男でさえ自分の悪事に呵責を感じてはいる。ハムレットは叔父が祈っている姿を目にする。ハムレットが知らず、観客だけにわかるのは、クローディアスはあまりに真っ黒く汚れすぎていて、祈ろうにも祈れなくなっていることだ。ハムレットの親友ホレーシオは誠実そのものの男だが、そんな彼でさえ、ふと王子に対して疑いを抱くことはある。というわけで、もし目盛りを書いて、ローゼンクランツとギルデスターン、あるいは墓掘りを一方の端に配置し、反対の端にハムレットをおくとしたら、仕上がりは両端にかたまりのある長いバーベル状にはならないはずだ。むしろ両者を結ぶ線の途中に、ポローニアス、レアティーズ、ホレーシオ、オフィーリア、ガートルード、クローディアスの名前が（フラットからラウンドまでほぼこの順番に）ばらばらと並ぶことになるだろう。念のためにつけ加えると、ハムレットの父はフラットそのものだ。そしてヨリックは数にも入らない。頭蓋骨だけでは登場人物とは認められないからだ。

小説家や劇作家はこのあたりのことをいつも考えていて、エッセイや、ときには作品の中にも書いている。フォースター、ジョン・ガードナー、ヘンリー・ジェイムズ、デイヴィッド・ロッジらからの数多いアドバイスのほか、脇役の問題を投げかけた連中もいる。ディケンズは注目してもらえない脇役のキャラを立ててやろうと、あっと驚く習慣や口癖を考えた。たとえばミセス・ミコーバー（『デイヴィッド・コパーフィールド』に登場）の「主人を見捨てるなんて、そんなことできませんとも」のようなやつだ。だれも見捨てろと言う者などいないだけに、夫人が繰り返す口癖がよけいに目につく。実際ディケンズの登場人物を思い出そうとすると、頭に浮かぶのは手配写真集のごとき脇役の顔ばかりだ。マグウィッチ、ミス・ハヴィシャム、ジャガーズ（以上『大いなる遺産』）、ビル・サイクス（『オリヴァー・ツイスト』)、ミスター・ミコーバー、バーキスとペゴティ、ユライア・ヒープ(以上『デイヴィッド・コパーフィールド』)。

ポストモダン期になると、脇役の内面生活が本のページやステージに登場するようになった。ストッパードの『ローゼンクランツとギルデスターンは死んだ』(一九六六)のことは前にも述べた。この戯曲の主眼は、脇役たちは舞台に出ないあいだ何をしているんだろう、という疑問だ。ストッパードが描こうとしたのは、脇役を演じる役者ではなく、キャラクターそのものだった。ハムレットロジーが少々錆びついてしまった読者のために説明しておくと、ローゼンスタインとギルデスターンはおめでたい間抜け者で、表向きはハムレットを英国まで送り届ける役目だが、実際には(本人たちは知らないことながら)ハムレットは英国で殺されることになっている。しかしハムレットは彼らのように頭が鈍くないので、まんまと逃れおおせるばかりか、この二人の従者に英国王に宛てた彼ら自身の処刑令状を持たせるのである。三時間以上におよぶこの悲劇の中で、二人が登場するのはさしずめ五分ほどであろうか。そこでストッパードは問いかける。長い休憩時間のあいだ、二人はいったい何をして時間をつぶすのだろうか、と。この戯曲はいささか不条理でナンセンスではあるが、はっきりと目的のあるナンセンスなのだ。もうすこし新しいものでは、ジョン・クリンチの小説『フィン』(二〇〇七)がある。アメリカ文学史上もっともおぞましい登場人物、ハックルベリー・フィンの親父の人生をつぶさに観察した小説だ。活躍の場を与えられた結果、フィン親父はますます嫌なやつになっている。そしてさらには、ジェイン・オースティンの小説のあらゆる要素をカバーしようと決めた安易な産業の流行があり、つまらない脇役までが勝手に暴れまわる場を与えられてしまっている。これこそは二十一世紀が謝罪すべきトレンドの筆頭ではあるまいか。

主役と脇役についてのこうした論争は、はるか昔から続いてきた。アリストテレスは、プロットの形態とそこにかかわるキャラクターの性格に密接なつながりがあることを指摘した。アリストテレスの議論はときに、「プロットとは行動を通じて明らかになる登場人物である」という公式にまとめられてしまう。何千年経っても、この見解に大きな変化は見られない。アリストテレスが言わんとしたのはこういうことだ。行動そのものではなくさまざまな行動が組みあわされた構造がプロットであり、それは登場人物たちの性格から派生する。そして観客は、登場人物の行動を通してプロットを発見する。これに対して、現代の公式はやや循環思考になっている。プロットとは行動中の登場人物である。登場人物はプロットによって明確になり、形づくられる。創作文学や戯曲文学に登場人物が不可欠であることは認めなければならない。必要なのはあらゆる種類のキャラクターである。フラットもラウンドも、静的なのも動的なのも。つきつめて考えれば、彼らはみな同じことをしている。物語や小説や戯曲を結末までもってゆき、この結末しかありえなかったと読者に納得させることだ。ギャツビーやニックやデイジーの人となりを考えれば、ギャツビーの身に起こったことはあれしかあり得ないように思えてくる。それにトムとジョージ・ウィルソンとマートル・ウィルソンも。村の住人たちが総がかりでひとりのキャラクターを殺すわけだ。

それってどういうこと？　今度はヒーローが殺されちゃうって？

ほんとうかな？　ちょっと話しあったほうがよさそうだ。

幕間　本気でそんなことを？

　このあたりで、読者のみなさんにはむくむくと疑問が湧いてきているはずだ。さしずめこんなところだろうか。「先生はいつも、この作家はあのだれも知らない作品を下敷きにしているとか、何々の象徴やあっちのパターンや、聞いたこともないような何かを使っているとか言うけど、作家は本当にそんなことを考えて書いてるんですか？　そもそも一度にそんなにいろんなことを思いつけるものなのかな」

　すばらしい質問だね。願わくば私もすばらしい答えを用意できればいいのだが。的を射て中身が濃く、できれば少しばかり頭韻でも踏んだやつを。しかし残念ながら、私の答えはたんに短いだけだ。

　イエス。

　この答えの問題は、中身がないのに加えて、明らかに真実でないことにある。控えめに言ってもミスリーディングだ。本当の答えはもちろん、それはだれにもわからない、である。一部の作家の場合は本人が解説してくれているからほぼ確実だと言えるが、一般的には当て推量しかない。

　わかりやすいところから見てみよう――ジェイムズ・ジョイス、T・S・エリオットなど、「意図主義者《インテンショナリスト》」とでも呼ぼうか――自らの創作作品を全面的にコントロールしようと試み、作品のもつ事実上すべての効果を意図的に計画する作家たちである。彼らの多くはモダニスト期、基本的には二十世紀の二度の世界大戦の前後に活躍した。『「ユリシーズ」秩序・神話』（一九二三）という評論の中でエリオットは出版まもないジョイスの傑作を絶賛し、前世代の作家が「物語技法」に依存していたのに対し、現代の作家はジョイスの例に倣って、「神話的手法」を採用することができると述べている。本書ですでに見たように、『ユリシーズ』は一九〇四年六月十六日のダブリンのたった一日の出来事を書いた長大な小説であり、構造はホメーロスの『オデュッセイア』をそっくり踏襲している（ユリシーズはホメーロスの主人公オデュッセウスのラテン語名）。この小説の構造は、古代叙事詩のさまざまなエピソードをアイロニックに借用しているのである。たとえばオデュッセウスが黄泉の国に下るところは墓へ行く話に、男を魅惑して豚に変える魔女キルケとの出会いは、悪名高い売春宿行きに入れ替わるという具合だ。エリオットはジョイスについての評論を通じて、言外に自らの代表作『荒地』を擁護している。『荒地』もまた、漁夫王をめぐる豊穣神話という古代神話を下敷きにしているからだ。エズラ・パウンドは『キャントウズ』で、ギリシア、ラテン、中国、英国、イタリア、フランスの詩の伝統を借用した。D・H・ロレンスはエジプトとメキシコの神話、フロイト派精神分析、ヨハネの黙示録、欧米の小説史などについて評論を書いている。このような作家たち、あるいは同世代のヴァージニア・ウルフ、キャサリン・マンスフィールド、アーネスト・ヘミングウェイ、ウィリアム・フォークナーらが、単純素朴な小説や詩を書くなどということがあるだろうか。とうていありえないとは思わないか？

たとえばフォークナーの『アブサロム、アブサロム！』（一九三六）は、タイトルは聖書から取り――アブサロムはダビデの息子で、ダビデに対し謀反を起こすが、最後は悲惨な死に方をする――プロットと登場人物はギリシア神話から取っている。この小説は、トロイアからの兵士たちの帰還と復讐と破壊を神話的に描いたアイスキュロスの『オレステイア』のフォークナー・バージョンである。ここではトロイア戦争はもちろん南北戦争になる。門前で起こるのは、不貞を犯した妻（クリュタイムネストラ）が帰還した夫（アガメムノン）を殺すのではなく、非嫡出の息子が腹違いの弟に殺される事件だった。

もっともクリュタイムネストラは、黒人との混血の奴隷、クライティに引き継がれている。エリニュス（復讐の女神）たちに追われ、最後は邸で焼け死ぬオレステスはヘンリー・サトペンに姿を変え、嘆きと悼みのうちに生きるエレクトラは、ヘンリーの姉ジューディスになる。これほど凝った構想と緻密な創作法に、素朴な思いつきが入り込む余地はほぼないだろう。

よろしい。モダニズムの作家はこれくらいにして、ではもっと古い作家はどうだろう。一九〇〇年ごろまで、大半の詩人は少なくとも初歩的な古典の教育は受けていた。ラテン語、多少のギリシア語、そして大量の古典詩、ダンテ、シェイクスピア——現代の平均的な読者よりは教養を積んでいたはずだ。しかも彼らは、読み手の側も相当量の訓練を受けているはずと、あてにすることができた。十九世紀に演劇界で成功を収めたければ、確実な方法はシェイクスピア劇団をアメリカ西部に巡業させることだった。大草原の小さな家の住人がシェイクスピアを引用できるのなら、作家が「偶然」シェイクスピア劇に似かよった物語を書いてしまうことも、大いにありえたのではないだろうか。

なにしろ立証の方法がないのであるから、作家の意図を論じるのはあまり有益とはいえない。それよりは作家が実際にやったことだけに注目し、さらに私たち読者が作品に何を見出すかに的を絞ったほうがいい。手がかりになるのはちょっとしたヒントや疑念、そしてときにはテクストの裏に隠されたものを示すかすかな痕跡程度の証拠だ。覚えておいてほしいのは、意欲的な作家はおそらく本に飢えた熱心な読者でもあって、文学史や文学作品を貪欲に吸収してきたに違いないということだ。本を書き始めるころには、これまで読んだ蓄積が意識さえしないほど自然に身についているだろう。それでいて、意識に入り込んでくる記憶や知識はいつでも活用できるわけだ。もうひとつ忘れてはならないのは、執筆のスピードである。この短い章を、あなたは数分で読みとおすことができただろう。しかし私のほうは、恥ずかしながら何日も何日もかかってこれを書いた。いやいや、ずっとコンピューターの前に座っていたわけではない。まずはアイデアの芽を抱えて歩きまわり、どう料理すればよいかあれこれ考えてから、座って骨子だけを打ち込んでみた。それから論旨に肉付けしていった。途中で行きづまると、ランチを作ったりパンを焼いたり、息子の車の手入れを手伝ってみたり、だがこの章の問題はその間もずっと頭にある。デスクに腰かけてキーボードを叩き始めるが、また気が散って別のことをやってみる。そんなふうにして、最後にこれが完成したのだ。たとえテーマについて同レベルの知識があり、同じようなことを考えていたとしても、読者のあなたは五分で読み終えてしまったのに、著者の私は五日間もひねくりまわしていた？　私が言いたいのは、読者はいま読んでいる本がどれほど時間をかけて書かれたかを忘れがちであること、書いているあいだには、水平思考の入り込む余地がたっぷりあるということである。

そして既成概念にとらわれない水平思考こそは、私たちがここで論じている本質だ。作家は、劇のプロット、小説の結末、詩の主題、何でもいいけれども自分の創作に意識を集中しつつも、すくなくとも多少は接点のある別の材料を盛り込もうと工夫を重ねる。以前の私は、そんなことができるのは「文学の天才」だからだと思っていたのだが、今は確信がなくなってきた。私はときどきクリエイティブ・ライティングの講座を担当することがある。すると参加する作家の卵たちが、聖書を下敷きにしてみたり、古典やシェイクスピアの借用、R.E.M.〔アメリカのオルターナティブロックのバンド〕の歌詞、おとぎ話のモチーフ、その他ありとあらゆるものを取り入れてくるのだ。学生も私も、その場に天才がいるとは思っていない。どうやら本読み／物書きタイプが一部屋に集まって白い紙を渡されると、自然発生的にこういうことが起こるらしい。だからこそ、私の学生や、アイオワ・ライターズ・ワークショップ〔アイオワ大学の有名な創作講座。多数の著名作家を輩出している〕の最近の卒業生や、キーツやシェリーの作品を読むことは、このうえなく興味深くて楽しいのである。

11 お前も痛いだろうが、パパのほうがもっと痛いんだよ――暴力について

考えてみてほしい。セサは逃亡奴隷である。子どもたちは全員が奴隷制のあるケンタッキーで生まれた。母子のオハイオへの逃避行は、まるで「出エジプト記」に描かれた、エジプトを脱出するユダヤ人のようだ。ただしこちらの場合は、いわば逃亡先の家までファラオが追ってきて、紅海を渡って連れ戻そうとする。セサは奴隷の運命から救うためにわが子を手にかけるが、ひとりを殺したところで止められてしまう。

トニ・モリスンの『ビラヴド』は、ここで殺された子の名前をタイトルにしている。その後幽霊となって戻ってくるビラヴドは、たんに逃亡奴隷が奴隷州に抱く嫌悪から暴力的に命を奪われた子どもというだけではない。献辞にあるとおり、奴隷制によって死に追いやられた「六千万人以上の」アフリカ人とアフリカ系奴隷たちの一人でもあるのだ。彼らは捕えられる際、強制的な大陸横断中に、中間航路を行く船上で〔奴隷船が航行したアフリカ西岸と西インド諸島とを結ぶ大西洋航路〕、奴隷の労働力によって運営されたプランテーションで、あるいは想像を絶する残酷な奴隷制から逃亡を企てて、殺されたり、あるいは衰弱死したりしていった。奴隷制とは、母親がわが子を救おうとして子殺しを選ぶほど忌まわしいものであった。ビラヴドは、ひとつの人種全体がさらされた陰惨な運命を代表している。

暴力は人間と人間のあいだで起こるもっとも個人的、私的な行為のひとつだが、その意味するところ

は文化的、社会現象的でもある。さらには象徴的、主題的、聖書的、シェイクスピア的、ロマン主義的、寓話的、超越論的にもなりうる。実生活での暴力は、ただの暴力だ。スーパーマーケットの駐車場であなたが鼻先にパンチを見舞われたら、それはたんなる攻撃であり、行為以外の意味などない。ところが文学の中の暴力となると話は一変する。ふつうそれは何かべつのものを意味する。鼻先のパンチは、おそらく隠喩なのだ。

ロバート・フロストに「消えろ、消えろ——」（一九一六）という詩がある。一瞬の注意散漫とそれがもたらした非業の死を描いた作品だ。ある農家の少年が電動の丸鋸を使っているとき、夕ご飯よと言われて顔を上げる。すると憎々しげに「唸ったりガタガタいったり」を繰り返していた丸鋸が、まるで意志をもった生き物のようにチャンスをとらえ、少年の手を切り落とす。この名詩についてまず評価すべきは、これがまさに現実だということである。どんな作業の陰にも死が潜んでいる、その細部に注意を配りつつこんな詩を書けるのは、農作機械の絶え間ない危険に身近に接してきた人間だけだ。私たちがこの詩から受け取るものがそれだけだったとしても、詩はそれなりの役目を果たしたことになるだろう。だがフロストはこの詩に児童就労と電動工具への警鐘以上の意味をもたせようとした。現実の流血事件は、人と宇宙の敵対関係、あるいはまったくの無関心を記号化しているのだ。人間の生と死——この少年は出血多量とショックで死ぬ——は宇宙にとって何の意味もなく、宇宙はよくて無関心、もしかしたら積極的に人類の滅亡を望んでいるかもしれない。詩のタイトルは『マクベス』の「消えろ、消えろ、つかの間の灯火」から取られており、少年の短い人生だけでなく、特に宇宙的スケールで見た場合の人の存在のはかなさを示している。人の命の矮小さともろさは、私たちから見れば永久の存在に等しい彼方の恒星や惑星の冷たい無関心にさらされるだけでなく、農場というすぐ身近な「外界」や、相手を選ばず傷つけたり殺したりする機械の非情さとも向き合うことになるのだ。これはジョン・ミルトンの「リシダス」(一六三七)のような、すべての自然が共に涙するような古典的哀悼歌ではない。フロストの自然はかすかな興味すら示していない。フロストは暴力的モチーフを使って、人が置かれた孤児のような状況――冷たく沈黙する宇宙の中で、親もなくひとりぼっちでおびえながら死と対峙している――を強調しようとしたのである。

文学には暴力があふれている。アンナ・カレーニナは列車に身を投げるし、エンマ・ボヴァリーは問題を解決するために毒薬を使う。D・H・ロレンスの登場人物はいつも互いに暴力をふるいあっている。ジョイスのスティーヴン・ディーダラスは兵士たちに殴打される。フォークナーのサートリス大佐は、ジェファーソンの公道上で北部から来たペテン師を二人射殺したというので、地元の伝説になっている。テレビアニメのワイリー・コヨーテはロード・ランナーを捕まえようとする最新の作戦が失敗したあと、「Yikes(ひゃあ!)」というサインを掲げてから気絶する。何も起こらないと言われるヴァージニア・ウルフやアントン・チェーホフでさえ、あたりまえのように登場人物を死なせる。これらの死や傷害事件がロード・ランナーのドタバタよりは深みのあるものだとすれば、暴力にはたんなる殺戮以上の意味がなければならないだろう。

ここで、文学のなかの二種類の暴力を考えてみよう。作家が、登場人物どうしあるいは自分自身に対して起こさせる傷害と、登場人物の身に降りかかる、物語の流れのなかの暴力である。第一のほうはごく一般的な行動――射殺、刺殺、絞殺、溺死、毒殺、撲殺、爆破、ひき逃げ事故、餓死などいろいろだ。第二の作家による暴力は、プロットやテーマの展開のために作家がもちこむ死や苦痛のことで、登場人物に責任はない。フロストの丸鋸による事故はこれにあたるし、ディケンズの『骨董屋』(一八四一)のリトル・ネルの死や、ウルフの『灯台へ』(一九二七)のミセス・ラムゼイの死もそうだ。

それを比べるのって不公平じゃない? 肺病や心臓病で死ぬのと、ナイフで刺されて死ぬのとを一緒

にしちゃっていいのかな？

かまわないとも。違うけど、同じでもある。違うのは、物語の流れのほうには犯人がいないことだ（強いて言えば作家だが。作家は作品のどこにでもいるし、どこにもいない）。同じだという意味は、死ぬ者にとってはどちらでも同じだから。あるいはこう言ってもいい。作家が登場人物を殺すのも、動機は同じである——事態を進展させる、プロットを複雑にする、あるいは複雑になったプロットを整理する、他の人物にプレッシャーをかける。

暴力をもちこむ理由なら、それだけでじゅうぶんじゃないの？

ところが、例外はあるものの、じゅうぶんではない。例外の最たるものがミステリー小説だ。二百ページのミステリーなら、最低三回は死人が出るだろう。もっと多いのもある。これらの死にはどんな意味があるか。ほとんど無意味といっていい。プロット上の目的を別にすれば、推理小説の読者は人が死んだことを気にもとめない。ほとんどの場合、作者はあらかじめ犠牲者を思いきり不愉快な人物に仕立てておくので、読んでいる私たちも気の毒だとも思わないし、ときにはほっとすることさえある。小説の残りのページはこの殺人事件を解明することに使われるわけだから、それなりの重要性はあるのだが、死につきもののはずの厳粛さに欠けるのだ。重みがない、響きがない、人知を超えたものの存在を感じない。ミステリーに共通するのは、密度の欠如だ。ミステリーが与える情緒的な満足感としては、問題が解決する、疑問の答えが出る、罪を犯したものが罰せられ、犠牲者のために復讐が果たされる——のだが、いかんせん重みがないのである。大のミステリーファンで、何百というミステリーを読んできた私から見ても、それは事実だ。

じゃあ、その重みとやらはどこから来るものなの？

読者が重みや深みを感じるのは、表面に現われた事実のほかに何かが起こっているときだ。ミステリーでは、他にどのような層があるにせよ、殺人そのものは語りのレベルにとどまらざるを得ない。謎解きというジャンルの宿命として、殺人行為が思い違いや曖昧さの重なり合った層に覆われているため、それ以外に重層的な意味をもたせることができない。いっぽう、「文学的」フィクション、戯曲、詩は、この重層的な意味の部分が中心になっている。フィクションの世界では、暴力は象徴的な行為だ。『ビラヴド』を表層だけで理解するかぎり、幼い娘を手にかけたセサの行状はあまりにも忌まわしく、とうてい同情できるものではない。たとえば彼女があなたの隣に住んでいたら、引っ越さずにはいられないだろう。だが、彼女のしたことには象徴的な意味がある。一時的に錯乱したひとりの女の行為というだけでなく、歴史の一時期にある人種全体が直面した恐るべき経験の総体としての行為だと理解できる。背中に残る木のかたちをした鞭打ちの痕によって説明されるセサのふるまいは、偉大な神話に登場する女性たち――イオカステ、ディード、メディア――が強いられたのと同じ悲劇的な選択の結果だった。セサはただの隣に住む女ではなく、神話的な存在、文学の偉大な悲劇のヒロインのひとりなのである。

私は先に、ロレンスの登場人物があきれるほど頻繁に暴力をふるいあうことを書いた。いくつか例を挙げてみよう。『恋する女たち』のなかで、グドルン・ブラングウェンとジェラルド・クライチの出会いは、まず双方が暴力的な意志を披瀝したあとで起こる。ブラングウェン姉妹が見つめる前で、ジェラルドはおびえる牝馬を踏み切りのすぐ前に立たせ、列車が通り過ぎるあいだ、わき腹から血が出るまで拍車を食い込ませて押さえこむのだ。アーシュラは悲憤慷慨するが、グドルンのほうは男性的なたくましさの発露に目を奪われて（しかもロレンスがここで使う言葉はレイプの描写さながらである）めまいを覚える。その後ジェラルドは、彼女がハイランドの気の荒い牛たちの前で夢中でユーリズミックス――第一次世界大戦ごろのディスコのようなもの――を踊っているのを見る。危険だからと止めに入ると、グドルンは彼の顔を平手で打つ。くどいようだが、初めての出会いで、である。ジェラルドがこれがあなたの最初の一撃だ、というような意味のことを言うと、驚くなかれ、彼女は「最後の一撃も私からになりますわよ」と答えるのだ。なんたるやさしさよ。二人の関係は、ほぼこのままの調子で進んでいく。意志とエゴの荒々しい衝突、暴力的なセックス、追いつめられた、悲壮な逢瀬、あげくの果てに憎悪と怨み。理論的にはグドルンが正しかった。最後の一撃は彼女からだったから。だが最後の場面で彼女は、ジェラルドに喉を絞め上げられて白眼をむいている。その後結局ジェラルドは嫌悪の情から手を離し、アルプスの尾根と死に向かって歩み去るのだ。異常すぎる？　ではべつの例を出そうか。精緻な中篇『狐』で、ロレンスは小説史上まれに見る奇妙な三角関係を創造した。バンフォードとマーチという二人の女性は、力を合わせて農場を経営している。レズビアンを公言していないのは、検閲を心配したからだろう。当時ロレンスは、すでに多くの発禁処分を受けていた。この変わった家に、ヘンリー・グレンフェルという若い兵士が迷い込んでくる。彼が農場で働き出してから、マーチとのあいだに男と女の関係が生まれた。三人の利害が衝突してどうしようもなくなったころ、ヘンリーは木を切ることになる。木はねじれながら倒れ、哀れ気難しやのバンフォードを下敷きにしてしまう。一件落着だ。もちろんその後も、死者のおかげでようやく自由になったマーチとヘンリーの関係を損ないかねない問題が生じるのだが、そんな瑣末なことを誰が気にかけるだろう？

　ロレンスはロレンスだけあって、こうした暴力的なエピソードをきわめて象徴的に使っている。たとえばジェラルドとグドルンの対立は、二人の人間的欠点もさることながら、資本主義社会体制や新しい価値観の欠陥にも原因がある。ジェラルドはひとりの男であると同時に、産業社会の価値観に毒された人間の代表でもあるのだ（ロレンスは彼を「産業王《キャプテン・オブ・インダストリー》」と名づけている）。グドルンのほうは都会に出て退廃的な芸術家とつきあったせいで、もちまえのヒューマニズムを失ってしまっている。また、『狐』の伐木による死は、個人的な敵意による殺人ではない。登場人物のあいだに反感がないわけではないが、バンフォードの死は、ロレンスの目に映った近代社会の性的緊張と男女の役割の混乱の象徴だ。ロレンスは、技術を追い求め、本能より知性を過度に優先させる近代社会では、男と女の本質的な性差が失われてしまうと考えていたのである。この緊張感は名前の呼び方にも表われている。バンフォード（ジル）とマーチ（エレンまたはネリー）はたがいにクリスチャンネームで呼び合うこともあるが、テクスト中ではつねに「ミス」をつけない名字だけで呼ばれ、二人の男性的性格が強調されている。いっぽうヘンリーはつねにヘンリーか、「若者」だ。ロレンスが考えるような秩序を保つには、人と人との性的力学を劇的に変えてしまうしかない。ロレンスの暴力にはまた、神話的な局面もある。『恋する女たち』のジェラルドは背の高い金髪の美男子で、たびたび若い神のようだと形容される。相手のグドルンは、古代スカンジナビアの女神からその名を取っている。二人の対立が神話の構図になるのは当然のことだ。同じように、バンフォードとマーチのしろうと農場に、若い兵士は精力あふれる豊穣の神として現われる。ロレンスは同世代の作家たちと同様、古代の神話、とくに荒れた土地に実りをもたらす儀式の類に強く惹かれていた。赤字続きの農場という荒地に実りを取り戻すには、強い男と子どもを生める女が結ばれなければならない。それにはライバル心を抱く女など、邪魔になるものはすべて排除する必要があったのだ。

ウィリアム・フォークナーの暴力はまた違う源泉から出ているのだが、結果に大きな差はない。創作演習を担当する教師たちに言わせると、小説家志望の学生にとってフォークナーは最大の危険なのだそうだ。学生たちはフォークナーの暴力志向にそそられるあまり、二千字の原稿の中に強姦、三種類の近親相姦、ナイフによる殺傷、発砲二件、入水自殺一件を詰め込んだフォークナーもどきの試作を書いてくるという。たしかにフォークナーが想像で作り上げたヨクナパトーファ郡には、ありとあらゆる暴力がある。たとえば、短篇「納屋は燃える」(一九三九)。サーティ・スノープス少年は、過去に何度も放火事件を起こした父親が、富豪のプランテーション経営者ド・スペイン少佐に雇われ、その後階級格差の恨みから少佐の納屋に火をつけようとするのを察知する。なんとか仲裁しようとするサーティ少年(フルネームはカーネル・サートリス・スノープスという)の通報で、ド・スペイン少佐は少年の父アブナーと兄を馬で追いかける。二人の最後の消息は、少佐のピストルから響く二発の銃声だけだ。サーティは砂埃の中でむせび泣く。もちろん、その先の意味を考える前に、放火と発砲は文字どおりに起こったこととして理解しなければならない。だがフォークナーの場合、こうした暴力は歴史によって条件づけられてもいる。フォークナー作品では、階級闘争、人種差別主義、奴隷制の継承(物語の中でアブナーは、ド・スペインの屋敷の壁が奴隷の汗ではじゅうぶんに白くならなかったため、白人の——つまりアブナー自身の——汗が必要になったのだと言う)、南北戦争に負けたなすすべもない怒りなどのすべてを、暴力が象徴しているのだ。『行け《ゴーダウン》、モーセ』(一九四二)の主人公アイク・マッキャスリンは、プランテーションの台帳を読んでいるうちに、自分の祖父が黒人奴隷ユーニスに娘を生ませ、近親相姦を罪と感じなかったか、あるいは奴隷を人間とみなさなかったのか、その娘のトマシナとも関係して妊娠させたという事実を発見する。ユーニスは娘の妊娠を知って自殺した。それはユーニス個人が選んだ行為なのだが、同時に奴隷制の忌まわしさや、人が自己決定権を完全に奪われた場合に起こる結果を表わす隠喩にもなっている。奴隷の女は自分の肉体、娘の肉体をどう利用されても文句は言えず、怒りを表現する手段ももたない。唯一許された逃げ道は死だ。奴隷制は奴隷たちから、生きることを含めて、いっさいの意志決定権を剝奪する。彼らに残された力は、かろうじて死を選べるかもしれないということだけだ。だからユーニスは自殺した。ところがその期にいたっても、キャロザース・マッキャスリン老は、黒人が自分から溺れ死ぬなんて聞いたことがあるかねと感想を述べただけだった。奴隷にも複雑な感情があるということがよほど意外だったのだろう。ユーニスの自殺を描いた小説のタイトルが、聖書の中でモーセがエジプトに「下っていき《ゴーダウン》」、「我が民を自由にせよ」と神から命じられる部分から取られていることは、偶然ではないはずだ。もしモーセが現われなければ、囚われの民イスラエル人は、自分たちにできる方法でしか自由を得ることはできなかっただろう。フォークナー作品に現われる暴力は、このような歴史的事情を描きつつ、神話や聖書との平行関係を示していることが多い。『アブサロム、アブサロム！』と名づけられた長編では、表題のとおり反抗的で扱いにくい息子が、生まれついての権利を否定して自身を破滅に追いこむ。『八月の光』（一九三二）はジョー・クリスマスという人物をめぐる話で、彼は小説の最後で男根を切り取られる。彼の行動も傷もとりたててキリスト的ではないものの、その生と死は霊魂の救済の可能性を示唆している。もちろんアイロニーが入ってくると事情はすっかり変わるのだが、それはまたべつの話だ。

ここまでは、登場人物どうしの暴力について語ってきた。では、代理人を介さない、作家が登場人物の身にふりかからせる暴力はどうだろう。これはまあ、場合によりけりだ。現実世界では、事故は自然に起こる。病気もしかり。だが文学の中の事故は、じつは事故ではない。事故と見えるのは小説の中だけであって、外から見れば、ある人があらかじめ悪意をもって考え、たくらみ、実行に移した計画だ。ある人が誰かはもうおわかりだろう。一九八〇年代に書かれた小説で、登場人物が空中爆発した飛行機から軟着陸する話が、私の記憶では二つあった。フェイ・ウェルドンの『男心と男について』（一九八七）とサルマン・ラシュディの『悪魔の詩』だ。ウェルドンとラシュディは、筋立てにこのような大事故を組み込み、しかも生存者を残すにあたって、微妙に異なる意図をもっていたと思う。ただ確かに言えることは、作家が登場人物を奇跡的に生還させたのには何らかの意味があった、それもひとつではなく、さまざまな意味があったということだ。ウェルドンの小説の少女は、堕落した大人の世界に舞い降りた、神に選ばれた民のような存在だ。飛行機の尾翼部分が軟着陸するのは、少女のこうした愛すべき特性を証明する、当然の帰結なのだ。だがラシュディの描く男たちの場合は、無垢から知恵への降下どころか、すでに堕落した生活から悪魔としての存在に変身する墜落だった。以上のようなことは、病気についても言える。心臓病がストーリーのなかでどんな意味をもっているか、肺結核、癌、エイズはどうなのかは、後半の章で論じることにしよう。小説の中の不運なできごとは、私たちに何を告げようとしているのか。大切なのはその問いかけなのだ。

暴力の意味について一般論を述べるのは難しい。せいぜい言えるのは、その意味がふつうひとつだけではないこと、雨や雪などにくらべて、はるかに広い意味をもちうることぐらいだろう。作家がひとつの目的のために暴力を直截的に描くことはまずないので、読者は立ちどまって考えることになる。この種の不幸は主題的にどんな意味をもつのだろう。これに似た歴史的・神話的な死があったかしら。なぜこの種の暴力をとりたてて使ったのか。心理的なディレンマ、精神的危機、歴史／社会／政治問題など、答えはいろいろあるだろう。単純な答えは出ないだろうが、あれこれ頭をめぐらせば何らかの可能性が見つかるはずだ。暴力は文学のいたるところに存在する。万一暴力を否定したら、シェイクスピアの大半の戯曲、ホメーロス、オウィディウス、マーロウ（クリストファーとフィリップの両方）、ミルトンの多く、ロレンス、トウェイン、ディケンズ、フロスト、トールキン、フィッツジェラルド、ヘミングウェイ、ソウル・ベロー、その他さまざまな文学作品が読めなくなってしまう。ジェイン・オースティンはあまり影響を受けないような気がするが、オースティンだけが頼りの読書ではいささか物足りない。この際暴力も受け入れて、その意味するところを考えるほかに選択肢はなさそうである。

12 それって象徴ですか？

そうとも。

教室でいちばんよく出る質問と、それに対する私の答えだ。それって何かの象徴ですか？　うん、そう考えていいと思うよ。ややこしくなるのは、そのあとからだ。じゃあ意味は何ですか？　何を象徴してるんですか？　さらにそう聞かれると、私はたいてい逃げを打って、「さて、きみはどう思うの？」と聞き返すことにしている。学生は何をもったいぶっちゃってさ、と思うか、責任を回避してずるいなあと思うかだろう。だがじつはどちらでもない。私は本気で聞いているのだ。きみはこれが何を象徴していると思う？　なぜなら、少なくともその学生にとっては、たぶんその答えこそが正解だからだ。

ここに象徴性の難しさがある。象徴というのは、何かを意味しているのだと誰もが思っている。何でもいい何かではなく、正確にこれと名指しできるものだと。ところがじつは、話はそう単純ではない。もちろん直線的に働く単純なシンボルというのもある。たとえば白旗は「降参だ、撃つな」という意味だとか。もっとも、「われわれは平和の使者だ」もありうる。ほらね？　こんな単純明快なケースでも、ひとつの意味だけに絞ることはできないのだ。つまり、象徴は比較的狭い範囲の意味をもつ場合もあるけれども、たったひとつの意味だけに限定することは、通常は不可能だ。

もしひとつの意味しかなかったら、それは象徴性《シンボリズム》ではなく寓話《アレゴリー》だ。寓話というのは、ＡイコールＢの置き換えで、あるものに別のものを指示させる技法である。ジョン・バニヤンが一六七八年に書いた『天路歴程』は、代表的な寓話作品だ。主人公のクリスチャンは「失望の泥沼」や「歓楽の道」、「虚栄の市」、「死の影の谷」などを通ってさまざまな試練に遭遇しながら、「天の都」まで巡礼の旅をする。他の登場人物にも、「信仰」「伝道者」「絶望の巨人」といった名前がつけられている。名前は本質を表わすが、絶望の場合はその大きさも示している。寓話の使命はただひとつ――決まったメッセージを伝えることだ。この本の場合は、敬虔なキリスト教信者が天国に行くための道しるべである。標章《エンブレム》――寓意の構図――とそれが意味するものとの一対一対応が曖昧だったり明白さに欠けたりしたら、メッセージがぼやけてしまい、寓話としては失敗する。目的を単純化することには利点もある。ジョージ・オーウェルの『動物農場』(一九四五)は今も多くの読者に好まれているが、それはまさに、誰が読んでも比較的わかりやすい話だからだ。オーウェルは読者に、いろいろな論点のひとつではなく、ただひとつの論点を確実に伝えようとした。そのメッセージはこうだ。革命は確実に失敗する。権力を握った者は必ず権力によって毒され、革命時に標榜していた価値や信条を否定するようになるからである。

いっぽう、象徴というのはそんな整然としたものではない。象徴によって示されたものはひとつの主張にはまとめにくく、さまざまな意味や解釈を含んだ一定の領域を指していると考えたほうがいいだろう。

ここで洞窟を例に考えてみよう。Ｅ・Ｍ・フォースターの名作『インドへの道』(一九二四)は、洞窟での暴行疑惑事件が核になっている。小説の前半には、マラバール洞窟がずっと影を落としている。この洞窟はたびたび話題にのぼり、遠くに見えてもいるのだが、妙に曖昧模糊として実体はよくわからず、謎めいている。独立心旺盛で進歩的なわれらがヒロイン、アデラ・クウェステッド(「探し求めた」という意味の名前はいかにも象徴的ではないか?)がそこへ行ってみたいというので、教養あるインド人のアジズ医師が日帰り旅行を企画する。現実の洞窟は評判ほどのものではなかった。人里離れた草も生えない岩山にあって、装飾ひとつなく不気味なところだった。まもなくアデラの義母になる予定のムーア夫人は、最初の洞窟でひどく不快な経験をする。洞窟の中が混みあって突然息苦しくなり、一緒に入った人たちに押しつぶされそうな恐怖を感じたのだ。アデラは洞窟の中ではすべての音がうつろなブーンという反響に変わってしまうことに気づく。人声も足音もマッチをする音も、同じブーンという響きになる。ムーア夫人がもう洞窟はたくさんだと言うので、アデラはひとりで探検してみることにした。洞窟のひとつに入ったとき、彼女は突然動揺する。何かが起こる予感がする。つぎに私たちが見るのは、その場から逃げ出して斜面をこけつまろびつ駆け下り、これまで痛烈に批判していた人種差別主義者の在印イギリス人のふところに飛びこむアデラの姿だ。身体中にサボテンの棘が刺さり、痣や擦り傷だらけになった彼女はショック状態で、自分は洞窟内で暴行を受け、犯人はアジズだったと確信している。

この洞窟は象徴だろうか？　もちろんそうだ。

では何の？

それは――またべつの話だ。読者としては、何かはっきりした意味をもっていてほしいと思うのは当然のこと。それも古今東西、これだ、と名指しできる何かだ。それがわかれば簡単で便利で扱いやすいから。しかし便利さを優先すれば、失うもののほうが多い。本来、小説は多様な意味や指示性が網のようにつながっていて、無限に近い解釈が可能なはずなのだから。洞窟が象徴する意味は小説のうわっつらにころがってはいない。もっと深いところで待ちかまえているので、読者の側が準備を整えて探しにいかなければならない。象徴が意味するものを知りたければ、とにかくいろんな道具を使ってみることだ。問いかけ、経験、既存の知識。フォースターは洞窟をほかにどのように使っているか？　このテクスト中で見られるほかの効果は？　一般に、洞窟はどんなところで使われる？　ほかにどのような要素が加わって、この洞窟が特別な意味をもつようになったのだろう？　ではさっそくやってみよう。

一般論としての洞窟。まずは過去へさかのぼろう。人類の祖先は洞窟に住んでいた。しゃれた絵を残した祖先もいるし、骨の山や、かの偉大なる発見、火の名残りとして、焦げた焚き火の跡を残したのもいる。だがここで言いたいのは（もちろん確証があるわけではないが）、洞窟が人間のもっとも基本的、原始的な性質と結びついているのではないかということだ。またそれとは対極にあるのがプラトンだろう。プラトンは『国家』（紀元前四世紀）の「洞窟の比喩」で、感覚や認識を洞窟のイメージにたとえた。こうした先人の例が、私たちの分析にも役立ってくれるかもしれない。新石器時代の遺跡が語る安全や隠れ家のイメージはあてはまりそうにないが、プラトンの洞窟の比喩はあてはまるかもしれない。アデラが洞窟の中で自意識の深層に触れ、そこに見出したものに自分でおびえてしまったことと関係がありそうだ。

さて、フォースターが使った洞窟について。現地人はその洞窟について説明も描写もできない。洞窟行きを企画するアジズも、じつは自分では行ったことがなく、何も知らないことを認める。いっぽう洞窟に行ったことのあるゴドボール教授は、消去法でしか説明しようとしない。それは絵のように美しいのか？　歴史的価値があるのか？　口々に出される質問にも、教授はそっけなく「ノー」と答えるばかりだ。聞いている西洋人はもちろん、アジズにとっても教授の答えは助けにならない。ゴドボールは洞窟は頭で理解する前にまず体験すべきだと言いたいのかもしれないし、洞窟体験は人によって違うと言いたいのかもしれない。ムーア夫人がべつの洞窟で不愉快な体験をしたことは、ひとつの例になりそうだ。小説の前半を通して、夫人は周囲の人たちにいら立ちをつのらせていた。彼らのものの見方や思い込みを押しつけられ、物理的な圧迫まで受けたと感じていた。彼女のインド体験のアイロニーのひとつは、これほど広大な土地にありながら、心理的なスペースがとても狭いということだ。はるばるインドまで来たというのに、夫人は人生、祖国イギリス、人間関係、迫り来る死のどれからも逃れることができずにいた。洞窟に入ったとたん、押し寄せる人間が彼女をおびえさせる。押し合いへし合いが、暗い密室ではよけいに恐ろしく感じられる。何だかわからないが不愉快なもの――コウモリか赤ん坊か知らないが、生きていて気味が悪い――が口もとをなでる。動悸が速まって息ができなくなり、洞窟から一目散に逃げ出したあとも、落ち着くまでに長い時間がかかる。洞窟は、もともとムーア夫人の心の奥底にあった、他人、制御のきかない感情、子ども、多産などへの恐れや不安を呼び覚ました。あるいはインドそのものにおびえていたのかもしれない。洞窟の中にいたのは、アデラと夫人以外はすべてインド人だったから。夫人はインド人と同化しようとしたし、支配階級にいるイギリス人と一線を画して「現地人」を理解し、親しくなろうと考えたのだが、そのインド体験はまだ完成にはほど遠かった。だから、暗闇でぶつかったのは「インド人」になろうとする夫人自身の試みの欺瞞性だったのかもしれない。

もうひとつ考えられるのは、もしかしてムーア夫人は何物とも遭遇しなかったのではないか、という可能性だ。彼女が洞窟で出会ったのは「無」だったのかもしれない。もちろんこの小説が書かれたのは、一九五〇年代、六〇年代にジャン＝ポール・サルトル、アルベール・カミュら実存主義者が、サルトルの著書のタイトルを借りれば『存在と無』の二項対立を明快に述べるよりも何年か前ではあるのだが、ムーア夫人が洞窟で見つけたのが、「死」とまではいかなくても、「虚無」の経験だったということはないだろうか。確信はないが、私には大いにありうることのように思える。

では、アデラにとっての洞窟は何を意味するのだろう。アデラもムーア夫人と同じ反応をしたように見えるが、その背景は違っていた。結婚が難しくなりかけた年頃の処女で、愛してもいない男と結婚するために地球を半周もさせられたアデラは、当然ながら結婚やセックスに不安を抱いている。いみじくも、洞窟に入る直前に彼女がアジズと交わす会話は彼の結婚生活についてで、アデラはずいぶんと立ち入った無礼な質問をしたのだった。彼女はこの会話がきっかけで幻覚に襲われたのかもしれないし、もし実際に事件が起こったのだとすれば、逆にアジズか第三者（たとえばガイド）がこの会話に挑発されたのかもしれない。

アデラが洞窟で味わった恐怖とブーンという反響音は、彼女が裁判の最中に突然アジズへの告発を取り下げるまで、その心を苛《さいな》み続ける。騒動がおさまって、彼女を憎悪するインド人集団といまや彼女を憎悪するようになったイギリス人の集団から無事逃げおおせたとき、耳鳴りは消えていた。これは何を意味するのだろう。洞窟は虚体験を引き起こしたり、きわだたせたりするのかもしれない。つまりアデラは、人生の偽善、インドまで来てロニーとの結婚を承諾した本当の理由、自分の生き方に責任を取れずにいることなど、ずっと目をそむけてきた問題と直面させられたのではないだろうか。あるいは真実の否定を意味しているのかもしれないし、これまで見て見ぬふりをしてきたが、直面してはじめて取り除くことができる恐怖との対峙を象徴しているのかもしれない。また全然べつのものという可能性もある。これはアジズの場合も同じで、洞窟は事件の結果を通して、イギリス人の背信、彼自身のへつらいの欺瞞、自分の人生に対する責任などを彼に気づかせることになる。いっぽうアデラのほうは「無」を前にしてパニックに陥り、証言台で申し立てを撤回したときはじめて自分を取り戻した、とも考えられる。つまるところは彼女の自信のなさ、心理的精神的問題だけなのかもしれない。あるいはある種の人種差別かもしれない。

象徴としての洞窟についてひとつ確実に言えるのは、洞窟は秘密を守るということだ。はぐらかさないでくれよと思うかもしれないが、そうではない。洞窟が何を象徴するかは、個々の読者のテクストとのかかわり方によるところが大きい。読者と文学作品の出会いはひとつひとつがユニークだ。誰もが自分にこだわりのある要素を随意に強調して読むため、テクストのもつある特徴だけが目立つことになる。つまり私たちはみな、自分の過去をもち込んで文学を読むので、過去に読んだものはもちろん、学んできた知識、ジェンダー、人種、階級、信仰、社会参加、哲学的指向なども関係してくるのだ。文学作品の解釈にはこれらの因子すべてがいやでも影響するが、個人差がもっともはっきり出るのが象徴性なのである。

象徴の意味を考える時、さらに問題を複雑にするのは、特定の事物に明確に定まった意味を与えている作家がいることだ。例として、三人の作家と川の関係について考えてみよう。ミシシッピ川を書いたマーク・トウェイン、ハドソン―イースト―ミシシッピを通じてアメリカの川一般を書いたハート・クレイン、テムズ川を書いたT・S・エリオットである。いずれもアメリカ人で中西部の出身だ（しかも二人はミシシッピ川の川上にあたるミズーリ州の生まれだ）。もしかするとこの三人の川が同じものを示している、という可能性はないだろうか。『ハックルベリー・フィンの冒険』（一八八五）で、トウェインはハックと逃亡奴隷のジムを筏に乗せ、ミシシッピを下らせる。この小説で、川はありとあらゆる役目を担っている。まず、氾濫を起こして牛や人を死なせる。ハックの父親も犠牲者のひとりだ。ジムは自由への逃亡のために川を使うが、この「逃亡」のパラドクスは、川を下れば下るほど、より保守的な奴隷制をもつ深南部に入り込んでしまうことだ。川は危険でもあり安全でもある。陸地から離れるので発見される心配が減る反面、筏の川下りそのものがリスクを伴う。人間的な面としては、川と筏は白人のハック少年がジムを奴隷でなく男として理解していくための舞台となっている。もちろん川は実際には道であり、筏の川下りはハックが成長し、理解するための探究《クエスト》の旅なのである。物語の最後でハックは、自分が二度と子どもには戻れないこと、ハニバルやうるさいおばさんたちのところには帰らないことをはっきりと理解し、インディアン保留地へと逃げ出すのだ。

　つぎにハート・クレインの長詩『橋』（一九三〇）を考えてみよう。全編を通して川と橋を巧みに扱った詩だ。まずブルックリン橋のかかるイースト・リヴァーから始め、ハドソン川、さらにはミシシッピ川へと続けていく。クレインは換喩技法によって、この三本の川に米国のすべての川を表現させた。この詩では興味深いことが起こっている。橋は川によって切り離された二つの土地をつなぐ役目をするが、同時に川の流れを分断する。いっぽう川は水平軸では土地を切り離すけれども、川を通って上流から下流へ行けるため、垂直軸に沿っては、つなぐ役目を果たすのである。ミシシッピ川はクレインにとって中心的な象徴として重要な意味をもっている。驚くべき長さで米国の最北部から最南部までをひとつに結びつけるとともに、川を横断する手段をもたないかぎり東部から西部への移動を不可能にしているからだ。クレインにとって川が意味するものは、トウェインとはまるで違っている。川と橋が一緒になることで、完全なつながりのイメージを作るのである。

　ではエリオットはどうか。エリオットは第一次世界大戦と自身の神経衰弱の余波のうちに書かれた『荒地』で、テムズ川を絶妙に使っている。エリオットの川は滅びゆく文明の残骸を浮かべて流れ、川岸を鼠が駆けまわる。この川はぬるぬると汚れ、川の精たちにも見捨てられて、かの有名な橋も（童謡にあるとおり）落ちかけている。この川にはかつての偉大さも優雅さも神々しさもない。過去にはエリザベス一世とレスター伯が船上で情事を楽しんだというのに、現代のそれは薄汚くてみすぼらしい。エリオットの川は明らかに象徴である。象徴しているのは、現代生活の堕落や西洋文明の凋落であり、それはトウェインにもクレインにも見られないものだ。もっともエリオットの作品はアイロニーに満ちている。そしてのちに論じるとおり、アイロニーが乗り込んでくると、様相は一変する。

　すでにお気づきかもしれないが、私はここまで洞窟や川の象徴性についてかなりの確信をもって語ってきた。私としては、これらが意味するものを明確につかんでいるつもりだ。ただし、あくまでも私の目から見ての話だが。確信の背景には私自身の経歴と経験がある。たとえば『荒地』を読むとき、私は歴史的文脈に重点を置きがちで、この詩を第一次世界大戦とその影響から切り離すことはできない。だが誰もが同じ目線でこの詩を読むわけではない。おもに形式から取り組む読み方もあれば、伝記的基盤に重点をおいて、詩人の人生と結婚生活に起こった不幸な大変動と結びつける読み方もある。その他のアプローチも含めていずれも妥当であり、深い洞察を含んだ読みを可能にするものだ。私も他の解釈を通じて、この詩の内容ばかりか、私自身に欠けているものについても多くを学ぶことができた。文学研究の愉しみのひとつは、多様な、ときには相矛盾する解釈にめぐり合えることだ。偉大な作品ほどふところが深く、さまざまな解釈が可能だからである。というわけでみなさんも、私が本書で示した解釈や見解を、くれぐれもこれが絶対だと鵜呑みになさらぬように。

象徴性のもうひとつの問題は、ほとんどの読者が、「象徴」として使えるのは物やイメージだけと決めてかかっていることだ。だがじつは、行為や事件も象徴になりうる。行為に象徴性をもたせることにかけては、ロバート・フロストがチャンピオンだろう。ただその使い方があまりに巧みなために、読者は字義どおりの意味を追ってしまい、象徴性のレベルを完全に見落とすおそれがある。たとえば「草刈り」(一九一三)という詩の場合、草刈り鎌で牧草を刈り取るという行為(ありがたいことに、諸君も私も一生やらなくていい仕事だ)は、何よりもまず、牧場に生い茂っている牧草を鎌でひと振りひと振り刈り尽くしていく仕事の描写そのものだ。だが同時に私たちは、草刈りが直接の意味を超えた重みをもち、労働一般、または自分の人生を生きるという孤独な仕事、またはそれ以上の何かを示唆していることに気づく。同じように、「りんご摘みのあとで」(一九一四)では、語り手が終えたばかりの仕事について述べながら、この季節の一刻、人生の一刻をとらえようとする。身体に残るはしごの揺れ、足の裏に食い込む横木の感触、網膜に焼きつくりんごの赤が、精神主義に生きる人の疲れを映し出す。象徴性を感知しない読者にとっては秋の一瞬の美しい情景に過ぎず、たしかにそのとおりではあるのだが、もっと深い意味もあるわけだ。これが「選ばなかった道」（一九一六）の決断の瞬間になると、もうすこし象徴性がはっきりしてくる。卒業の詩として広く愛されるのは当然だろう。「消えろ、消えろ――」の悲惨な事故から「樺の木」（一九一六）の木登りまで、象徴的な行為はフロストのどの詩にも見出すことができる。

では、読者はいったいどうすればいいのだろう？　これは川だ、だからXという意味だよ、これはりんご摘みだからYという意味だよ、と決めつけるわけにはいかない。けれども、これはXかYを意味することがあるし、Zさえありうる、そのことを念頭に読んでみて、あてはまるかどうか考えよう、と言うことはできる。過去に文学作品のなかで川や労働について読んだ記憶があれば、それもきっと役立つはずだ。手始めに、目の前の作品を扱いやすい長さに切る。自由に考え、思いついたことをメモする。つぎにアイデアを整理して分類し、見出しの下に入れていく。この作品に当てはまるかどうかを検討して取捨選択する。テクストについて問いかけてみよう。作者はこのイメージ、この事物、この行為で何をしようとしているのだろう。小説や詩の動きから、どんな可能性が示唆されているだろう。そして何よりも、どんな感じがするだろう。文学を読むのは高度に知的な活動だが、情動や本能にかかわる部分も大きい。文学を読んで考えることのほとんどは、その前にまず感じている。しかし本能があるからといって、それがつねに最高のレベルで働いているとはかぎらない。犬は泳ぐ本能を備えているが、どんな子犬でも、水に放り込めばすいすい泳ぎだすというものではない。読書もそれに似ている。象徴的イマジネーションの実践を積めば積むほど、即座にひらめくようになっていく。私たちはとかく作家の業績だけを称賛しがちだが、じつは読むという行為も多大な想像力を要するのだ。私たちの創造力や独創性が作家のそれと出会ったとき、私たちは作家の意図を汲み取り、作家が与えた意味を理解し、その作品を自分でどう使おうかと考える。想像と空想は違う。作家を無視して読者が勝手な意味を作り出してしまうわけにはいかない。もしそうするなら、作家を巻き込んではいけない。読者の想像とは、ある独創的な知性がべつの知性と感応しあう行為なのだ。

だから、創造的な知性と交感してみよう。本能の声に耳を傾けて。あなたがテクストから何を感じるかに注意を払おう。きっと何か意味があるのだから。

13

それは政治が決めること——文学の中の政治

現代の私たちは、『クリスマス・キャロル』といえば家庭的な教訓劇で、ほのぼのとしたクリスマスのお話だとしか思わない。しかし一八四三年にディケンズがこれを書いたときは、浅ましい守銭奴が霊の導きで魂を救われるという物語に姿を借りて、当時隆盛だった政治理念を糾弾する意図をもっていた。過去二世紀にわたるピューリタニズムの名残りにイギリスの社会思想家トマス・マルサスがお墨付きを与えたその政治理念とは、貧困層を助けたり、より多くの人口を養うために食糧生産を増大しようとすることは貧困層の拡大につながる、彼らは食糧に余裕のあるのをいいことに、ますます子作りに精を出すだろう、というものだった。ディケンズはマルサス理論をカリカチュアにしてスクルージという人物を作り出した。スクルージは貧乏人なんぞに関わる気はさらさらなく、彼らが救貧院や債務者監獄に入るより飢え死にするほうがましだというなら、「さっさと死なせてやって、余剰人口を減らしたほうがいい」とまでうそぶく。まったく嫌な奴だ！

ところで、たとえあなたがトマス・マルサスの名前を聞いたことがなくても、『クリスマス・キャロル』を読んだり、数え切れないほどある映画バージョンのどれかを観たりしたとき、ストーリーを超えた何かがあるような気がしたのではないだろうか。もしケチなスクルージ老人がほんとうに変わり者で、世界にひとりしかいない利己主義者だとしたら、イギリスで幽霊からの教訓が必要な唯一の人物だったとしたら、この話はこれほど私たちの心に響かないだろう。『クリスマス・キャロル』は寓話だが、寓話というのは普通、変則を扱わない。そう、ディケンズがスクルージを選んだのは変人だからではなく、むしろ代表格だからだ。スクルージ的要素は私たちの中にもあるし、社会にもある。この物語が私たちを変え、それによって社会を変えようとしていることは明白だ。初めのほうでスクルージが語る言葉は、マルサスやヴィクトリア朝時代の後継者たちの受け売りに近い。もっとも、ディケンズは社会評論家ではあるが、一筋縄ではいかない。つねに読者を楽しませようとサービスに努めるので、読者は彼の作品が社会の欠陥を批判することに主眼をおいていることを見落としてしまうかもしれない。しかしあなたが意識して本筋に目をつぶり、マーレイの亡霊、三人の精霊とタイニー・ティムだけに注目しようとでも努めないかぎり、この物語が人の社会的責任についてのある種の考え方を攻撃し、べつの考え方を提案していることはおのずと明らかになるはずだ。

文学テクストに含まれる政治について、私はこう考える。

私は「政治的」文学が嫌いだ――小説でも戯曲でも詩でも。こういうものはその国でしか理解されないし、後世に残らない。たとえ書かれた内容が真実であっても、その時代にその場所で読んだとしても、面白くないことが多い。ここで言っているのは、国民を政治的に感化することを主たる目的とした文学作品のことである。たとえばソヴィエト時代の社会主義リアリズム(こいつは史上最悪の欺瞞的名称だ)小説。勇敢なヒーローが生産性向上に努め、集団農場の五か年計画の目標を達成する。かつてメキシコの偉大な小説家カルロス・フエンテスが、「少年と少女とトラクターのラブアフェア」と評したしろものだ。過剰に政治的な文章は、一面的で単純すぎ、還元主義で説教くさく、なにより退屈だ。

私が嫌いな政治的文章というのは、ひとつの理念または政党の立場を押しつけるように仕組まれ、特定の場所と時間以外には通用しないような狭い状況に縛られているものだ。たとえばエズラ・パウンドの政治理念は、反ユダヤ主義と権威主義が入り混じってイタリアのファシズムを肯定しており、多少ものを考える人なら反感を抱かずにはいられない。その思想は時に詩にもあらわれて、触れるものすべてを破壊してしまう。またそれほどひどくない場合でも、詩の中に含まれた政治的主張はぎこちなく威圧的で、露骨に計算されている。たとえばパウンドが『キャントウズ』のなかで、「ウスラ」によってもたらされた悪についてだらだらと語り始めると、読者はすっかり退屈して気が散り始める。クレジットカードの時代に生きるわれわれにとっては、二度の世界大戦の合間に出現した貸したり借りたりの文化の害悪とやらを語られても、いきり立つ気にはなれない。一九三〇年代の左翼演劇にも同じことが言える。当時のスローガンとしては有効だったのだろうが、今ではほとんどの読者にとって、文化人類学的興味しか引かなくなっている。

私は「政治的」文学が好きだ。この世界の現実に取り組もうとする文学——人類が抱える社会的政治的問題について考え、人民の権利と権力者の不正を暴くような——は、たんに興味深いだけでなく、人を動かさずにはおかない。この範疇に入るものとしては、ディケンズが後期の作品で描いた薄汚れたロンドン、ガブリエル・ガルシア＝マルケスやトニ・モリスンのすぐれたポストモダニズム小説、ヘンリック・イプセンやジョージ・バーナード・ショーの戯曲、シェイマス・ヒーニーの北アイルランド紛争についての詩、イーヴァン・ボーランド、アドリエンヌ・リッチ、オードリー・ロードらフェミニストたちと詩の伝統との葛藤などがある。

どんな著作物も、一定の政治的要素は含んでいるものだ。D・H・ロレンスの作品は、あまり政治的には見えないものも含め、じつは深い政治性を秘めている。明らかな例として『恋する女たち』には、コマドリを見た登場人物が「小さなロイド・ジョージが飛んでるわ」と言うシーンがある。当時の首相とコマドリのあいだにどんな共通点があったのかは知らないが、褒め言葉でないことはたしかだ。しかもこの人物は、明らかにロレンスと政治観を共有している。だが、この小説の政治性はもっと本質的な部分にある。ロレンスの真の政治的貢献は、既成の社会制度に真っ向から挑む過激な個人主義をもち込んだことだ。ロレンスの人物は奔放にふるまう。因習に従い、社会通念に合わせた行動を取ることを拒否する。それどころか、他の反体制派との協調さえ拒むのだ。『恋する女たち』でロレンスは、ブルームズベリー・グループや、ボヘミアン芸術の庇護者を自認して芸術家の取り巻きを集めていたオットリーヌ・モレル夫人のサークルを槍玉にあげて批判した。ロレンスにとっては彼らの前衛主義も、これが洗練だ、流行だと押しつけてくる点で、新手の因習でしかなかったのだ。そこで彼は敵ばかりか友人まで怒らせ、他人ばかりか恋人まで失望させることになっても、ヒロイックなまでの孤独な理想主義を貫いたのである。ロレンスの場合、過激な個人主義は政治的メッセージになっているが、これは形こそ違え、ウォルト・ホイットマン（ロレンスが非常に尊敬していた）やラルフ・ウォルド・エマソンにも共通する傾向だ。じつのところ、個人の役割というのはつねに政治性を帯びている。自律性、自由意志、自己決定権の問題は、たとえわずかな接点であっても、社会を引き込むことになる。トマス・ピンチョンのような人物は（もっとも第一章で述べたように、はたしてピンチョン以外にピンチョンのような人物がいるかどうかは疑問だが）ある意味では国家から身を隠そうとしているように見えるが、個人と「アメリカ」との関係を突き詰めているという点ではきわめて政治的なのである。

　さて、ここに、あなたがおそらく一度も政治と結びつけたことのない作家がいる。エドガー・アラン・ポーだ。ポーの短篇「赤死病の仮面」（一八四二）と「アッシャー家の崩壊」（一八三九）は、私たちがふつう書物でしか出会ったことのない階層、つまり貴族階級を描いている。「赤死病の仮面」では、恐ろしい疫病の最中に国王が友人や仲間を招いてパーティーを開く。宮殿の城壁の外にいる疫病に感染した（貧しい）人々から隔離されたつもりでいるのだが、赤死病の災禍はまんまと忍びこみ、朝までに全員を殺してしまう。「アッシャー家の崩壊」のロデリック・アッシャーと妹のマデリーンは、古い貴族の家系の最後の生き残りだ。荒涼たる土地の朽ちかけた館に住む兄妹は、家と同じように日に日に衰弱している。マデリーンは進行性の重病でやせ細り、兄はまだ若いのに老け込んで髪もほとんどなく、明らかに神経を病んでいる。彼の行動は正気とは思えないし、兄と妹の親しさは婉曲とはいえないほどに近親相姦を匂わせる。じつはこれらの短篇で、ポーはヨーロッパの階級制度批判を展開しているのだ。役にも立たない不健康な上流階級が特権をもち、あらゆる場所で腐敗と崩壊が進んで、その結果狂気と死がはびこるヨーロッパ。アッシャー家の風景はポーが見ていたアメリカのどこにも似ていない。「アッシャー家《ハウス・オブ・アッシャー》」という呼び方も、ブルボン家、ハノーヴァー家など、アメリカの家族というよりはヨーロッパの王室や貴族を連想させる。ロデリックは妹を生きたまま埋葬してしまう。初めから生きていると知っていたのかもしれないが、少なくとも物語の途中からは気づいている。ではいったいなぜそんなことをしたのだろう。マデリーンは爪でかきむしってようやく棺から脱出したあと兄の腕の中に倒れこみ、二人はそのまま床に倒れて息絶える。語り手が命からがら逃げ出した直後に屋敷は真っ二つに裂け、「黒くまがまがしい沼」に呑みこまれてしまう。これが不健康で不信心で、明らかに非アメリカ的な兄と妹の関係を示していることに気づかないとしたら、どうかしているではないか。

エドガー・アラン・ポーが狂信的愛国主義者だっていうの？

たしかに、そこまでは言い過ぎかもしれない。だがポーはヨーロッパが退化し、朽ちかけていると、ひそかに信じている（しかもそのことを示す例はこれだけではない）。そして、堕落した社会には避けがたい当然の報いだと強く主張しているのだ。さて諸君、これが政治的でなくて何だろう。

べつの例が知りたいって？　では「リップ・ヴァン・ウィンクル」なんかどうだろう。まさかって顔だね。まず、覚えていることを話してくれないか。

ええっと、リップ・ヴァン・ウィンクルは怠け者でろくに稼ぎもない男なんだけど、ある日狩りに出かける。といっても本当は、口うるさい女房から逃げ出したんだ。九柱戯をやっている妙な連中に出会って一緒に酒を飲んだあと、眠り込んでしまう。目が覚めてみると犬もいないし、銃も錆びてボロボロになっている。髪は真っ白だし、ひげは一マイルぐらい伸びて節々が痛い。町へ帰った彼は、自分が二十年も眠っていたことを知る。女房は死に、宿屋の看板も含めて何もかもが変わってしまっている。話はそんなところだったと思うよ。

たしかにそんなところだ。政治とは関係なさそうだね？　ただし、つぎの二つの点を考えてみてほしい。

① ヴァン・ウィンクル夫人が死んだとはどういうことか？

② それと宿屋の看板の「ジョージ」には、どんな関係があるのか？

リップが眠っていた二十年のあいだに、アメリカは独立を遂げた。英国王ジョージの絵はわれらのジョージ（ワシントン）に描き変えられた。もっとも顔は同じだったが。新しい旗を掲げたポールのてっぺんには自由の帽子《リバティ・キャップ》がのっている。そして専制君主（ヴァン・ウィンクル夫人）は世を去った。リップはジョージ王に忠誠を誓うと口走ってあやうく殴られそうになるが、事情がわかってからは自分が自由になったことを知り、喜ぶ。

じゃあ何もかもよくなったわけ？

そういうわけじゃない。アーヴィングがこの物語を書いたのは一八一九年だが、彼は自由がもたらした問題をも冷静に見て取るだけの観察眼をそなえていた。何もかもが少しずつ荒れてしまった。宿屋は窓が壊れ、化粧直しが必要だ。町も人も戦争前よりみすぼらしくなった。しかしここには人々を駆り立てる活力がある。この人生は自分のもの、誰の指図も受けないぞ、という確信がある。誰もが思ったことを口に出し、したいようにする。圧制と独裁支配は終わった。言いかえれば、この少々むさくるしい人々の集団は今、アメリカ人とは何か、自由とは何を意味するかを定義づけようとしているところなのだ。だから、すべてが良くなったわけではないけれども、いちばん肝心なもの――自由、自己決定権――は、たしかに良くなったのだ。

アーヴィングがこんな深い意味を込めて書いたことが、どうしてわかるのかって？　素朴でひなびた物語をつむいだのは、アーヴィングがまとった隠れ蓑のひとつだ。それは彼本来の姿ではない、まったくの変装だった。ワシントン・アーヴィングは大変な教養人で、法律を学んで法律家になり、外交官としてスペインに赴任した。小説のほか歴史書も書き、広く世界を旅している。このような人物が自分の書いた物語の意味に気づかないはずがあろうか？　表向きの語り手ディートリヒ・ニッカーボッカーは陽気な男で、オランダから来た先祖の話を深い意味もなくしゃべっている。だがアーヴィングはそうではない。しかも彼は、「リップ・ヴァン・ウィンクル」と「スリーピー・ホロウの伝説」（一八一九）を世に出すことで、それ以前には存在しなかった「文学におけるアメリカ人意識」を創造するのだと認識していた。ポーと同じくアーヴィングもヨーロッパの文学的伝統に真っ向から立ち向かい、アメリカ人にしか書けない作品を書いて、植民地支配からの解放を謳歌したのである。

では、文学作品は全部政治的なの？

そこまで言ったら言い過ぎだろう。もっとも政治色の強い私の同僚のなかには、そうだと言いきる連中もいるだろうが。彼らに言わせれば、すべての文学作品は社会問題を生み出しているか、問題解決に役立っているかのどちらかなのだ（実際はもう少々もってまわった言い方をするだろうが、要点はこれだ）。しかしかく言う私も、ほぼすべての文学作品は、一定期間、政治的といってよい段階を経ることになると考えている。作家というのは一般的に、周囲の世界に強い興味を抱いている。周囲の世界にはいろいろな要素があるが、社会というレベルでは、その時代の政治的現実が必ずかかわってくる。権力構造、階級間の関係、正義や権利の問題、異性間や人種・民族集団どうしの相互作用。だからこそ文学作品のページには、政治や社会が思いがけない姿でひょっこり顔を出すのだ。たとえその結果がとりたてて「政治的」には見えなくても。

例をあげよう。ソポクレースは、非常に年老いてからテーバイ三部作のひとつ『コロノスのオイディプス』（紀元前四〇一）を書いた。年を取り衰えたオイディプスはコロノスにたどり着き、アテナイの王テセウスの庇護を受ける。テセウスは私たちが思い描く理想の支配者だ。強く賢く寛大で、必要とあれば毅然と立ち上がり、肝が据わって冷静で、慈悲深く誠実で正直。テセウスはオイディプスを敵の攻撃から守り、死を迎えることになっている聖所へと案内する。これは政治的な話だろうか？　私はそう思う。考えてみてほしい。ソポクレースは晩年にこの悲劇を書いたが、それは紀元前五世紀の終わりでもあった。つまりアテナイが繁栄した時代の終末期である。当時この都市国家は、外からはスパルタ、内からはテセウスとは似ても似つかぬ無能な指導者によって脅かされていた。要するにソポクレースは、アテナイにはかつてのテセウスのようなすぐれたリーダーが必要だと言いたかったのだ。彼ならばアテナイを滅亡から救ってくれるだろう。外敵（劇中ではクレオーン、現実にはスパルタ）もわれわれを征服しようとはしないだろう。われわれは強く正しく賢くいられるだろう。ソポクレースは実際にそう言ったのか？　もちろん言わなかった。年はとっても耄碌してはいなかったから。こんなことを口に出そうものなら、毒ニンジンか何かを盛られるのがオチだ。そもそも口に出す必要などなかった。劇を観た者は誰でも、自分で同じ結論に達したはずだから。テセウスを見る。今の現実の指導者を見る。もう一度テセウスを見る――ううむ。おわかりだろうか？　これが政治的文学というものだ。

こうしたことにはすべて意味がある。作家が創作活動をした時期の社会的政治的環境について少しでも知識があれば、作品の理解には役立つ。作家の考え方が環境に支配されるからではなく、それが作家が創作するときにかかわっていた世界だからだ。ヴァージニア・ウルフが同時代の女性を主人公にした小説を書いたころ、女性は限られた範囲の活動しか許されていなかった。そこに込められた社会批判を読み取らなければ、作者にも読者たる自分自身にも多大な害を与えることになる。たとえば『ダロウェイ夫人』（一九二五）で、レイディ・ブルートンは国会議員のリチャード・ダロウェイと、王室に勤めるヒュー・ホイットブレッドを昼食に招く。目的は、彼女が法制化したいと考えているアイデアを二人に語って聞かせ、「タイムズ」への投稿文を代筆してもらうことにあった。女の自分には、男のように説得力のある文章を書くことはできないと思っていたからだ。ウルフが描いたのは、人に好かれるタイプではないが非常に有能な女性が、あまりぱっとしないリチャードとまるっきり愚鈍なヒューを利用して、社会に自分の主張を伝えさせようとする場面だ。彼女が直接訴えたところで、誰も聞く耳をもたないだろうと考えて。第一次世界大戦後のこの時代、人の意見はまだ、それを主張する人の階級や性別によって判断されていたのである。ウルフの書き方は巧妙なので、読者はそこに政治がかかわっていることに気づかないかもしれない。だがじつはこれも政治の問題だ。

文学にはいつも――ほとんどいつも――政治が絡んでいる。

14 そう、彼女もキリストのイメージなんだ

聞いて驚く読者もいるかもしれないが、私たち〔米国人〕はキリスト教文化にどっぷり浸かって暮らしている。どういうことかと言うと、ヨーロッパからの開拓者が強大な文化的影響力を携えてやってきて、この土地で出会った「未開の」文化に対して自分たちの価値観を押しつけた結果、そこで強要された価値観が圧倒的優位を占めるようになったわけだ。だからといってこの偉大なる共和国の市民すべてがキリスト教徒だというわけではないし、もちろんすべてが偉大なる市民だというわけでもない。以前にユダヤ系の著名な修辞学の女性教授から聞いた話だが、彼女が大学に入って最初の期末試験で出題されたのが、「『ビリー・バッド』のキリスト教的比喩表現について論ぜよ」だったそうだ。一九五〇年代の大学教授には、キリスト教的比喩表現などには縁もゆかりもない学生が存在することなど、頭にも浮かばなかったのだろう。

今どき、クラス中の学生がキリスト教徒だと決めてかかるような能天気な大学はないし、あったとすれば困るのは自分たちである。しかし、個人の宗教が何であるにせよ、ヨーロッパ文学やアメリカ文学を深く読み込もうと思うなら、旧約と新約聖書の知識は欠かせない。同じように、イスラムや仏教やヒンズー教文化の文学に取り組もうと決めたら、その宗教の知識が必要になる。文化はその土地の支配的宗教に大きく影響されるので、作家自身が信者であろうがなかろうが、住んでいる場所の宗教的価値観

や信条がいやでも作品に入り込んでしまうのだ。それは、社会の中の個人の役割とか、人間と自然の関わり方とか、女性の社会進出とか、本質的に宗教とは関係ない価値の場合もあれば、先に見てきたように隠喩やアナローグのかたちで宗教がそのまま顔を出す場合もある。たとえば私自身インドの小説を読んでいて、この国の宗教的伝統に無知なせいでどれほど理解をそがれているか、漠然とながら感じることが少なくない。なんとか溝を埋めようとして知識の獲得に努めてはきたものの、まだまだ先は長い。

で、しつこいようだがこの国がみんなキリスト教徒だというわけではないし、自分はキリスト教徒だと言いながら、フットボールのゴールポストの横にきまって掲げられる「ヨハネによる福音書」第三章十六節を除けば、新約聖書などどろくに知らない、という連中もたくさんいる（「神は、その独り子をお与えになったほどに、世を愛された。独り子を信じるものが一人も滅びないで、永遠の命を得るためである」という一節。John3: 16と書いたプラカードを持ってあちこちの競技場に現われる人物がいたことから、一時全米で流行した）。とはいえ、どんな人間でも間違いなく知っていることがひとつある。この宗教がキリスト教と呼ばれる理由だ。何をくだらん、と言われるかもしれないが、じつはこれが重要なのである。非常に。すぐれた文学批評家であるノースロップ・フライは一九五〇年代に、ビブリカル・タイポロジー（予型論）——旧約聖書と新約聖書、およびその延長としての文学における類型の比較研究——は死語になったと述べたが、状況はその後改善されていない。なるほど私たちの誰もが聖書に表された類型や対型に精通しているわけではないが、何の宗教の信者であろうとなかろうと、イエス・キリストの人物像を形づくる特徴についてはだいたい知っているものだ。

ここにそのリストをあげてみよう。

① 十字架に掛けられる。両手、両足、わき腹、頭に傷

② 悶え苦しんでいる
③ 自己犠牲
④ 子どもの扱いがうまい
⑤ パン、魚、水、ワインの扱いがうまい
⑥ 三十三歳で姿を消す
⑦ 大工として雇われている
⑧ 移動手段が質素、特に徒歩やロバを好む
⑨ 水の上を歩いたと信じられている
⑩ 両腕を広げた姿で描かれる
⑪ 未開の荒野で独りで過ごした時期がある
⑫ 悪魔と対峙したことがあり、誘惑されたことも
⑬ 最後に姿を見られたとき、盗賊と一緒にいた
⑭ 多くの箴言やたとえ話を作り上げた
⑮ 埋葬され、三日後に生き返った
⑯ 弟子がいる。当初は十二人いたが、その熱意には温度差あり
⑰ きわめて寛大
⑱ 汚れた世界を救うために登場

こんなリストは受け入れがたい、軽薄すぎると言われるむきもあるだろう。しかし、文学教授のような読み方をしたいと思うなら、少なくとも文学作品を読んでいるあいだだけは、信奉する宗教体系から

離れてみることが必要なのだ。そうすれば作者が何を言おうとしているかが見えてくる。物語や詩を読むにあたって宗教的知識は助けになるが、ガチガチの信仰はかえって邪魔になる。われわれの目指すところは、物語の特色を識別し、それがいかに用いられているかを見極めることだ。つまり、冷静な分析力が必要なのである。

ある本を読んでいるとしよう。短めの小説だ。この小説にはひとりの男が登場する。もう若くない、というより年老いた男。しかも非常に貧しくて、地味な仕事についている。大工ではないが、まあ漁師ということにしておこう。イエスは漁師と交流があり、象徴的に魚と結びつけられることも多いから、これも共通点のひとつだ。〔キリストの十二弟子の最初の四人は漁師で、聖書には漁や魚の話が多い。ギリシア語で「イエス、キリスト、神の、子、救世主」の頭文字を合わせると「魚」の語になり、魚は原始キリスト教のシンボルだった〕老漁師は長いあいだツキから見放され、すっかり信用を失っている。この物語では疑いや不信心が横行しているのである。ところが、彼に絶対の信頼を寄せる少年がひとりだけいる。残念ながら、少年は老人についていくことを禁じられてしまう。少年の両親を含む誰もが、この老人を疫病神だと考えているからだ。ここに第二の類似点がある。老人は子どもの扱いがうまいのである。そして少年という弟子がいる。しかもこの老人は善良で純粋な人物なので、これも類似点といえる。彼の住む世界は汚れて卑しく、堕落していると言ってもいいほどだからだ。

孤独な漁に出た老人は、ついに巨大な獲物を捕らえるのだが、逆に大魚に引きずられて、行ったこともない大海に出てしまう。海が未開の荒野になるのだ。独りぼっちの老人は、激しい肉体的苦痛に苛まれて自信を失いかける。戦いの間に両手は擦りむけ、わき腹の骨が折れたような気さえする。だが老人はさまざまな名言を吐いて自らを鼓舞する。いわく、「人は敗北するように創られてはいない。人は破滅させられようとも敗北はしない」などなど。この調子で三日間戦い続けるうちに、陸では老人が死んだものと思い込む。せっかく釣り上げた大物はサメに食い荒らされるが、老人はその巨大な骨だけを曳いて港に帰ってくる。帰港はまるで復活のようだ。彼は海から上がると、丘の上のあばらやまで坂を上って帰らなければならない。船のマストを担いでいるので、見方によっては十字架を背負っているように見える。戦いに疲れ果てた老人がベッドに倒れこみ、磔刑のように両腕を広げると、両手の生傷が見える。翌朝大魚の骨を目にした村人たちは、ふたたび老漁師に信頼を抱き始める。彼はこの堕落した世の中に、一種の希望と贖罪とをもたらしたのである。そして……？

たしかヘミングウェイが、そんな本を書いていなかっただろうか？

そう、『老人と海』（一九五二）。まさに非の打ちどころない寓話文学で、象徴性は明白、ごく初歩的な読者でもキリスト教的イメージを読み取ることができる。だがここで、ヘミングウェイ氏にあらためて敬意を表しておくとしよう。語り口は私が先に書いたよりはるかに巧緻だし、戦いの描写は生き生きとして目に見えるようなので、読者は老漁師サンチャゴとキリストのイメージを過剰に重ね合わせずとも、そこから多くのもの——苦境を克服する喜び、希望と信頼の大切さ、神の恩寵——を汲み取ることができる。

では、キリストのイメージはいつもこれほど明白に表現されるものなのだろうか。そんなことはない。なにもすべての項目に当てはまる必要はないのだ。男でなくてもいいし、キリスト教徒である必要もない。善人でさえなくてもよろしい（フラナリー・オコナーの小説には、そんな例が次から次と登場する）。ただし、そこから先はアイロニーに足を踏み入れてしまうことになり、まったく別の分野になるので、これ以上は触れずにおこう。今はまだ。だが、登場人物がある年齢であったり、ある種の行動をし、ある種の結果をもたらす場合、あるいはある種の苦しみ方をする場合、読者にはアンテナをピクリと震わせていただきたい。どうしてわかるのかって？　ここに便利なリストがある。すべてを網羅してはいないが、きっかけにはなるはずだ。

もし○○だったら、それはイエス・キリストのイメージかもしれない
（あてはまるものに丸をつけよ）

・三十三歳である
・未婚。禁欲中ならなおよい
・両手、両足、わき腹に傷または痣あり（イバラの冠には追加得点）
・他人のために自分を犠牲にする（命を犠牲にするのがもっとも望ましい。なお、それは自発的行為でなくてもよい）
・荒野のような場所で誘惑に遭い、悪魔から誘いかけられる

そう、もうおわかりだろう。前のリストをご参照あれ。

この中に、当てはまらなくてよいものがあるのだろうか？　もちろんだ。もう一度サンチャゴの例を見てみよう。おっと、三十三歳でなくてもいいのかな？　答えは、時にはそれも可、だ。キリストに見立てられた人物がすべての点でキリストに似ている必要はない。すべての点で似ているとしたら、それはキリストのイメージではなく、そう、イエス・キリスト本人だろう。文字どおりの要素——たとえば水をワインに変える（誰かのグラスの水を捨て、代わりにワインを注ぐといった不器用なやり方をのぞけば）、わずかなパンと魚を五千人に配ってみせる、説教をする（俗物でも説教したがる人は多いが）、

実際に十字架に掛けられる、キリストのたどった路をそのまま後追いする――は必要ない。私たちに興味があるのは、シンボリックなレベルなのだ。

ここで前にも触れた問題が浮上してくる。小説や詩や戯曲は、字義だけを追う人たちにはあまり向かないということだ。私が、この人物はXやYの行為をするから、キリストのイメージだと指摘したとしよう。するとこんな反論が返ってくるかもしれない。「でもキリストはAとZをしたし、彼のXはそんなものじゃなかった。しかもこのキャラはAC／DCを聴いてるんだぜ」なるほど。たしかにAC／DCのヘビメタ・サウンドは讃美歌集には入らないだろう。問題の人物は困窮していて、救世主の務めを果たすどころではないかもしれない。そもそも文学作品中でキリストに見立てられた人物が、イエス・キリストその人ほど純粋で完璧で神々しいはずがないのである。ここでみなさんにはもう一度、文学作品を書くのはイマジネーションの行使にほかならないことを思い出していただきたい。それは読む側も同じこと。あらゆる可能性を汲み取るためには、イマジネーションを駆使しなければならないのだ。さもなければ、誰々さんが何々をした、というだけの話で終わってしまうだろう。意義、シンボリズム、テーマ、意味など、登場人物とプロット以外に私たちが物語から引き出すものはすべて、私たちのイマジネーションが作家のそれと呼応して初めて気づくものばかりだ。時には千年以上も前に世を去った作家を相手に、このような交信や対話ができてしまうのだからすごい。といっても、物語は読み手が好きなように解釈すればいいんだ、というのとは違う。それでは、作家とは無関係に自分のイマジネーションだけを使い、自分がテクストの中に見出したいものを創り上げてしまうことになる。読んでいるのでなく、書いているのと同じになる。まあ、これについては別の場で論じることにしよう。

一方で、もし私の教室で学生が類似点を三つ四つ挙げ、だからこの人物はキリストのイメージではないだろうかと発言したとしよう。私はおそらく、「うん、そう考えてかまわないと思うよ」と答えるだろう。私が日ごろ学生たちに言うのは、要するにキリストのイメージは、君たちが見たいところに見たいかたちで存在するんだ、ということだ。もし標識があるのなら、それは根拠のある結論だということになる。

ジューン・キャシュポーの例を見てみよう。ルイーズ・アードリックの『ラブ・メディシン』で、プロットを成立させるために出てくるような人物だ。ジューンは死んで、息子が保険金を受け取り、その金で車を買う。車は最終的に彼女の非嫡出の（しかも認知していない）息子のものとなる。まさに「母さんは車」だ（『My Mother the Car』邦題『母さんは28年型』は、一九六五年から六六年にかけてアメリカで、六六年に日本で放映されたテレビドラマ。死んだ母親が28年型の車に姿を変えて息子の前に現れる）。しかしそれだけではない。登場する場面は少ないものの、ジューンはこの小説で読者が最初に出会う人物なのである。キリストとの類似という分野で分が悪いのは私も率先して認めよう。なにしろアルコール中毒で、ひらたく言えば売春で生計を立てている女であり、ほぼ完璧に自己中心的な人物であるから、当然ながらひどい母親でもある。まあそれはイエスと比べるときには重要ではないわけだが。じつは彼女が死ぬのもこうした男との関わりがきっかけになっている。石油会社の掘削技師とセックスしたあと、ピックアップトラックからよろめきながら降りて、猛吹雪の中をインディアン保留地（もともとあり得ないほど遠い）まで歩いて帰ろうとして行き倒れる。

どうみても期待薄の素材だ。だがまだ諦めてはいけない。この一連の出来事が起こるのは復活祭の日であり、ジューンとの関連は複数ある。二人がバーで出会ったとき、男はジューンにイースターエッグをひとつ、そしてまたひとつむいてやる。男が最初の卵の色は彼女の「タートルネック」にマッチしていると言うと、ジューンがこれは「シェル」（英語では卵の殻と同じ）というのよ、と答える。彼女は自分が卵と同じようにもろいと感じるが、同時に一種の解離経験をして、自分の内面は聖域のように不可侵であり、堕落した世界にも汚されることはないと思う。のちに男のトラックから降りた彼女は、乱れた服を整え、家に向かって歩きはじめる。彼女が「水のような雪の上を歩いて家に帰る」のを、猛吹雪さえも止めることはできない。

しかも、コマーシャルで言うように、それだけではありません、なのだ。ジューンは、息子のキングが彼女の生命保険金で買った車、青いファイアーバードを通して一種の復活を遂げる。その車は最終的に、リプシャの父親ゲリー・ナナプシュがもちかけたいかさまカードゲームにより、ジューンの婚外子であるリプシャ・モリシーの所有となる。ジューンと車とのつながりはたびたび示唆される。たとえばキングが怒りのあまり車を壊そうとする場面などだ。ずっとのち、一九九三年にアードリックが発表した小説『ビンゴ・パレス』では、ジューンを象徴する青い車の幻として現われた彼女の亡霊が、亡霊とは似ても似つかぬゲリーをべつの猛吹雪へと誘い込む。ファイアーバードという車が火に飛び込んで自分の灰の中から甦るというフェニックスと重なることを考えるととくに、非常に興味深い展開である。

ジューンにはまた、アイロニックな意味での使徒たちがついている。亡くなって数か月後の親族の集まりで、女たちは一種神話的な語り口で彼女の噂話をする。およそ敬うべき身内ではないにもかかわらず、ジューンについて語ることをやめられない。そして純朴でつながりを求めるリプシャは、彼女とゲリーをほとんど崇拝の対象のようにしてしまう。実母の欠点には目をつぶり、実子と認められた息子がどうしようもない大人になったことを考えると、母親が自分を捨ててキャシュポーおばあさんに育てさせたのはやさしさの表れだとさえ言い出す。ジューンは自分自身と、キャシュポーの身内から見れば夫までをも破滅に追い込んだ（もっともゴーディー・キャシュポーは破滅するのに他人の助けを必要とするとは思えない男だが）悲劇の女性というだけでなく、その物語がこの世に残した人たちの人生を左右する神話的人物になるのだ。その端的な例として、ジューンの福音は最後にリプシャを救い、帰属意識をもたらす。

したがってキリストのイメージというわけだ。万人向きとは言いがたいし、信仰の厚い読者から見れば不愉快きわまりないかもしれない。しかし疑ってかかる読者にお断りしておくが、ジューンが死ぬ章には「世界一偉大な漁夫」というタイトルがつけられているといえば、違ってくるのではないだろうか。アイロニーの時代にあって、出現が期待できるのはジューン・キャシュポーがいちばんましなところだろう。キリストのイメージはさまざまなものを示唆するが、それがわずかでもキリスト的であるとはかぎらない。よくあることで、こうした類似に私たちが追い求めるべきは効果であって、個々の要素ではないからだ。

そもそもどうして作家はキリストのイメージなどを使うの、と不思議に思うかもしれない。これまで他の例でも見てきたように、文学作品が過去のテクストと関係を持つときは、簡単に言えば作家が何か強調したがっているのだ。誰もが知っている人類最大の自己犠牲のケースになぞらえることで、登場人物の犠牲の大きさを読者に実感させたかったのかもしれない。救いや希望や奇蹟と関係があるのかもしれない。あるいはすべてがアイロニーで、その人物を偉大に見せるどころか、矮小化してみせたかったのかもしれない。いずれにせよこれだけは言える。作家には何かしら魂胆があるのだ。ではその狙いが何かはどうすればわかるのか？　またしても、イマジネーションの出番である。

15 空想は空を飛ぶ

学校時代に物理がからきしだめだった私も、かろうじてつぎの事実だけは修得した。人間は空を飛べない。これは例外のない定理だ。空を飛ぶものは人間ではない。鳥は飛ぶ。コウモリは飛ぶ。虫の多くは飛ぶ。齧歯類や魚のなかには滑空するものがあり、飛んでいるように見える。では人間はどうだろう。$9.8m/s^2$。落下あるのみだ。重力加速度はボウリングのボールでも同じなので、ピサの斜塔のてっぺんから私とボウリング・ボールを同時に落としたとすれば（絶対にやらないでほしいが）、私たちは同時に着地する。

飛行機は？

たしかに、飛行機や飛行船、ヘリコプター、オートジャイロは、人類の飛ぶという概念を根本からくつがえした。しかし人類がその歴史の大部分を地表に縛られてきたことに変わりはない。

それってつまり？

つまり、たとえ短時間でも宙に浮いている人間がいたら、その人はつぎのうちのどれかだということだ。

① スーパーヒーロー

② スキージャンプの選手
③ 頭がおかしい（この人物が②でもある場合は重複する）
④ 作り話
⑤ サーカスの曲芸、人間大砲
⑥ ワイヤーで吊っている
⑦ 天使
⑧ 象徴性

もちろん、飛べないからといって、飛ぶことを夢見ないわけではない。人は特に、不条理だとか押しつけだと感じる法則には激しく反発する。重力の法則もそうだ。マジシャンの多くは消してみせる象を自宅に飼っておく余裕がないこともあって、空中浮遊マジックを試みることになる。十九世紀英国の帝国主義者たちは、空中浮揚の秘儀を会得した行者の話を東洋からさかんにもち帰った。コミックブックのヒーローは、単純に空を飛ぶスーパーマン、クモの糸を発射するスパイダーマン、さまざまな道具を駆使するバットマンなど、あの手この手で重力に挑戦してくる。

文化的文学的にも、人間は太古の昔から空を飛ぶというアイデアをもてあそんできた。ギリシア神話のなかにダイダロスとイーカロスの物語ほど人々の想像力を刺激したものはない。暴君の怒りを買い、自分が作った迷宮の塔に息子とともに幽閉されてしまう名工ダイダロス。息子と自分を救うために作り上げた翼。若気の至りから無視された父親の真剣な忠告。上空からまっ逆さまに墜落する少年。父親の悲嘆と後悔。飛ぶことだけでも驚異なところに、これだけたくさんの要素が加わるのだ。この完璧な神話が人々の心をとらえたのは当然だろう。飛ぶことへの憧れはほかの地域文化にもみられる。トニ・モリスンは空飛ぶアフリカ人の伝説を語った。翼のある蛇ケツァルコアトルはアステカ文明の重要な神だった。キリスト教徒は天国に召された人を、翼をつけ竪琴をもった姿で思い描くことが多い。飛びながら歌うのは鳥の領分で、生きた人間にはできない。聖書に記されたキリストに対する悪魔の誘惑のひとつは、空を飛ぶことだった。サタンはイエスを神殿の屋根に立たせ、神なら飛んでみよとそそのかす。西洋の歴史で魔女は空を飛ぶと決まっているのは、このエピソードに端を発しているのかもしれない。あるいは飛ぶことへの願望がねたみに変わった結果なのかもしれない。

では、文学作品中の人物が飛ぶときは何を意味するのだろう? たとえばモリスンの『ソロモンの歌』のひどく曖昧な結末で、ミルクマンがギターのいる岩に向かって飛ぶ場面だ。二人とも、生き残るのはどちらか一人だと知っている。モリスンが使った空飛ぶアフリカ人の伝説にははっきりした歴史的・人種的背景があり、それは多くの読者の経験の外にあるが、それでも私たちはさまざまな意味を見出すことができる。ミルクマンの曽祖父ソロモンは空を飛んでアフリカに帰ったが、いちばん年少の子どもを抱きつづけることができずに奴隷制の待つ地上に落としてしまった。ここでは、飛ぶことはある意味で奴隷の鎖を断ち切ること、べつの意味で「帰郷」でもある(ソロモンにとってはアフリカ、ミルクマンにとってはヴァージニアだ)。ふつう飛ぶことは自由を意味する。具体的な状況からの自由というより、足かせになっている一般的な重荷からの解放だ。それは脱出であり、想像の飛行だ。これはこれでいい。では、とんでもない名前をつけられてしまったミルクマンの叔母、パイロットの場合はどうだろう。パイロットが死んだあと、一羽の小鳥が舞い降りて、彼女の名前を書いた紙の入った箱型のイヤリングをくわえて飛び去った。それを見たミルクマンははっと気づく。彼が人生でめぐり合った人のなかでパイロットだけが、一度も地上を離れたことがなくても飛ぶ力をもっていたのだと。地上を離れないのに空を飛べたとはどういうことか? やはり霊的な意味だろう。パイロットの魂は高みへと舞い上がることができた。この小説にほかにそんな人は見当たらない。パイロットは魂と愛の人だ。彼女は最後に、もっとたくさんの人と知り合いたかった、そうすればその人たちみんなを愛せたのに、と言って死んだ。このような人は重力に縛られることはない。パイロットが飛べることを理解するのに、空飛ぶアフリカ人の伝説など必要ないのだ。

そう、自由、脱出、帰郷、心の広さと愛。飛ぶというだけの動作にずいぶん盛りだくさんに詰め込んだものだ。ではほかの作品はどうだろう？　たとえば『E・T』は？　スティーヴン・スピルバーグの名作で自転車が道路から舞い上がるシーンは、どんな状況だっただろう？　周囲の大人たちは、頭の固さ、新しいものへの敵意、外来者嫌い、猜疑心、想像力の欠如などを象徴していて、それが寄ってたかって少年ヒーローたちを押さえつける。ついには道路封鎖までする。万事休すと思ったその瞬間、自転車は地上を離れて浮き上がり、地上に縛りつけられた大人たちを置き去りにして飛んでいく。脱出？　そのとおり。自由？　当然だ。驚異、魔法？　もちろん。

じつに単純明快。**飛ぶことは自由を意味する。**

いつもそうなるというわけではないが、これが基本法則だと思って間違いはないだろう。アンジェラ・カーターの『夜のサーカス』（一九八四）は比較的まれなケースで、本物の翼のあるキャラクターが登場する。ヒロインのフェヴァーズ（この名前は羽根《フェザーズ》と、動物をつなぐロープ《デザーズ》の両方を連想させて矛盾をはらむ）は、飛ぶという特技のおかげで、ヨーロッパじゅうのサーカスやミュージックホールの花形スターになる。反面、飛べるがゆえに疎外されてもいる。人と違い過ぎて、ふつうの暮らしができないのだ。カーターはモリスンと違って、飛ぶことを自由や脱出には結びつけない。逆にフランツ・カフカの断食芸人と同じように、フェヴァーズもその特技のせいで籠に閉じ込められている。彼女が飛ぶのは屋内に限られている。彼女にとっての世界とは舞台だけで、そこでは第四の壁〔舞台上の演技者と観客との間にある目に見えない壁のこと〕

さえもがバリアになる。観客と違い過ぎるために、自由に交わることができないからだ。さて、ここで強調しておきたいことがある。ひとつはこれまでにも何度か話題にし、あとで詳しく論じるつもりの命題だ——**アイロニーは最強の切り札である。**ただし、アイロニーは常識をくつがえす妙味なので、そのもとになる固定観念が必要だ。この小説でカーターが用いるアイロニーは、当然ながら飛ぶことや翼についての通常の予測のうえに成り立っている。飛ぶことが自由を示し、フェヴァーズの翼が一種の「反自由」をもたらすのなら、この倒置にこそ意義がある。フェヴァーズにとっては、自由の象徴になるはずの能力が足かせなのだ。飛ぶことの意味について私たちが抱いている思い込みがなければ、フェヴァーズはただの異形の見世物で終わってしまう。第二のポイントは、べつの種類の自由があるということだ。モリスンのパイロットが地上にとどまったまま飛ぶことができたように、フェヴァーズは金魚鉢のような限られた世界で別種の自由を手に入れる。芸のおかげで、物語が設定されたヴィクトリア朝後期の束縛の多い社会でほかの女性がけっしてできなかった、奔放な性表現が許されるのだ。彼女の服装、話し方、行動は、ほかの場所では大変なショックを与えるだろう。フェヴァーズの自由は「監禁」と同様に逆説的だ。カーターは猥雑な性と飛ぶ能力をあわせもったフェヴァーズを使って、英国社会で女性が置かれた立場を批判している。これはカーターにとってはごく自然なことだ。彼女の小説はいずれも社会が押しつける男女の役割を転覆させ、一般に受け入れられた常識に疑問を投げかけたり、ときには嘲ったりするからだ。この破壊工作の成果は社会批判であり、彼女は翼というアイデアを使って自由と束縛をアイロニックに語ったのである。

フェヴァーズのように翼をもった人間は、それだけで読者の興味を惹きつける。当然だろう。身近に羽根の生えた人間を知っている人などいないのだから。翼のある人物が登場する作品は数こそ少ないものの、どれも特別な面白さがある。ガブリエル・ガルシア＝マルケスの短編「大きな翼のある、ひどく年とった男」（一九六八）では、名前のない老人が暴風雨のあいだに空から落ちてくる。巨大な翼を見てコロンビアの海岸の貧しい住民たちは天使ではないかと言い出すが、それにしては妙だった。汚れきって悪臭を放ち、ぼろぼろの翼にはびっしり寄生虫がついているのだ。たしかにこの老人がペラヨとエリセンダの家の庭に着地したあと、子どもは危険な熱病から回復する。だがそのほかに起こる「奇蹟」は、天使のわざにしては的外れだ。ひとりは歩けるようにはならないものの、もうすこしで宝くじに当たりそうになる。もうひとりはハンセン病患者で、回復はしないが傷口からヒマワリが生えてくる。それでも住民たちはこの老人に興味津々なので、夫婦は鶏小屋に入れて見世物にする。老人は目を惹くようなことは何もしないのに、見物人はつぎつぎ押し寄せて見物料を払い、ペラヨとエリセンダは大金持ちになってしまう。老人の正体は結局わからずじまいなのだが、住民たちは笑えるようなとんでもない憶測をする（ある者は緑の目をしているからノルウェー人の船乗りではないかと言い出す始末）。とにかくこの哀れなみすぼらしい外見と苦しげな沈黙は、ペラヨ一家に奇蹟のような利益をもたらした。奇蹟のような幸運に恵まれた人のつねで、家族は老人に感謝ひとつしないどころか、彼を養わねばならないことに不満さえ抱く。だが最後に老人は体力を回復し、女房のエリセンダひとりが見ている前でバタバタと飛んでいってしまう。その飛び方は天使というより禿鷹のようだった。カーターと同様ガルシア＝マルケスも、私たちが翼や飛ぶことに抱いているイメージを利用してアイロニーの可能性を探っている。カーターより上を行っているかもしれない。この翼の生えた人物は文字どおり鶏小屋に閉じこめられる。しかも汚れてよれよれになり、虫に食われて、私たちが思い描く天使のイメージとはほど遠い。あるレベルでこの物語は、万一キリストの再臨が実現したとして、私たちははたしてそれに気づくことができるのだろうかと問いかけている。かつて救い主が現われたとき気づいた者がほとんどいなかったことも思い出すだろう。キリストがキリストには見えなかったこと、すくなくともヘブライ人が期待していたような軍の統率者としては現われなかったのと同じように、この天使も天使には見えない。老人は自分の意志で飛ばずにいたのだろうか？　弱々しく汚く見えたのは、故意にそうしたのだろうか？　物語では何も語られていない。その沈黙が、さまざまな疑問を呼び起こすのだ。

この老人がやってきたときの状況は、私たちにまたべつの疑問を提示する。

本当に飛べるとはいいきれない人物、飛んでいて落下してしまう人物の場合はどうなのだろう？　イーカロス以来、飛ぼうとして失敗した人の話は数々ある。失敗すれば墜落するわけだから、これは通常まずい展開だ。とはいえ、すべての墜落が惨劇に終わるわけではない。フェイ・ウェルドンとサルマン・ラシュディはほぼ同時といっていいタイミングで（出版されたのは何か月かの差だった）、爆発した飛行機から墜落する人物をそれぞれ二人ずつ登場させた。フェイ・ウェルドンの『男心と男について』では、離婚して親権を奪われた父親が子どもを誘拐させる。その女の子と誘拐犯が、二人だけで折れた尾翼の座席にすわったまま滑るように舞い降りて、おそらく航空力学の法則には反するのだろうが、浅瀬に軟着陸する。ラシュディの二人の主人公ジブリールとサラディンは空中に投げ出されるが、雪の積もったイギリスの海岸に落ちたおかげで衝撃がやわらいで助かる。いずれのケースでも、死んだはずなのに死ななかったということで、生まれ変わりの要素が加わる。もっとも、生まれ変わったからといって新しい人生で幸せになれるわけではない。ラシュディの二人の場合は特に悪事に走るのだが、ウェルドンの少女のほうはそれまでの恵まれた生活とはうって変わって、ディケンズが浮浪児のために思いつきそうな人生をたどることになる。とはいえ、非常に高い所から墜落して助かるというのは空を飛ぶことに負けないほどの奇跡であり、さまざまな象徴性を帯びている。私たちは飛ぶイメージに胸を躍らせるいっぽうで、いつも落下する恐怖におびえているので、墜死をまぬかれる見通しがあればすぐさま飛びついて想像力をフル回転させる。登場人物たちが死なずに助かったとなると、その意味を考えないわけにはいかない。死ぬべき運命から生き延びるというのは何を意味するのだろう？　生き延びたことは彼らの世界とのかかわりにどう影響するのだろう？　彼らの自分自身、また人生に対する責任は変わるのだろうか？　生き延びた人は前と同じ人間だといえるだろうか？　ラシュディは、誕生は必ず落下をともなうのではないかと明確な疑問をつきつける。ウェルドンが投げかける疑問も、同じように示唆的だ。

　ここで検討する対象を登場人物が実際に飛ぶ場合に限るとしたら、議論は薄っぺらなものに終わってしまうだろう。先に挙げたような実際に飛ぶ例は必要ではあるけれども、それが本当に重要なのは、比喩的な飛行を解釈するときの指針としてだ。ここに、長じて作家になる少年について書かれたアイルランドの小説がある。少年は成長するにつれ、作家になれるだけの経験と視野を身につけるには家を出なければならないと痛感するようになる。しかしそれには大きな壁があった。彼の家は島にあるのだ。出て行こうとすればなんとかして海を越えなければならない。それはもっともドラマチックで決定的な独立になるはずだ（しかも青年は水が怖いときている）。さいわい名前が彼に味方した。ディーダラス。ダブリン出身の若者にしてはアイルランドらしくない名前だ。しかもこの名前をもらったのは若いスティーヴンが初めてではない〔ディーダラスはダイダロスの英語形〕。だがとにかくそれが、ジェイムズ・ジョイスが『若い芸術家の肖像』（一九一六）で使った名前だった。スティーヴンは、自分がアイルランドのさまざまな網にがんじがらめになったと感じている。家族、政治、教育、宗教、人々の狭量さなどだ。もうご存じのとおり、制限や足かせの解毒剤は自由である。小説の後半は鳥、羽、飛ぶといったイメージにあふれている。実際に飛ぶわけではないが、メタファーとしての飛翔、脱出への願望を喚起する。スティーヴンはあるとき浅瀬を歩いている少女に啓示《エピファニー》（覚醒を意味するジョイス流の宗教美学的な言葉）を受ける。その美しさと調和と輝きが、彼に芸術家として生きる決心をさせる。少女自身が際立った美貌だとか印象的だというわけではないが、その場面全体が完璧で美しいのだ。あるいは彼の知覚が完璧と感じたといったほうがいいかもしれない。このとき語り手は少女を鳥にたとえる。白い羽毛のようなズロースの縁飾り、「黒い羽の鳩」のような胸、といった調子だ。これに先立ってスティーヴンは、自分の名前が島から脱出する翼を作った名匠と同じであることをあらためて思い出し、その「鷹のような」姿こそ芸術家の象徴ではないかと考える。そして最後に、ダブリン市民が受け継いできた因習や卑小さの網から抜け出して飛び立たなければと宣言するのだ。スティーヴンが考える飛翔はシンボリックなものだが、脱出への欲求は真実だ。創造者になるためには精神を羽ばたかせなければならない。自由にならなければならないのだ。

文学で精神の解放が飛翔に関連づけられることは多い。ウィリアム・バトラー・イェイツはその詩の中で、鳥の自由さを地上の悩みや心配ごとに縛りつけられた人間とたびたび対比させている。たとえば「クール湖の野生の白鳥」(一九一七)で、詩人は美しい鳥たちが永遠の若さを保ったまま飛び立ち、輪を描くさまを見つめている。それにひきかえ中年になった詩人自身は、年ごとに重力の重石を感じるようになっている。イェイツはまた、ゼウスが白鳥の姿になってレダを誘惑し、トロイのヘレネーを宿せたことに思いを馳せ、翼や鳥に大天使がマリアの前に現れたお告げを見る。

ほかに、魂は空を飛んでいくというイメージがある。シェイマス・ヒーニーには死者の魂が体から抜け出し、羽ばたいて飛び去る様子を描いた詩がいくつかあるが、これはヒーニーだけではない。肉体から解放された魂が飛べるという考え方はキリスト教の伝統に深く根ざしており、おそらくほかの宗教にも多いだろう。ただし普遍的とまではいえない。古代ギリシア人やローマ人にはこの概念はそぐわなかった。祝福された死者も呪われた死者も、地底の黄泉の国に行くことになっていたからだ。のちに西洋文化圏で天国が空の上にあると信じられるようになると、魂も軽くなって飛び始めた。ロバート・フロストは「樺の木　Birches」で、しなやかな樺の木を天国目指して登っていくところを想像する。それからまた軽やかに地上にもどってくるところを。そして登るのも降りてくるのも、どちらもいいものだ（たとえ翼がなくても）と語るのだ。ハムレットの腹黒い叔父クローディアスは祈ろうとしても祈ることができず、つぎのように言う。「ことばは天を目指すが心は地にとどまる、心のともなわぬことばがどうして天にとどこうか」殺人の罪をひた隠している罪悪感をひきずっていては、魂が天に昇ることはありえないとシェイクスピアは言っているのだ。劇の最後でハムレットが死ぬと、親友のホレーシオは嘆きながら言う。「気高いお心も散ってしまわれたか。おやすみなさい、天使の歌を聞きながら安らかな眠りにつかれますように」みなさんもとっくにおわかりだと思うが、シェイクスピアがそう言ったのなら、本当に決まっている。

空想の飛翔があれば、私たち読者は地上を離れ、想像力の働くままに空を飛べる。授業料の払い込みのことも住宅ローンの利率も忘れ、登場人物たちと一緒に風に乗れる。解釈や思索の宇宙に羽ばたいていける。

では、無事のご帰還を。

16 すべてセックス

巻では、英文科の教授はいやらしいことばかり考えている、とかいう妙な噂が飛びかっているらしい。ことわっておくが、われわれが世間一般と比べて特段好色だということはない。まあそう言い張ってみたところで、たいした慰めにはならないが。英文科の教授陣がそろいもそろって生まれつき好き者だとは思わないでほしい。ただ、作家がいやらしいことを考えて性的な意図を忍び込ませたとき、すぐさま気づいてしまうだけのことだ。では、世界文学にこんな猥褻思考が入り込んだきっかけは何か。

責任はフロイトにある。全部フロイトがもち込んだことだ。

というか、正確にはフロイトが見つけてみんなに教えてくれたのだ。一九〇〇年に出版した『夢判断』で、無意識の世界に隠れていた性的イメージを白日の下にさらしてしまったのである。高層建築？ それは男性性器だ。広々した景色？ 女性性器だ。階段？ 性交だ。階段から落ちた？ いやはや。こうした連想は、現代の精神分析では眉唾だとみなされるかもしれないが、文学の作品分析では黄金に値する。ある日突然、われわれはセックスがセックスらしく見えなくてもいいことを知った。べつの物や動作だって、りっぱに性器や性行為の代役を果たすことができるのだと。これは大変けっこうなことだ。件《くだん》の器官や行為は描写手段がひどく限定されているうえに、必ずしも見目うるわしいとは言えないからである。こうして作家は景色にまで性的要素を埋めこむことができるようになった。鉢。火。海岸。一九四九年型プリマスだってじゅうぶん使えるだろう。要するに作家さえその気になれば何でもありなのだ。そう、フロイトの教えは非常に役立った。結果、二十世紀に入って二つのことが起こった。批評家と読者は、自分たちが読む作品に暗号化された性的イメージが埋め込まれているらしいことを知った。作家のほうは、性的イメージを暗号化して作品に埋め込めることを知った。さあ、だれか頭痛を起こしたかな?

もちろん性の象徴が二十世紀になって突然発明されたわけではない。聖杯伝説を考えてみるがいい。騎士はふつう一人前の男とも言えないほど若いうちに旅に出る。手にした槍は、男根のシンボルが登場するまで当座の役には立つはずだ。騎士はやがて純粋な男性らしさの化身となり、カリスあるいは聖杯を探し求める。聖杯はもちろん満たされるのを待っている空の器であり、はるか昔から理解されていたとおり、女性の性の象徴である。カリスを探し出して槍とひとつに合わせることの意味は? 生殖だ(フロイトはここでジェシー・L・ウェストン、サー・ジェイムズ・フレイザー、カール・ユングを参考にした。この三者は神話的思考、豊穣神話、元型について掘り下げた説明をしている)。通常、騎士は飢饉に苦しむ町から旅立っていく。作物が実らず、雨が降らず、家畜や人が死んだり生まれなくなったりして滅びかけた王国だ。わが国に実りと秩序を取りもどさねばならん、と年老いた王は言うが、いかんせん自分で豊穣のしるしを探しに行くには年を取りすぎている。おそらくもう槍も使えないだろう。そこで代わりに若者をつかわすのである。遊びや淫蕩なセックスではないが、それでもセックスはセックスだ。

ここで千年ほど先に飛ぶことにしよう。ニューヨークを左折してハリウッドに向かう。『マルタの鷹』(一九四一)の中で、ハンフリー・ボガートのサム・スペードがメアリー・アスターのブリジッド・オショーネシーに夜の窓辺でキスをしようとするシーンがある。場面はすぐに転換し、朝の日差しを浴びてカーテンがやさしく揺れている。サムもブリジッドも見あたらない。若い連中はどうやらこのカーテンに気づかないようで、サムとブリジッドはどうなったんだと不思議がったりする。ほんの小さなディテールだが大きな意味をもっていて、これがあるからこそ、サムの判断がどれほど危うかったか、最後にブリジッドを警察に引き渡すのがどれほどつらかったかが理解できるはずなのだ。かつて映画には、「やってる」ところをけっして見せないどころか、やったあとも、やったことを話しているところも映さない時代があった。当時はこのカーテンに「二人はたしかにやりました。大変けっこうでした」とキャプションが刷り込まれているも同然だったのである。この時代の最高にセクシーなショットといえば、海岸に打ちつける波だった。監督が波打ち際を映したら、誰かさんがいい思いをしたんだなとわかる。こうした高度な抽象化が必要だったのは、一九三五年から六五年ごろにかけて、ちょうどスタジオシステムの最盛期を迎えていたころ、ハリウッド映画の内容がいわゆるヘイズ・コード（映画製作倫理規定）によって厳しく規制されていたからだ。ヘイズ・コードの項目は多岐にわたっているが、なかでも興味深いのは、死体なら薪のようにいくら重ねてもかまわないが（ただし血は見せないこと）、生身の人間の身体を縦に並べてはいけない、という決まりだ。たしかに昔の映画では、夫婦はつねに別のベッドに寝ていた。私があらためてそのことに気づいたのは、最近ヒッチコックの『汚名』（一九四六）を観ていたら、クロード・レインズとイングリッド・バーグマンがツインベッドを使っていたからだ。どこの世界にイングリッド・バーグマンと結婚しておきながら、おめおめとツインベッドに甘んじる男がいるだろう。たとえクロード・レインズみたいなナチの悪党であってもだ。だが一九四六年の映画ではそうするしかなかった。やむなく監督たちは思いつくかぎりの手を使った。波、カーテン、キャンプファイア、花火。往々にして、結果はそのものずばりを見せるよりはるかに刺激的になった。ヒッチコックの『北北西に進路を取れ』（一九五九）の最後で、ケーリー・グラントとエヴァ・マリー・セイントはマーティン・ランドーに命を狙われ、ラシュモア山に彫られた大統領の顔からからくも逃げのびる。ここで最高のカットと言えるのは、岩壁でミス・セイントを助けようとしていたグラントが、突然彼女を列車の寝台車に引きずり込む（ミセス・ソーンヒルだと言って）ところだ。この後すぐに、あの有名なラストシーンが続く。列車がトンネルに入るのである。コメントは無用だろう。

わかった。でもそれは映画だよね？　本はどうなの？

さてさて、どこから始めるべきか見当もつかないが。まずは控えめなやつからいってみよう。アン・ビーティの「アンドリアのお護り」（一九八五）だ。まずまず若い女。結婚しているが、夫を特に愛しているわけでもない。別の男と関係をもったことがあり、目に見える唯一の結果は愛人が買ってくれた鉢《ボウル》だ。彼女、アンドリアはしだいにこの鉢と一体感を抱き、取りつかれたようになっていく。彼女は不動産の仲介をしているのだが、客に売り物件を見せる前に家の目立つ場所にそっと鉢を置いておいたりする。夜中に起き出して鉢が無事かどうかを確認する。何より意味深長なのは、夫がこの鉢に鍵を入れるのを許さないことだ。これらのイメージに埋めこまれた性的な要素にお気づきだろうか？　鍵の働きは？　その鍵は誰のもの？　彼が鍵を入れてはいけない場所は？　鍵を入れてはいけない鉢は誰のお守り？　たとえば古いところでハンク・ウィリアムズ／ジョージ・サラグッドの「ムーヴ・イット・オン・オーバー」がある。恋人に錠を変えられてしまい、残されたのは合わなくなった鍵だけ、と嘆く歌だ。アメリカ人なら誰でも、鍵と錠の意味を理解し、話題になれば赤面する程度のブルースの知識はもちあわせている。このパターン化されたイメージは、はるか以前にフロイト／ウェストン／フレイザー／ユングによって解明された、槍や剣や銃（そして鍵）は男根の象徴で、カリスや聖杯（そしてもちろん鉢）は女性性器の象徴、という理論の延長線上にある。要するにセックスなのだ。アンドリアの鉢の話に戻ろう。もちろんこの作品はセックスを語っている。もっと詳しく言うなら、恋人や夫のつけたしではない、ひとりの女性、個人、性的存在としてのアンドリアのアイデンティティーである。彼女は自分がどこかの男の付属品になることをひどく恐れている。鉢が象徴する自律性は、それが男によって買い与えられたことで揺らいでしまうのだが、男のほうはアンドリアが鉢に強い愛着を抱いているのに気づいて買ってくれたわけだから、最後は本当に彼女だけのものになるのだ。

文学におけるセックスを語ろうとするなら、どうしてもD・H・ロレンスを避けては通れない。私に言わせれば、ロレンスのありがたいのは、作品分析にセックスさえからませておけば間違いないところだ。セックスが長いあいだタブー視され、小説家にとっては手つかずの資源だったこともあり、ロレンスはこの主題を飽くことなく追及しつづけた。その作品には婉曲なものから露骨なものまで性的表現がちりばめられていて、世の若者たちに禁断の果実となってきた最後の長編『チャタレー夫人の恋人』では、当時の検閲の許容範囲をあっさり踏みこえてしまった。しかしロレンスが書いたもっともセクシーな場面は、じつは性交シーンではない。レスリング（柔術）だ。『恋する女たち』の中の、男性主人公二人が組んずほぐれつレスリングをやるところである。そこで使われている言葉たるや、燃えさかる性行為そのものだ。二人は義兄弟になろうかというほどの親友どうしなので、レスリングをすること自体は意外ではない。ロレンスは二人を公然と同性愛関係に描くことには抵抗があったが、男女間の性愛に近い関係と、それにふさわしい身体表現を入れたいと考えたのである。ケン・ラッセルは、一九六九年にこの小説を映画化するにあたって、レスリングの意味をじゅうぶんに理解していた。だが当時の私にはわかっていなかった。同性愛から目をそむけるように条件づけられていたことに加え、敬愛する作家だけに、事実を認める度胸がなかったのだと思う。しかし映画を観たあとでもう一度この場面を読み返してみて、私もラッセルが正しいことに気づいたのだった。

ロレンスの短篇のなかで私が断然トップにあげるのは、「木馬の勝ち馬」（一九二六）という、母親を喜ばせようとする少年の話だ。少年の父親は事業がうまくいかず、物欲の強い母親の目には落伍者と映っている。息子のポールは家にお金が足りないことを痛いほど感じており、母親の不満や、母親が自分を愛せないこと、というより自己中心的すぎて誰も愛せずにいることを敏感に感じ取っている。そして母親の愛情不足を金銭の不足と結びつけ、やがて自分が消耗の極限まで木馬をこぐと、次のレースの勝ち馬を当てられることに気づく。ロレンスはこう書いている。

彼はツキが欲しかった、欲しかった、欲しかった。女の子たちが子ども部屋で人形遊びをしているとき、少年は自分の大きな木馬にまたがって、憑かれたように空《くう》をこぐのだった。その熱狂ぶりは、少女たちが不安そうにそっと盗み見るほどだった。激しく木馬が傾くと、少年の波打つ黒髪はうしろに跳ね上がり、その目は異様な輝きを帯びる。少女たちは話しかける勇気も出なかった。……彼は自分が力ずくで命じさえすれば、馬がツキのあるところまで連れて行ってくれることを知っていた……彼はようやく馬を規則正しいギャロップに駆り立てるのをやめて滑りおりた。

異論もあろうが、私はこれをマスターベーションと読む。この短篇を教材にするときは、押しつけがましくならない範囲で、学生をその方向にリードすることにしている。たいていは勇敢で勘のいい学生が一人いて、困ったような照れ笑いを浮かべながら期待どおりの質問をしてくれるものだ。すると一人二人が、それらしきことは考えたが突きつめる度胸がなかった、というふうにうなずく。残りの三十五人はというと、天井が落ちてきたような顔をしている。

マジで？

ではここで使われたパターンを見てみよう。子どもが母親の愛情をめぐって父親に勝とうとする、子どもが必死で母親の受容と愛を求める、子どもが人目を避けて陶酔するようなリズミカルな行動をとり、最後に意識を失うにいたる。さあ、あなたはどう解釈する？　これこそは小説に反映されたもっとも明確なオイディプス的状況ではないか。それもそのはず、ロレンスはフロイトを読んだ最初の世代であり、したがってフロイト的思考を意識的に文学に取り入れた最初の作家なのである。登場人物にも作家にも昇華の概念が働いている。母親を性の対象にするオプションはありえないから、ロレンスは少年ポールに母親が切望していたツキを探しに行かせる。ただその手段がいかにも異様なので、幼い姉妹はおびえるし、大人たちは狼狽して、おまえはもう木馬に乗るには大きすぎるなどと言うのだ。

しかし本当にマスターベーションなのだろうか？　字義どおりの意味では違うだろう。それでは生々しすぎるし、とりたてて面白くもない。だが象徴としては、マスターベーションの条件をすべて満たしていると思う。セックスの代理のさらに代理とでも考えればいいだろう。これ以上明白なものがあるだろうか。

ではどうしてそんな面倒なことをしたのだろう。偽装セックスが頻出する理由は、歴史的に、作家や芸術家が本物を使うことができなかったからだ。たとえばロレンスは多くの小説を差し止められ、英国の検閲官たちと記録に残る闘いをくりひろげた。映画でも同様だった。

もうひとつの理由は、露骨な性描写よりセックスをコード化した場面のほうが多様なレベルで効果をあげられるうえに、ときには即物的な描写以上に説得力をもつからだ。この多様なレベルでの効果は、もともと純真な子どもたちを保護するための苦肉の策だった。たとえばディケンズはなかなかきわどいことも書くのだが、自分の小説が朝食のテーブルで読まれることを知っていたので、子どもたちをどぎついセックス描写から守ってやり、奥方たちが取り澄まして否定できるようにもはからった。セックスがコード化された場面なら、お母さんが気づかぬふりをする横で、お父さんがひとりニヤついていられるわけだ。『互いの友』（一八六五）のなかに、二人の悪党ミスター・ヴィーナスとサイラス・ウェッグが悪事を企むシーンがある。椅子にすわったミスター・ヴィーナスに向かって、サイラス・ウェッグがかなりきわどい内容の金融情報を読み聞かせる場面だ。するとミスター・ヴィーナスの義足がしだいに床から浮き上がり、もっとも興奮する場面では前方にぴんと突き出されてしまう。それからひっくり返る。家族みんなでこれを読めば、単なるドタバタ喜劇と受け取る者もいるし、卑猥なドタバタ喜劇と受け取る者もいるだろう。いずれにしても、全員がくすくす笑って終わることになる。

すっかり許容量が高くなった現代でも、セックスはしばしばそれらしくないかたちで現われる。ちょうど私たちの現実の生活や意識のなかで起こるのと同じように、べつのものに置き換えられるのだ。アン・ビーティのアンドリアは自分の悩みがセックスや恋愛に直結しているとは思っていない。知っているのは私たちと書き手だけだ。だからアンドリアの性の悩みが性器や性行為として描かれることはないだろう。それよりはきっと……鉢と鍵のように見えるに違いない。

17　セックスシーンだけは例外

あなたはセックスシーンを書いてみたことがあるだろうか？　いや真面目な話。もしなかったら、ぜひやってみてほしい。変態趣味に陥らないため、あなたと同じ種、つまり人間に限ること、そして一組のペアに限ること。それ以外に条件はない。何でも好きなことをやらせるがいい。そのうえで、一日でも一週間でも一か月でも経ってから戻ってきていただこう。あなたはそれまでに、大半の作家がとっくに熟知した事実を発見するはずだ。二人の人間がもっとも親密な行為に従事している場面を書き表すのは、物を書く者にとって何より報われない作業である、と。

　まあまあ、そう落ち込まないで。初めから勝ち目はなかったのだ。そもそもどんな選択肢があったというのだろう？　二人の人間が性交に至るまでの状況は無限にある。だが実際の行為となると話は違う。はたしてどれほどのオプションがあるか。たとえばＤＩＹマニュアル風に客観的に説明する方法があるが――凸部Ａを凹部Ｂに挿入し、うんぬん――凸部も凹部もさほど種類があるわけではない。アングロサクソン語源の名称を使うにしろ、ラテン語源のほうを選ぶにしろだ。率直に言って、このあたりのことは生クリームで飾り立てようとシンプルにいこうとたいした違いはないし、すでにポルノグラフィーでうんざりするほど《アド・ノージアム》書きつくされている。あるいはソフトコア流のアプローチを試みて、各パーツや動きを思わせぶりな隠喩と仰々しい言葉遣いで表現してみる手もある。欲望の波に翻弄され打ち震える彼女の小舟を、彼はうずく思いで撫でた、などなど。だがこの二番目のタイプを、①古臭い、②気持ち悪い、③気恥ずかしい、④下手くそ、に見えないように書くのは至難の業だ。はっきり言ってセックスを直截的に書き表そうとするのは不毛の試みで、風に揺れるカーテンや穏やかに打ち寄せる波の過ぎ去った日々をなつかしむだけで終わるのがオチなのである。

私は本気で思うのだが、D・H・ロレンスが自分の死後三十年以内に起こったセックス描写の惨憺たる状況を見ることができたら、『チャタレー夫人の恋人』はお蔵入りにしていただろう。じつはほとんどの作家が、セックスを扱うときは行為そのものを書くのを避けるものだ。ひとつめのボタンを外したところから性交後の煙草（隠喩としての）に飛ぶとか、ボタン外しから違う場面まで一挙に飛んでしまうとか。さらなる真理はこれだ。**作家がセックスについて書くときは、本当は何かべつのことを言おうとしている。**

さあ、いよいよ混乱してきたね？　ほかのことを書いているときは本当はセックスを意味しており、セックスを書いているときは本当はべつのことを語っているわけだ。セックスを書いてセックスだけを意味している場合、それには特別の呼び名がある。ポルノグラフィーだ。

厳しい検閲制度と自主規制があったヴィクトリア朝時代、純文学にセックスはまずありえなかった。しかし不純文学は潤沢にあった。この時代のポルノ生産量は他を圧倒している。ここであらゆる猥褻表現を使い果たしたことが、その後の性表現の枯渇につながったのかもしれない。

モダニストの時代になっても一定の制限はあった。ヘミングウェイは四文字言葉の使いすぎを非難された。ジョイスの『ユリシーズ』は、英国でも米国でも検閲され、発禁処分を受けて没収された（実際に登場するのは自慰行為だけだが、セックスの想念は多発する）。コンスタンス・チャタレーと愛人のメラーズは、あからさまにセックスを語ることで新境地を開拓したが、米国の検閲制度を事実上終わらせることになるこの小説の猥褻裁判が始まったのは、一九五九年になってからだった。

皮肉なことに、性描写があたりまえになって一世紀弱を経た現在、残されたものは陳腐な決まり文句がほとんどである。

ジョン・ファウルズの『フランス軍中尉の女』（一九六九）には、主人公チャールズとセアラの有名なセックスシーンがある。愛と性をテーマにした小説なのに、これが唯一のセックスシーンだというのが面白い。さて、恋人たちは安ホテルの寝室に入る。チャールズが居間からセアラを抱きかかえていくのは、彼女が足をくじいているためだ。彼女をベッドにおろすと、夢中で着ているものを脱ぎ、自分もベッドに飛び乗るのだが、なにしろヴィクトリア朝時代のこと、服を脱ぐにはかなりの時間を要したはずだ。まもなくことは終わり、彼は果てて彼女と並んで横になる。この時点で語り手は、チャールズがセアラから離れて寝室をのぞきに行ってから、「正確に九十秒」経過した、と述べるのだ。その時間内に彼は戻って彼女を抱き上げ、ベッドに運び、興奮のうちにまさぐりつつ服をはぎ取り、愛を成就したわけである。二人の愛の行為についてのこの奇妙な記述には、いくつかの解釈が考えられる。理由は不明だが、もしかするとファウルズは、ヴィクトリア朝時代の男性に性愛面での欠陥があったことを伝えたかったのかもしれない。それとも哀れなヒーローを笑いものにしたかったのかもしれない。または男の性的能力の不足や、情熱がいかにあてにならないかといったことを指摘したかったのかもしれない。あるいは、あっというまに終わる性行為と綿々と続くその結果との、滑稽かつ皮肉な不均衡を強調したかったのかもしれない。第一の解釈については、なぜわざわざそんなことをする必要があるのかという疑問がわく。しかもファウルズはこの作品について語った有名なエッセイで、自分は十九世紀のラブメイキングについて何の知識もなく、ヴィクトリア朝の男女のセックスを描写するにあたって、じつは「サイエンスフィクション」を書いたのだと語っているのだ。第二については、あまりに残酷すぎる気がする。読者はチャールズがその前に売春婦の家へ行き、相手を抱くかわりに枕に嘔吐してしまう場面を読んでいるのだから、なおさらだ。なぜ彼ばかりがいつもドジを踏まなければならないのか。第三の解釈については、男性の性能力というテーマは、六万語を費やして追求するには軽すぎるのではなかろうか。第四の可能性は、滑稽であれ何であれ、この作家が不均衡なものに強く惹かれていることを、私たちは知っている。

ではここでもうひとつの可能性を考えてみよう。チャールズはイングランド南西部のライム・リージスからロンドンへ行き、未来の義父ミスター・フリーマンに会ってきたところだ。無分別な結婚を選んでしまったことをすでに後悔していたチャールズは、義父から商売（ヴィクトリア朝のジェントルマンにとっては忌むべき職業だった）を継いでくれと言われて震え上がる。そして自分が婚約した女性を愛していないこと、成り上がりの中産階級である婚約者とその父親があこがれる生活を欲していないことに気づく。まるで一方にミスター・フリーマンと厭うべき商人としての生活、他方にライム・リージスで待つ婚約者のアーネスティーナと、将来を束縛する二本のポールに縄でつながれてしまったようなものだ。チャールズはパニックに駆られて帰る途中に、例の安ホテルのあるエクセターを通る。「堕落した」女セアラは（じつは堕落などしていなかったことが最後にわかるのだが）、チャールズにとって魅惑的な禁断の果実であると同時に、待ち受けている悲惨な結婚からの逃げ道でもある。小説の進行につれて強まっていく彼のセアラへの執着は、チャールズ自身の内にある因習にとらわれない部分への執着でもあり、セアラが体現する自由と個人の自律性への憧憬でもある。セアラは未来であり二十世紀であって、チャールズにはまだそこに飛び込む準備ができていない。彼が抱き上げてベッドに運んだのは、ひとりの女ではなく、あらゆる可能性の集合体だったのだ。そんな相手を前にして、セックスがうまくいくはずはないではないか。

いかにエロティックな作品といえども、実際にはセックスシーンはそれほど多いものではない。もちろんヘンリー・ミラーのような例外はあるが。ミラーの小説はセックスばかりだし、そもそもセックスがテーマなようなものだ。しかしそのミラーでさえ、セックスはある意味で象徴的な行為であって、個人の因習からの解放と作家の検閲からの自由を主張するための手段だった。彼はあらゆる束縛の撤廃を謳歌しつつ、同時にホットなセックスを書いたのだ。

　では、ミラーとも親しかったロレンス・ダレルの場合を考えてみよう。（余談だが、ロレンスという名前とセックスには何か因縁でもあるのだろうか？）ダレルの『アレクサンドリア四重奏』――『ジュスティーヌ』、『バルタザール』、『マウントオリーヴ』、『クレア』の四部作（一九五七―六〇）――は、おもに政治と歴史の影響力と、個人がそれから逃れることの難しさを描いた小説だが、読者は性的なものに大きく偏重した印象を受けるだろう。ただし、出てくるのはセックスについての会話、セックスの報告、セックスの直前直後の場面ばかりだ。まさかダレルが露骨な性描写をためらったわけではなく（どんなことにせよ、ダレルにタブー意識があったとはとうてい思えない）、情念で過熱したようなこの小説では、性交そのものを書かないことがもっともセクシーだと判断したのだと思う。しかも小説の中で起こるセックスは例外なく何かべつのものと結びついている。スパイのカモフラージュ、自己犠牲、心理的欠乏、他者への支配欲。ダレルは恋人どうしの健康的な明るい出会いと呼べるようなセックスをひとつも書いていない。とどのつまり、アレクサンドリアのセックスはかなり異常なのだ。しかもありとあらゆる異常さを網羅して。

　ほぼ時を同じくして一九五〇年代の終わりから六〇年代の初めにかけて出版された悪名高い二冊の小説、アントニー・バージェスの『時計じかけのオレンジ』（一九六二）とウラジーミル・ナボコフの『ロリータ』（一九五八）も、ひどい性描写で知られている。ひどいというのは不満足ではなく、邪悪という意味だ。バージェスの小説の主人公はアレックスという十五歳の不良グループのリーダーで、得意技は暴力がらみの窃盗、窃盗抜きの暴力、そしてアレックスが「例の入れたり出したり入れたり出したり」と呼ぶ強姦だ。私たちが「目撃する」強姦は物語中で実際に起こるのだが、読んでいてもなぜか実感をともなわない。ひとつには、読者の多くがすでにご存じのように、アレックスがナッドサットという英語とスラヴ語源のスラングとの混合語で語っているからだ。この言語モードは万事を遠い異国のものと感じさせる効果があるので、強姦さえもよそごとに思えてしまう。もうひとつは、アレックス自身が暴力や強姦を自己流に演出する楽しさと、被害者の恐怖や悲鳴とに興奮を覚えるあまり、性行為の細部にはほとんど注意をはらわないからだ。彼がもっとも直截的に性行為を語るのは思春期前の少女二人を自宅に連れ込む場面だが、そのときでさえ、実際の行動より少女たちの苦痛と怒りの叫びのほうにそらされているように見える。ここから先、作者はアレックスの淫行より悪行に重点をおいていく。バージェスは魅力的だが不愉快きわまりない主人公を使って観念小説を書こうとした。だから関心はセックスや暴力を面白く書くことではなく、アレックスを極力不愉快な人間に描くことにあった。そしてみごと大成功を収めたわけだ。人によっては成功しすぎたと言うかもしれない。

『ロリータ』はすこしばかり様子が違う。ナボコフは中年の主人公ハンバート・ハンバートを、もちろん悪党として描いた。ところが私たちはハンバートが年端もいかない養女ロリータに向ける欲情にムカつきながらも、この怪物のような語り手に妙な共感を抱きはじめてしまう。ハンバートがあまりに魅力的なので思わず惹きこまれそうになるが、そこで彼が少女にしていることを思い出し、あらためて憤慨する、という繰り返しだ。そこはナボコフのナボコフたるところ、ざまみろ！　と思わせる要素がちゃんと用意されていて、私たちはなんて嫌な奴だと思いながらも、夢中で読み進めずにはいられない。この小説のセックスは、語りと同様、一種の言語的哲学的ゲームになっているので、読者はそれに騙され、本来なら許せないはずの犯罪にからめとられてしまう。そもそもこの小説の中に性描写はそれほど多くない。わずかにあらわれる小児性愛も、まったく許容されてはいない。この小説が白眼視されるようになったのは、小児性愛を描いたからというよりむしろ、下劣な模倣者のせいだ。「ロリータ」の一語は、あっというまにある種のポルノ映画タイトルの定番になってしまった。ティーンエイジ・ロリータ、淫乱ティーンエイジ・ロリータ、スーパー淫乱ティーンエイジ・ロリータ、といった具合に。中身はもちろんナボコフとは縁もゆかりもない成人映画であり、そこではセックスがセックスだけの意味で使われているはずだ。

ところで。あなたはセックスが男だけのものだと思っていないだろうか？　だとしたらとんでもない。ロレンスやジョイスの同時代人ジューナ・バーンズは、陰鬱な名作『夜の森』（一九三七）で愛欲と性的満足と性的不満の世界を追求した。ミナ・ロイはエリオットを卒倒させかねない詩を書いた。以来ずっと、現代の多彩な女性作家たち——アナイス・ニン、ドリス・レッシング、ジョイス・キャロル・オーツ、アイリス・マードック、そしてエドナ・オブライエン——がセックスの描き方を模索しつづけている。おそらくオブライエンは、アイルランドのどの作家より多くの作品を母国アイルランドで発禁処分にされる栄誉に浴しているのではないだろうか。彼女の本で、セックスはつねに政治的色合いを帯びている。登場人物は性を追究すると同時に、保守的で抑圧された宗教的な社会からの規制を振り捨てようとする。オブライエンが性について書くときは、じつは解放、あるいは解放の失敗を書いている。セックスは宗教的、政治的、芸術的な破壊行為なのである。

性による破壊活動の女王格は、なんといってもアンジェラ・カーターだ。オブライエンと同じように、カーターもリアリティーのあるセックスシーンを書く。そしてやはり、それはただのセックスではない。カーターがめざすのは、家父長制度の転覆だ。彼女の書くものを女性解放運動と呼ぶのは見当違いだ。カーターは男性支配社会に否定されてきた女性の自立の道を模索してはいるけれども、それは男も女も含めたすべての人間を解放する道なのである。彼女の世界では、セックスがとんでもない破壊力をもつ。最後の小説『ワイズ・チルドレン』で語り手のヒロイン、ドーラ・チャンスがセックスするときは、自己表現をしたいか、自分の人生を支配したいかのどちらかだ。女で三流ダンサーのドーラはもともと支配力に乏しいのだが、双子の姉妹のノーラともども実父に認知を拒まれた非嫡出子なので、なおさら弱い立場にいる。だからときどき支配力を行使してみたくなるのだ。彼女はまず、ノーラのまぬけなボーイフレンドを「借り」て初体験をすませる。のちには、父の豪邸が焼け落ちる間に、ずっと好きだった相手とパーティーで愛し合う。そして最後は七十歳を過ぎてから百歳の叔父とセックスするのだ。それも、叔父の双子の兄にあたる実父が認知騒動でショックをうけている最中に。ここに埋め込まれたコードをすべて解読できるかどうか私にも自信はないが、セックスが主要テーマでないことだけはたしかだ。美学でもない。何にもまして、過激なまでの生命力の肯定である。それはあらゆる心理的、性―政治的尺度を使って分析することができるだろう。もうひとつ、年老いた叔父は姪のドーラと交情したあとで、ドーラとノーラの甥が残した男女の双子を二人に与える。ノーラとドーラは七十歳にして初めて母親になるのだ。カーターにとってヒトの単為生殖はまだ未来物語に過ぎないから、赤ん坊を産むには依然としてセックスが必要だったのだ。たとえ象徴的にでも。

さて、ここで大事な話がある。この場面を解明するのはあなただ。こんな年寄りどうしがセックスする場面に何か意味があることぐらい、私に言われなくてもわかるだろう。あなたの推論は私のと同じくらい的確なはずだ。いや、むしろ上かもしれない。なにしろ二人の老人が、自分の父親／兄のベッドで激しい性交をする（階下のシャンデリアが落ちそうになるほど）のだから、解釈の可能性は無限にあって、間違うことなどありえない。逆に誰が試みても、すべての可能性を引き出すことなどできそうにない。さあ、やってみよう。

一般的に、ある場面がそこに書かれている以外の意味をもつときは、読んでいてなんとなく匂うものだ。これは実生活でも同じだが。セックスは快楽、犠牲、従属、反抗、あきらめ、嘆願、支配、啓蒙など、さまざまな意味をもちうる。つい先日、私の教室で女子学生がある小説のセックスシーンについてこんな質問をした。「先生、これっていったい何なんですか？　何かべつの意味があるはずだわ。こんな変てこで気持ち悪い話、絶対べつの意味があると思うんです。もしかしてこれって……」そこで彼女はどんぴしゃりの解釈を披露してみせたのである。私が補足できるのは、変てこなセックスだけには限らないということだけだ。小説に登場するどんなすばらしいセックスも、まったくべつの意味をもつことがある。

なるほど。現代文学のセックスについて書くのなら、あれをとばすわけにはいかないだろうって？　よろしい。ロレンスは私生活では汚い言葉が嫌いで、乱交など話題にしようものなら、とりすました態度をとった。それでも晩年になって、まだ四十代初めというのに肺結核で死期が近づいたとき、過激なまでに率直で赤裸々な小説、『チャタレー夫人の恋人』を書いた。貴族の妻と夫の猟場番というまったく違う階級に属する男女の性愛を描いたこの小説で、男は身体部位とその機能についてあらゆるアングロサクソン語の名称を口にする。ロレンスはもうこれ以上長編を何作も書くことはできないと知っていた。激しい咳に苦しみながら、これまでに発表した——そして検閲を受けた——作品とは比べものにならないほど露骨な性描写に満ちたストーリーに命を注ぎ込んだのである。認めぬふりはしていても、自分の存命中にこの本が広く読まれることはありえないのを承知で。だから、今度は私が尋ねる番だ。

これっていったい何なんですか？

18

浮かび上がったら洗礼

簡単な質問をひとつ。私が道を歩いていたところ、突然池に落ちてしまった。さあ、私はどうなる？

溺れる？

おやおや、信用してくれてありがとう。

溺れない？

たしかに二つにひとつだね。で、それはどういう意味かな。

どういう意味って、意味なんかあるの？　だって溺れてしまえば終わりだし、泳げれば助かるというだけでしょう？

ごもっとも。ただしこれが小説の中となると事情は変わってくる。溺れるのはどういう意味か。あるいは溺れないのは？　文学作品中にどれほど人が水びたしになる場面が多いか、あなたは気づいたことがあるだろうか？　溺れる者もいれば、びしょ濡れになるだけの者も、首尾よく水面に顔を出す者もいる。はたしてその違いは何だろう？


まずはわかりやすいところから。水に落ちるのは一瞬だ。たとえば橋が崩壊する、あるいは誰かに押される、引っぱられる、つまずく、ほうり込まれる。もちろんそれぞれに意味があるので、額面どおりに受けとってはいけない。さらに進んで、溺れるかどうかはプロットの展開に決定的な影響を与える。

どのように溺れたか、どうやって溺れずに助かったかも非常に重要なポイントだ。
いささか話がそれるのだが、水中で人生を終えた作家は多い。数え上げると心穏やかでいられなくなるほどだ。ヴァージニア・ウルフ。パーシー・ビッシュ・シェリー。アン・クイン。シオドア・レトケ。ジョン・ベリマン。ハート・クレイン。歩いて入ったり、飛び込んだり、泳いでいって帰ってこなかったりといろいろだ。シェリーは自分の船が転覆して亡くなり、『フランケンシュタイン』の作者メアリー・シェリーは、うら若い身で未亡人になってしまった。アイリス・マードックは登場人物をつぎつぎ溺れさせ、まるで趣味かと思うほどだが、本人も作家人生の終わり近くなって海で溺死しかけている。大作家マーク・トウェインとして名を成すはるか以前に、サミュエル・クレメンズ青年は何度もミシシッピ川に落ちて助けられた。というわけで、登場人物を川に突き落とすのには、(a)作家の願望を満たす、(b)抑圧された不安を解消する、(c)可能性の追求、という要素があって、たんに(d)プロットが行き詰まったときの安易な解決策だけではないようだ。

では濡れそぼった人物に話をもどそう。彼は救出されるのか？ 自力で泳ぐ？ 流木につかまる？ 立ち上がって歩く？ 象徴性のレベルでは、これらはすべて異なる意味をもつ。たとえば救出されるのは、受身、運のよさ、負い目など。流木はツキや偶然、計画性より思わぬ幸運を偶然発見する力《セレンディピティー》だ。

ジューディス・ゲストの『普通の人々』（一九七六）の状況設定を覚えているだろうか？ たぶんご記憶だと思う。ある年齢以上の読者は映画館でロバート・レッドフォードが監督した映画を観ているだろうし（当時のアメリカ人はほぼ全員観たらしい）、ある年齢以下の読者は高校の英語の時間に課題図書として読まされたはずだ。

二人の兄弟がヨットでミシガン湖に出たところ、暴風雨に襲われて一人が溺死する。一人は死なない。これが小説として成り立つのは、水泳チームのスターで母親の秘蔵っ子であった強い兄、つまり家族全滅の危機か戦争でもないかぎり死ぬはずのない人物が犠牲になるからだ。弟のコンラッドは、助かるはずがなかったのに助かってしまう。そして自分が生き延びたことに苦しみ、ついには自殺を図る。なぜか？　自分が生きているのはおかしい、ありえないと思うからだ。強靭な兄が助からなかったのだから、「弱虫」のコンラッドも死ぬべきだった。ところが死ななかった。精神科医によるカウンセリングを重ねながらコンラッドが学んでいくのは、じつは自分のほうが強かったのだという事実だ。兄のようにスポーツ万能でこそなかったが、生死を分ける状況でボートにつかまって流されないだけの精神力または幸運の持ち主だったのだ。彼はその事実を受け入れて生きていかなければならない。生きることを学ぶのは、やってみると難しい。水泳のコーチから学校の友だち、はては母親までが、コンラッドがここにいるのは変だと思っているのがわかるからだ。

ここであなたは言うだろう。「わかったよ、彼は生きてる。だから……？」

まさに。だから、彼はただ生きているだけではない。二度目の人生を生きているのだ。嵐で死ぬはずだったというだけではない。ある意味で、彼は死んだのである。この本で私たちが出会うコンラッドは、嵐の前のコンラッドと同じではない。しかも私の言う意味は、ヘラクレイトスが「同じ川に二度入ることはできない」と述べたのとは違う。もちろんそれも含まれるけれども。

ヘラクレイトスは紀元前五〇〇年ごろの人で、「変化の格言」と呼ばれるさまざまな格言を残したとされる〔長らく彼の言葉とされてきたが、現代ではそうではないといわれている〕。いずれも、万物は刻々と移り変わり、時間の経過が宇宙に絶え間ない変化をもたらしている、という内容だ。そのもっとも有名な諺が、「同じ川に二度入ることはできない」なのである。ヘラクレイトスは、時間がつねに移り変わっていくことのたとえとして川を使った。一瞬前に川に浮かんでいた漂流物も、つぎの瞬間には場所を変え、順番も変わっている。しかしコンラッドについて私が言いたかったのはそれではない。もちろん彼が湖から救助されて人生の流れにもどった時点で、状況はすこしずつ変わっていた。だが、そこには宇宙を揺るがすようなもっと激しい変化があったのだ。

それってつまり？

コンラッドは生まれ変わっていた。

象徴的な意味で。過去の世界から船出して一度は死んだ若者が、新しい人間になって帰ってくる。つまり生まれ変わるのだ。象徴的には洗礼と同じパターンである。水を介した死と再生。水に投げ込まれたとき、古いコンラッドは兄といっしょに死んだ。水中から浮かび上がってヨットにしがみついたのは、新しいコンラッドだ。おどおどした頼りない弟として海に出てゆき、一人っ子になって帰ってきて、彼を昔のだめな弟としてしか見てくれない世界と対峙することになる。水泳コーチには兄貴のほうがずっと上だったたと、ことあるごとに言われるし、母親は死んだ長男のフィルターを通してしか彼とかかわることができない。ただ精神科医と父親だけが、ありのままのコンラッドに向き合ってくれる。精神科医は生前の兄を知らないから。父親は、もともとそれができる人間だからだ。しかも問題は周囲の人間だけではない。当のコンラッドからして、位置確認の鍵を失ってしまったために、自分が置かれた新しい立場を本当には理解することができないのだ。そこで彼は気づく。生まれるのは苦しいことだ。最初のときも、再生するときも。

登場人物がみな水に落ちて助かるわけではない。助かりたくない人物も少なくない。ルイーズ・アードリックの名作『ラブ・メディシン』（一九八六）は、陸上を舞台にした小説にしてはやたらと水が出てくる。最終的に主人公と呼ぶのにいちばん近いところにいくリプシャ・モリシーは、小説の最後で、北部の大草原がかつては大海原だったことに思いをめぐらせる。そして私たちは、その海の残骸で奏でられるドラマをここまで目撃してきたことに気づくのだ。リプシャの母親ジューンは、復活祭のブリザードで積もった「水のような」雪の中を歩きとおして、死ぬ。伯父のネスター・キャシュポーは、マッキマニト湖の底まで泳いでいってそこに留まることを何度も考える。それは死と逃避が融合したイメージだ。だが私がここで話題にしたいのは、ヘンリー・ラマルチヌ・ジュニアと川のことだ。ベトナム帰還兵のヘンリー・ジュニアは、ＰＴＳＤ（心的外傷後ストレス障害）に苦しんでいる。そんな彼が一時的に立ち直ったように見えるのは、弟のライマンが、兄弟で買って大切にしてきた赤いシボレー・コンヴァーティブルをわざとめちゃくちゃに壊したときだ。ヘンリーは車を一生懸命修理し、修理が終わったところで、増水した川に弟とピクニックに出かける。二人はビールを飲んでふざけて笑い合い、すごく楽しくやるのだが、そう思っている矢先にヘンリーが走り出して、水かさの増した川に飛び込んでしまう。水に流されながら、ブーツに水が入ったよ、とあたりまえのように言ったあと、姿が見えなくなる。ライマンは兄を助けられないことを知ったとき、ヘンリーがライマンの車の持ち分を買い取ったのだと感じる。そこで車をスタートさせ、ヘンリーのいる川の流れの中に押し込むのだ。この場面は個人の悲劇であると同時に、ヴァイキングの葬儀でもあり、チペワ族の来世への旅でもあって、すべてが奇妙だ。

　この場面の意味は何だろう？　私は、小説の中の物事は表面に見えるほど単純ではないと繰り返し主張してきた。ヘンリー・ジュニアはただ溺れるのではない。それだけなら、アードリックは彼を川に落とし、岩に頭を打つとか何か、そんな設定にしていただろう。しかしヘンリーは飛び込むことを選ぶのだ。つまり、自分と周囲とのかかわりだけでなく、この世から消え去る方法をも自分で選択するわけだ。ある意味で、ヘンリーは戦争から帰還したときから溺れていた。日常に適応できず、人とのつながりを持てず、悪夢を忘れることができなかった。言い方を替えればすでに失われた人間なわけで、小説家にとっての問題は、彼をどのようにこの世から消滅させるかだけだった。アードリックの小説には、自殺、あるいは英国の検視官が「偶発事故による死」と呼ぶものが、たびたび登場する。単純な社会学的（または昼間のバラエティーショー的）な見方をするなら、「彼らがこれほど希望のない暗い人生を送ったことはまことに遺憾」ということになるのだろう。もちろんそれは本当だ。だがアードリックが言いたいのはそんなことではないと思う。彼女の登場人物の死は選択のひとつのかたちであり、彼らを支配してきた社会を支配し返す手立てなのだ。ヘンリー・ジュニアはこの世を去る方法を自分で決めて、象徴的な行動——急流に押し流されること——を取るのである。

というわけで、ヘンリー・ジュニアのように本当に溺死してしまうケースもあれば、コンラッドのように溺死寸前で洗礼を受けるケースもある。かと思えば、命を危険にさらすことなく洗礼を受けられる人物もいる。『ソロモンの歌』の中で、トニ・モリスンはミルクマン・デッドを三回水につける。最初は金塊を探して洞窟へ行く途中で小川を渡るところ。つぎは一家のルーツを探し求める旅で出会った女性スウィートに風呂に入れてもらうところ。最後はそのスウィートと谷川で泳ぐところ。つまり計三回濡れるわけだ。これには宗教的あるいは儀式的な関連性がある。一部の宗派では、父と子と聖霊の名のもとに入信者を三回水につけて洗礼を行なうからだ。もちろんミルクマンが特定の宗派について信仰を深めたわけではないが、人が変わったことはたしかだ。女を見下す鼻持ちならない男だったのが、善人になって思いやりが増した。責任感が強まった。大人になった。まあ三十二歳にもなって遅すぎるくらいだが。

では、何が彼を変えたのだろう？

そう、濡れたことだ。ミルクマンが濡れたのは、ヘイガーが買物帰りに悲惨な雨にあうのとは違う。ミルクマンはたまった水の中に入ったからだ。雨には回復させ洗い清める力があるので重なる部分もあるが、ふつう洗礼の条件とされる、水につかるという要素がない。実際ミルクマンは三回目で水中深く潜る。とはいえ登場人物が濡れるたびに改心しなければならないとしたら、本の中に雨の場面は出てこなくなるだろう。洗礼の重要なポイントは、受け手に洗礼を受ける準備ができていることだ。ミルクマンの場合、それは確実に進む喪失のプロセスだった。文字どおりの意味で。この探究《クエスト》の旅の過程で、彼はうわべを飾っていたものをひとつずつ失っていく。乗っていたシボレーが故障し、革靴がだめになり、スーツが裂け、時計も盗られる。金持ちのシティボーイ、事業に成功した父親の息子という身分を示すものがなくなっていく。そもそもミルクマンの問題はそこにあった。旅立ったとき、彼は自立した自我をもっていなかった。メイコン・デッド二世の跡取り息子として、父親の欠点まですべて受け継いだメイコン・デッド三世でしかなかった。新しい人間になるには、あの父親の息子として得た虚飾のすべてを失う必要があった。そうして初めて、洗礼の水にひたされて新しい人間になる準備ができたのだ。最初に水に入るのは小川を渡ろうとするときだが、それはまだ清めの第一歩でしかない。ミルクマンはまだ金塊を追っており、金を求める人間には、変わる準備はできていない。その後さまざまな経験を経て変わりはじめた彼は、スウィートの手で風呂に入れられ、現実にも儀式的にも洗い清められる。同じように重要なのは、彼がその好意のお返しにスウィートを洗ってやることだ。もちろん二人の意図は宗教的なものではない。もしそうだったら宗教の人気急上昇は間違いなしなのだが。ただし男女のエロティックな儀式でも、小説中では霊的な意味をつことがある。三度目にミルクマンが谷川で泳ぐところでは、彼はすでにそれが自分にとって何を意味するかを知っている。だから雄叫びをあげ、わめきたて、危険もかえりみずに笑うのだ。ミルクマンはまったく新しい人間に生まれ変わっていて、それを実感している。死んでよみがえるとは、そういうことだ。

　のちに『ビラヴド』で、モリスンは溺れることと洗礼のシンボリックな関係をさらに多用してみせた。ポールDと鎖でつながれた囚人たちが監獄から脱走したのは、旧約聖書を思わせる大雨と洪水のときだった。全員が一体となって鉄格子の下の泥にもぐり、汚物や泥水をかき分けて新しい人生へと浮上したのだ。その後（時間的には後だが、小説の中では先に語られている）ビラヴドが登場するとき、彼女は水の中から現われる。これについてはあとで述べる。セサがデンヴァーを産むのはなんとカヌーの上、しかも場所はオハイオ川だ。この小説で、オハイオ川の水は重要な意味をもっている。奴隷州のケンタッキーと自由州のオハイオを分ける川だからだ。オハイオ州が黒人を特別歓迎してくれたわけではないが、すくなくとも奴隷にすることはなかった。だから南岸から川に入り、北岸によじのぼることさえできれば、いわば死者が新しい命を得てよみがえるようなものだった。

じゃあ、作家が登場人物に洗礼を施すときは、死と再生と新しい自我の誕生を意味しているの？

ふつうはそうだ。ただしちょっと注意したほうがいい。洗礼にはいろんな意味があって、再生はそのうちのひとつにすぎない。そこには字義どおりの再生――死にかけて生き返る――も含まれるが、洗礼の秘蹟の意味はむしろ象徴的な再生だ。入信者を完全に水に沈ませるのは、古い自分はいったん死んで、キリスト教徒としてよみがえるという意味だ。私は以前から、洗礼の儀式はノアの大洪水の遠い記憶とどこかで結びついているのではないかと考えていた。全世界が水没し、わずかに生き残ったものたちが乾いた陸地にあがって、洪水前の人類の罪や腐敗をすっかり洗い流したうえで地球上の生命を復活させた記憶である。このように考えると、洗礼とは水没と生命の復活というパターンの極小スケールでの再現なのではないかと思えてくる。もちろん私は聖書学者でも何でもないので、これはまったくの見当はずれかもしれない。しかし、洗礼そのものが象徴性に基づく儀式で、水につける行為自体に信仰を深めたり神の注目を引いたりする要素がないことだけは事実だ。世界各地の宗教が同種の儀式を行なっているわけではないし、西洋の三大宗教でも洗礼を行なうのはキリスト教だけである。

では、文学作品で水につかる場面が出てきたときは、いつも洗礼のことなの？

いや、いつもというわけじゃない。文学研究に「いつも」とか「絶対に」という言葉はなじまない。たとえば「再生」だ。再生とは洗礼のことなのだろうか。再生は霊的なものかと問われれば、ときにはそういうこともある、と答えるしかない。霊的な含みがなく、誕生と再スタートだけを意味している場合もあるからだ。

またしても私の好きなD・H・ロレンスを例にとることにしよう（ジョイスの『ユリシーズ』の中でレオポルド・ブルームが、シェイクスピアには一年じゅうどの日をとっても似合いの引用句がある、と考えるところがある。ついでに、ロレンスには一年のどの日をとっても似合いの象徴的状況がある、と言うこともできただろう）。短編「博労の娘」（一九二二）で、ロレンスはメイベルという若い娘を溺れさせ、近隣の若い医者に間一髪で救助させる。メイベルの父親は馬の育成牧場を経営していたが、父の死後売り払われることになった。家族のために家政婦同然に働いてきたメイベルだが、姉がうちへ来てもいいと言ってくれても、この家を出て行くことに耐えられない。彼女はまず何年も前に死んだ母親の墓を洗ってから（明らかに、母のもとに行きたいという願望を示している）、歩いて池に入っていく。若いファーガソン医師はメイベルが水に沈んだのを見かけてあわてて助けに入り、彼女に引きずられてあやうく自分まで死にそうになる。それでもなんとか彼女を水から引き出し、安全なところまで抱えていって手当てをしてやる。どちらにとっても初めての体験だ。話がややこしくなるのはここからだ。医者は彼女を水の中から取り出してやる。メイベルはただ水に濡れているのではなく、ぬるぬるで嫌な臭いのする気持ちの悪い液体にまみれている。意識を回復したとき、彼女はきれいに洗い清められ、毛布にくるまれている。もちろん毛布の下は生まれたままの裸である。これこそ彼女が生まれた日、あるいは生まれ変わった日ではないか。赤ん坊が生まれるには、医者がそばについている必要がある（世の妊婦にとってありがたいことに、医者は通常妊婦といっしょに水に飛び込んだりはしないですんでいるが）。もちろん出生時には羊水や後産があり、その後産湯やら毛布やらが続くわけだ。で、新しく生まれ変わったメイベルがいったい何をするのかというと――

ファーガソン青年に「愛しているわ」と言うのだ。この瞬間までそんなことは思ってもみなかったのに。そして生まれ変わった青年のほうはというと、この瞬間までメイベルに魅力を感じたことさえなかったくせに、なるほどそれも悪くないなと思うのだ。彼女は生まれたばかりの新しい人間、青年のほうも同じなので、過去の自我がメイベルの家族とのしがらみに影響されて見つけられなかったものを見出すのである。これは霊的な経験なのか？　真新しい自我をもつことをどう考えるかによるだろう。物語は宗教を前面に出してはいない。しかし、ロレンスに深い霊的な意味をもたない作品はないと私は思う。いささか神秘主義めいたところがあるにしてもだ。

登場人物が本当に溺れてしまうときは、どういう意味なの？

もちろんその人は死ぬ。前にアイリス・マードックの名前を出したのをご記憶だろうか。マードックは機会さえあれば第七艦隊をそっくり溺れさせていただろう。マードックの小説に水が出てきたら、また誰かが溺れるなと思って間違いない。『ユニコーン』（一九六三）では、ある人物が底なし沼で溺れかけたときに壮大な啓示を見る。だが救出されたとたんに啓示はむなしく消え失せてしまう。さらに小説の終わり近くで、作者は二人の人物を溺死させる。ただし確実に溺死したのは一人だけで、もう一人は崖から墜落して死ぬ。この二つはべつの事件だが、関連はある。またフラナリー・オコナーは、同じような発想ながらやや奇妙な味の短編「川」（一九五五）を書いている。幼い少年が日曜日に、川で行なわれている神の国に入るための洗礼を目撃し、翌日ひとりで同じ川に行って神の国に入ろうとする話だ。悲しいかな、少年は本当に神に召されてしまう。ジェイン・ハミルトンの『マップ・オブ・ザ・ワールド』（一九九四）は、主人公が目を離した隙に子どもを溺死させてしまい、その結果と向き合いつづけていく小説だ。さらに、言わずと知れたジョン・アップダイクの『走れウサギ』(一九六〇)。ラビット・アングストロームの妻ジャニスは酔っぱらって赤ん坊を風呂に入れ、溺れさせてしまう。これらの例は、みなそれぞれ特異な味をもっている。トルストイが『アンナ・カレーニナ』の冒頭で述べた、幸せな家族はみな同じだが、不幸な家族はそれぞれ自分たちだけの不幸を抱えている、というのと似ているかもしれない。再生と洗礼には多くの共通項があるが、小説の中の溺死事件には必ず目的がある。人物像を明らかにする、暴力、挫折、罪などのテーマを発展させる、プロットを複雑にする、大団円に導く、など。

モリスンの小説で、死からよみがえったビラヴドが水の中から現われることについて、もう一度考えてみよう。ビラヴド個人にとって、この川はギリシア神話で死者が黄泉の国ハーデースに入るために渡るスティックス川だろう。ビラヴドは実際に一度死んで生き返った娘なのだから、機能としてもまさにそのとおりだ。しかしこの川はべつのものも指し示している。アフリカ西岸と北米の西インド諸島を結ぶ中間航路《ミドルパッセージ》、つまりモリスンが小説の題辞に書いたように、数千万のアフリカ人の命を奪った航海をも象徴しているのだ。ビラヴドは、わが子が川の向こう側に連れ去られ、奴隷にされるのを阻止しようとした母親に殺されて死んだ。溺れるイメージはここでは個人の域を超え、文化的、人種的なレベルまで拡大されている。こんなことができる作家は多くはないが、モリスンにはそれができた。

ストーリーの中では、洗礼と同様、溺死もさまざまなことを語っている。本を読んでいて誰かが水に落ちたら、息を止めて待つことだ。浮き上がってくるかどうかわかるまで。

19　地理は重要だ……

「休みをとって出かけようよ」と誘われたあなた。うん、いいねと答えておいて、さて真っ先に訊くことは何だろう。費用は誰持ち？　何月に？　休めるかな？　いやいや違う。

どこへ？

そう、それだ。山か海か。セントポールかセントクロイか。カヌーかヨットか。モール・オブ・アメリカ〔ミネアポリスにある全米最大級のショッピングセンター〕かナショナル・モール〔ワシントンDC中心部の議事堂からリンカーン記念堂をつなぐエリア〕か。この質問が必須なのは、あなたが白砂のビーチに寝そべって水平線に沈む夕日を見たいと夢見ているのに、お相手のほうは山道からさらに三十キロも入った山奥の渓流でマス釣りをしようと考えているかもしれないからだ。

じつはこの質問、作家にとっても必須なので、私たち読者のほうも、場所が意味するところを考えなければならない。ストーリーや詩は一種の休暇《バケーション》であるから、作家は毎回「さて、舞台はどこにしようか？」と自問自答しているのだ。一部の作家にとっては、答えは探すまでもない。ウィリアム・フォークナーは大半の作品を、彼が「切手のようにちっぽけな土地」と呼んだミシシッピ州の架空の地域、ヨクナパトーファ郡を舞台にして書いた。何作か書いたあとはその土地を隅々まで知り尽くしてしまい、考える必要さえなくなった。トマス・ハーディも、イングランド南西部の架空の地「ウェセックス」――デヴォン、ドーセット、ウィルトシャー周辺――を舞台に同じことをした。二人の長編や短編を読むと、ほかの場所ではけっして成立しえない話だということがよくわかる。登場人物も、たとえばミネソタやスコットランドに連れて行かれたら同じことは語れないだろう。みんな違うことを言い、違うことをするだろう。しかし大半の作家はフォークナーやハーディのようにひとつの場所に縛られてはいない。そこで決断が必要になる。

読者であるわれわれのほうも、作家の決断について考えてみなければならない。高地か低地か、深いか浅いか、平らか窪んでいるか。この人物はなぜ山の上で死に、こちらはサバンナで死ぬのか。この詩はなぜ大草原を詠っているのか。オーデンはなぜあれほど石灰岩が好きなのか。つまるところ、地理が文学作品にどのように影響しているのか、である。

すべてに、と言ったら言いすぎだろうか？

まあすべてとまではいかないにしても、きわめて大きく影響していることはたしかだ。おそらくあなたが考える以上に。今までに読んだ忘れられない本を思い浮かべてほしい。それらが地理を抜きにして考えられるだろうか。『老人と海』はカリブ海でなければ成立しない。それも絶対にキューバしかない。キューバには独特の歴史があり、アメリカ文化とキューバ文化のかかわり、腐敗、貧困、釣り、そしてもちろん野球がある。また、少年と初老の男が筏で川下りをするという話は、どこにでもありそうに思える。しかしハック・フィンと逃亡奴隷のジムと筏の組み合せで『ハックルベリー・フィンの冒険』が成り立つのは、ミシシッピのあの景色と町や村、そして歴史上のあの瞬間でしかありえない。二人がケイロに近づいて、オハイオ川がミシシッピに合流する地点は重要な意味をもっている。彼らが深南部《ディープサウス》に行ってしまうところはさらに重要だ。逃亡奴隷のジムは考えうる最悪の方向に向かって逃げている。当時の奴隷にとっていちばん恐ろしいのは、川下に売られることだった。南へ下るほど奴隷の扱いがひどくなるからだ。つまりジムは牙をむき出した怪物の口に向かってまっしぐらに進んでいくのである。

それが地理なの？

もちろんだ。ほかに何がある？

わからないけど、経済とか政治とか歴史とかじゃない？

では地理とは何だろう？

ふつう考えるのは、山、川、砂漠、海岸、緯度とか、あといろいろだけど。まさにそのとおり。地理はたしかに山や川だが、あといろいろが経済や政治や歴史なのだ。ナポレオンはなぜロシアを征服できなかったのか。地理だ。彼はどうしても克服できない二つの力にぶつかった。凶暴なロシアの冬と、過酷な自然にも劣らぬ不屈の精神で祖国を守り抜こうとする人々と。ロシア人の激しさは、天候と同じくロシアの地理の産物だ。ロシアの冬を一回どころか何百回も乗り越えられるのはよほど強靭な民族にきまっている。アントニー・バージェスはフランス皇帝を潰走させたロシアの冬をテーマに『ナポレオン交響曲』（一九七四）を書いた。ロシアの地理と気候、つまりその広大さ、茫漠さ、侵略してくる、あるいは撤退していく敵軍への憎しみ、そして安楽と安全と慰めの完全な欠如を、誰よりも生き生きと描いてみせたのだ。

ではもう一度、地理とは何だろう？　川、丘陵、谷、ビュート、ステップ、氷河、沼沢地、山、平原、峡谷、海、島、そして住民だ。詩や小説では、ほとんどの場合、地理イコール住民だといっていい。ロバート・フロストは自然詩人と呼ばれることを嫌いつづけた。自分の詩で人間が登場しないものは三、四編しかない、というのがその理由だった。文学上の地理とはふつうそこに住む人々のことであり、人々の住む場所のことである。私たちのなかで、自分が物理的な環境からどれだけの影響を受けたかをはっきり言える人がどれほどいるだろう？　だが作家なら、すくなくとも自作については答えられるはずだ。ハック・フィンがシェパードソン家とグランジャーフォード家の人々に会ったり、町の住民によってタールを塗られ羽根をまぶされた公爵と王大子を見るとき、彼は地理のはたらきを目の当たりにしていた。地理は背景であると同時に、心理、姿勢、金融、産業、そのほか、ある土地がそこに住む人を形づくっていくすべての要素でもあるのだ。

文学上の地理には、ほかの役割もある。作品のほぼすべての要素を示唆する役割だ。テーマは？　もちろん。象徴性は？　お安いご用。プロットは？　まさに最適だ。

エドガー・アラン・ポーの「アッシャー家の崩壊」の語り手は、文学の定石どおり最初の何ページかを費やして、荒涼たる景色と天気とを描写している。読者はもちろんさっさとアッシャー邸に到着してこの家の最後の生き残りに会おうと待ちかねているのだが、ポーはその前にまず読者に基礎知識をたたき込もうとする。私たちは「きわだって陰鬱な地域」に案内され、「カヤツリグサの茂み」や「朽ち果てた木々の白い幹」から、「黒々とした不気味な沼の切り立った淵」に立って、「寒々とした壁」や「虚ろに開いた目のような窓」のある屋敷を眺め、「わずかにそれとわかるほどの亀裂」が壁をジグザグに走って「沼のどんよりとした水の中」に呑み込まれていることを知らされるのだ。地形と建築物と天候(ことのほか薄暗い午後だ)がこれほどに雰囲気や調子と融合して物語の展開を助けている例は、ほかにはまずないだろう。こちらは何も始まらないうちからびくついて重苦しい気分になっているので、かつて小説のページを飾ったもっとも不気味なキャラクターであるロデリック・アッシャーが登場したときも、鳥肌が立ったりはしない。鳥肌はとっくに立っているからだ。しかしもちろん恐怖はさらにつのっていく。じつをいうとポーが私たちに味わわせてくれるいちばんの恐怖は、誰ひとり安全ではいられないこの状況に、まったく正常な人間を送りこむことだ。そしてそれがストーリーのなかで地形と場所、つまり地理が果たす効果のひとつなのである。

地理はキャラクターを形づくったり、発展させたりすることもできる。例として二つの現代小説を見てみよう。まずバーバラ・キングソルヴァーの『野菜畑のインディアン』(一九八八)だ。語り手でもある女主人公は、生まれ育ったケンタッキーの田舎にいても将来に希望はないと気づく。それは社会状況というより、土地から発する呪縛のようなものだった。タバコ農家の生活は苦しく、痩せた土地は不作続きで誰ひとり成功する者はいないし、地平線はつねに山にさえぎられて見えない。いずれ自分もみなと同じ運命をたどり、八方ふさがりの未来を迎えるのだろう。若くして妊娠し、おそらく早死にするであろう男としたくもない結婚をするという人生だ。脱出する決心を固めた彼女は、一九五五年型フォルクスワーゲンに乗ってトゥーソンを目指す。その途中でマリエッタ(通称ミッシー)からテイラー・グリーアへと名前を変える。改名が生まれ変わりを意味することは、もうわかっているね? 西部で彼女は新しい人たちと知り合い、まったく未知の、だが魅力的な土地にとびこむ。三歳のネイティヴ・アメリカンの少女の母親代わりになってタートルと名づけ、中米難民を助けるシェルター運動に加わる。ケンタッキー州ピットマンの閉塞状況では絶対にできなかったことばかりだ。テイラーが西部に見出したのは、果てしなく続く地平線と澄んだ空気、明るい太陽、無限の可能性だった。閉じた環境から開いた場所に飛び出して、成長と発展のチャンスをつかんだのだ。べつの小説のべつのキャラクターは、トゥーソンを息苦しいほどの暑さと耐えがたい日差しだけで何もない場所だと感じるかもしれない。だがテイラー・グリーアはそうではなかった。トニ・モリスンの『ソロモンの歌』の主人公ミルクマン・デッドは、ミシガンの家を飛び出し、デッド家の故郷である東部のペンシルヴァニアとヴァージニアへ過去をさかのぼる旅をするまで、本当の自分を知らずに育った。行き着いた先の山や洞窟(じつはテイラー・グリーアが息苦しくなって逃げ出した故郷に似ていなくもない)で、ミルクマンは一家のルーツとともに、それまでは無縁だった責任感や正義感、償いの気持ち、心の広さなどを見出す。旅の途中で、彼を現代世界に結びつけていたもの――シボレー、高級服、時計、革靴――などをことごとく失ってしまうのだが、それはミルクマンが真実の価値を買い取るための貨幣だった。あるとき彼は、土とじかに触れていた（地べたにすわりこんで木の幹にもたれていた）おかげで研ぎ澄まされた直感に助けられ、からくも命拾いする。彼を殺しに来た男の動きに気づき、間一髪で攻撃をかわすのだ。もし慣れ親しんだ地理に安穏としていたら、こんなことはけっしてできなかっただろう。家を出て本当の「家」に旅をしたことで初めて、ミルクマンは真の自我を見出したのだ。

地理がキャラクターそのものになることもある。ベトナム戦争を描いたティム・オブライエンの名作『カチアートを追跡して』がそのいい例だ。主人公のポール・バーリンは、アメリカ兵たちがベトナムという国をまったく知らず、いったい何と戦っているのかさえわからずにいるのを感じている。しかも戦場は雨季と乾季を問わず、酷暑と、病原菌だらけの水と、蛇ほどもある巨大なヒルと、水田と山と空爆のクレーターばかりの、危険に満ちた土地だ。加えて地下トンネルがある。トンネルは土地そのものを敵に変えてしまう。土地にかくまわれたベトコンはまさに神出鬼没になり、突然襲いかかってはアメリカ兵を殺していく。その恐怖のせいで、若いアメリカ兵たちにはこの土地が悪魔の顔に見えるのだ。仲間のひとりが狙撃兵に殺されたあと、彼らは近隣の村の壊滅を命じて高性能炸裂弾と白燐弾で交互に砲撃させ、丘の上にすわって村が完全に破壊されるのを眺める。ゴキブリ一匹生き延びられない猛攻撃だ。彼らはなぜこんなことをしたのだろう。軍事目標でもないただの村なのに。銃弾は村から飛んできたのだろうか？　正確には村からではないが、撃ったのはベトコンの村人か、村にかくまわれていたベトコン兵だった。そいつはまだ村にいるのか？　いない。彼らが報復砲撃をするとき、村はすでに無人なのだ。敵をかくまった連中への仕返しだと言い張ることはできるし、たしかにその要素もあるだろう。だが本当の標的は、物理的な村そのものだ。謎めいた脅威の所在地、異質な環境、潜在的な敵と信用できない味方の住む場所。兵士たちはベトナムという国に対する恐怖と怒りを、この小さな村に代表させてぶつけたのだ。大きな地理を克服できない以上は、せめて小さな場所で恨みを晴らそうとして。

文学作品の中で、地理はプロット上重要な役割をになうことが多い。E・M・フォースターの初期の作品では、イギリス人旅行者が地中海地方に出かけては、意図せずに笑えない失敗をしてしまう。たとえば『眺めのいい部屋』(一九〇八)では、良家の令嬢ルーシー・ハニーチャーチがフィレンツェに旅行し、母国で教え込まれた堅苦しさをそぎ落としていくうちに、社会主義者の息子で自由思想をもつジョージ・エマソンに心を奪われる。ルーシーはふつうならスキャンダルとされるような事件をきっかけに自由を発見するのだが、その自由はイタリアの都市の燃えるように情熱的な雰囲気の中から生まれ出たものだった。この小説中では、ルーシーが正しいと「知っている」ことを、正しいと「感じる」ことになんとか近づけようとする闘いが喜劇を生んでいる。しかもこうした葛藤は彼女ひとりのものではない。ほかの登場人物の多くも、何かしら気まずい思いと闘っている。同じフォースターの後期の傑作『インドへの道』は、インドを支配してきたイギリス人の無神経な行動と、インドに最近やってきたばかりの人たちの感じる複雑な思いから生じた、違うタイプの騒動に焦点をあてている。フォースターは、たとえ純粋な善意からしたことでも、異国の環境では悲惨な結果を招くことがあると言おうとしているようだ。イタリアでの愚行を扱ったフォースターの軽いタッチのコメディから半世紀を経て、ダレルは精妙なる四部作『アレクサンドリア四重奏』で、放蕩者とスパイの温床を暴いてみせた。ここでは北ヨーロッパからエジプトに移り住んだ人々が、ありとあらゆる倒錯趣味を披露する。ガラスの義眼を入れた老船員は少年愛にとりつかれているし、パースウォーデン兄妹は近親相姦関係にある。またほとんどの登場人物が伴侶や恋人を裏切っている。第一部と四部の語り手ダーリーは、アレクサンドリアには少なくとも五つの性別があると述べ(内訳は読者の想像にまかされているが)、つぎつぎにその内容を明らかにしていく。もともと暑さに参っていた北国出身者が夏のエジプトの灼熱地獄で麻痺してしまったという見方もできそうだが、それは証拠に乏しい。たえまない雨と霧から解放されたイギリス人は、たがが外れて制止がきかなくなるものらしい。

フォースターとダレルの登場人物の性行動は大きく違う。時代の差があるとはいえ、その違いを可能にした立役者はD・H・ロレンスだろう。激しい非難を浴びた『チャタレー夫人の恋人』が最後となったロレンスの作品群は、率直な官能表現への道を拓いた。ほかの作家たちと同じように、ロレンスの登場人物たちも南方へ向かい、トラブルに巻き込まれる。面白いのは、そのトラブルの多くが性的なものではないことだ。時代の先を行くロレンスは、縛りの強いイギリスを舞台にしても男女の性のもつれを書くことができた。そのかわりロレンスの旅人たちが陽光のふりそそぐ南国へ向かうと、いっぷう変わった、ときには危険な政治・哲学思想に出会うことになる。オーストラリアの隠れファシズムを描いた『カンガルー』(一九二三)、精神的・性的な男どうしの結びつきを描いた『アーロンの杖』(一九二二)、アステカの神話を現代に復活させた『羽毛ある蛇』(一九二六)、欲望と権力を書いた中編『馬で去った女』(一九二八)などである。ロレンスが試みたのは、地理を精神や心理のメタファーとして使うことだ。ロレンスの登場人物が南へ向かうときは、じつは潜在意識の中に深く踏み込み、心の奥深く隠された不安や欲望を掘り起こそうとしているのだ。明るく晴れた南国の魅力が誰よりも身にしみてわかるのは、ノッティンガムシャーの炭鉱町で育った少年なのかもしれない。まさにロレンスのように。

しかしもちろん、これはロレンスだけの独創ではない。ドイツ人のトーマス・マンは老作家をヴェニスに送って死なせるが(『ヴェニスに死す』一九一二)、死ぬ前にこの作家は、自分も知らなかった少年愛とナルシシズムへの性向に目覚めることになる。イギリスの偉大なポーランド人作家ジョゼフ・コンラッドは、登場人物を闇の奥（アフリカの奥地への旅を描いた小説を彼はこう名づけている）に送り込み、彼ら自身の心の闇に気づかせた。『ロード・ジム』（一九〇〇）では、インド洋でロマンチックな夢を破られ、象徴的に東南アジアに葬られていた主人公が、愛と自分への信頼によって救われるが、それゆえに結局殺されてしまう。『闇の奥』（一八九九）の語り手のマーロウは、コンゴ川を遡上して、ジャングルの奥に住み着いてヨーロッパ人精神をほぼ完全喪失したクルツという男に会う。クルツはあまりに長く奥地にいたためにすっかり人が変わり、見分けがつかないほどになっていた。

よろしい。これが基本原理だ。イタリア、ギリシア、エジプト、マレーシア、ベトナム——国はどこでもいい、**作家が登場人物を南へ行かせるのは自制心を失わせるためである**。結果は悲劇になることも喜劇になることもあるが、総じてパターンは同じだ。彼らが乱心するのは、むき出しの潜在意識に直接対峙するからだ、とつけ加えてもいい。コンラッドの夢想家、ロレンスの求道者、ヘミングウェイの狩猟家、ケルアックのヒップスター、ポール・ボウルズの路上生活者、フォースターの旅行者、ダレルの放蕩者たちは、さまざまな意味で南を目指す。彼らは温暖な気候の影響を受けて変身をとげるのだろうか、それとも彼らの南国的な自由精神は、本来備わっていたものが表面化しただけなのだろうか。その答えは作家によって、また読者によって違う。

ここまで挙げてきたのはほとんどが具体的な場所だったが、あるタイプの地勢が一定の役割をもつこともある。シオドア・レトケに「大草原を讃えて In Praise of Prairie」（一九四一）というすばらしい詩がある。読んで字のごとく、大草原《プレイリー》についての詩だ。質のよしあしを問わず、大草原について書かれた詩がほとんどないことはご存じだろうか。もちろんこの一編だけというわけではないが、草原はいわゆる「詩的」な景色ではない。しかしミシガン州サギノウが生んだ最大の詩人レトケは、この究極の平原に美を見出した。大草原では地平線は視界をはみ出し、平凡な排水溝が峡谷に変わる。この一編にかぎらず、レトケの詩を特徴づけているのは平地人としての実体験だ。連作「遠野 The Far Field」（一九六四）に収められたアメリカからカナダにまたがる平坦で広大な農作地帯についての詩はその明白な例だが、もっと婉曲に語られることもある。レトケの声には素朴な誠実さが感じられ、トーンは穏やかで規則正しく、その視野は広く自然を見わたしている。平坦な土地はレトケの精神にとって、あるいは彼の詩にとって、ウィリアム・ワーズワースにとっての起伏に富んだ英国湖水地方と同じように重要だった。だから私たち読者は、中西部気質がレトケの詩作の主要な要素であることをつねに頭に置いて、彼の詩を読まなければならない。

シェイマス・ヒーニーは「沼地」（一九六九）で、レトケに答えて北アイルランドに大草原はないと言ったが、そのヒーニー自身、沼地と泥炭が織り成すアイルランドの風景なくしては詩人になりえなかったに違いない。ヒーニーのイマジネーションは歴史を越え、過去へさかのぼって祖国の政治的、歴史的苦難の手がかりを掘りあてては解き明かしていく。それは露天掘りの労働者たちがしだいに古くなる泥炭層を掘り進み、ときに太古の昔からのメッセージ——絶滅したアイルランドのオオツノジカの骨や、丸いチーズやバターの塊、新石器時代の臼石、二千年前の人体などに出くわすのと似ている。ヒーニーはこれらの発掘物を利用するかたわら、過去を掘り返して自分だけの真実も発見する。ヒーニーのイマジネーションの地理を理解せずにその詩を読むと、詩の意味をまったく誤解してしまうおそれがある。

ワーズワースとロマン主義詩人たちの活躍以来過去二世紀にわたって、崇高な景観——息を呑むようなドラマチックな眺望——は、ときには陳腐なほど理想化されてきた。いうまでもなくこうした景観の中心となるのは、誰もがもっとも荘厳でドラマチックだと感じる広大で急峻な山々だ。二十世紀半ばにW・H・オーデンは「石灰岩を讃えて」（一九五一）を書いて、「崇高さ」についての詩的前提を真っ向から攻撃した。いっぽうで彼は、私たちが故郷と呼べそうな場所のことを書いている。平坦でなだらかな起伏の続く石灰岩質の土地、肥沃な畑地と豊富な地下水、ところどころに口を空ける地下の鍾乳洞、そして何より重要なもの、崇高さには欠けるが何の不安も感じさせない風景だ。ここなら人が住める、とオーデンは言う。ロマン派の崇高さの象徴であるマッターホルンやモンブランは人の住める場所ではないが、石灰岩質の土地は住みやすい。この場合、地理は詩人が心を表現する方法というだけでなく、テーマの伝達手段にもなっている。オーデンは詩は人間性に寄り添うべきだとして、それまで長いあいだ詩作を支配していた一部の非人間的な考え方に反対した。

　私たち読者が思い描くのは、どこの大草原、どの沼地、山並み、石灰岩質の草原でもかまわない。詩人たちは景色の出どころについて、案外こだわらないものなのだ。

　丘や谷にはそれ自体のロジックがある。ジャックとジルはなぜ丘を上ったのだろう。そう、もちろん水くみに行ったのだ。たぶんお母さんの言いつけで。〔マザーグースの童謡、Jack and Jill Went Up the Hill より〕しかし本当の理由は、ジャックがころんで頭を割り、ジルがつづいてころげ落ちるためだったのではないだろうか。文学を読むコツはこの発想にある。誰が上って、誰が下るのか。上りと下りにはどんな意味があるのだろう？

　まず初めに、下った下には何があり、上った上には何があるのかを考えてみよう。下―湿地、人ごみ、霧、暗黒、野原、炎暑、不快、人々、生命、死。上―雪、氷、清浄、薄い大気、見晴らし、孤独、生命、死。お気づきのとおり、両方のリストに重複しているものがある。本物の作家なら、どちらの環境でも使いこなせるはずだ。たとえばヘミングウェイのように。ヘミングウェイは「キリマンジャロの雪」（一九三六）で、山頂で死んで凍りついた豹と、平地で壊疽で死にかけている作家を対比させた。豹の死が清潔で冷たく純粋なのに対して、作家の死は醜く不快で恐ろしい。結果は同じだが、一方は他方にくらべて、いうなれば健全さに欠けるのである。

D・H・ロレンスも『恋する女たち』で対照的な景色を描き出している。四人の主要人物はイングランド低地のどろどろした生活に嫌気がさし、連れ立ってチロル地方に遊びに行く。アルプス高地の環境は初めのうちこそ清らかで整然としているように感じるが、時がたつうちに四人とも――そして私たち読者も――その非人間性に気づきはじめる。より人間味のあるカップル、バーキンとアーシュラのほうはぬくもりを求めて山を下るが、ジェラルドとグドルンは山に残る。二人の対立は深まり、ジェラルドはついにグドルンを殺そうとするにいたる。だが結局そんなことをしても意味はないと悟り、スキーをはいてひたすら山を登っていく。そして頂上からあとわずかに迫ったところで力尽き、いわば魂が壊れて死ぬのだ。

というわけで、高と低、遠と近、北と南、東と西、小説や詩の中で場所はじつに重要な意味をもっている。みなさんが英語の授業でいやというほど聞かされてきた「設定《セッティング》」だけの問題ではない。思想、心理、歴史、ダイナミズム。それをかたちづくるのは場所であり空間なのだ。この際ぜひ「地図の読める人」になろうではないか。

20 ……季節も

私の好きな詩の断片をひとつ。

きみが私のなかに見るものは一年のあの季節、
寒気におののく木の枝から黄いろい葉が落ちつくし、
残っても二、三枚、先ごろまでは鳥たちが美しくうたい、
いまは、裸の、朽ちた聖歌隊席となりはてたあの季節。

〔高松雄一訳／岩波文庫〕

もうおわかりだろう。シェイクスピアのソネット七十三番。枕元で読むのにぴったりの一編だ。私がこの詩を好きな理由はいろいろある。第一に、とにかく響きがいい。二、三度声を出して読んでみてほしい。言葉と言葉がたがいに呼応しあうのがわかるだろう。つぎはリズムだ。教室で歩格と韻律——各行の中で強音節と弱音節がどう機能しているか——の説明をするとき、私はよくこの詩を読んで聞かせることにしている。けれども続く十行を含むこの詩のいちばんの魅力は、内容だ。語り手は迫りくる老いを深刻に感じていて、こちらにもそれが痛いほど伝わってくる。寒風に揺れる大枝、最後に残った色あせた葉が枝にしがみつき、天蓋のように葉が生い茂って生命と小鳥の歌があふれていたところが、今

ではむき出しの枯れ枝に変わってしまった。おそらく語り手も髪が抜け落ち、四肢やその他の部分もかつてのように矍鑠《かくしゃく》とはしていないのだろう。若いころとは違う穏やかな心境にも入っているはずだ。骨の髄から衰えを感じる十一月。考えただけで節々が疼いてくるではないか。

　さて、では要点に入ろう。このメタファーはシェイクスピアの発明ではない。秋＝初老の組み合せはさんざん使い古されてきた。シェイクスピアの時代にだってすでにガタが来ていたはずだ。シェイクスピアのすごいのは、陳腐なメタファーを類《たぐい》まれなる具体性と連続性をもって使いこなしたことだ。だから私たちには詩人が説明したこと——晩秋と冬の訪れ——だけでなく、詩人が本当に言おうとした、老いの淵に立つ男の気持ちが、はっきりと見えるのだ。もちろんシェイクスピアのことだから、他の詩や戯曲でも同じ手腕を何度も披露している。「きみを夏の一日にくらべたらどうだろう。きみはもっと美しくて、もっとおだやかだ」〔シェイクスピアのソネット十八番より〕こんな言葉をかけられて、そっぽを向ける恋人がどこにいるだろう？　リア王が老人の狂気にとらわれて猛り怒るのは、冬の嵐のまっただなかである。若い恋人たちが恋のもつれを解決しようと妖精たちの魔法の森へ出かけ、大人の世界に自分たちにふさわしい場所を見出すのは、夏至の夜だ。

　季節は年齢だけとはかぎらない。幸福や不満にもそれぞれの季節がある。最高に感じの悪い王様リチャード三世は、自分の置かれた状況に不満たらたら、思いきり嫌みをこめた声で言う。「われらをおおっていた不満の冬もようやく去り、ヨーク家の太陽エドワードによって栄光の夏がきた」（『リチャード三世』の冒頭の独白）。たとえリチャード三世のことを何も知らなくても、言葉の調子から気持ちはわかってしまうし、それがこの「ヨーク家の息子《サン》」（息子は太陽《サン》との語呂合わせだ）の未来にとって芳しくないこともわかる。べつの場所で、シェイクスピアは季節にそれぞれ適した感情があることを語っている。たとえば『シンベリン』〔第四幕〕の中の歌、「恐るるな　夏の暑さも／吹きすさぶ　冬の嵐も」

のように。夏は情熱と恋。冬は怒りと憎しみ。旧約聖書の「コヘレトの言葉」も、すべてのことには季節があると教えているではないか。『ヘンリー六世第二部』は同じことをもうすこし複雑に、シェイクスピアの流儀で語っている。「この上なく晴れわたった空に時として雲がかかり、夏のあとには必ず不毛の冬がやってきて／その怒り狂い肌を刺す寒風で万物を枯らすように、季節のめぐるままに喜びと悲しみが訪れる」〔第二幕第四場〕。そもそも『冬物語』、『十二夜』（クリスマスから十二日目の夜のこと）、そして『夏の夜の夢』というタイトルを見ただけでも、シェイクスピアにとって季節がいかに重要だったかがわかるというものだ。

　とはいえ、もちろん季節がこの史上最強の作家の独壇場であったわけではない。私たちはとかくわれらが沙翁を文学の始点にして終点のように扱いがちだが、実際はそうではない。シェイクスピアが始めたもの、続けたもの、終わらせたものはいろいろあるが、それだけのことだ。ほかの作家たちも、季節と人間の経験とのつながりについてさまざまなメッセージを伝えてきた。

　たとえばヘンリー・ジェイムズ。彼は、当時まだ新興だったアメリカ合衆国の若さや熱意や無作法が、堅苦しくて感情に乏しく規則に縛られたヨーロッパの旧世界と衝突し、摩擦を起こす話を書きたいと考えた。だがそれには克服すべき問題があった。地政学の教科書のような文明の衝突についての小説など、誰も読みたいとは思わない。小説には人間が必要だ。そこでジェイムズはすてきなキャラクターを創り上げた。ひとりはアメリカ人の娘だ。若くて初々しく、率直、オープン、素朴、軽薄。しかもどれもちょっと度が過ぎている。対する男はやはりアメリカ人だが、ヨーロッパ暮らしが長い。やや年上で倦怠感をただよわせ、世俗的で感情を表さず、率直さに欠け、人目を避けるところさえあって、他人の意見に依存して暮らしている。娘は春と太陽そのものだが、男のほうは氷のようにコチコチだ。この二人の名前がふるっている。デイジー・ミラーとフレデリック・ウィンターボーン。できすぎだ。わかりやすすぎる。今まで読者を馬鹿にするなと言いたくならなかったのが不思議に思える。ひとつには、ジェイムズがこの名前をごくさりげなく紹介しているからであり、彼女の場合はひどくありふれた名字と、スケネクタディというとんでもない名前の出身地が強調されているためでもある。読者はそちらに気を取られて、ファーストネームのほうは古きよき時代を思わせるなつかしい雰囲気だな、ぐらいにしか気に留めない。もっともジェイムズの時代には古くはなかったのだが。それはともかく、いったん名前ゲームに気づいたあとは、不幸な結末は読めたも同然だ。デイジーは冬には咲かないのだから。私たちが知りたいことは、すべてこの名前にこめられている。小説自体は名前につけ足す飾りのようなものだ。

季節は純文学だけの財産ではない。ママス&パパスは冬と灰色の空と枯葉にうんざりして、常夏の土地への憧れをこめ、「夢のカリフォルニア」を歌った。サイモン&ガーファンクルも「冬の散歩道」で同じ気持ちを歌っている。ビーチボーイズはサーフィンとクルージングの歌を山のように送り出し、ハッピーサマーのイメージで大成功を収めた。一月のミシガンで、シボレー・コンヴァーティブルにサーフボードを積んでビーチを目指してみれば、カリフォルニアのすばらしさが身にしみてわかるはずだ。そのミシガン出身のボブ・シーガーが初めての自由な夏と初体験をなつかしんで書いたのが「ナイト・ムーブス」だった。偉大な詩人は誰でも、季節の正しい使い方を知っている。

おそらくは人類が文章を綴ることを知った日から、季節は同じ意味をもちつづけてきた。春が少年時代や若さを、夏が大人とロマンスと充実と情熱を、秋が後退と中年と疲弊、その反面では実りを、冬が老年と恨みと死を表わすことは、私たちの脳に回路として埋め込まれているのかもしれない。文化のなかにあまりに深く定着しているので、あらためて考えもしないほどだ。だがここで今一度見直していただきたい。実行中のパターンさえわかれば、バリエーションや細かいニュアンスも見えてくるはずだから。

W・H・オーデンは挽歌の名作「W・B・イェイツをしのんで」（一九四〇）の中で、イェイツが逝った日の寒さを強調している。オーデンにとって大変幸運なのは、それが事実だったことだ。イェイツは一九三九年一月二十八日に亡くなったのである。この詩の中で川は凍りつき、雪は降りしきり、寒暖計の水銀は底まで沈んだまま動かない。冬の鬱陶しさがすべてつまっている。オーデンはそれを詩にしたかった。さて、伝統的な挽歌、つまり牧歌的な挽歌は、若者のために書かれてきた。惜しまれつつ早逝した詩人の友人、あるいは詩人自身のために。典型的な挽歌では、詩人を春または夏の盛りに牧草地から召された羊飼いにたとえる（ここが牧歌的なところだ）。自然が生を謳歌しているべき時期に、愛されし若者のために喪に服すのである。究極のアイロニストにしてリアリストでもあったオーデンはこのパターンをすっかり逆手にとって、若者ならぬ、詩人として長い人生を送った大人物を記念する詩をものした。アメリカ独立戦争の終わりに生まれ、第二次世界大戦前夜に亡くなった、人生の冬の時期まで立派に生き延びて、実際に季節としての冬のさなかに死を迎えた大詩人である。この詩が描き出す冬は、イェイツの死によってさらに冷たく荒涼としていくのだが、それには私たちが無意識に期待する「挽歌の季節」との落差もひと役買っている。こんな駆け引きを成功させられるのは、よほど卓越した筆力をもつ詩人だけだ。さいわいオーデンにはその力があった。

ときには季節が特定されない、あるいは直接の言及がない場合もあるので、少々用心が必要だ。ロバート・フロストは「りんご摘みのあとで」の中で、今日は十月二十九日だとか、十一月何日だとか、具体的に指定してはいない。だがりんご摘みを終えたという事実から、時は秋だとわかる。何といっても、ワインサップ種やピピン種のりんごが三月に熟すことはない。読者はのっけから「ははん、また秋の詩が来たぞ」とは反応しないかもしれないが、じつは世の中にこれほど秋らしい詩はない。フロストは季節に合わせて時刻や（夜）気分（疲れた）、調子（哀歌調）、視点（過去を振り返る）を設定している。語るのはすべてを呑み込むような疲労と仕事をやりとげた満足感だ。期待を上まわる収穫があったのはうれしいが、あまりに長く梯子の上にいたせいで、ベッドに倒れこんだあとも身体が揺れているような気がする。ちょうど一日じゅう釣りをしたあとで、眠ろうと目を閉じても瞼の裏に浮きがちらつくように。

りんごにかぎらず、収穫は秋の重要な要素だ。作家が収穫をもちだしたら、農作物だけでなく人生の収穫も含まれると考えたほうがいい。長く続いた農作業か人生か、いずれにせよ努力の結果が出るわけだ。聖パウロは、人は自分の蒔いたものをまた刈り取ることになると説いた〔「ガラテヤの信徒への手紙」第六章七節〕。じつに論理的ではないか。しかもなにぶんずっと昔から聞かされてきたので、今では暗黙の了解事項になっている。人は自分がしたことに対して、報酬も罰も受けるのである。フロストのりんごが豊作だったということは、彼が正しいことをしたということを意味する。しかしそのための努力は彼を疲れさせた。それも秋の現実だ。収穫を迎えるとき、人はエネルギーを使い果たしたのを感じる。そして自分がかつてのように若くはないことを知るのだ。

いいかえれば、秋は何かが終わったあとであるとともに、べつの何かの前触れでもあるのだ。フロストはこの詩で、夜の訪れと、労働の報いとしての睡眠について書いているが、同時にもっと長い眠りである冬と、ウッドチャックの冬眠についても語っている。冬眠はたしかにこの季節にぴったりだが、長い眠りはレイモンド・チャンドラーの『大いなる眠り』にも通じる。古代ローマ人は一年の最初の月の名を、二つの顔をもつ神ヤーヌスにちなんでつけた。一月は過ぎ去った一年を振り返りつつ、来るべき一年を見通している。だがフロストにとっては、同時に二か所を見る眼差しが秋の収穫の季節にもあてはまるわけだ。

作家は誰でも季節をどう使おうかと考えて、自分なりの工夫をする。そこで生まれるバリエーションのおかげで、季節の象徴性が新鮮で興味深いものになる。正攻法の春でいくか、アイロニックに使うか。豊かで解放感のあふれる夏にするか、埃っぽく蒸し暑い夏にするか。秋にはこれまでの成果を数え上げて満足するか、疲れを休め、分別と平安のうちにくつろぐか、はたまた十一月の冷たい風に震え上がるか。文学の中の季節はいつも同じようでいて、いつも違う。結局のところ、読者が季節の使われ方を見つけるための近道は存在しない。夏はX、秋はYマイナスXというのではなく、ひとそろいのパターンがあって、さらにその使用法もストレートからアイロニック、逆説まで、山とあるわけだ。そのパターンは誰もが知っている。長いあいだ使われてきたからだ。

長いあいだって、どのぐらい？

とても長い。初めに秋＝初老の組み合せを発明したのはシェイクスピアではないと話したね。もうちょっと前なんだ。ざっと二、三千年ほど。ほぼすべての神話、すくなくとも四季のある地域の神話はすべて、季節変化を説明するストーリーをもっている。思うに古代人が最初に説明しなければならなかったのは、太陽が山の向こうか海の中に沈んでしまっても、消えるのはいっときだけだ、ということだったろう。翌朝になればアポロが太陽の戦車を駆って天空を走ってくれるからだ。この宇宙のミステリーが解決したあとで出てきたのが、なぜ冬に続いて春が来るのか、なぜ日が短くなり、また長くなるのか、という疑問だったに違いない。こちらも説明が必要だ。まもなくこうしたストーリーを伝える神官が現われた。ギリシャ人が考えたストーリーはつぎのようなものだった。

昔むかし、すばらしい美少女がいた。あまりの魅力ゆえに噂は地上を越えて黄泉の国まで伝わり、国王ハーデースの知るところとなった。ハーデースはペルセポネーという名前のこのうら若い美女をわがものにしようと決めて地上へ行き、彼女を誘拐して地底の国に帰った。ややこしいことに、この国の名前もハーデースという。

通常なら神が美しい娘を盗んで連れ去ってもどうということはないのだが、この美女がたまたま農業と豊穣（相性抜群だ）の女神デーメーテールの愛娘であったため、ことは面倒になった。女神は嘆き悲しんで姿を隠し、地上は終わりのない冬になってしまったのだ。ハーデースは神々のつねでたいへん身勝手なので、そんなことは気にしない。いっぽうデーメーテールのほうも身勝手なので、自分の悲しみしか目に入らない。さいわい他の神々が、動物や人間が食糧不足で死にかけているのに気づき、デーメーテールに助けてやるよう頼んだ。女神はハーデース（場所のほう）に行ってハーデース（神のほう）と交渉する。そこで十二粒のザクロの種をめぐって謎のやりとりがあり、ほとんどのバージョンではペルセポネーが六粒食べてしまったことになっているが、ハーデースが騙されて食べたというバージョンもある。ともかく、六粒の種が食べられずに残ったおかげで、ペルセポネーは毎年六か月だけ地上に帰れることになった。そのあいだは母親のデーメーテールが幸福なので、作物は育ち、実りをもたらす。だが娘が黄泉の国に帰ってしまうと冬に逆戻りするというわけだ。ハーデースのほうはもちろん六か月間はむくれて過ごすのだが、いかに神といえどもザクロの種の掟には勝てないため、この取り決めを受け入れる。こうして冬のあとにはいつも春が来て、人間は（あのダルースでさえも）永遠の冬に閉じ込められることはなく、オリーヴは毎年実をつけるのである。〔ミネソタ州ダルース市はエアコンディションド・シティと呼ばれるほど年間気温の低いことで知られる〕

さてこれがケルトかピクトかモンゴルかシャイアンの神話になると、それぞれにストーリーの進行は違ってくる。だが基本的な目的――季節の移り変わりを説明する――は同じだ。

死と再生、成長と収穫と死は、毎年繰り返される。古代ギリシア人は、春の初めにほぼ悲劇だけを演じる演劇祭を催していた。冬のあいだにたまった大衆の悪感情をすべて取り除き（同時に大衆を正しい行ないと神のほうへ導き）、作物が育つ時期に邪魔が入って収穫が減ることのないようにするためだ。いっぽう喜劇は秋のものだった。刈り取りがすんだあとには、祝祭と笑いこそがふさわしい。似たような現象は、もうすこし新しい宗教儀式にもみられる。キリストの物語が人々に大きな満足を与える理由のひとつは、二つの大きな祝祭、クリスマスとイースターが、季節の節目となる日とほぼ一致しているからだ。イエスの誕生、つまり希望が生まれたのは、一年でいちばん短くていちばん暗い（電気のない時代の話だ）日のころだった。農神祭はみな冬至を祝った。ともかく太陽が逃げていくのはこの日で終わり、明日からは日が長くなって、そのうち暖かくもなるのだから。キリストの磔刑《はりつけ》と復活は、冬の終わりと新しい命の始まりの日である春分に非常に近い。聖書には磔刑が実際にこの時期に行なわれたと考えられる証拠があるが、キリストが生まれた日のほうは十二月二十五日とはほど遠かったらしい。しかしそんなことは本質的問題ではない。キリスト教徒にとっての宗教的意味とはまったく別の次元の話だが、情緒的な見地からすれば、これらの祝祭は人類が昔から非常に大切にしてきた暦の上の日と重なることによって、特別な力をもつことになったのである。

それは本や詩の場合も同じだ。私たちは作品中に季節を読み取っているのだが、無意識のうちに季節をさまざまなものと結びつけているくせに、自分ではまるで気づいていない。シェイクスピアが愛する人を夏の日にたとえたのを見れば、その女性の長所を聞かされる前から、これはたとえば一月十一日にたとえられるよりずっと名誉なことなのだなと直感的に気づく。ディラン・トマスが「ファーン・ヒル」（一九四六）で少年時代の夢のような夏の日の思い出をつづっているのを見れば、学校が休みだという以上の何かがあったのだなとすぐわかる。じつのところ受け手の反応が深くしっかりと刻み込まれているために、作家にとって季節との関連は、もっともアイロニックに利用しやすい要素になっている。T・S・エリオットは私たちがふつう春をどうとらえているかを知っていたからこそ、あえて四月を「残酷きわまる月」と呼び、冬の雪の下にうずもれているほうが、大地が温まって自然の（そして私たち人間の）活力を絞り取られるよりも幸福だと言ってのけたのだ。エリオットにはこの詩句が読者をぎくりとさせることがわかっていたし、事実そのとおりになった。

季節は私たちに魔法をかける。作家は季節に魔法をかける。ロッド・スチュワートが「マギー・メイ」で、おれは年上の女とずるずるつきあって若さを無駄にしてしまったと歌ったとき、歌のなかの季節は九月だった。アニータ・ブルックナーは代表作『秋のホテル』（一九八四）で、ヒロインを湖畔のリゾートに行かせる。軽率なロマンスの傷を癒し、過ぎ去った若さと人生を振り返るためだ。彼女が選んだカレンダー上の時期はいつだっただろう？

九月の終わり？

ご明察。シェイクスピアにコヘレトにロッド・スチュワートにアニータ・ブルックナーだ。これはもう納得するしかないだろう。

幕間　ストーリーはひとつ

ここまで私たちはかなりの時間を割いて、文学を読むにあたっての具体的なポイントを見てきた。これはXという意味、あれはYを指す、というふうに。もちろん私は「これ」や「あれ」、XやYが重要だと信じている。ここまで読み進んでくれた読者諸君も、おそらくいちおう信じてくれてはいるだろう。だがじつはこうした細かい解釈論の背後には、もっと大きな真実がある。すくなくとも私はあると考えている。たとえ作家自身が気づいていなくても（気づいていないのがふつうだ）、小説や戯曲や物語や詩やエッセイや回想記の創作を助け、推進力となっている、ある真実だ。このことは前にも書いたし、この本全体を通じて言ってきていることだから、べつに秘密ではない。しかも私の発明でも発見でもないから得意がるつもりもないが、もう一度言っておく必要はあると思う。そう、これだ。**この世にストーリーはひとつしかない。**

ひとつだけだ。どこでも。いつでも。人がペンを紙に、手をキーボードに、指をリュートの弦に、羽ペンをパピルスに置くときはいつも。原始人スノルグが洞穴に帰ってオングクに今日取り逃がしたマストドンの話を聞かせたとき以来ずっと、みんなが同じひとつのストーリーを取り込み、そこに何かを与えて返してきたのだ。古代スカンジナビアのサガも、サモアの創世神話も、『重力の虹』、『源氏物語』、『ハムレット』も、そして去年の卒業スピーチ、先週のデイヴ・バリーのコラム、ケルアックの『オン・ザ・ロード』から「南米珍道中」〔ボブ・ホープ主演の映画。一九四七年〕、さらにはフロストの「選ばなかった道」まで、全部。

それって何のストーリーなの？

たいへん良い質問だ。にもかかわらずお粗末な答えしかできないのがまことに心苦しいのだが——じつは私も知らない。ただ、何か特定のことについてのストーリーでないことは確かだ。たとえばある挽歌が若い友人の死についての詩であるとか、『マルタの鷹』が太った男と黒い鳥の謎を解く話であるとかいうのと同じ意味で、何かについての話ではない。すべてについてなのだ。人が書いてみたいと思うこと全部。ひとつしかないストーリー、元型ストーリーとは、私たち自身のこと、つまり人間とは何かということなのだと思う。それ以外に何があるだろう？『ホーキング、宇宙を語る——ビッグバンからブラックホールまで』を書いたとき、スティーヴン・ホーキングは私たちの住む場所を説明して、人間の故郷《ホーム》としての宇宙を語ろうとしたのではなかったか。人間について語ろうとすると、ほとんどどんなことでも含まれてしまう。私たち人間は空間と時間、この世とあの世のすべてを知り尽くしたいと欲しているからだ。我が家のイングリッシュセッターたちはそんなことは考えもしない。とはいえ人がもっとも興味をもつのは、この空間と時間、この世にいる私たち自身についてだ。だから詩人や小説家が私たちのためにしてくれるのは——さあ諸君、私のまわりに集まってよく聞いてほしい——「私たちとこの世」について説明すること、あるいは「この世にいる私たち」を説明することだ。

いったい作家たちはこのことを知っているのかな？　考えているんだろうか？

(a)　まさか、知ってるわけないよ。

(b)　絶対知ってる。

(c) ちょっと考えさせて。

あるレベルでは、ものを書く人なら誰でも純粋にオリジナルなものなどありえないと知っている。どちらを向いても誰かが前にキャンプをした場所ばかり。しかたがないので他人の使ったあとにテントを張ることになる。考えてみてほしい。あなたはかつて誰も使ったことのない言葉を使えるだろうか？シェイクスピアかジョイスのような天才が造語を試みるというならともかく、その彼らとて大半は私たちと同じ言葉を使った。あなたは確実に自分だけのものといえるような言葉の組み合せを作れるだろうか？ ひょっとしたらできるかもしれないが、確信はもてないはずだ。ストーリーも同じだ。ジョン・バースは、古代エジプトのパピルスのなかに、あらゆるストーリーは語りつくされてしまって現代の作家には焼き直すことしかできないという愚痴が書かれたものがあると述べている。まさにポストモダニスト的状況だが、それが四千五百年前のパピルスにつづられているのだ。だが落ちこむ必要はない。作家たちは昔から、自分のキャラクターが誰か——ペルセポネー、ピップ、ロング・ジョン・シルバー、つれなき美女〔ジョン・キーツの詩のタイトル〕——に似ていることを知りながらも、かまわず書きつづけてきた。すぐれた作家の手にかかると、そうした作品は模倣や駄作になるどころか、逆の効果を上げる。先行するテクストの残響、繰り返し使われてきた基本パターンの積み重ねを反映することで、深みと奥行きを得ることができるからだ。しかもそうした作品は読者に親近感を抱かせる。過去に読んだものの要素を見出すからだ。私は思うのだが、もし完全にオリジナルな作品、過去に書かれたいっさいのものと縁のない作品があったとしたら、読者は取りつく島もない感じがして不愉快になるのではないだろうか。というわけで、これがひとつの答えだ。

だがもうひとつある。作家がすわるなり立つなりして（トマス・ウルフはとても長身だったので、立ったまま冷蔵庫の上で書いた。本当の話だ）書きはじめるときは、ちょっとした健忘症になる必要がある。何千年も積み重ねてきたものがあれば、それは当然ひどく……重い。私は一度まったくの偶然から、三十歳以上の男性バスケットボールリーグのチームメイトを完全にびびらせてしまったことがある。ゲームの前にフリースローの練習をしていたときふと頭に浮かんだことを、まぬけにも口に出してしまったのだ。「なあ、リー、フリースローをしくじる原因がいくつあるか、考えてみたことはあるかい？」リーは打ちかけていたシュートを途中でやめて、私のほうを見た。「ばかやろう。これでおれは一晩外しつづけることになるぜ」結果はそのとおりだった。これだけ効果てきめんだとわかっていたら、相手チームと練習してやったのだが。ところで、これがもしボールを投げるときの生体力学的ポイントだけでなく、フリースロー・シューティングの歴史すべてを反芻することになったらどうだろう。レニー・ウィルキンズはやめて、デイヴ・ビングをちょっぴり、リック・バリーが両手の下手打ちに変える前のフォームを少々取り入れ、ラリー・バードをたっぷり（ただし露骨に盗用はしない）、ウィルト・チェンバレンは完全無視。こんなことを考えていたら、誰ひとりフリースローを決められなくなるだろう。しかもバスケの歴史はたかだか百年なのだ。考えてもみるがいい。抒情詩を書こうとして、サッフォーからテニスン、フロストからプラス、ヴェルレーヌから李白まで、あらゆる詩人に背後からのぞき込まれたらどうなる？　うなじにかかる熱い息づかいに、すっかり参ってしまうだろう。だから、あとは健忘症になるしかない。作家が創作するときは、さまざまな声をシャットアウトして、自分が書きたいことを書き、言いたいことを言わなければならない。忘れる秘策とは、とりあえず頭の中からこうした歴史を追い出して、自分の詩が湧きあがってくるのを待つことだ。こうしたことをまったく、あるいはほとんど考えたことのない作家や詩人でも、じつは六歳のときティィリー叔母さんからロバート・ルイス・スティーヴンソンの『子供の詩の園 A Child's Garden of Verses』をプレゼントされて以来ずっと詩を読みつづけ、週に二冊は詩の本に目を通し、おそらくウォレス・スティーヴンズはもう六回か七回読んだりしている。言いかえれば、詩の歴史はこの詩人の一部になっている。いわば潜在意識のなかに巨大な詩のデータベースをもっているようなものだ（この詩人は小説も読むので、小説のデータベースもある）。

私が万事シンプルを好むことは、もうおわかりいただけただろう。だから最近のフランスの文芸理論やこむずかしい学術用語はどうも性に合わないのだが、それなしでは済まされないこともある。ここではいくつかの概念を考えてみることにしよう。第一は何章か前にも触れた、間テクスト性だ。はなはだ座りが悪いが、非常に便利な概念を表わすこの言葉は、ソ連の偉大なフォルマリスト、ミハイル・バフチンが考え出したもので、初めは小説に限られていた。だが私は、詩人であるがゆえにそれが文学全般に通じると考えたT・S・エリオットに倣いたいと思う。間テクスト性の基本的な前提はごくシンプルだ。すべては繋がっている、ということ。人が書くものは、過去に書かれたものに必ずつながっている。この点については、他者とくらべてずっとざっくばらんな作家もいる。たとえばジョン・ファウルズが『フランス軍中尉の女』で、ヴィクトリア朝小説の伝統、とくにトマス・ハーディとヘンリー・ジェイムズを取り入れたことだ。ある場所でファウルズは、入れ子構造、遅れて起こる効果などを駆使したじつにジェイムズ的な文を書き、楽しげに完璧に巨匠の猿真似をしたあとで、「しかし巨匠の猿真似をすべきではない」と言ってのける。このジョークはわかるし、オチのおかげで、何もなかったようにそ知らぬ顔をするよりずっとパロディが利いている。まるでウィンクをしながら、おれたち最初からちゃんと知ってたよな、と言っているかのようだ。

ほかの作家のなかには、自分の作品は完全な独創で、誰からも教えられたり影響されたりしていないと豪語する連中もいる。マーク・トウェインは本など読んだこともないと言いはっていたが、そのじつ三千冊におよぶ蔵書を持っていた。数あるアーサー王の騎士物語を読まずに『アーサー王宮廷のコネチカット・ヤンキー』（一八八九）が書けたはずはない。ジャック・ケルアックは自動筆記で本を書く自由人を標榜していたが、じつはこのアイビーリーガー（コロンビア大だ）、『オン・ザ・ロード』（一九五七）の原稿をロール紙にタイプする前にたっぷりと修正や推敲を重ね、冒険小説を読みふけっていたという証拠がある。いずれの場合も、彼らの作品は他の作家の作品と相互に影響しあっているし、他の作品はさらに他の作品と影響しあっている。その結果、いわば文学のワールド・ワイド・ウェブができあがっているのだ。あなたが小説を書こうとすると、そこにはあなたが読んだこともない小説や詩の残響や反論までが含まれることになるわけだ。

西部劇映画を例に、間テクスト性を考えてみよう。あなたは生まれて初めて西部劇映画の脚本を書かせてもらうことになった。やったね。で、どんな話？　悪党との宿命の対決？『真昼の決闘』だね。去っていくガンファイター？『シェーン』か。敵の蜂起と孤立した砦？『アパッチ砦』や『黄色いリボン』――ほかにも山ほどあるぞ。牛の大移動《キャトル・ドライブ》？『赤い河』だな。ひょっとして幌馬車も出てくるとか？　やめてよ。僕はそんなのがひとつも出てこない西部劇を書くんだ。

同じことだ。必ず出てくることになる。はっきり言おう。あなたはほかの西部劇とのかかわりを避けることはできない。なぜなら、避けることもまた一種の相互作用だからだ。空白の中で書いたり映画を作ったりすることは不可能だ。あなたが観た映画はすべて、ほかの映画を観た人たちによって作られており、ほかの映画はまた、という調子で、古今東西作られた映画は、すべてどこかでつながっているのである。もしインディ・ジョーンズがトラックにからませた鞭につかまって引きずられていくシーンを観たなら、『シスコ・キッド』（一九三一）にも触れたことになる。たとえ『シスコ・キッド』そのものを観たことがなかったとしても。意識するとしないとにかかわらず、すべての西部劇映画は、ほかのすべての西部劇映画の要素をちょっとずつ含んでいる。たとえばいちばん重要な主人公の場合。あなたのヒーローは口数が多いか少ないか。寡黙だとしたら、ゲイリー・クーパー、ジョン・ウェイン、ずっと下ってクリント・イーストウッドの系譜ということになる。やたらしゃべりまくるとしたら、ジェイムズ・ガーナーを初めとする六〇年代七〇年代のリヴィジョニスト・ウェスタン〔モンテ・ヘルマン『銃撃』、アーサー・ペン『小さな巨人』など、ロマンティシズムを排除した事実に忠実な西部劇〕の系譜だろう。あるいは『明日に向かって撃て』〔一九六九〕みたいに多弁と寡弁が組になっているとか？　いずれにせよ主人公には何かしらしゃべらせないわけにはいかないので、あなたがどんなタイプを選ぼうと、観客はそこに過去の映画の残響を聞くことになる。さて諸君、これこそ間テクスト性というものだ。

つぎに考えるべき概念は、「元型《アーキタイプ》」だ。今は亡きカナダの偉大な文芸批評家ノースロップ・フライは、C・G・ユングの精神分析論にある元型という概念に注目し、ユングがわれわれの頭の中について言ったことが、文学にはもっとうまくあてはまると証明してみせた。「元型」とは「パターン」をこむずかしくした言葉、あるいはパターンの基になる神話上の要素のことだ。たとえばこんな感じ。いにしえの神話のなかに、とあるストーリーの構成要素が出現した。いろいろな理由からこれがひどく便利なのですっかり定着し、その後もさまざまなストーリーに顔を出すようになった。そんな構成要素は多種多彩だ。探求の旅、ある種の犠牲、飛行、水に飛び込む、など、人の想像力をかきたて、集合意識の深層を揺り動かし、語りかけ、驚かせ、夢や悪夢に誘い、もう一度聞きたいという気持ちにさせるもの。それも何度も何度も。そんなに繰り返された元型は、常套句と同じように飽きられてしまうと思うかもしれない。ところが事実は逆だ。繰り返されることによってパワーを増し、反復を強みにしていく。これが例の「なるほど！」要因だ。こうした元型を聞いたり見たり読んだりすると、私たちはちょっとした興奮または幼なじみに出会ったような嬉しさを感じて、満足げな「なるほど！」を洩らすのだ。その機会はけっこう頻繁にやってくる。作家がせっせと元型を使うからだ。

ただし、出典を探そうとするのはやめたほうがいい。純粋な神話が見つけられないのと同様、元型も見つけることはできない。文字化された最初の文学でも、それはすでに変異体であり、尾ひれがついた別バージョン、ノースロップ・フライが神話の「置換《ディスプレイスメント》」と呼んだものである。私たちはけっして純粋な神話のレベルまでさかのぼることはできない。『指輪物語』や『オデュッセイア』や『老人と海』がいかに「神話的」に感じられようと、それらはすべて、神話の置換なのだ。おそらく、神話に唯一絶対のオリジナルは存在しないだろう。フライは元型が聖書から来たと考えていた。すくなくとも何度かそう言っている。しかしそれではたとえばホメーロスの作品の背景にある神話や元型の説明がつかない。ユダヤ-キリスト教の伝統の外にいたストーリーテラーや詩人についてもしかりだ。だからこう考えてはどうだろう。昔むかし、まだ物語りが口誦だけで(あるいは洞窟の壁画で)行なわれていたころ、神話の神髄のようなものが形成されていったのだと。わからないのは、最初に自立した神話というものがあって、それが人々の語るストーリーにヒントを与えていったのか、人々が自分やまわりの世界を説明するために話したストーリーから神話が生まれていったのかということだ。つまり、どの神話にもオリジナルのマスターストーリーのようなものがあって、そこから派生したストーリーはすべて「置換」なのか、あるいはさまざまなバージョンのストーリーが語られ、さらに語りつがれていくうちにゆっくりと積み上げられて神話ができあがったのか。私は後者のほうではないかと思うのだが、もちろん確信はない。たぶん永久に誰にもわからないだろう。また、どちらであっても大きな意味はないと思う。重要なのはこの神話的レベルというものが存在し、そこに元型があり、私たちがそこから、たとえば死んで生き返る男(または神)、長旅に出て行く少年、などの人物像を借りているということだ。

これらのストーリー——神話、元型、聖典、文学の真髄——は、つねに私たちとともにある。私たちのなかにある。私たちは好きなときにそれを引き出したり、利用したり、つけ加えたりすることができる。偉大なストーリーテラーのひとり、カントリーシンガーのウィリー・ネルソンが、あるときすわってギターを爪弾き、一度も書き留めたことのないメロディを即興で演奏していた。その場に居合わせた音楽家ではない人物(名前は忘れてしまったが)が、どうしてそんなにいろんなメロディを作れるのかと訊いた。するとウィリーは答えたそうだ。「なに、曲はそこらじゅうにあるんだよ。ただ手をのばしてつまみ上げればいいのさ」ストーリーもこれと同じだ。太古の昔から語り継がれてきたたったひとつのストーリーは、いつも私たちのまわりにある。読者も作家も、語り部も聞き手も、私たちはみな理解しあっている。神話の基本的知識を共有し、象徴性の論理を理解することができる。それもこれも、同じひとつのストーリーの渦に囲まれているからだ。ただ手をのばして好きなのをつまみ上げればいい。

21 偉大さのしるし

カジモドは背骨が曲がっている〔ヴィクトル・ユゴーの小説『ノートルダム・ド・パリ』の主人公〕。リチャード三世もそうだ（シェイクスピアの場合。歴史上の人物は違った）。メアリー・シェリーが創作したキャラクターのうち、顔の売れているほう――ヴィクター・フランケンシュタイン博士ではなく怪物のほうは、部品をつなぎ合わせた人造人間だ。オイディプスは両足に傷痕がある。そしてグレンデルは――やはり怪物だ。いずれも、行動だけでなく外見でも知られたキャラクターである。その姿は私たちに何かを告げている。彼ら自身について、あるいは作品中のべつの人物について、それぞれまったく違うことを告げている。

本題に入る前に、自明ではあるが確認しておくべきことがある。実世界では人に何らかの身体的特徴または欠陥があっても、それがテーマにかかわったり、比喩的、精神的な意味をもつことはありえない。なるほど現在も剣を使った決闘の伝統を守るハイデルベルクの学生組合のメンバーにとっては、頬に残る刀傷は勇気のしるしかもしれない。自分でつけた傷やマーク――たとえばグレートフル・デッドのタトゥーから、音楽の好みを知ることはできるだろう。しかし、片脚が短いのはただそれだけのことであり、脊柱側弯症はただの脊柱側弯症だ。

ところがその脊柱側弯症を病んだのがリチャード三世となると、突然まったくべつの意味を帯びてくる。倫理観も精神も背中と同じようにねじ曲がったリチャードは、文学史上もっとも不愉快なキャラクターのひとりだ。現代人の感覚では、身体的欠陥を倫理や性格のゆがみと同一視するのは残酷で不公平な気がするが、エリザベス朝の人間にとっては、許容できる、というよりむしろ当然のことだった。シェイクスピアは時代の申し子であったから、人と神との距離が外見に表われると考えていたのだ。シェイクスピアのすぐあとに出現した清教徒たちは、農作物の不作、破産、財産運用の失敗から家畜の病気までも神の不興を買った証拠と見て、それゆえに倫理上の欠陥と考えた。明らかに、旧約聖書のヨブの物語〔神は善人のヨブの信仰を試すために醜い皮膚病にし、財産を失くさせた〕はプリマスでは通用しなかった。〔プリマスは清教徒がアメリカに渡って最初に入植したマサチューセッツ州の都市〕

そう、たしかにエリザベス朝やジャコビアン時代の人々は政治的公正さを欠いていた。差別意識にとらわれていた。じゃあ今はどうなの、とあなたは訊くだろう。あれから四世紀を経た今は。

事情は劇的に変わり、傷や身体的欠陥を倫理上の欠点や神の不興と結びつけることはなくなった。しかし文学の世界では今も身体的欠陥に象徴性が与えられている。ただしそれは、違いをきわだたせるためのものだ。同じであることはメタファーにはなりにくいが、平均や典型や期待と違っていることは、さまざまなメタファーの可能性をはらんでいる。

ウラジーミル・プロップは、一九二〇年代に昔話を分析した画期的な研究、『昔話の形態学』で、昔話の構造を三十近い段階に分類した。第一段階のひとつは、主人公が何らかのしるしをもっていることだ。傷がある、足が悪い、怪我をしている、色を塗られた、生まれつき片脚が短い、など、他者から区別されるような特徴をもっているのだ。プロップが調べあげた昔話は何百年も前にさかのぼり、そこから無数の変異体が生まれた。オリジナルはスラヴだが、構造的にはゲルマン、ケルト、フランス、イタリア、つまり総称的に西洋と呼ばれる地域のものと共通している。これらの昔話の多くは、ストーリーの語られかたを理解するのに役立っている。

嘘だと思ったら考えてみることだ。ヒーローがほかの人と違っていて、その違いが身体的特徴として目に見えるストーリーがどれほど多いかを。ハリー・ポッターにはなぜ傷があるのか。それは何の傷で、何に似ているだろう?

トニ・モリスンがキャラクターに与えた特徴を思い出してみよう。またまた登場する『ソロモンの歌』のミルクマン・デッドは、生まれつきのしるしとして片脚が短い。若いころはそれを苦に病んで、気づかれないような歩き方を工夫した。その後ミルクマンは二度にわたって傷を負うことになる。一度めはヴァージニア州シャリマーで立ち回りを演じ、ビール瓶で頬を切られたとき。つぎはかつての親友ギターに針金で首を絞められそうになり、間一髪両手でそれを止めたとき手についた傷だ。『ビラヴド』のセサはかつて背中をひどく鞭打たれ、枝を広げた木にそっくりの無残な傷痕が残った。セサの義母で人生の師でもあるベイビー・サッグスは股関節が悪い。ビラヴド自身は額に三本の引っかき傷がある以外は無傷だが、そもそも彼女は生身の人間ではない。これらのしるしは、彼らが生きていくあいだに受けたダメージを示唆している。セサとビラヴドの場合は奴隷だった経験があるため、しるしの原因になった暴力はきわめて特殊なものだ。だがその他の人たちも、長い人生のあいだには何かしら傷を負うもので、それがしるしになる。

さて、この先にもうひとつの要素がある。キャラクターの差別化だ。ソポクレースの『オイディプス王』の終わりで、王はみずから目をつぶしてしまう。これはかなり明確なマーキングで、贖罪、罪の意識、悔い改めなどを表わしており、しるしは続編の『コロノスのオイディプス』にも引き継がれることになる。ただ、じつはオイディプスははるか以前にもべつのしるしをつけられている。まともなギリシア人なら、劇場に着く前に芝居のタイトルを見てわかっていたはずだ。オイディプス、すなわち「傷ついた足」。もしあなたが『傷ついた足の王』(これがギリシア語タイトルの直訳だ)という題の芝居を観にいこうとしているところなら、これから何が起こるかは想像がつくだろう。名前の奇妙さと、それが身体的欠陥を示しているところから、この特徴が何らかの役割をはたすことも予測できる。じつはオイディプスの足は、赤ん坊のときアキレス腱にピンを刺され、山の中に捨てられたために傷ついていた。両親はこの子が父親を殺して母親と結婚するという恐ろしい神託を聞いて、子どもを死なせることに決めたのだ。だが従者も赤ん坊に手をかけるのをためらうだろうと見越して、山中に放置させた。そのとき這って逃げ出したりしないように、念のために足首にピンを刺したのである。のちにその足が、かつての呪われた赤ん坊であったことの証拠になる。こんな事情だから、王妃のイオカステは慎重にかまえて、(a)絶対に再婚しない、(b)足首に傷のある男とは結婚しない、ぐらいの決断をしてもよさそうなものだが、実際に選んだオプションは(c)だったので、おかげでプロットが生きることになった。ソポクレースには幸いしたものの、気の毒なオイディプスには最悪な結果となった。傷は彼の出自を物語っているのだが、それはもちろん劇の途中まで当人には隠されている。傷はまた、両親の人柄、とくに呪いをやり過ごそうとするイオカステの人柄と、自分の足になぜ傷があるのか疑問すら抱かなかったらしいオイディプス自身の性格をも説明することになる。この好奇心の欠如は特徴的だ。オイディプスの悲劇の原因は、自分を知る能力に欠けていたことなのだから。

もっとモダンなものがいいって？　ではモダニストのアーネスト・ヘミングウェイはいかがだろう。『日はまた昇る』。この小説は第一次世界大戦で深刻な打撃を受けた世代を扱っており、荒地のモチーフをアイロニックに構築しなおしたものだ。T・S・エリオットの傑作『荒地』と同様、戦争によって霊的、倫理的、知的、性的に不毛と化した社会を描いている。何百万という若くたくましい男子が死んだり前途を絶たれたりしたことを思えば、この見方は驚きでもなんでもない。伝統的に、荒地の神話は実りを取りもどすための葛藤や探究を含んでいた。そしてこの探究の旅は、ほとんどのバージョンで傷を負って登場する漁夫王によって、あるいは彼のために行なわれるものだった。それがもともとの始まりだ。ではヘミングウェイの漁夫王とは？　新聞特派員で、戦争で負傷した帰還兵のジェイク・バーンズだ。どうして彼が漁夫王だとわかるのかって？　まず、ジェイクは釣りに行く。じつはその釣り旅行はかなり大がかりなもので、ある意味で傷を回復させる効果をもっている。象徴性もある。では、ジェイク・バーンズはどんな傷を負って漁夫王になったのか。これはいささか微妙だ。語り手であるジェイク自身は、何も語っていないからだ。しかし大の男が鏡を見て泣くとしたら、意味するところはひとつしかない。現実の戦争でヘミングウェイが負傷したのは大腿部だった。小説ではそれをちょっと上方に移したわけだ。哀れなジェイクよ。性欲はそのままで、実行する能力だけが失われているとは。

さて、ここで何が起こったのだろう？　キャラクターの差別化だ。身体の一部が欠損しているために、ジェイクはこの小説に登場するほかの人たちから切り離されている。そういう意味では、どの小説のどの登場人物とも違うと言っていいだろう。それはまた、荒地の神話ともパラレルな関係をもつ。ひょっとするとオシリスとイシスの神話も組み込まれているかもしれない。オシリスは殺されてばらばらに切り刻まれるが、妻の女神イシスが集めて元にもどす。ただし、ジェイク・バーンズが失ったのと同じ部分だけが足りない（オシリスの神話は古代エジプトの豊饒神話なのだ）。イシスの女神官たちは、傷ついたオシリスの代役として人間の男たちと交わった。小説の中で、ブレット・アシュリーがジェイクとの恋愛感情を行為に移すことができないためにつぎつぎ愛人を作るのと、似ていなくもない。しかし何よりもこの傷は、戦争が精神的にも生殖上も将来の可能性を奪ったことの象徴だ。何百万人もの若者が戦死したということは、彼らが子孫を残す機会を奪われただけでなく、膨大な知的、創造的、芸術的人材が失われたということでもある。つまり戦争とは文化の死なのだ。しかも戦争は、ヘミングウェイやそのキャラクターたちのように生き残った人々にも大きな傷や後遺症を残す。第一次世界大戦世代は、おそらく歴史上のどの戦争の犠牲者より深刻な心理的、精神的ダメージをこうむった。ヘミングウェイはこうした被害を三度にわたって小説に書いている。最初は「二つの心臓の大きな川」(一九二五)が最後を飾るニック・アダムスものの短編集で〔『われらの時代』のこと〕、ニックはひとりでミシガンの人里離れたアッパー半島に釣りに行き、忌まわしい戦争体験でずたずたになった心を癒そうとする。二度目はジェイク・バーンズの戦傷と、グループが決裂して終わったパンプローナの祭り。三度目は、恋人を出産で失ったことでフレデリック・ヘンリー中尉が求めた平和が破綻する『武器よさらば』だ。三作とも、精神的ダメージ、深い落胆、希望の死という同じ地平を描いている。つまりジェイクの傷は個人的なものであると同時に、歴史的、文化的、神話的な意味をもっているのだ。ちっぽけな手榴弾が、ずいぶん大きな結果を残したものではないか。

ロレンス・ダレルは『アレクサンドリア四重奏』で、障害や身体的欠陥をもつキャラクターを続々と登場させている。眼帯の男が二人(一人は偽装だが)、ガラスの義眼が一人、口蓋裂、天然痘でひどい傷跡の残った女性、水中銃の誤射で傷を負い、命を救うために腕を切断しなければならなくなった女性、聾者、四肢に欠損のあるもの数人。ダレルのキャラクターだけに、あるレベルではこれも異国趣味の表れとも考えられる。だが集団として見るとべつの意味を帯びてくる。ダレルは、人は誰でも何らかの傷を負うものであり、どれほど注意しても幸運に恵まれても、そうした経験の傷跡を残さずに人生を終えることはできないと言おうとしているようだ。興味深いことに、ダレルのキャラクターは障害をさほど苦にしていないようにみえる。口蓋裂のナルーズは大衆を魅了する神秘論の説教師になるし、画家のクレアは第四作の終盤で義手でも絵が描けると報告している。つまり、彼女の絵の才能は手にあったのではなく、心、頭脳、魂にあったのだ。

では、メアリー・シェリーが意図したものは何だったのだろう? シェリーの怪物はジェイク・バーンズのように歴史の澱を引きずってはいない。この異形は何を意味しているのか？　それには怪物誕生の場面を考えてみる必要がある。ヴィクター・フランケンシュタインは墓地から拾い集めた死体の断片を継ぎあわせて傑作を作り上げたわけだが、背後には特別な歴史的状況があった。時はまさに産業革命の黎明期。新しい世界では啓蒙時代に人々が身につけた知識が根こそぎくつがえされつつあった。十九世紀の初め、最新の科学と科学信仰——それにはもちろん解剖学も含まれた——によって英国社会の宗教的・哲学的信条は危機にさらされていたのだ。ハリウッドの偉業のおかげで、私たちの思い描く怪物フランケンシュタインはボリス・カーロフやロン・チェイニーに似て、その怪異な容貌だけで恐ろしい。だが原作の小説が読むものを震えあがらせるのは、怪物の概念、あるいは危険な知識と同盟を結んでしまう魔術師のような科学者という概念なのだ。怪物が具現しているのは、禁じられた知識、現代の悪魔との盟約、倫理なき科学の行く末だ。もうこれ以上言う必要はないだろう。人間の知識や技術が大きな飛躍を遂げるとき、そして『すばらしい新世界』（もちろんこれも文学作品だが）への扉が開くとき、どこかのコメンテーターが、人類はいよいよフランケンシュタイン（もちろん怪物のほう）と対面しようとしています、とコメントするのはご存じのとおりだ。

怪物フランケンシュタインには、その他の要素も含まれている。文学的に見てもっとも明白なのは、ファウストが結ぶ悪魔との盟約だろう。ファウストのモチーフは多くの作品で繰り返されてきた。クリストファー・マーローの『フォースタス博士』、ゲーテの『ファウスト』から、ヴィンセント・ベネーの短編『悪魔とダニエル・ウェブスター』、『くたばれ！　ヤンキース』、映画版の『悪いことしましョ！』（もちろん、フォースの暗黒面に魅了されるダース・ベイダーもだ）、そして、十字路で謎の人物と出会いギター・テクニックを教えられたというロバート・ジョンソンの逸話まで〔ブルースの父とされるジョンソンは、悪魔に魂を売り渡して引きかえに人間離れした高度なテクニックを身につけたと言われた〕。いつの世にもこうした教訓話が好まれるのは、私たちの集団意識によほど深く刻み込まれているからだろう。しかしほかのバージョンとちがって、フランケンシュタインには取り引きをもちかける悪魔的人物は出てこない。だから教訓は不道徳的行為の原因（悪魔）ではなく結果（怪物）にある。怪物はその異形によって、神を真似ようとする人間の危うさを教えている。ほかの非喜劇的なバージョンと同じように、その危うさは権力を求める人間を破滅に追いやる。

だがこうした教訓的要素を超えて、本当の怪物は怪物を作ったヴィクターのほうだ。すくなくともヴィクターのもつある部分である。ロマン主義が生み出して十九世紀に世にひろまり、二十一世紀まで生き延びているのが、人間の二面性だ。つまり、いかに世間体をとりつくろおうと人にはみな怪物めいた分身が存在する、という考え方である。ヴィクトリア朝の小説に、瓜二つのダブルや自分の中の分身がたびたび登場するのはこのためだ。『王子と乞食』（一八八二）、『バラントレーの若殿』、『ドリアン・グレイの肖像』（一八九一）、そして『ジキル博士とハイド氏』。とくに注目すべきは、邪悪な分身が登場する最後の二編だ。ドリアンの肖像画は彼の堕落と退廃の進行を刻々と映し出していくが、ドリアン自身の美貌は保たれている。善良な医師のジキル博士は、呪われた調合薬を飲んで悪鬼のようなハイド氏に変身してしまう。彼らがシェリーの怪物と共通しているのは、いかに教養を積もうとも、人はみな自分でも認めたくないような後ろめたい部分を必ず隠しもっているということだ。これはまさに、『ノートルダム・ド・パリ』や「美女と野獣」の、醜い容貌の陰に美しい心が隠れているというモチーフの完全な裏返しである。

では、身体的欠陥や傷には必ず何か意味があるのだろうか？　そうとは限らない。傷がただの傷で、短い片脚や曲がった背骨もただそれだけのことという場合もあるだろう。しかし、登場人物の身体に何らかのしるしや特徴があれば、当然読者の注意を惹く。作家が心理的、あるいはテーマにあわせた意図をもって設定したと考えるほうが自然だろう。あたりまえの話だが、作家にとっては身体的欠陥はないほうが書きやすい。第二章で誰かの足を不自由にしたら、二十四章でいきなり走って汽車を追いかけさせるわけにはいかないからだ。だから作家が登場人物の健康問題や身体障害をもちだしたら、そこにはたぶん何かしら魂胆がある。

では諸君、ハリー・ポッターの傷の意味を探しに行きたまえ。

22 目が見えないのにはわけがある

筋立てはこうだ。ある男がいる。これがなかなかの大人物で、やや短気なのが難とはいえ、有能で頭がよく、たくましい。この男が問題を抱えている。自分では気づかないうちに人間としてもっとも重大な罪を二つ犯してしまったのだ。当人はそんなこととは露知らず、犯人を見つけ出す決心をして、あらゆる罰を宣言する。そこで、捜査に光明をあて、われらが主人公に真実を示して見せるために、情報の専門家が呼ばれる。やってきた専門家は、なんと盲人だった。だが彼は霊や神々の世界を見ることができるので、われらが主人公には隠れて見えない真実を見抜く。盲目の専門家は主人公と激しい口論になり、主人公からペテン師だと責められると、逆にあなたこそ極悪人だと非難する。あなたには本当に重要なことが見えていないではないかというわけだ。

この主人公、いったい何をしでかしたのか？

なに、たいしたことじゃない。父親を殺して母親と結婚しただけだ。

二千五百年ほど前、ソポクレースが『オイディプス王』という戯曲を書いた。真実が見える盲人のテイレシアースには、オイディプス王のしたことがすべてわかっている。しかしあまりにも苛酷な事実をなんとか自分の胸におさめておこうとする。結局は言ってしまうのだが、怒りにまかせて口走ったせいで、誰も信じようとしない。いっぽうオイディプスのほうは、劇の終わり近くまで闇の中にいて何も知らない。だがその台詞には一貫して「見る」ことに関する表現が続く。「事実を明るみに出す」「よく見て調べる」「すべての人に真相を示して見せる」といった調子だ。彼がこうした表現を使うたびに、観客ははっと息をのみ、座席で身をすくめることになる。オイディプスよりはるかに早く事情を知らされているからだ。わが子と思っていたのがじつは兄弟でもあったこと。オイディプスよりはるかに早く事情を知らされていたこと。自分と自分の一族にかけられた忌まわしい呪い。これまで送ってきた人生のおぞましさがようやく見えたとき、オイディプスは自分自身に恐ろしい罰を下す。

自分の目をつぶすのだ。

盲目のキャラクターを登場させようとすると、作品にはさまざまな制約が出てくる。演劇ならなおのことだ。登場人物の一挙手一投足、一言一句が、見えないという事実に合致していなければならないし、周囲の人々もそれに合わせて動かなければならない。作家がこれだけ面倒なことをしようというのだから、盲目のモチーフを使うにはよほど重要な意味があるはずだ。当然ながら、作家は物理的な意味での晴眼者と視覚障害者だけでなく、別のレベルでの対比を強調しようともくろんでいる。このような例は、真実を見抜く力のあるなしが問題になる作品に多い。

たとえば、『オイディプス王』を初めて読む人、観る人は、テイレシアースが目は見えなくても真実を見ているのに対し、オイディプスには真実が見えず、最後にみずから盲目になる、と理解するだろう。だがこの戯曲に、はるかに巧妙な仕掛けがあることは見落としてしまうかもしれない。ほぼすべての場面、ほぼすべてのコロス〔ギリシア悲劇の合唱隊〕による頌歌が、誰が何を見た、誰には見えなかった、本当は誰が盲目だ、などの「見る」ことや、光と闇のイメージを含んでいるのだ。見えるか見えないかは、結局のところ光と闇の問題だからだ。ほかのどんな作品にもまして、『オイディプス王』は私に、文学に登場する盲目のモチーフをいかに読みとるべきかを教えてくれた。また、見える、見えないがテーマにかかわるときは、それに関連したイメージや表現が頻繁に出てくるものだということも教えてくれた。文学に明快な答えを見つけるのは難しい。じつは答えと同じぐらい重要なのが、どんな質問をすればいいかを見つけることだ。注意深く読みさえすれば、それはふつうテクストが教えてくれる。

質問を見つけることこそが重要だというのは、私も初めから知っていたわけではない。場数を踏むうちに適切な質問ができるようになったのだ。「盲目」に話をもどそう。私はジェイムズ・ジョイスの短編「アラビー」を初めて読んだ日のことをはっきり覚えている。冒頭の一行で、語り手の少年が住んでいる通りは「ブラインド」だと表現される。ふーん、ずいぶん変わった言い方だな、と思った。そこで私は字義どおりの意味（イギリスやアイルランドの英語では、「ブラインド」の通りとは行きどまりを意味する。それはそれで、べつの含みをもつのだが）にとらわれてしまい、「本当の」意味をすっかり見失ってしまった。話はまずまずのみこめた。この少年は、光が乏しくてもブラインドがおろされていても、あらゆる機会を見つけてひとりの少女をじっと見つめている。恋と虚栄心で盲目になっていて、まるで小説から飛び出したヒーロー気取りだ。少年は異国風ですてきだというアラビーと呼ばれる市に行くが、着くのが遅くなってしまい、出店はほとんどがすでに闇の中にある。実際の市は安っぽくて、ロマンチックでも何でもない場所だった。最後に少年は悔し涙にくもった目で、初めて愚かな自分の真の姿を見る。私はこの話をたしかあと二回読み返してようやく、ノース・リッチモンド・ストリートが「ブラインド」だという部分に引っかかったと記憶している。ブラインドという形容詞が最初から特別な意味をもたされているわけではない。この一語の役割は、降りそそぐ光と暗い陰が交互に現れる間に少年が観察し、隠れ、のぞき、見つめつづける物語の冒頭で、イメージや連想のパターンを設定することなのだ。たとえば「ジョイスはこの通りをブラインドと形容することで、何を意図したのだろうか？」といった適切な質問をすることさえできれば、答えは自然に浮かんでくる。「アラビー」や『オイディプス王』のような本当にすばらしい小説や戯曲は、作品のほうから私たち読者に対して要求をつきつけてくる。いうなれば、作品が読者に読み方を教えてくれるのだ。私たちはストーリーを一度読んで理解したところで、その奥にもっと豊かな意味、残響、深みがあることを感じ取り、そんな印象を実証しようとさらに読み返すことになる。

この本を書きながら、私は何度か免責条項をつけ加えたい誘惑に駆られた。じつは今回もそのひとつだ。ここで述べてきたことは正真正銘の事実である。視力の有無、闇や光などが作品中で使われるときは、ほぼ例外なく、比喩的な意味での真実を見抜く力、洞察力の有無がかかわっている。ただ注意しなければならないのは、真実を見抜く力や洞察力は、だいたいどんな文学作品にもあらわれる要素だということだ。たとえ窓のブラインドや行きどまりの道路、馬の目隠しや的外れの憶測、目の見えない人などがひとつも登場しなくても。

どの作品にもあるのなら、どうしてわざわざ「盲目」を出してくる必要があるの？

いい質問だ。私は、陰影や精妙さを出すため、あるいはその逆をいくためだと考えている。ちょっと音楽に似ているかもしれない。モーツァルトやハイドンの音楽についていろんなジョークを飛ばす人がいるが、あなたはあれを理解できるだろうか？　私はだめだ。若いころクラシック音楽に触れた経験といえば、バッハのカンタータをパクったプロコル・ハルムの『青い影』ぐらいのものだった。それから多少は進歩して、ベートーヴェンと『ロール・オーバー・ベートーヴェン』の違いや、全盛期のマイルス・デイヴィスとジョン・コルトレーンの区別ぐらいはわかるようになったが、それでもどっちかといえば『ロール・オーバー・ベートーヴェン』のほうが好みだ。いまだにクラシックにはからきし弱い。

だからクラシック・ファンの凝ったジョークなど、無知な私にはまったく通じないのだ。もし私に音楽の話をしてくれる気があるなら、回り道をせず、正面からわかりやすく話してほしい。なにしろ私にとってはどんなに平易なバッハより、キース・エマーソン〔一九七〇年代にエマーソン・レイク・アンド・パーマーで活躍した名キーボード奏者〕のほうがずっとわかりやすいのだから。

文学にも同じことが言える。作家が何かをすべての読者に間違いなく理解してもらいたいと思ったら、誰もがいやでも気づくように提示してやる必要がある。盲目のモチーフが使われる作品の場合、作家はそのモチーフを比較的早くから出してくるものだ。私はこれを「インディ・ジョーンズの法則」と呼んでいる。**登場人物（または作品全体）について観客に知っておいてもらいたい重要なことがあるときは、必要になる前に早めに知らせておくべし。**『レイダース／失われたアーク《聖櫃》』の三分の二ぐらいのところで、それまで大胆不敵で怖いものなしに見えたインディが突然蛇を見てすくみあがる。観客は納得するだろうか？　するわけがない。だからこそ監督のスティーヴン・スピルバーグと脚本のローレンス・カスダンは、映画開始直後のクレジットが出る前に飛行機の中で蛇を登場させ、あとで七千匹の蛇が出てきたときに、インディがどれほどおびえているかわかるようにしておいたのだ。

もちろん、この法則がつねにあてはまるとはかぎらない。不条理劇の傑作『ゴドーを待ちながら』（一九五二）の場合、サミュエル・ベケットは第二幕まで待って盲目のキャラクターを登場させてくる。第一幕でラッキーとポッツォが登場して主人公のディディとゴゴの退屈を紛らせるときは、ポッツォは冷酷な主人で、従者ラッキーの首に縄をかけて引いている。だが二度目の登場では、ポッツォは盲目になり、逆にラッキーに導いてもらわなければ歩けなくなっている。それでも冷酷さに変わりはないのだが。これが何を意味するかは明白だろう。ここはベケットのアイロニーで、しかもとりたてて複雑なアイロニーではない。しかしふつうは盲目のキャラクターは最初のほうで登場するものだ。ヘンリー・グリーンの処女作『盲目 Blindness』(一九二六)。主人公の少年は不慮の事故で視力を失う。小さな男の子が列車の窓から投げた石のせいだ。少年ジョンには、ちょうど将来のさまざまな可能性が見え始めたところだった。その瞬間に飛んできた石と無数のガラスの破片が、少年から視力といっしょに将来の展望までも奪ってしまうのだ。

オイディプスに話をもどそう。この悲劇の王をあまり気の毒がる必要はない。私たちは『コロノスのオイディプス』で彼に再会することになる。あれから長い月日がたった。当然オイディプスは苦労を重ねてきたが、その苦しみのおかげで、神の目に彼の罪は贖われている。人間界では疎まれても神には愛され、奇跡に満ちた死によって神の国に迎え入れられる。オイディプスは目が見えたときには見えなかった真実を見抜く力を手に入れている。そこで盲目の身でありながら誰の助けも借りず、まるで見えない力に導かれているように、定められた死に場所に向かって歩いていくのだ。

23 ただの心臓病じゃない……そして病気にはたぶんウラがある

私の好きな小説のひとつに、フォード・マドックス・フォードの欺瞞の物語、『かくも悲しい話を……』(一九一五)がある。小説という小説を読んだところで、これほどあてにならない、こんなに察しの悪い語り手などいるわけがない。それでいてこの人物にはじつに真実味があって哀れを誘う。男は毎年ヨーロッパのスパでいっしょに過ごすことになっている二組の夫婦のひとりだ。彼自身はまったく気づいていないのだが、妻のフロレンスと相手夫婦の夫エドワード・アシュバーナムは、長年にわたって熱い不倫を重ねている。それだけではない。エドワードの妻レオノーラはすべて承知のうえで、むしろ最初は救いがたい浮気癖のエドワードが悪い女に引っかからないように、フロレンスとの関係をおぜん立てしたといってもいいほどなのである。ただしこの作戦、お世辞にも成功したとはいいがたい。二人の不倫関係は、最終的に六人もの人生を破滅に追いやることになるからだ。女房を寝取られたジョン・ダウウェルだけが蚊帳の外にいる。アイロニーの使いどころとして、これほどおいしい状況があるだろうか。英文学教師や熱心な読書家にとっては、のんきに何も知らずにいて最近真相を聞いたばかりの夫が妻の長年の浮気を語る小説ときたら、もう垂涎ものである。

おっと、話がそれた。私が言いたかったのは、彼らはなぜ毎年スパに行くのかということだ。もちろん、フロレンスとエドワードには持病がある。

お察しのとおり。心臓病だ。

文学の世界では、心臓病ほど魅力的で詩的で比喩に向いた病気はない。現実とは正反対だ。現実の心臓病は突然襲ってくる恐ろしい病気で、破壊力が大きく、およそ詩的でも比喩的でもない。しかし小説家や劇作家が「文学的」に心臓病を使っても、読者から非現実的だとか配慮に欠けるといった批判は出てこない。

なぜだろう？　理由はわりあい単純だ。

生命を維持するポンプの役割に加え、心臓は太古の昔から感情のありかと考えられてきた。ホメーロスは『イーリアス』と『オデュッセイア』の両方で、登場人物を「鉄の心臓」の持ち主と形容させている。青銅器時代の後期、鉄は人類が手に入れた最新のもっとも硬い金属だった。文脈で多少の差はあるものの、当時「鉄の心臓」をもっているといえば、毅然として意志が強く、心が冷たいといっていいほどだ、ぐらいの意味だった。つまり今日私たちが使っているのとそっくり同じだった。ソポクレースは心臓を体内にある感情の中心という意味で使っている。それはダンテ、シェイクスピア、ジョン・ダン、アンドリュー・マーヴェルなどあらゆる偉大な作家からホールマーク社製のカードまで、みな同じだ。すくなくとも二千八百年にわたって使いつづけられているにもかかわらず、ハートなんて飽き飽きしたよという話は聞かない。ハートはいつでも歓迎されるのだ。作家たちが心臓を使うのは、誰もが心臓の存在を実感しているからだ。あなたの子ども時代、バレンタイン・カードはどんな形をしていただろう？　では去年のは？　私たちはみな、恋に落ちればハートで感じる。失恋したときは心臓が破れたような気がする。強烈な感情に圧倒されたときは、「胸」がいっぱいになったり、張り裂けそうになったりする。

これは誰でも知っていて、直感的に感じていることだ。作家はこの知識をどう利用すればいいだろう。たとえば、いわば登場人物の人となりを要約するようなかたちで心臓病を使う。これはいちばんよくある例だろう。あるいは社会的隠喩として使うこともできる。登場人物の場合は、見込みのない恋愛、孤独、残酷さ、小児性愛、不実、卑怯、優柔不断など、心臓の病気が象徴するさまざまな問題をいくつなりと抱えさせればいい。社会的隠喩の場合は、同じような問題をもっと大きな規模で象徴させる。あるいは物事の核心部分に何か深刻な問題があることを示す。

これは古典文学だけにかぎらない。コリン・デクスターが『悔恨の日』(一九九九)でモース警部を死なせ、人気シリーズを終了させようと決めたとき、選択肢はいろいろあった。モース警部は犯罪捜査とクロスワードパズルの天才だが、天才のつねで欠点も多い。大酒飲みで運動と名のつくものをいっさいしないため、どの巻でもテムズ・バレイ警察署の上司は、警部のビールの飲みすぎに苦言を呈することになる。モースの肝臓と消化器系は危機にさらされており、シリーズ中のべつの作品でも入院に至ったことがある。じつをいうと、その『オックスフォード運河の殺人』(一九八九)では、病院のベッドにいながらにして、一世紀前の殺人事件を解決してのけるのだ。しかしモースの最大の問題は孤独だ。とにかく女運が悪い。さまざまな冒険のなかでは死体や容疑者になって終わった女も多く、ほかの女性とも結局うまくいかない。彼のほうが依存しすぎたり、逆に意固地すぎたりして、最後はいつも失敗する。だからモースが愛するオックスフォード大学の構内で倒れる運命がきたとき、デクスターは心臓発作を選ぶのだ。

どうして?

ここからは推測の域に入るが、私の考えはこうだ。もしモースを肝硬変で死なせていたら、ありふれた教訓話になってしまっただろう。ほらね、だから飲みすぎは身体に悪いと言っただろ、というわけだ。モースの飲酒は、昔ながらの男くさい習慣から、学校で見せる教育フィルムの題材に変わってしまう。それはデクスターの望むところではなかった。もちろん過剰な飲酒は身体に悪い。そもそも過剰なものはすべて、アイロニーであれ何であれ、よくはないのだ。だが心臓発作にしておけば、読者はその気になれば飲みすぎを責めることもできるけれども、重点は生活習慣から精神的な苦しみに移る。不健康な生活の原因になった孤独と悔恨、不器用な恋愛。つまり過ちより人間性のほうが強調されることになる。世のつねとして、作家たちは登場人物の人間性を描きたいのである。

たとえその人間性が人間的ぬくもりに欠け、心臓の欠陥が病気によるものでなくても。ナサニエル・ホーソーンに「石の心の男——ある寓話」（一八三七）というすぐれた短編がある。タイトルになった主人公はいかにもホーソーンが書きそうな徹底した厭世家で、自分以外はすべて罪深いと信じている。そこで彼は他人との接触を絶つために森の奥の洞窟に移り住む。こう聞いてあなたは「心臓」の問題だとぴんと来ただろうか？　もちろんそうだ。彼が選んだのは鍾乳洞で、天井から一滴ずつ落ちてくる水を飲むのだが、それは濃い石灰水だった。刻一刻、年を経るごとに石灰水は男の身体に浸み込んでいき、物語の最後で男を石に変えてしまう。最初に石と化したのは心臓だった。比喩的な石の心臓をもった男が、本当に石の心臓になって終わるわけだ。まさに完璧な展開ではないか。

ジョゼフ・コンラッドの『ロード・ジム』を見てみよう。小説の前半で、ジムは肝心のところで臆病風に吹かれてしまう。物語全体を通じて、ジムは勇敢さという点でも、女性との真剣なかかわりという点でも、心臓の強さに欠けている。すくなくとも本人はそう感じている。最後には敵を読み違え、その判断ミスで親友を死なせることになる。死んだのは村長の息子だった。ジムはあらかじめ村長ドーラミンに、万一村民に犠牲を出したときは自分の命で償うと約束していた。彼は静かにドーラミンのほうへ歩み寄り、胸を撃ちぬかれる。そのときジムは、見ろ、俺は勇敢にふるまい、約束を守ったぞ、とばかりに集まった人々を誇らしげに見やり、倒れてこと切れるのだ。コンラッドは何も書いていないが、胸に一発銃弾を受けて即死したとすれば、当たった場所はひとつしかない。語り手のマーロウはすぐあとに続いて、ジムは心の中の読めない男だったと述べている。これはあらゆる意味で、心、または心臓についての小説なのである。そう考えれば鉄石の人と同様、ジムの最期もまたこれ以外にない完璧なものであることがわかる。生きているあいだに「心」――誠実、信頼、勇気、貞節、真に勇敢な心――にこれほどこだわった男は、心臓を撃たれて死ぬほかはなかった。ただホーソーンのキャラクターの終焉とは違い、ジムの死には胸の張り裂ける思いがする。それは事実上の妻だった女性も、ジムを奥地へ送りこむトレーダーのスタインも、さらにこの救いようもないロマンチストのジムに惹かれて読み進み、胸の躍るロマンチックな結末を期待してしまった読者も同じだ。だがコンラッドはよく知っていた。これは英雄譚ではなく悲劇なのだ。心臓に命中した銃弾がそのことを証明している。

一般的には、心臓の欠陥は心臓病として描かれることが多い。ウラジーミル・ナボコフは現代小説中でもとびきり嫌悪をもよおす悪役を創り出した。『ロリータ』のハンバート・ハンバートだ。自己中心的で偏執狂のこの男は、残酷に少女を強姦し、人を殺したうえに、何人かの人生を破壊する。彼が溺愛したロリータつまりドロレスは、心理的にも精神的にも成人としての正常な生活を送ることができずに終わる。彼女をたぶらかした大人二人のうち、クレア・クィルティは死に、ハンバートは刑務所に送られるが、彼自身も獄中の心臓発作でやや意外な死を迎える。だが小説全体を通じてハンバートの心は明らかに病んでいるのだから、この死に方は当然だ。ここでハンバートを死なせる必要があるかどうかはべつとして、死ぬとなったらこれ以外の状況はありえないだろう。そのことはナボコフがいちばんよくわかっていた。

本を読むときの手だてとして、読者には二つのヒントがある。小説や戯曲の中で心臓疾患が出てきたときは、裏の意味を探し始めよう。見つけるのはさほど難しくないはずだ。逆もまたしかり。キャラクターが心の悩みを抱えているときは、それが身体を蝕み、心臓病の症状が現われても、驚くにはあたらない。

さて、ここでアイロニーだ。心臓に問題を抱えた浮気者のフロレンスとエドワードをご記憶だろうか。二人の心臓は何が悪かったのだろうか。じつは何も悪いところはなかった。すくなくとも医学的には。不実、利己主義、冷酷――悪いのはそうしたところで、それが二人を死に追いやったのだ。だが医学上は二人の心臓はまったく健康だった。ではなぜ私はこの章の初めに二人が心臓病だと書いたのか？ たった今説明した原則と矛盾するではないか。じつはそうではない。彼ら自身が仮病を選んだことにこそ意味があるのだ。二人はそれぞれ、配偶者を欺くために心臓が弱いふりをした。心臓病をもとに巧みな作り話をでっちあげ、世間に対して自分は「心臓が悪い」と信じこませた。どちらの場合も、その嘘は見方によっては真実だった。初めに言ったように、読者にとってこれほどおいしい話はない。

ジェイムズ・ジョイスのすばらしい短編「姉妹」（一九一四）の冒頭、名前のない語り手の少年は、年老いた友だちで師でもある神父が死にかけていると明かす。今度こそ「もう希望はない」というのだ。ここで読者のレーダーは即座に警戒態勢に入るはずだ。神父なのに希望がないだって？ すぐにあらゆる解釈の可能性が頭に浮かぶだろう。物語が進むにつれて、それらがひとつずつ事実となっていく。だが真っ先に興味を引くのは、神父がなぜそんな状態になったかだ。原因は脳卒中で、しかも初めてではなく、今回は麻痺が残ったという。少年はよく意味のわからないまま、「麻痺《パラリシス》」という言葉の響きに魅了される。「聖職売買《シモニー》」とか「ノーモン」〔平行四辺形の一角を含んでその相似形を取り去った残りの形〕と同じように謎めいて聞こえるからだ。だが私たち読者は、麻痺や脳卒中の意味のほうに引きつけられる。

重い脳卒中の後遺症で苦しむ患者を身近に見守ったことのある人は、この病気を好奇や興味の目で見たり絵になると考えたりすることに、強い抵抗があるだろう。それは当然だ。しかしここまで何度も見てきたように、現実生活で感じることと本の中で感じることはまったく違う。

この短編に始まって、麻痺はジョイスの重要なテーマになっていく。ダブリンは、教会や国家や因習による縛りのせいで市民が麻痺してしまった都市だ。そのことが『ダブリンの人びと』全編を通じて語られている。恋人と船に乗って出奔しようとしているのに岸壁の欄干から手をはなせない少女。なすべきことがわかっていながら、沁みついた悪習のせいで自分のためになる行動が取れない人々。酔っぱらって酒場で便所の階段を踏みはずし、ベッドに臥せっている男。十年前に偉大なリーダーのチャールズ・ステュワート・パーネルを失って以来何の活動もせずにいる活動家たち。それは『若き芸術家の肖像』にも『ユリシーズ』にも、『フィネガンズ・ウェイク』（一九三九）にさえ繰り返し登場する。もちろん短編小説に登場する病気の多く、また長編小説でも、病気がいつも特別な意味をもつとはかぎらない。しかしジョイスの場合は、肉体的・道徳的・社会的・霊的・知的・政治的な「麻痺」が、その文学すべてを特徴づけているのだ。

二十世紀を迎えるまで、病気は謎に包まれていた。十九世紀にはルイ・パスツールの功績で細菌病原体説が知られるようにはなったものの、予防接種が広まって対策が取られるようになるまで、病気は依然として恐ろしく、得体の知れないものだった。人々はこれといった前触れもなく病気にかかって死んでいった。雨の中を歩いたら三日後に肺炎にかかった。ゆえに肺炎の原因は雨と寒さである。もちろんそんなことは今でもある。私と同じように、コートのボタンをきちんと留めて帽子をかぶらないと悪い風邪を引いて死んでしまいますよと言われて育った人は多いだろう。私たちはまだ本当に微生物を生活に迎え入れたとは言いがたい。病気が伝染する過程を知ってはいるくせに、つい迷信に走ってしまう。病気は私たちの生活で大きな部分を占めているから、文学でも同じことが起こる。

文学作品中での病気の使われ方には、いくつかの決まった原則がある。

①　すべての病気が平等に作られているわけではない。二十世紀に近代的な衛生施設と密閉水道システムが完備するまで、コレラは結核（ふつうは肺病と呼ばれていた）と同じぐらいありふれた、しかもはるかに激甚で恐ろしい病気だった。にもかかわらず、結核にくらべてコレラが文学に登場する割合ははるかに小さい。いったいどうして？　これはおもにイメージの問題だ。なにしろコレラは、世界一の広告代理店を使っても改善は望めないほどイメージが悪い。醜悪でおぞましいのだ。コレラによる死は見苦しく、悪臭をともない、激烈である。十九世紀後半、梅毒と淋病は大流行と呼ぶに近いほどの蔓延を見せた。しかしヘンリック・イプセンとその後の一部の自然主義作家を除き、性病は文学地図にはほとんど登場しなかった。梅毒は（売春を通してしかうつらないことになっていたので）婚外性交渉と道徳的腐敗の目に見える証拠とされ、それゆえにタブーだった。もちろん梅毒が進行すると不愉快な症状が出てくる。手足の動きを制御できなくなったり（カート・ヴォネガットが一九七三年の『チャンピオンたちの朝食』に書いたような突発的な痙攣性の動き）、発狂したりする。ヴィクトリア朝の人々に知られていた唯一の梅毒治療薬は水銀だった。水銀は歯茎や唾液を黒く染めてしまい、それ自体の毒性もあった。というわけで、コレラと梅毒が病気の大物リストに載ることはなかった。

なるほど。では文学的な病気の条件は何なの？

②　絵になる病気でなければならない。なに、病気が絵になるわけがないって？　それなら肺病はどう

だろう？　もちろん、肺が裏返しになりそうなほど咳こむ患者を見るのは痛々しい。だが多くの場合、結核患者には独特の美しさがある。肌が透き通るようになり、目が落ちくぼんで、中世絵画の殉教者のような雰囲気を帯びるのだ。

③　病気の原因が神秘的でなければならない。またしても、勝利を収めるのは肺病だ。すくなくともヴィクトリア朝の人々にとっては。この厄介な病気は家族全員に拡がることもあった。死にゆく親や兄弟や子どもを看病していれば、汚染された飛沫や痰や血液に長期間毎日のように触れざるをえない。だが、結核の伝染経路は、十九世紀にはまだ謎に包まれていた。ジョン・キーツは弟のトムの看病が自分自身の寿命を決するとは思わなかっただろうし、ブロンテ姉妹も自分たちが何にやられたのか知らなかっただろう。愛情のこもったやさしい看護の報いが命にかかわる重病とは、アイロニーを通り越している。十九世紀半ばまでに、コレラが悪い水と関係があることはわかっていたから、こちらはすでに謎ではなかった。梅毒については——原因はあまりにも明白だった。

④　病気は象徴や隠喩として使いやすくなければならない。天然痘に関連した隠喩があるとしても、私は知りたいと思わない。天然痘は病状とその後の容貌の損傷が悲惨すぎるために、有効な象徴にはなりにくい。そこへいくと結核は、患者が痩せ細って消耗していくという意味でも、病気に侵された人々の命が消耗していくという意味でも、いわゆる消耗性疾患であり、使いやすいのである。

十九世紀から二十世紀の初めにかけて、結核は癌と並んで、文学的想像力をかき立てる病気の筆頭だった。その一部をリストアップしてみよう。ヘンリー・ジェイムズの小説『ある婦人の肖像』（一八八一）のラルフ・タチェット、『鳩の翼』（一九〇二）のミリー・シール、ハリエット・ビーチャー・ストウの『アンクル・トムの小屋』（一八五二）のリトル・エヴァ、チャールズ・ディケンズの『ドンビー父子』のポール・ドンビー、プッチーニのオペラ『ラ・ボエーム』（一八九六）のミミ、トーマス・マンの『魔の山』（一九二四）のハンス・カストルプ青年をはじめとしたサナトリウムの入院患者たち、ジョイスの「死者たち」のマイケル・フュアリー、トマス・ウルフの『時と河について Of Time and the River』（一九三五）のユージーン・ガントの父親、ロレンスの『恋する女たち』のルパート・バーキン。じつはロレンスは自分の分身にあたるさまざまな登場人物の人相、性格、健康状態に、自分が闘っていた病気をコードとして埋めこんでいる。全員が結核というレッテルを貼られているわけではない。なかには「デリケート」、「虚弱」、「繊細」、「衰弱している」といった表現もあり、ほかに「肺が悪い」「肺の病気にかかっている」というのもあるし、しつこい咳をしていたり、一時的にスタミナがないとされるだけの者もいる。結核は当時の読者にとってきわめてなじみ深い病気だったから、症状を一つ二つ挙げておけば充分だったのだ。これほど肺病病みの登場人物が多いのは、作家自身が結核にかかっていた、あるいは友人、同僚、愛する人が結核で衰弱していくのを目の当たりにすることが多かったためだ。キーツやブロンテ姉妹に加えて、ロバート・ルイス・スティーヴンソン、キャサリン・マンスフィールド、D・H・ロレンス、フレデリック・ショパン、ラルフ・ウォルド・エマソン、ヘンリー・デイヴィッド・ソロー、フランツ・カフカ、パーシー・ビッシュ・シェリー。これでも結核もちの芸術家紳士録ではほんのさわりにすぎない。スーザン・ソンタグは『隠喩としての病い』（一九七七）で、結核が文学の主題として、また隠喩の道具としてなぜこれほどもてはやされるかをみごとに分析してみせた。だがここでは、ソンタグが挙げたさまざまな意味を取り上げるつもりはない。それよりも、作家が結核を直接または間接に使うとき、この病気の犠牲者について何らかの主張をしているのだということに注目しよう。当然、作家はこの病気を迫真性をもって描こうとするが、同時に象徴あるいは隠喩としての意図を宿していることが多いのだ。

先に挙げた第四の原則——隠喩として使いやすいこと——は、通常ほかの三つに先行する。じゅうぶんに説得力のある隠喩は、ふつうなら目をそむけたい病気まで効果に変えてしまう。その好例が疫病だ。腺ペストは患者本人の苦しさもさることながら、大流行したときの社会的影響の深刻さではまさにチャンピオン級である。そこで、二千五百年の間隔をおいて、ペストに脚光を当てた作品が二編書かれることになった。古くは『オイディプス王』。ソポクレースは天災と疫病に襲われた都市テーバイのようすを描いた。凶作、あいつぐ死産、疫病。病名こそ特定されていないが、町の様子はまさに腺ペスト禍の様相を呈している。短期間に都市全体が荒廃し、天罰でも下ったかのように市民がばたばたと倒れていくからだ。もちろん、ソポクレースの戯曲は冒頭で神の怒りが下るのを最重要行事に据えている。それから二千五百年後、アルベール・カミュは同じ疫病を題材にしたのみならず、小説のタイトルまで『ペスト』(一九四七)とした。カミュの関心も個々の患者の苦しみよりは、地域社会の状況をあぶり出し、哲学的意味づけを模索することにあった。疫病がもたらした大惨事に人がどう立ち向かうかの観察を通して、カミュは小説の設定に実存主義哲学を組み込むことができた。ペストによる孤立と不安、無差別に感染者が決定されていく不条理、病気の蔓延を前になすすべもない医師の絶望、むだと知りつつも高まる行動への欲求。カミュの場合もソポクレースの場合も、病気のメタファーは複雑でも曖昧でもない。両者はこうした明白な提示のしかたによって、病気を中心には据えずに使った他作家の作品の読み方を私たちに教えてくれている。

ヘンリー・ジェイムズがデイジー・ミラーをじゅうぶん使い切った末に始末しようと決めたとき、選んだ病気は「ローマ熱」、今で言うマラリアだった。もしあなたがこの美しい中編を読んだことがあるのに、この病名が意味するものに気づかなかったとすれば、注意力散漫のそしりを受けてもしかたがない。マラリアは直訳すれば「悪い空気」であるから、メタファーとしてみごとに機能する。デイジーはローマ滞在のあいだじゅう、比喩としての悪い空気――悪意に満ちたゴシップや誹謗中傷――に痛めつけられたのだ。名前が意味するとおり、かつてこの病気は蒸し暑い夜気の有害な蒸気によって感染すると信じられていた。蒸し暑い夜に飛んできて刺すうるさい蚊が病気を撒き散らしていることなど、誰も考えてもみなかった。そこで毒気を含んだ蒸気が格好の病因とされた。とはいえここでは、ジェイムズが使った「ローマ熱」という古い呼び名のほうがふさわしい。デイジーは文字どおりローマで熱情にうかされていて、エリート集団に食い込もうとする必死の努力（「私も上流の方にお付き合いを限りたいと思っていますの！」）をするいっぽう、ことあるごとにローマに定住するヨーロッパ化されたアメリカ人たちの不興を買っていたからだ。デイジーは夜中にコロッセウムに出かけたせいで死に至るのだが、そこで意中の人とまではいかなくても興味の対象であったウィンターボーンの姿に気づく。彼のほうは見ぬふりをして、デイジーに「あの方、私がここにいないみたいに無視したわ」と言わせる。その直後に彼女は死んでいなくなってしまうのだ。デイジーの死に方に意味はあるのだろうか？　もちろんだ。ローマ熱という病気はデイジーの身に起こったことを余すところなく代弁している。粗野なスケネクタディ出身の若くて純真な娘が、もちまえのバイタリティと旧世界のなかでももっとも古い都市の退廃した雰囲気との衝突によって破滅に追い込まれるのだ。ジェイムズはスタイルとしては写実主義者で、派手な象徴性を求める作家ではないが、真実味のある方法で登場人物を死なせ、同時にその不幸な死にふさわしいメタファーを成立させる機会に気づいたときは、迷いなく実行したのである。

病気の比喩としての価値に気づいたもうひとりの十九世紀のすぐれた写実主義者は、ヘンリック・イプセンだ。新時代を開いた戯曲『人形の家』（一八七九）で、イプセンはヘルメル家の隣人として、脊髄結核で死に瀕したランク医師を登場させている。ランク医師の病気は冒された部位が珍しい。結核と聞くと私たちはすぐに呼吸器を思い浮かべるが、じつは身体のどの部分にもありうるのだ。だが興味深いのはこれからだ。ランク医師は父親の放蕩生活のせいでこの病気が遺伝したのだと言っている。なるほど！　ここでランクの病状はたんなる疾患ではなく親の不行跡（これはこれで強いテーマ性をもつ）の告発に変わり、われわれ後年の皮肉屋たちが即座に気づくとおり、まったく別の頭文字で表わされる病気を示唆することになる。ＴＢ（結核）ではなくＶＤ（性病）だ。先に述べたように、十九世紀には梅毒とその仲間はほぼ禁句に等しかったので、言及するにはこうしたコード化が必要だった。親が不道徳な生活をしたせいで肺病になった人が、はたして何人いるだろう？　ゼロではないかもしれないが、先天梅毒のほうがずっと多いだろう。じつはこの実験で意を強くしたイプセンは、数年後に『幽霊』（一八八一）で同じ発想に立ち返り、先天梅毒で脳をやられた青年を登場させる。世代間の緊張、責任、不行跡はイプセンが追及し続けたテーマの一部であったから、このような病気が彼の共感を呼んだのは意外ではない。

当然ながら文学作品中の病気に何をコード化するかは、作家と読者によって決まる。ロレンス・ダレルの『アレクサンドリア四重奏』第一部『ジュスティーヌ』で、語り手の恋人メリッサは結核に斃れるが、ダレルの意図はイプセンとはまったく別のところにあった。ダンサー／社交嬢／売春婦のメリッサは、薄幸な運命の犠牲者だ。貧困、ネグレクト、虐待、搾取がすべて重なって彼女を押しつぶしていく。激しい苦痛をともなう病気の性質と、ダーリー（語り手）が彼女を救えないどころか彼女に対する責任を自覚してさえいないことが、生活苦と男によって文字どおり命をすり減らしていくメリッサの宿命を具現している。さらにメリッサ自身が病気や苦しみながら死すべき運命を受け入れてしまっていることは、自己犠牲を厭わない彼女の性格を反映している。たぶん誰にとっても、ダーリーにとっては特に、彼女が死ぬことがいちばんいいのだ。自分にとって何がいいかという発想は、メリッサにはないように見える。シリーズ第三部の『マウントオリーヴ』ではレイラ・ホスナニが天然痘にかかる。彼女はそれを自分の虚栄心と不実な結婚に対して神が下した審判のしるしだと考える。だがダレルの見方は違う。年月と生活がすべての人に与える損傷のあらわれと見るのだ。いずれにしても、私たち読者は自分なりの結論を導いてかまわない。

エイズはどうなの？

どの時代にも特別の病気がある。ロマン主義者とヴィクトリア朝の人々には肺病があった。私たちにはエイズがある。二十世紀の中ごろはしばらくのあいだ、ポリオが世紀の病いになると思われていた。誰もがこの恐ろしい病気で死んだり、松葉杖が必要になったり、鉄の肺に頼って生きる運命になった人を身近に知っていた。私はジョナス・ソーク博士が栄えあるポリオワクチンを発明した年に生まれたのだが、子どものころ、世の親がまだ子どもたちを公共のプールに入らせようとしなかったのを記憶している。克服されたあとでさえ、ポリオは私の親世代の想像力を強力に支配していたのである。しかしどういうわけか、この想像力が文学に結びつくことはなかった。当時の小説にポリオはほとんど登場していない。

それにひきかえエイズは、同時代の作家を虜にする伝染病になっている。なぜだろう？　絵になる？　とんでもない。ただしエイズにも肺病に似た、患者を劇的に消耗させる性質がある。神秘的？　出現した当時はそうだった。今でもこのウイルスはすべての治療法の裏をかく突然変異を際限なく繰り返し、なんとか封じ込めようとする人類の努力をかいくぐっている。象徴的？　間違いなくそうだ。エイズは象徴と隠喩の大供給源である。非常に長い潜伏期間を経て突然現われるところ、その潜伏期間ゆえにすべての感染者を自覚のないキャリアにしてしまうところ、出現後最初の十年ほどは事実上致死率百パーセントだったこと、こうしたすべてが強力な象徴性を生んでいる。若年層にかたよって感染が拡大してきたこと、同性愛者社会を直撃したこと、途上国で膨大な数の人々に襲いかかったこと、芸術家サークルで頻発した災厄――悲劇と絶望、その反面の勇気と立ち直りと深い思いやり（あるいはその欠如）が、メタファーやテーマや象徴性、さらにはプロットや状況設定を、作家たちにふんだんに提供してきた。また過去の感染の人口学的分布状況のおかげで、エイズは文学のためにもうひとつの用途を加えることになった。政治的視点だ。その気になればどんな人でも、ＨＩＶ／エイズにからめて政治的見解を述べることができる。社会的・宗教的保守派の人たちは即座に天罰うんぬんをもちだすだろうし、エイズ活動家は政府の対策の遅れをもっとも深刻な被害を受けてきた同性愛者や少数民族に対する敵意のあらわれと見る。実際には感染と免疫と闘病期間だけの問題なのに――これはどの病気でも同じだが――エイズはずいぶんと重い役目を背負わされたものだ。

　社会現象としてこれだけさまざまな論議を呼んだことを考えれば、エイズが過去のさまざまな病気に代わって文学に登場するのは当然予測できる成り行きだ。マイケル・カニンガムの『めぐりあう時間たち』（一九九八）は、ヴァージニア・ウルフの『ダロウェイ夫人』を下敷きにした小説である。『ダロウェイ夫人』には、砲弾神経症《シェルショック》で人格が崩壊し、自殺してしまう第一次世界大戦の帰還兵が登場する。悲惨な戦争の後遺症として、シェルショックは当時大いに物議を醸す医学問題だった。そんな病気が本当にあるのか、仮病ではないのか。もともと心理的不適合になりやすい素因があったのではないか。治癒の可能性はあるのか。ほかの兵士はかからないのにひとりだけ神経症になったのは、いったい何を目撃したせいなのか？　カニンガムがこの小説を書くにあたって、今さらシェルショックを使うわけにはいかなかったし、ベトナム戦争のＰＴＳＤもすでに遠い過去になっていた。そもそも彼は、二十世紀の初めにウルフがしたのにならって現代の都市生活を描こうとしていた。カニンガムにとってゲイとレズビアンの社会は都市生活の重要な一部分であり、そのゲイとレズビアンにとってＨＩＶ／エイズは重大な問題だった。というわけで、自殺させるのは末期のエイズ患者ということになった。病名をのぞけば、ウルフとカニンガムが描いた死はとてもよく似ている。時代特有の不幸な運命に見舞われた二人に、私たちは不治の病の支配から自分の人生を奪い返そうと試みる「被害者」の普遍的な苦しみと絶望と勇気を見て取ることができる。カニンガムは、時代によって変わるのは些細な事実だけで、そこで明かされる人間性は変わらないのだということを私たちに思い出させてくれる。作家が過去の作品の構想を繰り返すことで得られる効果はこれだ。読者はオリジナルを生み出した時代と現代の両方について、何かを学ぶことができるのだ。

じつはしかし、文学作品のなかでもっとも効果的に使えるのは作家が創作した病気であることが多い。昔は熱病――ローマ熱でもなんでもない――が魔法のように役立った。登場人物は「熱病」にかかり、床に伏しては、プロットの都合に応じた闘病期間ののちに死んでいった。熱病は、あてにならない人の運命、人生の苛酷さ、神の意思の不可知、作家の想像力の欠如など、ありとあらゆるものを代表していた。ディケンズはさまざまな登場人物を正体不明の熱病で死なせている。もちろんディケンズの小説はあまりにも登場人物が多いので、整理の都合上、定期的に何人かをあの世に送り出す必要があったのだ。哀れなポール・ドンビー少年は、父親を悲嘆に暮れさせるだけのために死んでいく。リトル・ネルは現実に何か月も生死の境をさまよったが、それはもともと『骨董屋』が月刊分冊で発表され、読者がネルの運命を知るのに翌月の号まで待たなければならなかったからだ。実生活で結核をいやというほど見ていたエドガー・アラン・ポーだが、「赤死病の仮面」には謎の病気をもちだした。赤死病はＴＢかその他の病気の記号化という可能性もあるが、おそらく現実の病気ではなく、作家がこうあってほしいと思う病気だろう。本物の病気にはそれぞれ厄介なお荷物がついてくる。それが小説中で役立つこともあるのだが、処理しなければならない束縛であることはたしかだ。だが作り物の病気なら、製作者は何とでも言いたいことを言える。

現代医学がほとんどの病原体をつきとめてしまい、どんな病気でも診断できるようになったせいで、ノーブランドの「熱病」や正体不明の難病が使えなくなったのは残念なことだ。これこそ文学にとって「治療は病気よりこわい」ことを証明する実例といえるだろう。〔The cure is worse than the disease は「角を矯めて牛を殺す」と同様の意味のことわざ〕

24 目で読むな

先に紹介した、ジョイスの『死者たち』に描かれた十二夜の晩餐をご記憶だろうか。二十世紀後期の（あるいは二十一世紀初頭の）アメリカに生まれた者が見ると、このパーティー料理は正直ぱっとしない。まあ鵞鳥《がちょう》だけはべつだが。十二夜の祝日に、というかどんな祝日でも、家庭で鵞鳥のローストを作るアメリカ人はまずいないだろう。だがそれ以外のメニューはしごく平凡に見える。ガラス器に立てたセロリの茎、サイドボードに置かれた米国産のりんごとオレンジ。粉ふきジャガイモ。これといって目を引くものはない。あなたがこの晩餐を用意した老婦人たちと同じように電化される前のダブリンに住んでいて、一月六日にパーティーをしようというのでないかぎりは。老婦人たちのことを、晩餐のことを、つまりこのストーリーを正しく理解しようと思ったら、自分の目ではなく、ケイトおばやジュリアおばの目でもなく、この料理の意味を見抜ける目で見なければならない。そういう視力は『アニマニアックス』〔一九九〇年代にアメリカで放送されたTVアニメ〕を観ていても養われはしない。おばたちは限られた家計を上回るメニューで、大勢の客に高価な輸入野菜や果物を供した。一月のアイルランドでセロリは育たない。果物はアメリカからの輸入品で、当然とても高価だ。二人がかなりの出費を覚悟した十二夜つまり公現祭《エピファニー》とは、幼いキリストが東方の三博士の訪問を受けた日で、このシーズンではクリスマスに次ぐ大切な祝日である。宗教的な意味に加え、この日は老婦人たちの一年に一度の大散財の日と決まっている。中産階級の良家の令嬢として何不自由なく暮らしていたころの思い出にしがみつくためだ。彼女たちの人生でこの日がどれほど大切かがわかっていなければ、パーティーを成功させたいという彼女たちの切実な思いを理解することはできない。

あるいはこちらだ。ジェイムズ・ボールドウィンの短編「ソニーのブルース」は、一九五〇年代のハーレムに住む生真面目な数学教師を主人公にしている。教師の弟はヘロイン不法所持で服役中だ。七章でも扱った物語の最後の場面で、出所した弟のソニーはジャズクラブにもどってピアノを弾くことになり、語り手の数学教師は生まれて初めてその演奏を聴きに行く。物語には一貫して張りつめた空気がある。兄弟はお互いをわかりあえておらず、数学教師はソニーがなぜトラブルを起こすのかも、彼の音楽も、麻薬のことも、まったく理解できないからだ。そもそも兄にはジャズがわからない。彼が知っているジャズといえばルイ・アームストロングだけで、ソニーから見れば救いようもなく古い。だがその兄はジャズ・コンボと共演するソニーの演奏に耳を傾けるうちに、美しくも悩ましげな音楽に潜む深い感情と苦悩と喜びを聞き取り始める。そこで和解と兄弟の絆のしるしとして、スコッチ・アンド・ミルクをソニーに届けさせるのだ。ソニーは一口すすってからグラスをピアノの上に置き、ありがとうと言うようにうなずく。そのグラスが「よろめかす大杯そのもの」のように輝いていた、という描写で物語は終わる。聖書から引かれたこの言葉は深い感動を誘い、どんな短編も及ばないほどの豊かな余韻を残す。完璧といってもいい。さて、ここからが解釈というものの面白さだ。私の勤める大学には、薬物乱用を扱う社会学やソーシャルワークのクラスがある。その授業を取っている学生が「ソニーのブルース」のディスカッションにやって来て、真剣な顔で「回復途上の麻薬中毒患者には絶対にアルコールを与えてはいけない」と発言することが、これまで何度かあった。お説ごもっとも。しかしこの作品にかぎっては有効な意見とはいいがたい。ボールドウィンが当時入手できた情報に基づいてこの短編を書き、出版したのは、一九五七年だ。しかも作者は兄と弟の関係を掘りさげようとしただけで、麻薬中毒の解説をしたわけではなかった。テーマは救いであって回復ではない。もし回復の話と読むなら、つまり、あなたの目と意識を今の現実からボールドウィンの一九五七年に切り替えようとしないなら、せっかくのみごとな結末も意味を失ってしまうだろう。

あたりまえのことだが、人には必ず盲点がある。私たちは観たり読んだりするものに、現実世界とのある程度の類似性や整合性を求めるものだ。その反面、フィクションの世界を現実世界に逐一似せようとしすぎると、面白さがすっかりそこなわれてしまうばかりか、作品の理解を制限することにもなる。では、どこまでやったらやりすぎなのか？　人は読書に何を求めるべきなのだろう？

それはあなた次第だ。ただ、私はこう考えている。読書から最大限の結果を得ようと思うなら、当初作者が意図したとおりの受けとめ方をするように努力すべきである、と。そのための公式はこれだ。**目で読むな。**つまり私が言いたいのは、今私たちがいる西暦二千何年にどっかり腰を落ち着けたまま読んではいけないということだ。その作品が書かれた歴史上の時間に近づけるような視点を探してみよう。その時代の社会的、歴史的、文化的、個人的背景に照らしてテクストを理解するように努めよう。じつはこれにには危険も伴うのだが、そのことについてはあとで述べる。ついでにここでもうひとつ、専門家の読解法に脱構築《ディコンストラクション》というモデルがあることも認めておかなければならない。これは懐疑論を極限まで推し進めた考え方で、目の前の小説や詩のほぼすべてに疑問を呈し、作品を解体して、作家が作品の要素を支配しているわけではないことを示す読解の方法である。ディコンストラクションによる読解がめざすのは、作品がその時代の価値観や偏見にいかに支配され、弱められているかを実証することだ。ご想像のとおり、私はこのアプローチをあまり支持する気にはなれない。一日の終わりには自分で分析した作品を好きになっていたいからだ。だがそれはまたべつの話。

ここでもう一度ボールドウィンの数学教師とソニーの麻薬中毒に話をもどそう。中毒患者にアルコールを与えるとうんぬんという発言は、読者の側に社会問題に対するある種の思い込みと、芸術・大衆文化体験の歴史があることを明らかにする。それがこの物語の意図と相容れないのだ。『ソニーのブルース』はたしかに救済の物語ではあるけれども、学生たちが教えこまれてきた類の救済ではない。昼間のトークショー、テレビ向けに作られた映画、雑誌記事など現代の大衆文化は、薬物中毒のような問題を取り上げては、単純で直接的な解決法を求めようとする。それはある意味で正しい。しかしボールドウィンは、ソニーの麻薬中毒そのものにはほとんど興味をもっていなかった。作者が本当に気にかけているのは、語り手である兄の心の葛藤だ。物語のあらゆる部分がここに集中している。視点が兄にあること、弟のソニーより兄の人生のほうが深く詳しく説明されること、読者に直接伝わるのが兄の気持ちであること、そのすべてが、これが弟ソニーではなく語り手側の物語であることを示している。しかも何よりも、自分の世界つまり居心地のよい場所を出て、仲間のミュージシャンと一緒にいるソニーのところへ行って彼のジャズを聴くのは、兄のほうなのだ。登場人物にプレッシャーをかけて変わらせたり動揺させたりしたいときは、家から引きずり出して見知らぬ世界にほうりこむにかぎる。中産階級の数学教師にとって、ジャズの世界は海王星ほどにも遠いところだった。

読者の視点がなぜそれほど問題になるのかを説明しておこう。この物語は私が「変身のラストチャンスもの」と呼んでいる大きなカテゴリーに入る。お世辞にも学術的な名称とは言えないが、まさにこの名のとおりなのだからしかたがない。ある人物——心を入れ替えてやり直す機会がこれまで複数回あった程度の年齢には達しているが、もちろん何もせずに現在に至っている——に、もう一度だけチャンスが与えられる。これまで成長できずにきた、いちばん重要な部分（具体的には物語によって違う）について自分自身を教育しなおす、最後の機会だ。この人物が年嵩なのは、探究の冒険の主人公が若者なのと正反対の理由による。これから成長できる可能性は限られていて、時間がなくなりつつある。つまり事は急を要するのだ。砂はまもなく落ち切ってしまう。つぎに、登場人物が置かれた状況に説得力がなければならない。われらが語り手の場合はどうだろう？　彼はこれまで弟を理解もせず、同情もしてこなかった。刑務所に面会に行ったことさえないほどだ。語り手が娘を亡くし、ソニーが思いやりのこもった慰めの手紙を書いてきたとき、語り手（申しわけないがこの男には名前がないのだ）はますます後ろめたく感じる。ソニーが出所してヘロインも断った今、語り手には初めて厄介者の弟に近づいて理解するチャンスが与えられる。今回できなければ、もう二度と可能性はないだろう。こうして「変身のラストチャンスもの」の核心に到達する。核心はいつも同じだ。**この人物は救われるのか？**　ボールドウィンもまさにそう問いかけている。ただし、ソニーについてではない。じつのところ、私たちがいちばん気にかかるソニーの未来には（作家とはなんと残酷なものよ）暗雲がたちこめている。ソニーは彼にできる唯一のこと、ジャズをやりながら、ジャズの世界にはびこる麻薬中毒に逆戻りせずにいられるだろうか。それは誰にもわからない。ソニーの未来に対する私たちの懸念が、語り手の成長への切迫感に拍車をかける。立ち直ったジャンキーを愛し理解することは誰にでもできる。だが立ち直ることが不確かな場合、本人も危険を認めている場合には、本当に難しい。この物語を昼間のトークショーやソーシャルワークの授業のフィルターを通して読んでしまったら、根本のところで読み違えることになる。ソニーの躓《つまず》きはたしかに興味を惹くが、じつは読者を誘いこむための仕掛けにすぎない。この物語が提起している本当の問題は、すべて語り手である兄についてなのだ。これをソニーの話と読むかぎり、結末ははなはだ不満足だ。しかし兄の話として読めば、すばらしい作品になる。

『ソニーのブルース』は比較的最近の作品だ。これが『白鯨』、『モヒカン族の最後』、あるいは『イーリアス』となったら、背景にあるものの考え方を理解するのはどんなに難しいことだろう。すさまじい暴力。極端な肉食偏重の食習慣。血なまぐさい生贄。略奪。多神教。妾たち。一神教文化のなかで育った読者（信仰の有無にかかわらず、西洋文化圏の人間はすべてそうだ）なら、宗教行為イコール肉切り包丁のようなギリシア人の信心に首をかしげずにはいられないだろう。そもそも、戦利品として囲っていた女を横取りされて怒ったアキレウスが戦闘を放棄、という叙事詩『イーリアス』の初期設定は、古代ギリシアの聴衆には受けたかもしれないが、現代人の共感を呼ぶものではない。そういう意味では、戦闘に復帰して目に入るかぎりのトロイア人を皆殺しにしたというアキレウスの「贖罪」も、現代人の目には野蛮このうえなく映る。ではこの「偉大な作品」とその精神性、性の政治学、男性優位の規範、圧倒的な暴力は、私たちに何を教えてくれるのだろう。じつは、ギリシア人、それもずっとずっと昔のギリシア人の目を借りて読もうとさえすれば、じつに多くのことを教えてくれるのだ。アキレウスは度を越えたプライドにとらわれて判断を誤り、結果として最愛の親友パトロクロスを死なせたばかりか、自らも命を落とすことになる。英雄もときには妥協が必要だ。癇癪は見苦しい。運命の日はいつかやってくる。神々といえども定められた運命を変えることはできない。『イーリアス』には役に立つ教訓が詰まっている。ときには『ジェリー・スプリンガー・ショー』〔アメリカの視聴者参加型トークショー。参加者の過激な対決場面で知られる〕の一場面のように見えることがあるのはたしかだが、現代大衆文化のレンズを通してしまったら、教訓の大半を見落とすことになるだろう。

　さて、では先ほどちょっと触れた危険について説明しよう。作者の視点を受容しすぎることで問題が生じる場合がある、と述べたことだ。たとえば私たちがホメーロスを読むとき、叙事詩に描かれた三千年前の血なまぐさい価値観を受け入れる必要があるだろうか？　もちろんない。他国を情け容赦なく破壊する、征服した民族を奴隷にする、妾を置く、皆殺しにするといった行為には、目をそむけて当然だ。だが同時に、ミュケーナイのギリシア人にとってはそれが常識だったということも認めておかなければいけない。『イーリアス』を理解しようと思うなら（理解する価値は十二分にある）、登場人物をこうした価値観をもった人間として容認する必要がある。では、人種的偏見に満ち、アフリカ系、アジア系、ユダヤ系など特定の人種を誹謗中傷したような小説でも、受け入れる必要があるのだろうか。もちろんない。『ヴェニスの商人』は反ユダヤ的か？　そうかもしれない。ではその反ユダヤ主義傾向は、同時代の風潮と比べて強かっただろうか、弱かっただろうか？　私ははるかに弱いと思う。シャイロックはユダヤ人の理想のヒーローではないかもしれないが、少なくとも彼の行動には理由づけがあり、それなりの人間味も与えられている。ところがエリザベス朝時代の小冊子などを見ると、ユダヤ人はほとんど人間性を否定されている。シェイクスピアはシャイロックをキリストを処刑した罪で責めたりはしないし、火あぶりにしろとも言っていない（この戯曲が書かれた世紀、ヨーロッパの他地域では火刑が行なわれていた）。では、この戯曲を受け入れるべきか、拒否すべきか？　それはあなたの好きにすればいい。ただこれだけは言っておきたい。シャイロックが悪党かどうかは、シェイクスピアが彼のために創り上げた困難で複雑な状況の中だけで判断されるべきだ。また、シャイロックが被差別グループの代表またはたんなる類型に終わらず、本物の人間だと実感できる人物になっているか、この作品が背景にある民族的偏見を除いても戯曲として成立しうるか、それとも芸術として成立させるために民族的偏見が不可欠なのか、といったことも考慮する必要がある。私自身は、プロットや設定を憎しみに頼った作品は認めないことにしている。その点『ヴェニスの商人』は人種的偏見を基盤にした作品ではないから、これからも読みつづけるつもりだ。もちろん私には、『ヴェニスの商人』よりずっと好きで、たびたび読み返すシェイクスピア作品がたくさんあるけれども。あとは読者や観客のひとりひとりが自分で決めればよい。ただし、どんなものにしろ、見たり読んだりもしないで拒絶することだけはしてはならないと思う。

ここでぐっと現代に近づいた厄介な例に転じることにしよう。エズラ・パウンドの『キャントウズ』には目をみはるような一節があるいっぽうで、ユダヤ文化とユダヤ人に対する非常に不快な見解も含まれている。はっきり言うと、『キャントウズ』は詩に表現したよりはるかに強烈な反ユダヤ主義を標榜する人物の作品なのであり、そのことはパウンドが第二次大戦中にイタリアで行なったラジオ放送が証明している。シェイクスピアでは同時代人と比べることで逃げを打った私だが、パウンドにその手は通用しない。パウンドが反ユダヤ主義的発言を重ねたのが、まさに何百万ものユダヤ人がナチスによって虐殺されていた時期だったことを考えると、ますます怒りがつのるのである。弁護団がしたように、パウンドを精神障害とかたづけてしまうことにも承服できない（パウンドは敵国に協力する放送をしたとして反逆罪で告訴された）。では彼の詩についてはどう評価すべきなのだろう？　それを決めるのはあなただ。私は今でもパウンドを読み、何か得るものがあると言うユダヤ人読者を知っている。パウンドと聞いただけで拒否する人たちも知っている。パウンドを読みつつ罵倒する人もいる。それはユダヤ人とは限らない。私自身は今でもときどきパウンドを読む。そこには驚くほど美しく、脳裏に焼きついて離れない、力強い語句がちりばめられている。それでも問いかけずにはいられない。これほどの才能に恵まれた人間が、なぜこれほど視野が狭く、ひとりよがりで、偏見に凝り固まっていたのだろうと。答えは見つからない。パウンドに時間を割けば割くほど、私はその愚劣さにあきれ果てる。天才が、おそらくは似つかわしくない人間に与えられたことは不幸だった。『キャントウズ』はすぐれた作品だが、非常に欠点の多い傑作だと私は思う。難点は反ユダヤ主義だけではないが、それが瑕をひろげていることはたしかだろう。『キャントウズ』は私の専門分野でもっとも重要な作品のひとつであるから、好むと好まざるとにかかわらず、背を向けてしまうわけにはいかない。この章の初めで私は、読者は作品が要求する世界観を受け入れてから読むように努めるべきだという意味のことを述べた。しかしパウンドと彼の『キャントウズ』のように、その要求が受け入れがたい場合もある。

私がみなさんを羨ましく思うのはこんなときだ。大学の教師をしていると、悪臭ふんぷんたるキャラクターや納得のいかない作品でも読みつづけなければならない。だが大学教授のよう、に、読もうとしているみなさんなら、その気になれば本を投げ捨てて終わることもできるのだから。

25 それがぼくの象徴だ、しかも泣きたければ泣くさ

ここまでは、そこそこ一般的でよく知られた象徴について語ってきた。世間では多くのものに出来合いの連想があてがわれている――あるいは長年使われてきたせいで、新参者のわれわれには出来合いのように感じられる。川といえば、変化、流れ、氾濫、あるいは渇水。岩ならば、静止、変化への抵抗、永続性。イェイツが「一九一六年復活祭」という詩の中で架空の川に想像の石を置くとき、詩人は流れてゆく川と揺るぎない石を対比させてみせ、私たち読者はさほど深く考え込まなくてもその意味をくみ取ることができる。ここまではよしとしよう。

さて、それではもし文学の世界で通常見かけないものが出てきたらどうするか。まあたとえば、牛とか？　あるいは山羊？　牧歌詩には羊がいくらでも出てくるけれど、山羊となるとめったにいない。この際極限まで行ってしまうことにして、いっそ蚤はどうだろう。冗談だと思ったかな？　じつはジョン・ダンはとっくにクリアーして、このちっぽけな害虫で荒稼ぎしているのだ。先にも書いたように、ダンは弁護士であり牧師でもあって、亡くなる前の最後の十年はロンドンのセント・ポール大聖堂の首席司祭を務めたのだが、若いころは放蕩者で、性的な比喩を好む作家でもあった。当時の文学好きな放蕩者はみな、恋の相手から目的のものをせしめるために、知恵を絞って工夫したものだ。ダンの工夫の産物の一例がここにある。

この蚤を見てごらん、そうすれば分かるはず、
君を拒んでいる者が、その中では何と小さいか。
蚤はまず僕の血を吸い、今度は君の血を吸う。
この蚤の中では、我々二人の血が混ざりあうのだ。
君はよく知っているはず、とてもこんな事が、
罪や、恥や、貞操の喪失などと、言えないことを。
でも、蚤は求愛もせずに、楽しんでいるのだ。
二人の血を一つにして、丸々と膨れ上がっている。
ああ、そうしたくても、我々にはその勇気がない。

（湯浅信之訳『対訳ジョン・ダン詩集』岩波文庫）

これが「蚤」の第一節である。thee やら thou〔汝の意〕が出てくるものの、意味はわかるだろう。男性の語り手がしぶる恋人に、君がやらせてくれないことを蚤はもうやってしまったのだから、考え直しておくれと頼んでいるのだ。蚤は、この場合両方の血を吸うことで、二人を一つに結びつけてしまった。ほらね、どうせぼくらの血は混ざっちゃったんだ、やらせてくれてもいいだろ、と彼は言う。蚤は恥じてなどいないし、蚤に刺された僕らも恥ずかしいとは思わない、だったらセックスして何が恥なんだい？

語り手は、あと二節にわたってこの調子で説得を続ける。はじめは蚤を殺したら自分たちを含め三つの命を奪うことになるよ、という奇妙な理屈をこねて彼女に蚤を殺さないように求め、蚤を「我々の新

床」とまで呼ぶ。詩の全体を通じて、私たちには彼が完全に誠実とはいえないこと、蚤はセックスへの誘いであると同時に、滑稽なポーズのための演出でもあることがわかっている。第三節で、相手の女性は本当に蚤を殺してしまう——ずうずうしい恋人にとってはよからぬ兆候だ——すると男は、ここで自分に身を任せても、蚤を殺したこと以上の不名誉にはならないと言い張る。この詩全体で修辞法として使われているこのような奇抜な比喩は「奇想」と呼ばれ、ダンをはじめいわゆる形而上詩人たちが得意とするところだった。ここで見るように着想が題材以上に重視されることが多く、着想を実行するために無理やり題材をひねり出しているようにさえ見える。恋人の必死のくどきはおもしろいかもしれないが、そのために厄介な蚤を駆り出してくるアイデアほどではない。

というわけで、本題はここからだ。みなさんはこのような戦略を何度ぐらい目にしたことがあるだろう。セックスの話ではない。蚤を使うこと（あるいは蚊、ダニ、虻など、刺す害虫ならなんでもいい）。まず見た記憶がないのではないだろうか。この本でずっと語ってきたことのひとつは、イメージとその使い方について、文学データベースを作ろうということだ。雨、よし。食卓を囲む、よし。探求の旅、よし、といった具合に。このデータベースが重視するのは、もちろん反復である。もし多数の作家が一定のモノや状況を作品の中で使っているようなら、私たちはそれに気づいて隠れた意味を理解するようになる。作家は「さてご注目！　雨だぞ！」などと叫ぶ必要はない。勝手に雨を降らせてくれれば、あとはこちらが処理する。じつは作家は深く考える必要さえない。雨が降るのは、プロットがそうなっているからだ。その先を考えるのは読者だ。

つまりこういうことだ。作家も芸術家も読者も、みんな何世紀にもわたって積み上げられてきた象徴性のデータを保持している。さまざまな状況で無数の目的のために使われた、イメージ、象徴、直喩、暗喩などの蓄積で、私たちはそのデータにたやすくアクセスできるどころか、ほぼ自動的にそうしている。たとえば映画に洪水のシーンがあったとき、隠された意味をじっと考えたりはしないけれど、そのインパクトは――いろんなものが流されてゆくという表面的な事実とはべつに――無意識のうちに働いているのだ。こうした含意が保存されたストレージのおかげで、テクストは同時にひとつ以上の意味をもてるようになる。

妙な勘違いをすることのないように、ひとつはっきりさせておこう。含意というのは、すべて二義的なものだ。テクストの一義的な意味は、ストーリーそのもの、表面的な記述である（景色の描写とか、行為、筋書きなど）。文学を読み込んでいくと、ある段階まで来たところで、このあたりまえの事実を見失ってしまうことがある。上級英語のクラスに行くことがあったら、「これはどういうストーリー?」と訊いてみるがいい。彼らは競って「隠された」意味を説明し始めるだろう。しかもそれはおおむね正しい。ただ彼らは、これは偏見の強い男の妻が盲人を夕食に招く話だよ、と言うのを忘れてしまうのだ。小学四年生でもできることなのに、裏に隠された意味ばかり探しているうちにスキルを失ってしまう。だからときどきそっちの筋肉を動かしてやったほうがいい。こう考えてみよう。小説が一編のストーリーとして完全に失敗していたら、世界中の象徴性を詰め込んでも救われはしないと。いやいや、今書いたのは『白鯨』のことではない。『白鯨』は物語文学の法則のうえからはちゃんと成功している。ただそれを理解できる読者が少ないだけだ（とくに十七や二十歳では、読んでいるうちにうんざりしてしまうだろう）。

だからといって二義的な意味の重要度が下がるわけではない。それはやはり大切なのだ。二義的な意味は作品に味わいを加え、深みを出してくれる。それがなければ文学の世界はぐっと平板になってしまうだろう。新しい作品を読んだとき、これはどこかで見たぞと思い出す助けにもなるし、物語の表面的な意味が深まったりもする。たとえば、若い女性が自分を救ってくれた相手に強い感情を抱くのは当然だが、溺れかけたところを救われたとなると、話は変わってくる（暴走してくる馬車とか、オオカミの群れとかと比べての話）。溺れかけるというのは死を経験したようなもので、ある意味生まれ変わったも同然だからだ。こうした比喩表現――つまり、象徴、メタファー、アレゴリー、イメージなど――の貯蔵庫を共有することで、読者はテクストから字面以上の意味を読み取れるようになる。というよりむしろ、読み取るように奨励される。私たちはここまで長い時間をかけて、貯蔵室に納められたアイテムをひとつひとつ検証してきた。庭、洗礼、旅、転機と季節から、食べ物や病気まで。しかし貯蔵室の中身は、本一冊でカバーできる量ではない。ただ幸いなことに、いったん原則を理解しさえすれば、個々のアイテムを自分で見つけるのはたやすいことだ。あなたは自分でも気づかずに、ものごころついてからずっとそれをしてきた。唯一の違いは、いまでは意識的にできるようになったというだけである。

しかしそれでは、一般的に共有されていないような比喩表現が出てきたときはどうすればよいのだろう。先に、ジョン・ダンが個人的な象徴として血を吸う蚤を使ったことを紹介した。じつはこの男、ほかにも妙なものを使っている。「別れ――嘆くのを禁じて」という詩で、語り手は恋人に別れを告げる。ショックを和らげようとしてか、つぎのような意味のことを言う。「こう考えたらどうだろう。きみはコンパスの脚で（地理ではなく、幾何学で使うやつ）ぼくは鉛筆だと。ぼくがどこまで遠くへ行こうと、二人はずっとつながっている。だからぼくはきみと別れることはできないよ。どんなに遠く離れていても、きみはぼくの中心なんだ」しかもダンは二つのコンパスが重なったところを想定している。恋人どうしがそれぞれ相手の存在の中心になっているというわけだ。それではなかなか動きが取れないような気がするが、ここではよしとすることにしよう。いずれにしても、非常にうまいイメージだ。この男が真剣に言っているのか、朝さっさとベッドから逃げ出す口実にしただけなのかは、教室のディベートにもってこいのテーマになりそうだが、それは本題ではない。コンパスの象徴性を考えるにあたっては、ひとつ問題がある。新しいテリトリーなので、頼りにできる地図がないのである。数学関係の道具が出てくる詩など、ほかに例がないからだ。おっとそういえば三百年ほど経ってから、ルイ・マクニース〔一九〇七―一九六三 北アイルランド出身の英国の詩人〕が「ヘラクレイトスの変奏曲」という詩で「えせ計算尺」をもちだしていたっけ。おかげで運の悪い教師は、きょとんと見つめ返す学生たちに、その昔（つまり電卓ができる前）は、数学や物理の計算に計算尺というものを使っていたのだよと一から説明するはめになる。ひょっとしたらほかに、そろばんに言及した詩がひとつやふたつあるかもしれないが、私はまだ見たことがない。いずれにせよ、分度器やコンパスに出くわす機会はほとんどないだろう。ではどうするか？

頭を使って考えよう。

わかったわかった。いかにも間の抜けた答えだが、真理がばからしく見えることはよくあるものだ。要するに、まるっきり個人的な象徴にあたってしまったとしても、使える方法はあるということ。いちばん重要なのは前後関係だ。そのイメージは詩のどの部分に配置されているか？（このケースでは最後の三節、もっと恒久的に立ち去ることを告げた後である）。イメージはどのように使われているか？イメージで何を意味しようとしているか？　つまり、じっくりと読んでみた結果、その言葉が何を告げているかということだ。幸いこちらにはほかのツールもある。鋭い感覚と目の肥えた読解力だ。練習を積んで読書のエキスパートになるにつれて、ある分野の知識を別の分野に移すことができるようになる。この詩を読むまでコンパスのイメージに出会ったことこそなかったが、距離やつながりかたの象徴ならいろいろ経験してきた。手紙や電話、クーリエが届けるメッセージまで、消息を絶やさないいろいろな方法も知っている（それでも立ち消えることは多いけれど）。恋人たちの誓いや、それに伴うモロモロも理解している。だからすぐに、このイメージならそれほど手ごわくはないぞとわかるのだ。これならいける、と。

もちろん、事をややこしくする作家はいつでもいる。イェイツの比較的一般的な象徴のことは前に述べた。ただしイェイツは、きわめて私的なイメージや象徴をこじつける才で悪名をとどろかせてもいる。お気に入りのひとつは塔だ。それもそんじょそこらの塔ではなく、使い古された象牙の塔などでもなく、具体的なひとつの場所、彼自身が所有する塔なのだ。一九一五年から一六年ごろ、彼は十五、六世紀（これらの年代は確定されていない）のアングロ＝ノルマンの塔を買った。城のなくなった稜堡のようなところだが、バリリー城と呼ばれていた。イェイツはゲール語を加えて、ここをトール・バリリーと改名した。古語を習得できなかったことで知られる詩人にしては、なかなか気取った命名だ。しかしイェイツはおかしな男だった。親しい友人のグレゴリー夫人から買い受けた塔は、たちまち彼の詩を席巻していく。ときにはただゴルウェイ郡の土地に根づいていることの象徴として。それはイェイツの強い願望だった。屋上に上って壊れかけた銃眼付きの胸壁にもたれるときは、不完全な芸術の標章になった。もっとも重要な意味をもったのは、アイルランド内戦中、敵対する勢力が道を行き来するのを比較的安全な高見から眺めている場面だ（「内戦時代の省察」）。あるいは献辞の詩を刻ませようとしている建物（「トール・バリリーの石に刻むために」）。さらに現代世界からの避難所、隠れ家であり、貴族的な過去とのつながりであり、偉大な団結の象徴でもある。この建物は「塔」（一九二八）、特徴的な内部の構造から「螺旋階段」（一九三三）など、一連の著作のタイトルにもなった。で、そのつぎが円環だ。

どういう意味？　円環って何？

そうだね。ここでいよいよ正真正銘私的な象徴の登場だ。イェイツは『幻想録』（一九二五）で、秘教的な世界観を体系立てて解説している。このシステムには変動するパーツが多数あるが、そのキーになるのがガイア（gyre）だ。この言葉はジャイアと発音されるのが普通だが、イェイツはガイアと発音した。イェイツのガイアは回転する二つの円錐形で、先端どうしが反対側の底面の中心に刺さっている状態だ。何のことやらわからないだろう？　砂時計を思い浮かべてみよう。いちばんくびれているところで切り離す。この半分ずつをなんとかして交差させることができれば（非固形物質ならできそうだ）、そしてそれぞれ反対方向に回転させることができれば、みごとできあがりだ。ガイアは相反する歴史的、哲学的、霊的力を体現しているので、ある種ヘーゲルやマルクスの弁証法と共通している。弁証法では対立する力が衝突して新たな現実が生まれる。ただし弁証法では何も回転しない。

イェイツはガイアに無限の楽しみを見出したらしく、いったん思いついてからは——一九一七年に結婚してからまもなく——水辺から飛び立った鳥が輪を描きながら飛んでいく様子から旋風まで、多少とも丸いものは何でも回転させるようになった。しかし何といってもいちばんのお気に入りは、塔の中にある螺旋階段だ。どこかエキゾチックだが家庭的で、夏に別荘として滞在するあいだ毎日目にするもの。ガイアと同様、塔と螺旋階段は切っても切れない関係で、いずれか一方では用をなさない。イェイツを読む最大の喜び——そして難しさ——は、ほかのどんな文学作品にもない象徴やメタファーに出会えることだ。イェイツの象徴性のシステムは私的で風変りであり、一部の人が言うように閉鎖的で神秘主義的でさえある。一度読んだだけでは気づかないことがたくさんあるだろう。特別の情報が必要かもしれない（私は『幻想録』を研究対象にしてきたが、一般の読者にそれを望むのは無理というものだ）。というわけで、イェイツの詩からすべてを読み取るには相当な努力がいる。

しかも困ったことに、そこにロードマップは存在しない。家畜の象徴性を牝牛が放牧場から牛舎に帰るまで考えつづけたとしても、たいして進展はないだろう。そうした象徴性は個人的なものだからだ。とはいえ、よそ者お断りというわけでもない。私は文学における象徴性の包括的解説などやってみるつもりはないが、たとえそんなことができたとしても、この場合あなたはやはり孤立無援だ。この本の二十数章を、たとえば百二十章に、あるいは二百二十章に増やしてみたところで、そこにガイアの章はないだろう。一章を何かに充てるためには、最低でも二人の詩人が扱っている必要がある。ところが今のところイェイツ一人しかいないのだ。おそらくこの先もそうだろう。単一のシステムでは、一般論として論じるわけにはいかない。

しかしだからといって、イェイツを解読できないわけではない。すべては無理かもしれないが、かなりのところはわかる。たとえばイェイツが「クールの野生の白鳥」で、白鳥たちを「壊れた大きな輪」を描きながら飛び去らせるとき、私たちはたやすくその光景を思い浮かべることができる。大きな白い鳥の群れが、途切れ途切れの輪になってゆっくりと舞い上がっていくところだ。読者がそれ以上の象徴的な意味に気づかなかったところで、なんの問題があるだろう。ここでは可能な解釈のしかたが何層も何層もあるのだが、われわれはただ自分が見つけたものを、これを読んだ時点で自分にできる範囲で理解するだけだ。しかもこの場合、老いつつある地上の語り手と、つねに若く、自由に空を飛べる白鳥とのコントラストは、かつて存在したどんなガイアよりも強烈なのである。

というわけで、戦略はこれだ。**自分の知っていることを使おう。**私は長年にわたって二十世紀文学を教えてきた。ジョイス、フォークナー、ウルフ、エリオット、パウンド、ファウルズ、オブライエン（各数冊ずつ）。いずれも革新的作風で知られる強打者たち、つまり恐ろしい連中だ。そして例外なく、この作家たちが書く本は、こちらが読み方を学びながら進まなければならない。たとえば『ユリシーズ』は——何にも似ていない。ジョイス自身が前に書いた『ダブリン市民』や『若き芸術家の肖像』とも違うし、そのほかのいわゆる「意識の流れ」派の作家とも、親和性はあるかもしれないが、似てはいない。『ユリシーズ』を読みこなせるようになるには、『ユリシーズ』を読むしかないのである。ご想像の通り、私は教室ではかなり面倒見がいい。にもかかわらずそうなのだ。この小説には読者がかつて見たことのない、そして今後もまず見ることのない語りの方法がある。ところで、あなたが『ユリシーズ』で学んだことは、『フィネガンズ・ウェイク』を読むときに役に立つわけではないからそのつもりで。そういう斬新さこそ、この本の面白さであり、難しさでもある。この本にはとにかく新しいことが山とあるのだ。面白いと思わない人がいたら不思議だが、あいにく私は教室でその不思議な学生をたくさん見ている。『ダロウェイ夫人』、『荒地』でも、『死の床に横たわりて』、『フランス軍中尉の女』でも、あるいは、ややけばけばしくはなるが、『グレート・ギャツビー』でさえ同じことがいえる。これらのモダニズム文学、ポストモダニズム文学から学んだことで、私は他の作品にも共通する真理に到達した。**どんな作品も、読み進むうちに読者に読み方を教えてくれる。**これだ。しかも最良の結果を生む重要な教訓は、始まり早々に得られることが多い。初めての、あるいはなじみの薄いタイプの文学を読むときは、文脈が大きな助けになる。三ページは四ページのヒントになり、四ページは八ページと一五ページのヒントになり、といった具合に。そもそもすべての本が手ごわいわけではない。ディケンズの教訓はジョイスよりはよほど控えめだ（しかもおもに忍耐力が鍛えられる）。とはいえあらゆる文学作品は、一ページ一ページが読み方教育の一環だといえるだろう。

　もうひとつ、ときおり難局にさしかかったとき、目の前の文脈以外に助けになるのは、あなたがこれまで読んできたすべてのものだ。私はここで「読む」という言葉をかなり広い意味で使っている。小説や詩を読むのはあたりまえだが、本のページに書かれた戯曲ではなく、舞台装置を整えた劇場で上演される芝居も、じつは「読んで」いるのだ。では映画も「読む」のだろうか？　私はそう思う。もちろん映画の読みごたえはさまざまだけれども。ハリウッドではつねに、脳波を使うだけ無駄な作品が一定数製作されている——くだらないコメディーとか、タイトルの最後が数字で終わるやつとか（『ランボー17½』みたいな）、漫画を実写化したやつとか。しかし私は前に漫画についても語っていることだし、よろしい、それも含めて読むということにしよう。こうしたいろいろな形式の物語や演技を読んでいるうちに、知らず知らずのうちに新しい作品を読む力を身につけていく。ここでの例でいえば、誰もが知っているようなありふれた象徴性を分析してみることで、比喩的表現を理解するコツみたいなものをつかむわけだ。そこから先は、目新しい特殊な例へと進んでいくことができる。ほとんどの場合は意識しないでやっているわけだが、たまには意識してみるといいだろう。学生たちに、過去の読書経験を利用してごらん、と言うと、「読書経験なんてありません」という答えが返ってくる。しかしたったいま説明したように、それは大間違いだ。で、私はこう言い返すことになる。**きみは自分で思っている以上に知識があるんだよ。**もちろん何もかも読んだわけではないだろう。だが、いままでに読んだ小説、回想録、詩、ニュース、映画、テレビ番組、劇、歌を全部合わせれば、おそらく十分な量に達しているに違いない。本当に問題なのは、「経験不足」な読者ほど、自分がじつは豊かな経験を積んでいるのを否定しがちなことだ。大丈夫！　自分が知らないことではなく、知っていることに意識を集中してごらん。そしてその知識を使うことだ。

個人的な象徴のすべてが風変りだというわけではない。ときには、ありふれたイメージや場面が独創的に使われていることもある。本の中で綱渡りの綱やワイヤーが出てきたら、読者の注意はバランスと、ワイヤーの下に広がる空間へと向かうだろう。まったく理にかなったパターンである。パフォーマンスのスリルと興奮は、技の難度だけでなく悲惨な事故の可能性にもかかっているからだ。ある年齢層の人たち（たとえばこの私）にとって、すぐにピンとくる例がレオン・ラッセルの名曲「タイト・ロープ」（一九七二）だろう。この歌ではワイヤーの両側の深淵で待ち受ける対照的な運命が、氷と炎、憎しみと希望、生と死として語られる。しかしなかにはちょっと違ったワイヤーの見方も存在する。それも史上最高高度での綱渡りの。一九七四年八月のある晴れた朝、フランス人曲芸師フィリップ・プティが、当時まだ真新しかったワールド・トレード・センターのツインタワーの間に張ったワイヤーを渡ったのだ。もちろん、テロリストに乗っ取られた二機のジェット機がツインタワーを崩壊させ、多数の犠牲者を出した惨事より二十七年も前のことである。あの残虐なテロから八年後にコラム・マッキャンが発表した小説『世界を回せ』(二〇〇九)は、プティの妙技を枠組みとして用い、その夏の一日の多種多彩なニューヨーカーたちの物語を結びつけてみせた。なかには実際に彼が渡るのを目撃した人もいたが、大半はまた聞きか、そのまた聞きだった。ニューヨークの住民はほとんどがそうだったろう。ただし注目すべきはここだ。マッキャンはワイヤーを危険や惨事のメタファーとして使っていない。プティのパフォーマンスにも、物語に登場する人物たちの生——そして死——にも、危険はつねにあったにもかかわらず。かわりにマッキャンが示すのは、綱渡りの綱のもうひとつの方向、つまり細さではなく長さのほうだ。この離れ業のために、プティは二つのタワーをケーブルで繋げた。小説は一貫してケーブルのメタファーを追い、人々の生活がおよそありそうにないようなもろい糸で繋がっていく様子を描く。マッキャンの小説が輝いているのは、本物のスターは綱渡り師ではなくワイヤーだと主張しているところだ。語り手を含むだれもが、超高層ビルの間を歩く「クレイジー・マン」の偉業を称えるが、本当に奇跡を実現させたのは、男を支えた縒り合わせたケーブルなのである。この作品は「万華鏡のよう」で「まばゆく素晴らしい」と評されてきたが、当然だろう。こうした形容が当たっているとすれば——当たっていると思うが——まばゆいのはマッキャンがこの奇抜なメタファーを思いつき、ブロンクスの娼婦からマンハッタン地方裁判所の裁判官、アイルランド人の破戒僧、さらにパークアヴェニューのペントハウスのオーナーまで、さまざまな人生を繋ぎ合わせて、めくるめく万華鏡のようなこの大都会を描き出してみせたことにある。

マッキャンによる主要人物の配置のしかたは変わっていて、独特と言っていいが、読みにくいとか、わかりにくいということはまったくない。そんなパラドクスがなぜ成り立つのかというと、たいていの場合、人は他人の「個人的な」領域に入り込み、意味を推察したり含意を判断したりすることに長けているからだ。言い換えれば、われわれはみな本を読むのが結構うまいのである。だからサミュエル・ベケットが登場人物たちをドラム缶に突っ込んだり（戯曲『エンドゲーム』一九五七）、エドワード・オールビーが砂箱に埋めたり（戯曲『砂箱』一九五九）、ウジェーヌ・イヨネスコが犀に変身させてしまったりしても（戯曲『犀』）、見たことのない光景に初めこそとまどって頭を掻くものの、時間がたつにつれて想像力が働き始め、やがてなんとなくわかってくる。どんな異様な作品でも、どこかのレベルでは辻褄が合うものだ。異様な作品ほどそうなのかもしれない。

26 まじで？　アイロニーについて

まずはこれから。**アイロニーは最強の切り札だ。**

道について考えてみよう。旅、冒険、自分探し。だが、もしその道がどこにも通じていなかったらどうだろう？　旅人が道を歩まないことに決めたら？　文学作品に道（または海路、川、通路）が出てくるのは、誰かにそこを通らせるためだ。チョーサーもそういっている。ジョン・バニヤン、マーク・トウェイン、ハーマン・メルヴィル、ロバート・フロスト、ジャック・ケルアック、トム・ロビンス、そして『イージー・ライダー』や『テルマ&ルイーズ』も。大通りをもちだす以上は、そこに主人公も置いてほしい。ところが、ここにサミュエル・ベケットがいる。静止の詩人として知られるベケットは、登場人物を実際にドラム缶に入れたことさえある。有名女優のビリー・ホワイトローは女性が登場するベケットの芝居のほぼすべてに出演したが、おかげで何度も入院するはめになったという。激しすぎる動きが原因のこともあったが、逆に絶対に動くことを許されないためのこともあった。代表作『ゴドーを待ちながら』で、ベケットは二人の浮浪者ヴラジーミル（ディディ）とエストラゴン（ゴゴ）を創り出して道端に置いた。二人は毎日同じ場所にもどってくる。ゴドーが来るのを待っているのだ。ゴドーはけっして現われないし、二人も探しにいこうとはしない。またその道からは何も面白いものはやってこない。象徴性の不正使用。これがアメリカンフットボールなら十五ヤードのペナルティーを宣告されるところだ。もちろん私たちのほうはさほど時を待たずに気づく。この道はじつはディディとゴゴが歩み出すためにあるので、二人にそれができないのは人生とまともに向き合えないという重大な欠陥を示しているのだと。しかし観客の側に「道」から何を期待するかが刷りこまれていなければ、この戯曲はまったく機能しない。不運な二人組は人里離れた田舎に取り残された男たちというだけで終わってしまうだろう。実際には、二人が立っている人里離れた田舎にはそこから抜け出すための道がちゃんと用意されている。彼らが歩み出そうとしないだけだ。それがわかれば話はまったく変わってくる。

アイロニー? そのとおり。しかもさまざまなレベルの。第一に、この戯曲は文学理論家のノースロップ・フライが「アイロニック・モード」と呼んだ位相に位置する。つまりこの主人公たちは自立性、自己決定力、自由意志で観客より下にいるということだ。通常の文学作品には私たちと同等かそれ以上の人物が登場するのに対し、アイロニックな作品では、私たちなら克服できるかもしれない力を相手に悪あがきする人々を見せられることになる。第二に、この作品では、特殊な状況にある「道」がべつのレベルのアイロニーを提示している。ここに二人の男、ディディとゴゴがいる。彼らは変化や向上を欲してはいるのだが、道とは何かをもってきてくれるものだと思い込んでいるために、道端で漫然と待ちつづけることしかできない。観客には彼らが気づかない可能性が見えているので(ここで私たちが道から何を予測するかが関わってくる)、ぐずぐずせずに新しい人生に向かって歩き出せ、とどやしつけてやりたくなる。しかしもちろん、彼らはけっして歩き出さない。

雨はどうだろう。雨に数え切れないほどの文化的関連性があることは前に説明した。しかしアイロニーが入りこむと、それだけではすまなくなる。今まさに新しい命が誕生しようとするとき、外では雨が降っている。そんな場面を読んだら、あなたは即座に(以前に読んだものを下敷きにして)考える、またたは感じるだろう(こうした印象は知覚という以上に直感的なものだ)。雨—生命—誕生—約束—復興

―豊穣―連続。えっ？　雨と新しい生命を並べられてもこの循環を連想しなかった？　心配ご無用。大学教授の読み方を身につければきっと連想するようになるはずだ。ところがここでヘミングウェイが登場する。『武器よさらば』の最後で主人公のフレデリック・ヘンリーは恋人のキャサリン・バークレーを難産の末に失い、赤ん坊にも死なれ、打ちひしがれて雨の中を去っていく。先ほど挙げた予測はひとつも実現しない。しないどころかことごとく逆をいく。この場面を解読するには、ヘミングウェイの第一次大戦中（この小説はそこに設定されている）の経験、あるいはそれ以前の生活、心理や世界観、あるいはこの結末を書き上げるための苦労（ヘミングウェイは最後のページを二十六回書き直したと言っている）を知ることが助けになるかもしれない。だが何より知っておかなければならないのは、これがアイロニーだということだ。この世代はみなそうだが、ヘミングウェイも若くしてアイロニーを学び、戦争で若者が毎日のように死んでいくのを見て体験的に実感するようになった。彼の小説は最初の言葉からすでにアイロニックだ。このタイトル〔A Farewell to Arms〕は、十六世紀の詩人ジョージ・ピールが勇んで戦場へと結集する兵士たちをうたった詩、「送別 **A Farewell**」から取られている。この詩の冒頭は「**To Arms!**（武器を取れ！）」である。ヘミングウェイはタイトルと冒頭をひとつにつなげることで、戦意高揚というピールの意図とは正反対の意味をもたせてみせた。このアイロニックな姿勢は小説の終わりまで貫かれる。母親と子どもは支えあって存在すると信じている私たちの思い込みを裏切って、赤ん坊はへその緒が首に巻きついて窒息し、母親も出血多量で死んでしまう。フレデリック・ヘンリーは春のように暖かな日が続いたあとの冬の雨のなかに出て行く。この雨に洗い清めたり若返らせたりする要素はまったくない。読者に期待させておいて足元をすくう。読者は期待したぶんだけ失望させられる。まさにこれこそアイロニーだ。

この手はどこでも使える。春が来たのに荒地はそのことに気づきもしない。ヒロインが悪役と食事をして、彼女の健康を祈る乾杯の最中に殺される。キリストのイメージを与えられた人物がほかの人々を死に追いやり、自分はのうのうと生き延びる。登場人物の車が道路わきの広告塔に激突するが、シートベルトのおかげで怪我ひとつなく助かる。ところが車から這い出した男の上に広告塔が倒れてきて、彼は看板の下敷きになって死ぬ。広告看板に書かれていたのは？「シートベルトはあなたの命を救う」だ。

その看板もほかのと同じアイロニーなの？

もちろん。本来の意図と違う使われ方をしたわけだからね。ほかの例も全部そうだ。広告看板とは何だろう？ それは宣伝文を意味しているものだ。何かを意味する役割をしているものを記号表現《シニフィアン》といい、これは不変だ。いっぽう宣伝文のほうは意味されているもので、これを記号内容《シニフィエ》といい、可変、つまり自由に変えられる。記号表現のほうは一応安定しているとはいえ、決められたとおりに使わなければならないわけではない。予測される意味からそれてもかまわない。

例を挙げよう。アーサー・コナン・ドイルの同時代人でミステリーを書いたG・K・チェスタトンの短編、「天の矢」（一九二六）だ。ある男が矢で殺される。困ったことに死因はまったく疑念の余地がない。それが解決不能な問題を生む。男を矢で射ることができたのは神以外にありえないからだ。被害者は高い塔の部屋にいて、窓は上のほうにあった。したがって矢が放たれたとすれば、天からとしか考えられない。チェスタトンの探偵ブラウン神父は事件を調べ、すべての関係者から話を聞く。なかには神父の目をそらそうとして、インドの行者は信じがたい距離からナイフを投げて人を殺せるのだから、同じ魔術を使って矢を射たのではないか、などと言い出す者もいる。だが事件は時を待たずして解決する。矢は天から飛んできたのではなく、犯人は被害者と同じ部屋にいたのだ。至近距離で使うためのナイフを遠くから投げることができるなら、逆に矢をナイフのように至近距離から使うこともできるはずだ。ブラウン神父以外はすべて、矢は弓で射るものと思いこむミスを犯していた。私たち読者も物語に登場する人たちと同様、矢についての固定観念のせいで一方向しか見られなくなっている。しかしチェスタトンは予測された記号内容から意味をそらすのだ。ミステリーはアイロニーと同じように、こうした意味のずれを巧みに利用していることが多い。矢そのものは不変である。矢は矢なのだ。しかし矢の使い方と、矢にどのような意味をもたせるかは、けっして不変ではない。

　というわけで、シートベルトの看板はチェスタトンの矢と同じである。死を招いた食事も、欺かれたキリストのイメージも、ヘミングウェイの雨やベケットの道も。いずれの場合も記号は通常の意味を背負ってはいるのだが、そのとおりに伝わることを保証するものではない。記号表現《シニフィアン》は不変である。雨はそれ自体アイロニックでも非アイロニックでもない。ただの雨だ。そのただの雨が、従来の連想がくつがえされるような文脈に置かれる。すると記号内容《シニフィエ》すなわち意味は、こちらの期待に反するものになってしまう。記号の半分は不変だが半分はそうではないので、記号全体が不変ではなくなる。記号はさまざまな意味をもつことができるが、唯一もともと付加されていた意味だけは消えてしまう。しかし最初に付加されていた意味は周辺に残っていて、新しく創り出された現在の意味といっしょにこだまのように聞こえてくるために、ありとあらゆる残響が飛び交い始める。それはちょっとジャズの即興演奏に似ている。ジャズミュージシャンは気まぐれに音を出しているわけではない。まずコンボがあとに続く演奏の元になるメロディを奏でる。つぎにトランペッターかピアニストがソロをとり、主題を二回、三回、十五回と繰り返す。メロディはその都度すこしずつ変わっていき、聴き手は記憶しているオリジナルのメロディに重ね合わせてアドリブの変化を追っていく。初めのメロディの記憶が即興演奏を意味のあるものにしているわけだ。それは演奏が始まるところであり、聴き手を誘いこむ場所でもある。

　要するに、アイロニーとは期待からの逸脱なのだ。オスカー・ワイルドは戯曲『真面目が肝心』

（一八九五）の登場人物に、最近未亡人になったばかりの女性について「彼女は悲しみのあまり髪が金色になってきた」と言わせている。この台詞が効くのは、ストレスは髪を白くするという期待があるからだ。未亡人がブロンドに変わるというのは、まったくべつの現実、本人がうわべを装っているほど心から悲しみ嘆いているはずがないことを示唆している。ワイルドは言葉でも芝居の構成でも滑稽な諷刺の名手だが、それができたのは何が期待されているかに注意をはらっていたからだ。言葉のアイロニーは私たちがアイロニーと呼んでいるものの基盤になる。古代ギリシアの喜劇には、卑屈で物知らずの「エイロン」と呼ばれるキャラクターが登場し、尊大で傲慢で察しの悪い「アラゾン」とわたりあう。ノースロップ・フライはこの「アラゾン」を「無知の無知」と表現したが、まさに言いえて妙だ。お察しのとおり、芝居では終始「エイロン」が言葉でからかったり、恥をかかせたり、つっこみを入れたりして、何も気づかない「アラゾン」をこけにする。だが私たちにはわかる。アイロニーが効果をあげるのは、一人かそれ以上の登場人物が気づかずにいることを観客が理解するからだ。これがワイルドの時代になると「アラゾン」は必要なくなり、見せかけの善良さを逆転させることで成り立つようになった。

とはいえ私たちがここで話題にしているのは、言葉というより構造的、演劇的アイロニーだ。これから旅が始まるとき、小説が季節をめぐって最後に春を迎えようとしているとき、登場人物たちが集まって食事をするとき、私たちはこれから何が起こるべきかを知っている。ところが起こるべきことが起こらない。それがチェスタトンの矢なのである。

E・M・フォースターは二十世紀の初頭に数少ない小説を書いた。だがそのうちの二冊、『インドへの道』と『ハワーズ・エンド』（一九一〇）は間違いなく世界の名作に数えられる。『ハワーズ・エンド』は階級社会と個人の価値をテーマにしている。重要な登場人物のひとりに、ロウワーミドルクラス出身で上昇志向の強いレオナード・バストがいる。彼はそのために、ジョン・ラスキンが芸術や文化について書いたものなど良いと言われる本を読み、レクチャーやコンサートに出かけ、必死で自分を磨こうとする。努力のかいあって上の階級の人たちと知り合いもする。アッパーミドルのシュレーゲル姉妹や、彼女たちを通じて出会う貴族趣味のウィルコックス一家などだ。ここまで来れば読者は当然、レオナードが向上を続けて惨めな境遇から抜け出していくパターンを予測するだろう。ところが実際の彼はさらに惨めな境遇になり、知的向上が文字どおり命取りになって、死んでしまうのだ。ヘンリー・ウィルコックスはヘレン・シュレーゲルを通じてレオナードに現在の会社を辞め、もっと安定した職場に移るよう助言する。だがその助言はまったくのあだになる。元の会社が着々と成長を続けるいっぽうで、彼の新しいポストはなくなってリストラされてしまうのだ。しかもレオナードは失意のうちにヘレンと一夜を共にし、妊娠させてしまう。怒ったチャールズ・ウィルコックスが対決して罰を下そうとしたとき、レオナードは心臓発作を起こして死ぬ。まさにアイロニーだ。だがこれだけではない。レオナードは本を愛していた。ふつうなら私たちはこれを価値の肯定、向上、教養の深化とみるだろう。すべて私たちが考える美徳だ。ところがレオナードが発作を起こして死ぬとき最後に見たものは、自分がつかんで倒れかかった本棚から雨のように降りそそいでくる本だった。私たちが本とはこうあるべきだと思っているものと、フォースターが本に与えた役目とが大きく乖離していることはおわかりだろう。

同じような例はいくらでもある。ヴァージニア・ウルフの『ダロウェイ夫人』で、戦争帰還兵のセプティマス・ウォーレン・スミスは敵が襲ってきたのを見て自殺する。彼が見た敵とは？　二人の医師だ。私たちは習慣的に医師を回復と結びつける。だがこの小説では、医師は邪魔者で危険な存在だ。アイリス・マードック『ユニコーン』に登場する人々は、仲間のひとりを民間伝承でキリストと関連づけられるユニコーンに重ね合わせようとする。その第一候補となったハナは塔に閉じ込められたお姫様のようでもあるのだが、じつは身勝手で他人を裏で操り、人殺しも辞さない女だったことがわかる。第二の候補者はべつの人物を溺死させてしまう（しかも名前はピーター〔ペテロ〕だ）。どちらもキリストのイメージとはほど遠い。どちらの小説の場合も、私たちの期待と現実との食い違いが二重の認識を生み、音が二重に聞こえるような感覚にさせる。これこそアイロニーの特徴だ。

　こうした二重の認識は、ときに危うさもはらむ。『時計じかけのオレンジ』のディスカッションで、もし私がアレックスはキリストのイメージだと言ったら、間違いなく座は静まり返るだろう。

　アレックス？　**強姦魔**で人殺しの、あのアレックス？

　アントニー・バージェスが創り出した主人公には、たしかにいくつか欠点がある。極度に暴力的、不遜、エリート主義、そして何よりもおよそ悔悟の念がない。彼が伝えるメッセージは愛や連帯とは対極にある。もし彼がキリストに見立てられているとしたら、従来の意味ではありえない。

　つぎの事実を考えてみよう。アレックスには彼をリーダーと仰ぐ仲間がいる。そのひとりが彼を裏切る。あとを継いでリーダーになる少年はピートという（少々ややこしいのは、このピートがペテロとは反対に裏切り者であることだ）。アレックスは悪魔との取引をもちかけられる（嫌悪療法を受ける代償に自由を得る約束で、自由意志という名の魂を売り渡す）。刑務所から釈放されてから荒野をさまよい、高所から身を投げる（キリストが抵抗した誘惑のひとつ）。死んだかと思われたが、生き返る。最終的にアレックスの人生は深い宗教的意味合いを帯びることになる。

　これらの属性は、どれをとっても、正しいとは思えない。まるでキリストの属性のパロディだ。最後のひとつを除けばというべきかもしれないが。これはなかなか微妙だ。もちろんアレックスはイエスとは似ても似つかない。バージェスがアレックスを使ってイエスを侮辱したりからかったりしたわけでもない。だが、見かたを誤ったり軽率に判断を下したりすれば、そう思い込みかねないところだ。

　バージェスがキリスト教の堅固な信仰をもっていたこと、善や霊的な癒しが彼の思想や作品で大きな位置を占めていたことを知れば、正しい理解の助けにはなるだろう。それ以上に重要なのは私がリストの最後に挙げた一点だ。バージェスがアレックスの物語を書いたのは宗教的・霊的メッセージを伝えるためだった。この本でバージェスは悪の問題をめぐる長年の論争に加わったのだ。慈悲深い神がなぜ神の創造物である人間のうちに悪が存在することを許すのか？　バージェスの主張はこうだ。自由意志なくして善はありえない。自由に善を選ぶ――または拒む――ことができないなら、人は自分の魂を支配しているとはいえない。自分の魂を支配できなければ神の恩寵を受けることはできない。キリスト教の理念では、キリストに従わないという選択肢がたしかにあって、キリストに従うという選択が自由意志で行なわれたのでなければ、信者が救われたとはみなされない。強要された信仰は信仰ではないのだ。

福音書はこうした主張のポジティブなモデルである。イエスはキリスト教徒が取るべき行動と、彼らが信じて目指す霊的な目標の体現者だ。これに対して『時計じかけのオレンジ』はネガティブなモデルを提供する。つまりバージェスは、善が意味をなすためには、悪が存在するだけでなく悪を選ぶ自由もなければならないといっているのだ。アレックスは自由に楽しげに悪を選ぶ（最終章ではそれを卒業しかけているように見えるが）。選択する能力を奪われたとき、悪は善ではなくまやかしの善にとってかわられる。本心ではまだ悪を選びたいのだから、改心したとはいえない。この小説では嫌悪療法が「ルドヴィコ・テクニック」と呼ばれているが、アレックスにその療法を施して期待どおりの行動をとらせることで、社会はアレックスの矯正に失敗しただけでなく、自由意志を奪うというはるかに大きな罪を犯した。バージェスにとって、自由意志こそは人間であることの証そのものなのである。

その意味で、その意味だけで、アレックスは現代版キリストといえる。そのほかの部分は読者にアレックスの物語と作者のメッセージを正しく理解してもらうための、アイロニックな装飾のようなものだ。

作家はほぼ例外なく、どこかの時点でアイロニーを使う。だがその頻度は人によって大きく違う。一部の作家、とくにモダニストとポストモダニストの作家にとってアイロニーはフルタイムの仕事なので、こうした作品をたくさん読めば読むほど、こちらは絶対どこかで足をすくわれるぞ、と身構えるようになる。フランツ・カフカ、サミュエル・ベケット、ジェイムズ・ジョイス、ウラジーミル・ナボコフ、アンジェラ・カーター、T・コラゲッサン・ボイルは、二十世紀アイロニーの巨匠のごく一部だ。もののわかった人なら、ボイルの本を開くにあたって従来の小説の展開を予想したりはしないだろう。もっとも、読者によっては容赦ないアイロニーには共感できないと感じるだろうし、作家のなかにもアイロニーを危険だと感じる人はいる。サルマン・ラシュディの『悪魔の詩』のアイロニーは、一部のイスラム聖職者には通じなかった。ここで第二の教訓が登場する。**アイロニーは万人に通用するものではない。**アイロニーはその多義性――読者は同時に複数の声を聞く――ゆえに、一義的な表現に慣れ親しんだ読者には、その多重構造が理解しにくいのだ。

だがそれを理解できる読者にとっては大きな対価が待っている。アイロニー――ときには喜劇、ときには悲劇、ときには皮肉だったり不可解だったりする――は、文学を何倍もおいしくしてくれる。アイロニーは私たちを身構えさせ、誘いかけ、追い立てて、何層もの意味を掘り返させる。思い出してほしい。**アイロニーは最強の切り札だ。**いいかえれば、この本で述べてきたことなど、アイロニーがやってきたとたんにすべて吹き飛んでしまうのだ。

それがアイロニーかどうかは、どうすればわかるのだろう？

耳をすますことだ。

27　テストケース

ガーデン・パーティー

キャサリン・マンスフィールド

　結局その日は理想的な天気になった。これほど完璧なガーデン・パーティー日和など、注文してもできなかっただろう。風もなく暖かで、空には雲ひとつない。初夏にはときどきあるように、青空に金色の靄がうっすらヴェールのようにかかっているだけだ。庭師が明け方から起き出して芝を刈って掃き清めたおかげで、芝生の表面も、以前デイジーの植わっていた薔薇《ばら》花飾りのように放射状に点在する円い黒土のところも、輝いて見えた。薔薇はといえば、まるでガーデン・パーティーでお客を感心させられるのは自分だけだということを、ちゃんとわきまえているようだった。薔薇だけは誰もが必ず知っている花だから。何百、そう、文字どおり何百という花が一夜のうちに咲いて、緑の葉の茂る枝は大天使の訪問を受けたように頭《こうべ》を垂れていた。

　朝食も終わらないうちに、職人たちが大テントの設営にやってきた。

「テントはどこに立てるの、お母さま?」

「あらあら、お母さまに訊いてもだめよ。今年は何もかもあなたがたにまかせることに決めたの。お母さまだということは忘れてね。お客として扱ってちょうだい」

そうはいっても、メグは職人の監督に行ける状態ではなかった。朝食前に髪を洗ったので、緑色のターバンを巻いてコーヒーを飲んでいるところだったから。両頰に黒い巻き毛が一筋ずつ貼りついていた。おしゃれ好きな蝶々のジョージーは、いつものようにシルクのペチコートとキモノ風ジャケットでひらひらしている。

「あなたが行ってよ、ローラ。芸術的センスがあるのはあなたなんだもの」

ローラはひらりと飛び出した。手にはバターを塗ったパンを持ったままで。外で堂々とものが食べられるなんて最高だし、もともとあれこれ指図するのは大好きなのだ。いつも自分なら人より上手にやれると思っていた。

シャツ姿の男が四人、遊歩道にかたまって立っていた。キャンバス地を巻いた支柱を持ち、大きな道具袋を背負っている。いかにもプロらしく見える。ローラはすぐにバターパンを持ってきたのを後悔したが、どこにも置くところはなく、かといって投げ捨てるわけにもいかなかった。彼女は頰を赤らめ、いかめしく見えるように、近視のような目つきをして近づいていった。

「おはよう、みなさん」母親の声音をまねて言ってみた。だがそれがひどく気取って聞こえたので、恥ずかしくなって子どものように口ごもった。「ええっと――あのう――テントを立てに？」

「そうですよ、お嬢さん」四人のうちでいちばん背の高い、ひょろりとしてそばかすのある男が言い、道具袋を持ち替えて麦藁帽を後ろに跳ねあげると、ローラを見おろすように微笑みかけてきた。

「まあそんなとこで」

その笑顔がとても自然で親しみやすかったので、ローラはすぐさま立ち直った。なんて素敵な目をしてるんだろう、小さいけれど本当に深い青！　ほかの三人を見まわすと、みんな微笑んでいた。「元気を出して、噛みつきやしないから」笑顔はそう言っているようだ。ほんとに感じのいい職人さんたち！しかもこのすばらしい朝ったら！　いや、天気のことなど口にしてはいけない。ここはビジネスライクに行かなくては。大テントの話だ。

「百合の芝生はどうかしら。あそこではどう？」

そしてバターパンを持っていないほうの手で百合の芝生を指した。職人たちは振り返り、指された方角を見つめた。太って背の低い男は下唇を突き出し、背の高いほうは眉根を寄せた。

「ぴんと来ませんな。目立たなさすぎます。やっぱり大テントみたいなものはね」そこで彼は親しげにローラの顔を見た。「目ん玉にどーんととびこんでくるようなとこに立てないと。言いたいことはわかりますかね」

ローラの育ちからすると、職人が彼女に目ん玉にどーんなどという言葉遣いをするのは失礼ではないかという気がした。だが言いたいことはよくわかった。

「テニスコートの隅はどうかしら。ただ、ひと隅にはバンドが入るのだけれど」

「ふむ、バンドが入るんですかい」べつの職人が言った。青白い顔をしている。黒い目でテニスコートを見わたしながら、険しい表情を浮かべた。何を考えているのだろう？

「ほんとに小さなバンドなのよ」ローラはそっと言った。ごく小さなバンドだったら、この人もそれほど気にしないかもしれない。だがそこに背の高い男が割って入った。

「そうだお嬢さん、あそこがいい。あの木立ちのところ。あそこなら言うことなしですよ」

カラカ〔ニュージーランド原生の木〕の木立の前か。それではカラカの木がすっかり隠れてしまう。つやつやの大きな葉に黄色い実が固まってついたところは、それはきれいなのに。無人島に生えている木はこんなふうだろうと思う。誇らしげに、孤独に、無言の壮麗さのうちに、葉や実を太陽に向かってもちあげている。あの木立ちをテントで隠してしまわなければならないのだろうか。
隠してしまわなければならないのだった。職人たちはもう支柱を肩にかついでその場所に向かってい
た。背の高い男だけが残った。彼はかがみこんでラベンダーの穂先をつまむと、親指と人差し指を鼻に
近づけて香りを嗅いだ。それを見たとたん、ローラは彼がそんなもの――ラベンダーの香りを気にかけ
ていることに驚いて、カラカの木のことなどすっかり忘れてしまった。彼女のまわりの男性で、こんな
ことをする人が何人いるだろう。職人さんってものすごくいい人ばっかり、とローラは思った。ダンス
をしたり、日曜日の夜会に来るつまらない男の子なんかより、職人さんとお友だちになれたらいいの
に。私はああいう男の人のほうが、きっとずっと気が合うと思う。
背の高い職人は封筒の裏に何か図を描いていた。輪で吊るすものと垂らしておくものの図だ。何もか
も、悪いのはこの理不尽な階級差別なのよ、とローラは思った。もちろん彼女自身は階級なんか意識し
ていないけれど。全然。これっぽっちも。……そこに木槌のドスンドスンという音が聞こえてきた。誰
かが口笛を吹き、誰かが歌うように呼んだ。「よお、そこにいるのか相棒?」「おーい相棒!」この親し
げな声はどうだろう。この――この――ローラは自分がどんなに幸福かを証明したくて、そして自分が
どれほどくつろいでいて、つまらない因習をどれほど軽蔑しているかを背の高い職人に見せつけたく
て、小さな図を見ながらバターパンにがぶりと嚙みついた。まるで自分も女職人になったような気がし
た。
「ローラ、ローラ、どこにいるの? 電話よ、ローラ!」家のほうから声がした。
「いま行くわ!」ローラは跳ねるようにとんでいった。芝生を横切り、遊歩道を、階段を、ベランダ
を。そしてポーチにとびこんだ。玄関ホールでは、父親とローリーが事務所に出かけようとして帽子に
ブラシをかけているところだった。

「ちょうどよかった、ローラ」ローリーが早口で言った。「今日の午後までに、ぼくの上着をちょっと見といてくれないかな。プレスしたほうがいいかどうかを」

「見とくわ」ローラは急に矢も盾もたまらなくなった。ローリーに駆け寄ると、一瞬だけぎゅっと抱きしめた。「ああ、あたしパーティーって大好き。お兄さまは？」あえぐように言った。

「まあね」ローリーは少年のように温かな声で言い、自分も妹をぎゅっと抱いてから、やさしく押しやった。「さあ行け。電話だろ」

電話。「もしもし。はい。キティ？　おはよう。ランチに来る？　ええ、そうして。もちろん大歓迎よ。サンドイッチの耳とか割れたメレンゲとか、ありあわせのものばかりだけど。そうなの、完璧なお天気じゃない？　あなたの白い服？　絶対いいと思うわ。ちょっと待って。お母さまが呼んでる」ローラは椅子にもたれこんだ。「なあに、お母さま？　聞こえないけど」

シェリダン夫人の声が階段を舞いおりてきた。「先週の日曜日にかぶっていた、あの素敵な帽子で来るようにおっしゃいな」

「お母さまがね、日曜日に見た素敵な帽子をかぶっていらっしゃいって。よかった。では一時にね。バイバイ」

ローラは受話器を置くと、両手を頭の上に振りあげて深い息をつき、腕をぐっとのばしてから、ぶらんと落とした。「ふうっ」ため息をつく。ため息をつくとすぐ、背筋をのばしてすわり直した。じっと耳をすましてみる。どうやら家じゅうのドアが開け放たれているようだ。足早に歩きまわる軽い足音や飛びかう声で、家は生気に満ちている。キッチン部分に通じる緑のラシャ張りのドアが、どさっというくぐもった音を立てて、開いたり閉まったりしている。そのとき長い含み笑いのようなおかしな音が聞こえてきた。固いキャスターのついた重たいピアノを移動させている音だ。それにしてもこの空気といったら！　よく注意してみると、空気はいつもこんなふうだったのかしら？　かすかなそよ風が追いかけっこをしている。窓のてっぺんからそっと吹き込み、ドアから外に出て行って。それに太陽が反射した小さな光の点がふたつ。ひとつはインク壺の蓋の上で、もうひとつは銀の写真立ての上で、こちらも戯れている。かわいいふたつの点々。とくにインク壺の蓋のほうだ。それはとても温かそうかった。小さな温かい銀の星。キスしてあげたいと思うほどだった。

　玄関のドアベルが鳴り響き、階段からセイディのプリント地のスカートが立てるさらさらという音が聞こえた。男の声が何か言っている。セイディがぞんざいに答えた。「いいや、私は知らないね。待って。奥さまにうかがってくるから」

「どうしたの、セイディ?」ローラは玄関ホールに行った。

「花屋なんですよ、ローラお嬢さま」

なるほどそうだった。ドアのすぐ内側に置かれた大きな浅いトレイに、ピンクのカンナの鉢がぎっしり入っていた。ほかのものはない。カンナだけだ。大きなピンクの花がぱっくり開いて、まばゆいばかりで、鮮やかな深紅の茎の先で恐ろしいほどのなまなましさだった。

「まあ、セイディ！」ローラは言った。それは小さなうめき声のように聞こえた。ローラはカンナの炎で温まろうとでもするようにしゃがみこんだ。カンナが手の中や唇に入ってくるのを感じ、胸の中から生え出してくるような気がした。

「何かの間違いよ」ローラはぼうっとした声で言った。「こんなにたくさん注文する人なんかいない。セイディ、お母さまを探してきて」

　けれどもちょうどそのとき、シェリダン夫人がやってきた。

「それでいいのよ」夫人は落ち着きはらって言った。「お母さまが注文したの。きれいでしょう?」そしてローラの腕に手をかけた。「昨日お店の前を通ったらね、ウィンドウの中にこれがあったのよ。そのとき思ったの。一生に一度、いやというほどカンナを飾ってみたいって。ガーデン・パーティーならちょうどいい口実になるでしょう」

「でも、お母さまは今年は何も口を出さないって言ったじゃないの」ローラは言った。セイディは行ってしまった。花屋はまだ外の荷車のところにいる。ローラは母親の首に腕を巻きつけて、やさしく、ほんとうにやさしく耳朶に歯をあてた。

「あらあらローラ、あなただって理屈の通ったお母さまなんかほしくないでしょう？　それはやめて。ほら、花屋が来たわ」

花屋はさらにべつのトレイいっぱいのカンナを運びこんできた。

「そこに並べてちょうだい。玄関を入ったポーチの両側にね」シェリダン夫人は言った。「それでいいと思わない、ローラ？」

「ええ、思うわ、お母さま」

応接室では、メグとジョージーと働き者の小男のハンスがようやくピアノの移動に成功していた。

「このチェスターフィールド・ソファを壁に寄せて、椅子以外のものをぜんぶ部屋の外に出したらいいんじゃない？」

「そうね」

「ハンス、テーブルをぜんぶ喫煙室に運んで、ブラシをもってきてカーペットについた痕を消してしまってね。それから――そうだわハンス――」ジョージーは使用人たちに指示を出すのが大好きで、使用人たちもジョージーの指示に従うのが好きだった。使用人たちに、ドラマで役でも演じているような気分にさせたからだ。「お母さまとミス・ローラにすぐここに来るように言いなさい」

「わかりました、ミス・ジョージー」

ジョージーはメグのほうを振り向いた。「ピアノの音を聞いておきたいのよ。今日歌ってと頼まれたときに備えて。『この世はつらい』をやってみましょうよ」

ダン！　タタタティータ！　情熱的なピアノが鳴り響くと、ジョージーの表情が一変した。両手を固く組んだ。そしてちょうど入ってきた母親とローラを、悲痛な謎めいた目つきで見つめた。

「この世はつらーい
涙に――ため息
愛は移ろーい
この世はつらーい
涙に――ため息
愛は移ろーい
そして……さようなら！」

「さようなら」のところでピアノがとりわけ絶望をこめて響いたにもかかわらず、ジョージーの顔には、悲しみのかけらもない明るい笑みがうかんだ。

「ねえママ、私っていい声じゃない？」ジョージーは顔を輝かせた。

「この世はつらーい、
希望は消え去り

夢も――うつつも」

そのとき、歌はセイディにさえぎられた。「なんなの、セイディ？」

「申しわけございません、奥さま。コックがサンドイッチの旗をおもちかどうか訊いておりますが」

「サンドイッチの旗ね、セイディ？」シェリダン夫人は遠い目をして繰り返した。その表情から、娘たちは夫人が旗を用意していないことを知った。「さあ、どうしたかしら」それからセイディにはきっぱりと言った。「コックにはあと十分で渡すからと伝えておいて」

セイディは伝えに行った。

「さてと、ローラ、一緒に喫煙室に来てちょうだい。封筒の裏にサンドイッチの種類をメモしたのがどこかにあるはずなの。あなたにお清書してもらうわ。メグ、今すぐ二階に行って、頭のその濡れたのを取ってきなさい。ジョージー、あなたも今すぐ着替えをすませなさい。聞こえましたか、子どもたち。それとも今晩お父さまにお話ししなくちゃいけないのかしら？　それと――それとジョージー、キッチンに行ったらコックをなだめてきてね。今朝のコックはもう恐ろしくて、お母さまはとても近づけないのよ」

封筒は食堂の時計の後ろにあるのがようやく見つかった。どうしてそんなところに入りこんだのか、シェリダン夫人には見当もつかなかった。

「あなたがたの誰かがお母さまのバッグから抜き取ったに違いないわ。はっきり覚えているんですもの。クリームチーズとレモンカード。それはもう書いた？」

「ええ」

「卵と――」夫人は封筒を遠くにかざしてみた。「ネズミと書いてあるように見えるわね。でもネズミのはずはないし」

「オリーヴよ、ママ」ローラが肩越しにのぞいて言った。

「そうだわ、もちろんオリーヴよ。それにしてもひどい取り合わせね。卵とオリーヴなんて」

ようやく旗はできあがり、ローラはそれを持ってキッチンに行った。ちょうどジョージーがコックをなだめているところだったが、コックはすこしも恐ろしそうには見えなかった。

「こんな手の込んだサンドイッチは、はじめて見たわ」感極まったようなジョージーの声が響いた。

「何種類あるんですって？　十五種類？」

「十五種類です、ミス・ジョージー」

「すごいじゃない。よくやったわね」

コックは長いサンドイッチナイフで落としたパンの耳をかき集めながら、うれしそうににっと笑った。

「ゴッドバーが来ましたよ」セイディが食料庫《パントリー》から出てきて言った。配達の男が窓の外を通り過ぎたのを見たのだった。

それはシュークリームの到着を意味した。ゴッドバーのシュークリームは有名で、いまどき誰も家で作ろうとはしない。

「中へ入れて、テーブルの上に置くように言っとくれ」コックが命じた。

セイディは配達人を入れてからドアのほうにもどった。もちろんローラとジョージーは、もうこんなものに惑わされるような子どもではない。とはいえ、シュークリームがとてもおいしそうに見えることは認めざるをえなかった。ほんとうに。コックは余分な粉砂糖を振り落としながら、シュークリームをきれいに並べ始めた。

「これを見てると、今までのパーティーのこと全部思い出さない？」ローラが言った。

「まあね」現実的なジョージーは過去を振り返るのが嫌いだった。「ほんとにふわふわで軽そうに見えるわね」

「ひとつずつおあがりなさいまし」コックが穏やかな声で言った。「お母さまにはわかりゃしませんよ」

そんな。ありえないわ。朝食のすぐあとにシュークリームだなんて。考えただけで震えが走る。そのくせ、二分後にはジョージーもローラも、泡立てた生クリームだけが生み出せる、あのぼうっとした恍惚の表情をうかべて指をなめていた。

「庭に出ましょうよ。裏口から」ローラが言った。「職人さんたちが大テントを立ててるところを見たいの。みんな最高にいい人たちよ」

しかし裏口のドアの前には、コックとセイディ、ゴッドバーの店の男とハンスが立ちふさがっていた。

何かあったのだ。

「コッコッコッ」コックが怒った雌鶏のように舌を鳴らした。セイディは歯痛でもあるかのように片手を頬にあてがった。ハンスは話を理解しようとして顔をゆがめている。ひとりゴッドバーの男だけが悦に入っていた。話は彼のものだった。

「どうしたの？　何があったの？」

「ひどい事故があったんです」コックが言った。「人が死んだそうで」

「死んだの！　どこで？　なぜ？　いつ？」

だがゴッドバーの男は自分の物語を鼻先からかすめとられるようなことはしなかった。

「このすぐ下にちっぽけな家がかたまってあるのを知ってなさるかね？」知ってなさるかって？ ローラはもちろんよく知っていた。「あそこの若いやつでさ。スコットって名前の、荷馬車の御者です。今朝ホーク・ストリートの角のとこで、馬が蒸気牽引車に驚いて飛び上がったもんで、跳ねとばされちまって。頭から落ちて死んだんです」

「死んだの！」ローラはゴッドバーの男を見つめた。

「助け起こしたときにゃもうだめで」ゴッドバーの男は満足そうに言った。「さっきあたしがここに来たとき、ちょうど家に運び入れてるとこでした」つぎはコックに向かって言った。「かみさんと、小さい子が五人残ったのさ」

「ジョージー、ちょっと来て」ローラは姉の袖をつかみ、キッチンを横切って緑のラシャ張りのドアの外に出た。そこで立ちどまると、ドアにもたれておびえたように言った。「ジョージー！ ぜんぶ取りやめにするにはどうすればいいかしら？」

「ぜんぶ取りやめにするって、ローラ！ いったいどういう意味よ？」ジョージーは仰天して叫んだ。

「ガーデン・パーティーを中止にするのよ。決まってるでしょ」ジョージーはなぜこれほど意外そうなふりをするのだろう。

だがジョージーはますます驚いたようだった。「ガーデン・パーティーを中止に？ ローラったら、ばかなこと言わないで。そんなことできるわけがないでしょう。中止なんて誰も考えないわよ。大げさに騒ぐものじゃないわ」

「だって家の門のすぐ外に亡くなった人がいるのに、ガーデン・パーティーなんかできっこないじゃないの」

その言い方はたしかに大げさに過ぎた。ちっぽけな家がかたまっているところは、屋敷に続く急な斜面のいちばん下の細い路地にあったからだ。間には広い道が通っていた。とはいえ、近すぎることに変わりはない。まったく目ざわりだし、そもそもあんなものがこの界隈に存在する権利などないのだ。それはみな、チョコレート色のみすぼらしい小屋だった。小屋の横の貧相な菜園には、キャベツの茎と病気の鶏とトマトの空き缶しか見あたらない。煙突からたなびく煙さえいかにも貧しげだった。ぼろきれのほつれた切れ端のような煙で、シェリダン家の煙突から立ち上る銀色の太い煙とは似ても似つかなかった。その路地に住んでいるのは洗濯女に煙突掃除人に靴直し職人、そして家の前面全体に小さな鳥かごをぶらさげている男だ。子どもがうじゃうじゃいた。シェリダン家の子どもたちが幼いころは、言葉遣いがひどいのと、何をうつされるかわからないという理由で、路地に足を踏み入れることは禁じられていた。だが成長した今では、ローラとローリーは散歩の途中に通り抜けることもあった。そこは汚らしくて、胸が悪くなった。二人は身震いしながら出てきた。けれども人はどこにでも行くべきだし、何でも見ておくべきだ。だから二人はその路地を歩いた。

「考えてもごらんなさいよ、気の毒な奥さんがバンド演奏を聞いたらどう思うか」ローラは言った。

「ローラったら！」ジョージーは本気で怒り出した。「誰かが事故にあうたびにバンド演奏をやめていたら、あなたおそろしく苦労の多い人生を送ることになるわよ。そりゃ私だって心底かわいそうだとは思うわ。同情する気持ちは同じよ」ジョージーの目がきつくなった。子ども時代にきょうだい喧嘩をしたときと同じ目つきで妹をにらみつけると、静かに言った。「でも、いくらおセンチになったって、酔っぱらいの労働者が生き返るわけじゃないでしょ」

「酔っぱらい！　誰が酔ってたなんて言ったのよ？」ローラは憤慨して詰め寄った。そして昔こういうときに使った奥の手をもちだした。「いいわよ、お母さまに話してくるから」

「どうぞご勝手に」ジョージーはすまして答えた。

「お母さま、ちょっと入っていい？」ローラは大きなガラスのドアノブを回した。

「もちろんよ。なあに、どうしたの？　どうしてそんな青い顔をしてるの？」そこでシェリダン夫人はドレッシングテーブルの前から振り返った。ちょうど新しい帽子を試しているところだった。

「あのね、お母さま、人が死んで」ローラは言いかけた。

「うちの庭でじゃないでしょう？」夫人がさえぎった。

「まさか！」

「ああよかった。おどかさないでちょうだい！」シェリダン夫人はほっとため息をつき、大きな帽子を取って膝に置いた。

「でもお母さま」ローラは息を切らせ、喉を詰まらせながら、悲惨な話を語って聞かせた。「もちろんパーティーなんかできないでしょう？」訴えるように言った。

「バンドも入るし、お客さまがつぎつぎみえて。ぜんぶ聞こえるわ、お母さま。お隣りみたいなものですもの！」

驚いたことに、夫人はジョージーと同じ反応を見せた。もっと悪いのは、おもしろがっているらしいことだった。夫人はローラの言うことをまじめに聞こうとさえしなかった。

「いい子だから常識で考えてごらんなさいな。私たちが事故のことを知ったのは、ただの偶然でしょう？　あそこで誰かが普通の死に方をしたとすれば——だいたいあんな汚い穴倉で生きていられるほうが不思議だけど——当然パーティーはしていたわけでしょう？」

これにはローラも「ええ」と答えないわけにはいかなかった。でも絶対に間違っていると思った。彼女は母のソファに腰かけて、クッションのフリルをつまんだ。

「ねえお母さま、それってひどく心ないことだと思わない？」彼女は訊いた。

「そうだわ！」シェリダン夫人は立ちあがり、帽子を持って近づいてきた。ローラが止めるまもなく頭にのせて言った。「ローラ！　この帽子はあなたにあげる。あなたにぴったりよ。お母さまには若すぎるわ。まあきれい、まるで絵のようよ。見てごらんなさいな！」夫人は手鏡をかざしてみせた。

「でもお母さま」ローラは繰り返した。鏡を見るわけにはいかないので、そっぽを向いていた。

ここへきて、シェリダン夫人はジョージーと同じように忍耐を切らした。

「あなたの言うことはどうかしていますよ、ローラ」夫人は冷たく言った。「ああいう人たちは、私たちが犠牲をはらうことなんか期待していないわ。それに、今のあなたのように他人の楽しみを台なしにするほうが、ひどく思いやりのない態度じゃないかしら」

「私にはわからない」ローラはそれだけ言うと、足早に部屋を出て自分の寝室に行った。そこで偶然彼女が目にしたものは、鏡に映った愛らしい娘の姿だった。黒い帽子は金色のデイジーで飾られ、長い黒のベルベットのリボンがついている。ローラは自分がこんなに美しく見えるとは思ったこともなかった。もしかしたら正しいのはお母さまのほうかしら。彼女は考えた。いまはそうであってほしいと思った。私が大げさすぎるの？　たしかに大げさだったかもしれない。ほんの一瞬、かわいそうな未亡人と小さな子どもたちの姿が目に浮かんだ。それと遺体が家に運びこまれるところが。でもその場面はぼやけて現実とは思えず、新聞の写真のようだった。パーティーが終わったあと、また思い出すことにしよう、とローラは心に決めた。どうやらそれが最善の解決策のような気がして……

ランチは一時半までに終わった。二時半には全員がお祭り騒ぎの準備完了だった。緑の上着を着たバンドが到着し、テニスコートの一角に陣取った。

「きゃあ！」キティ・メイトランドが甲高い声を出した。「まさに蛙そっくりじゃない？　池のまわりに並ばせて、指揮者を葉っぱの真ん中にのせればよかったのに」

ローリーが帰ってきて、手を振りながら着替えに急いだ。兄を見たとたんにローラは事故のことを思い出した。兄に事故のことを話したかった。ローリーがみんなと同じ意見なら、やはりこれでよかったのだと思える。ローラは兄を追って玄関ホールに入った。

「ローリー！」

「やあ！」ローリーは階段を途中まで上りかけていたが、振り向いてローラを見たとたん、頰をふくらまして目をまるくしてみせた。「たまげたね、ローラ！　すごくきれいだ。その帽子、最高に似合ってるよ！」

「そうお？」ローラはぼんやりと答え、ローリーに向かって笑いかけた。結局話はしなかった。

それからまもなく、人びとが引きもきらず到着しだした。バンドが演奏を始めた。雇われたウェイターたちが家と大テントの間を走りまわった。どちらを見てもそぞろ歩きのカップルがいて、花にかがみこんだり、挨拶を交わしたり、芝生のほうへ向かったりしていた。まるで色とりどりの小鳥たちが、どこかへ飛んでいく途中に――いったいどこへ？――この日の午後だけシェリダン家の庭に舞い降りてきたかのようだ。ああ、なんという幸せだろう。誰もが幸せで、手を握り合い、頰を寄せ合い、目を見合わせて微笑んでいる人たちに囲まれているのは。

「まあ、ローラったら、なんてきれいなんでしょう！」

「帽子がよく似合うよ、お嬢ちゃん！」

「ローラ、今日はとってもスペイン風ね。こんなに目を惹くあなたは初めてよ」

そしてローラは顔を輝かせながら穏やかに答えるのだった。「お茶を召しあがった？　アイスはいかが？　パッションフルーツのアイスクリームはちょっと特別なんですのよ」父親に出くわしたところでねだるように言った。「あのね、お父さま、バンドの人たちにも飲み物をあげてくださらない？」

そして非の打ちどころのない午後はしだいに熟していき、ゆっくりと色褪せていき、ゆっくりとその花弁を閉じた。

「こんな楽しいガーデン・パーティーは初めて……」「大成功ね……」「ほんとうにいちばん……」ローラは母を手伝って人びとに別れを告げた。すべてが終わるまで、ポーチに並んで立ちつづけた。

「終わったわ、終わったわ、やれやれよ」シェリダン夫人は言った。「みんなを呼んできて、ローラ。行って淹れたてのコーヒーをいただきましょう。お母さまはもうくたくた。そうね、大成功だったわね。それにしてもまあ、パーティーってものは、パーティーってものは！　あなたがた子どもたちはどうしてパーティーなんかしたがるのかしら！」そして一家は人気《ひとけ》のなくなった大テントに腰をおろした。

「サンドイッチを召しあがって、お父さま。この旗は私が書いたのよ」

「ありがとう」シェリダン氏がぱくりと口を開けると、もうサンドイッチは消えていた。シェリダン氏はもうひとつ取った。「おまえたちは知らんだろうな、今日悲惨な事故があったんだが？」

「それがあなた」シェリダン夫人は片手を上げた。「知ってますわよ。おかげでもう少しでパーティーが台なしになるところだったの。ローラが中止にすべきだなんて言いだして」

「お母さまったら！」ローラはそのことでからかわれるのは嫌だった。

「たしかにひどい事件だったな」シェリダン氏は言った。「死んだ男は結婚していたんだよ。このすぐ下の路地に住んでいて、かみさんと、半ダースもの幼な子が残されたそうだ」

気まずい沈黙が訪れた。シェリダン夫人は手にしたカップをいじっていた。ほんとうに、お父さまもずいぶん無神経なことを……

夫人がふと顔を上げた。テーブルには、大量のサンドイッチやケーキやシュークリームが食べられずに残っていた。どうせこのまま無駄になってしまうものだ。夫人はいつものように、絶妙の名案を思いついた。

「そうだわ。差し入れのバスケットをつくりましょう。かわいそうな人たちに、まだじゅうぶん食べられるお料理を届けてあげるのよ。とにかく子どもたちには最高のご馳走のはずよ。そう思わない？　それに近所の人が訪ねてきたりしているはずだし。すっかり用意ができているなんて、おあつらえ向きじゃないの。ローラ！」夫人はぱっと立ち上がった。「階段下の押入れから大きなバスケットを取ってきてちょうだい」

「でもお母さま、それってほんとうにいい考えかしら？」ローラは言った。

またしても、おかしなことにローラだけが家族と感覚が違うらしかった。パーティーの残り物を持っていくなんて。気の毒な未亡人はほんとうに喜ぶだろうか？

「あたりまえですよ！　今日のあなたはいったいどうしたの？　ほんの一、二時間前には私たちに思いやりがないと責めていたくせに、今になって――」

わかったわよ！　ローラはバスケットを取りに走った。バスケットには食べものが詰められた。ローラの母の手で山盛りにされた。

「あなたが持っていらっしゃいな」夫人は言った。「そのまま走っていけばいいわ。いえ、待って。カラーのお花も持っていらっしゃい。ああいう人たちは、カラーをもらえば感激するから」

「茎でレースのドレスがだめになっちゃうわよ」現実的なジョージーが言った。

たしかにそうだ。先に気づいてよかった。「それじゃバスケットだけね。それからローラ！」ローラの母はテントの外まで追ってきた。「間違っても――」

「なあに、お母さま？」

いや、この子には妙な考えを吹き込まないほうがいい！「何でもないの。行っていらっしゃい」

ローラが庭の門を閉めたときには、あたりは薄暗くなり始めていた。大きな犬が影のように走り過ぎた。道路は白く光り、坂の下の窪地に並ぶ小さな家々は黒い影のなかだった。今日の午後のあとでは、なんと静かに感じられることだろう。ローラは今、坂を下りて死者が安置されたところへ行こうとしているのに、その実感がわかなかった。なぜだろう？　ふと立ちどまった。まるで身体のなかに、キスや、声や、スプーンがぶつかる音や、笑い声や、踏みつけられた芝生の匂いが、いっぱいに詰まっているかのようだ。ほかのものが入る余地はなかった。おかしなこと！　ローラは青白い空を見上げた。そこで考えたのは「そうよ、パーティーはほんとうに大成功だったわ」だった。

広い道路が交差するところに来た。煤けて暗い細い路地が始まった。ショールを巻いた女や男のツイード帽が急ぎ足で通り過ぎていく。男たちが柵にもたれ、子どもたちが家の前で遊んでいる。みすぼらしい家々からは、ざわめきがうなりのように洩れてくる。かすかな光がまたたく家もあって、窓に蟹のような人影がよぎる。ローラはうつむいて足を速めた。今では上着を着てこなかったことを後悔していた。白いドレスの目立つこと！　しかもベルベットのリボンが垂れた大きな帽子をかぶっているのだ。ほかの帽子だったらどんなによかったことか！　この人たちは私を見ているのかしら？　そうに決まってる。来たのが間違いだった。最初から間違いだとわかっていた。今からでも引き返そうか？

だめだ、もう遅い。ここがその家だ。きっとそうだ。黒い人影が外にかたまっている。門の横ではおそろしく年取った女の人が松葉杖を持って椅子に腰かけ、じっと番をしていた。両足を新聞紙の上に置いている。ローラが近づくと話し声が止んだ。人ごみが割れた。まるでローラを待っていたようで、来ることがわかっていたかのようだった。

ローラはこちこちに緊張していた。ベルベットのリボンを肩からはらいのけると、そばに立っている女に言った。「ここがスコットさんのお宅ですか?」するとその女は奇妙な微笑をうかべて言った。「そうだよ、お若いの」

ああ、ここから逃げ出せさえすれば! ローラは「神様、お助けください」と声に出して言い、ドアに近づいてノックした。じっと見つめているこの目から逃れられるなら、それとも何かで身を包むことができるなら、ここの女たちのショールでもかまわない。バスケットごと置いてすぐ帰ろう。ローラは思った。中身を空けるのなど待たなくていい。

そこでドアが開いた。薄闇の中に黒い服を着た小柄な女が見えた。

ローラは言った。「スコットさんですか?」だが恐ろしいことに、女は「お入りください」と言った。ローラは廊下に閉じ込められてしまった。

「いえ、お邪魔するつもりでは。このバスケットを持ってきたんです。母から――」

暗い廊下にいる女は、ローラの声が聞こえないようだった。「さあさ、こっちへどうぞ」ねっとりした声で言われて、ローラはついていった。

気がつくと、狭くて天井の低い粗末な台所にいた。くすぶったランプで照らされている。火の前に女がすわっていた。

「エム」ローラを招き入れた小さな女が言った。「エム! 若いお嬢さんだよ」小さな女はローラを見ると、意味ありげに言った。「あたしはこれの姉なんです。どうぞ勘弁してやってくださいな」

「そんな、もちろんですわ!」ローラは言った。「お願いですからそっとしておいてあげてください。私はもう帰り――」

だがそのとき、火の前の女が振り向いた。顔は赤くむくみ、目も唇も腫れ上がって、ひどい様子だった。女はローラがなぜここにいるのか理解できないらしかった。これはどういうこと? この見知らぬ娘はなぜバスケットを抱えて台所に突っ立ってるの？　いったい何なんだろう。哀れな女はそこでまた顔をくしゃくしゃにした。

「よしよし」もう一人の女が言った。「お嬢さんにはあたしから礼を言っとくからね」

そしてまた言い出した。「勘弁してやってくれますよねえ」やはりむくんだその顔に、ねっとりした微笑をうかべようとしているのがわかった。

ローラはただここを出たかった。逃げ出したかった。彼女は廊下にもどった。ドアが開いた。するとまっすぐ寝室に入ってしまった。死者が寝かされている部屋だった。

「ひとめご覧になりたいでしょう？」エムの姉は言い、ローラのわきを通り抜けてベッドに行った。「こわがらなくていいんですよ」いまやその声はやさしく、秘密めいていた。彼女は愛情をこめてシーツをめくった。「きれいなもんです。傷ひとつなくて。さあ、こっちへいらしてくださいな」

ローラは近づいた。

横たわっているのは若い男だった。ぐっすり眠って——あまりにも穏やかに深く眠っているので、二人からはるか遠いところにいる。ああ、こんなにもかけ離れたところで、こんなにも安らかに。このひとは夢を見ている。二度と起こしてはならない。頭は枕に沈みこみ、目は閉じられている。閉じた瞼の下の目は、もう何も見えない。彼は夢に身をゆだねてしまった。彼にとってガーデン・パーティーやバスケットやレースのドレスに何の意味があるだろう？　そんなものからは遠く離れたところにいるのだ。彼はすばらしかった。美しかった。ガーデン・パーティーで人々が笑いさざめき、バンドが演奏しているあいだに、この路地に驚くべきことが起こっていたのだ。結構……結構……万事よし。眠った顔はそう語っていた。すべてはこれでよかったのだ。ぼくは満足だよ、と。

だがそうはいっても、人は泣かずにはいられない。死者に何か言わずに部屋を出るわけにはいかない。ローラは子どものように声を上げてすすり泣いた。

「こんな帽子でごめんなさい」彼女は言った。

今度はもうエムの姉を待とうとはしなかった。ローラは自分でドアから外に出ると、黒っぽい人たちのあいだを通り抜けた。路地の曲がり角に来たところでローリーに出会った。ローリーは影の中から踏み出してきた。「ローラかい？」

「ええ」

「お母さんが心配していた。だいじょうぶだったかい？」

「ええ、もちろん。ああ、ローリー！」ローラは兄の腕を取ると、頭をもたせかけた。

「泣いているわけじゃないんだろ？」兄が訊いた。

ローラは首を振った。泣いていたのだけれど。

ローリーは妹の肩を抱き寄せた。「泣かないで」温かい、愛情のこもった声で言った。「こわかった？」

「いいえ」ローラはすすり泣いた。「ただもう、感動的だったわ。だけどローリー――」ローラは立ちどまって兄を見上げた。「人生って」彼女は言葉に詰まった。「人生って――」だが人生が何なのか、彼女には説明できなかった。それでもかまいはしない。兄はちゃんとわかってくれたから。

「そうだね、ローラ」ローリーが言った。

＊

なんとみごとなストーリーだろう！　あなたに創作を志す気持ちが多少ともあったなら、この完璧な短編を読んで、感嘆しつつもいささかの妬ましさをおぼえたに違いない。私から質問を出す前に、背景を簡単に説明しておこう。キャサリン・マンスフィールドはニュージーランド生まれだが、成人してからはずっとイングランドで過ごした。作家で文芸批評家のジョン・ミドルトン・マリーと結婚し、D・H・ロレンス、フリーダ・ロレンス夫妻と親しくつきあった（じつは『恋する女たち』のグドルンのモデルのひとりでもある）。生涯にかなりの数の珠玉の中短編を残し、結核のため早世した。作品数は多くはないが、マンスフィールドが短編形式の大家のひとりと評価されることは多い。ここに掲載した作品は一九二二年、死の前年に発表された。この作品に私たちの解釈にかかわるほどの自伝的要素はない。さあ、ではいよいよ質問だ。

質問その一　この作品は何を示唆しているか？
　マンスフィールドはこの短編で何を言おうとしているのか？　それはどのような意味からわかるか？

質問その二　それはいかに示唆されているか？
　マンスフィールドはどのような要素を使って、この作品に意図したとおりのことを示唆させているのか？　いいかえれば、どのような要素が、あなたが意味していると考えるものにその意味を与えているのだろうか？

つぎに基本原則を挙げておこう。

①　注意深く読むこと。

② 本書、またはべつの情報源から学んだ読解法を活用すること。
③ 作品について外部から情報を得てはいけない。
④ 本章の後半をのぞき見してはいけない。
⑤ ごまかせないように、結果は書きとめること。字のきれいさ、スペリングは問題にしない。重要なのは所見のみ。作品についてじっくりと考え、結果を記録して持ち寄ろう。そこで全員の意見を比較することとする。

以上だ。時間はどれだけかかってもかまわない。

おや、もう帰ってきた？　たいして時間は取らなかったようだね。あまり苦労していないといいのだが。じつは待っているあいだに私は、知り合いの何人かの学生に同じ作品を読ませてみた。私のクラスを取ったことのある学生もいるし、ちょっとした貸しのある親戚の学生もいる。そのなかからここに三種類の回答を紹介しよう。あなたの書いたものと重なるところがあるかもしれない。まず最初は大学一年生による口頭の答えだ。「この話なら知ってますよ。高二のとき授業でやったから。丘の上の豪邸に住んでいて、谷底で苦労してる貧乏人の気持ちがまったくわかってない金持ちの話でしょう？」これは私が意見を聞いた学生全員が着目したポイントでもある。とりあえずは正しい。この短編の美点のひとつは、誰が読んでも理解できるところにあるのだ。家族や階級間の軋轢がテーマだということは、誰もが気づいたはずだ。

つぎは、私のクラスを何度か取ったことのある歴史専攻の学生である。彼は先のポイントを深化させてつぎのような回答を書いた。

パーティーを開くか開かないか、それが問題だ。究極のニュアンスは人々の無関心である。不幸な事故は起こるもの、無関係なわれわれが楽しんで何が悪い、というわけだ。主人公にとっては、死者を悼む人たちが坂の下に住んでいるという事実が罪悪感を助長する。パーティーが終わり、善意と慈悲の行為として下層の人々に残り物を分け与えようということになったとき、彼女の罪悪感は頂点に達する。これは何を示唆しているのか？　下層階級の苦しみに対する支配階級の無関心だ。主人公はそのはざまにいて、自分が取ることを期待されている態度と、実際に感じている気持ちの落差に戸惑っている。そしてその落差を目の前につきつけられる。パーティーの残り物の料理を服喪中の未亡人に届けに行き、人間性の不快な現実に直面するのだ。そのあと、彼女は事情をわかってくれそうな唯一の相手である兄に慰めを求める。答えは得られないが、それはもともと答えがないからであって、二人は現実の認識を共有するにとどまる。

ふむふむ、なかなかよく書けているね。いくつかのテーマが浮上しつつあるのがわかる。二つの解釈とも、この作品の中心テーマをきちんとおさえている。主人公がしだいに気づきを深めていく、階級差別と上流意識だ。つぎに第三の回答を読んでいただこう。これを書いたダイアンは最近卒業したばかりで、私のクラスとしては、文学とクリエイティブ・ライティングの講座とをいくつか受講していた。

この作品は何を示唆しているか？

マンスフィールドの「ガーデン・パーティー」は、社会階級間の衝突を書いている。具体的には、人がいかに自分たちの狭い世界にとどまり、外界を遮断して身を護ろうとするかを描き出す。いかに競走馬のような遮眼革をつけるか（それがベルベットのリボンであっても）、と言ってもよいだろう。

いかに示唆しているか?
——小鳥と飛翔——

マンスフィールドは、シェリダン一家が下層階級からいかに自分たちを隔離しているかを示すための策として、鳥と飛翔のメタファーを使っている。ジョージーは「蝶々」だ。シェリダン夫人の声は「階段を舞いおりて」来るし、ローラはその夫人のもとへ、「芝生を横切り、遊歩道を、階段を」「跳ねるようにとんで」いかなければならない。シェリダン家の人たちは、小さな家がかたまって建つ窪地から「急な斜面」を上った高みで、優雅に下界を見おろしている。だがローラは雛鳥だ。シェリダン夫人はわざと身を退いて、ローラをパーティーの準備にひらひら飛びまわらせる。しかしローラの翼はまだ飛ぶことに慣れていない。彼女は「両腕を頭の上に振りあげて深い息をつき、腕をぐっとのばしてから、ぶらんと落とし」て、ため息をつく。そんなふうであるから、職人さえも「ローラを見おろすように微笑みかけて」くる。見晴らしのいい高台にいても、ローラは片足を下層の世界に残したままだ。ローラにとって彼らは「お隣り」なのだ。まだ彼らを自分と断絶させていないからである。遠くから同情を寄せるのは結構だが、親密な感情移入はシェリダン家の生活様式との対立を引き起こす。ローラが家族や自分の属する階級のレベルに達するには、教育が必要だ。

兄や姉と同じように、ローラは母の薫陶を受ける。シェリダン夫人はローラにガーデン・パーティーの準備のしかたを教える。だが本当はそれを通して、高い視点から——いささか近視眼的ではあるが——世界を見ることを教えようとしているのだ。母鳥が雛鳥に飛び方を教えるときのように、夫人はローラに自由にやってごらんと励ますが、彼女の経験不足が問題になるところでは、すかさず介入する。御者の死を理由にローラがパーティーを中止しようと訴えたとき、シェリダン夫人は娘の気をそらそうとして新しい帽子を与える。ローラは自分の直感を捨てることに抵抗を感じながらも、なんとか妥協点を見出す。「パーティーが終わったあと、また思い出すことにしよう」と決めるのだ。丘の上の自分の生活と下界との間にすこし距離を置くことを選ぶのである。

パーティーに集まった同じ階級の人々は、ローラの目に、まるで「色とりどりの小鳥たち」が「この日の午後だけシェリダン家の庭に舞い降りてきた」ように見える。小鳥たちは「どこかへ飛んでいく途中に」立ち寄ったのだが、行き先は「――いったいどこへ？」と、ぼかされる。下層階級が住む路地は、危険な場所だ。シェリダン家の子どもたちは、幼いころ「路地に足を踏み入れることは禁じられていた」。そこに住む男は「家の前面全体に小さな鳥かごをぶらさげている」。この鳥かごは、社会的エリートたちの空を飛ぶ鳥のような優雅なライフスタイルへの脅威を示唆している。高いところにいるかぎり、彼らは危険を回避できる。

しかしローラがいよいよ飛んでみるときが来る。シェリダン夫人は彼女を巣から押し出す。坂の下の路地に行き、未亡人に残り物のバスケットを届けるように言いつけるのだ。ローラは彼女を悩ませている世界観と、生まれついた特権階級特有の見方との葛藤に直面しなければならない。自分の良心と対峙するのである。彼女は安全な家を出て坂を下り、「広い道」を渡って路地の家に入る。そこで死者のいる家に、かごの鳥のように閉じ込められてしまう。彼女は、そこの住民たちとあまりにもかけ離れた自分の華やかな服装が恥ずかしくなる。若い未亡人の目を通して自分自身を見てみて、未亡人がローラが来た理由を理解していないことにとまどう。自分がここには属していないことを認識しはじめ、その認識におびえあがる。逃げ出したくなるが、その前に死者に対面しなければならない。死者を見つめているうちに、ローラは彼の死が残された家族を苦難に追い込んだ現実から目をそむけ、自分のライフスタイルが許容されたと感じることを選ぶ。彼の死は「ガーデン・パーティーやバスケットやレースのドレス」とは何のかかわりもないと自分に納得させ、道徳的責任から解放される。その啓示は「感動的」だった。ローラが兄に、「人生って」「人生って――」と言いかけて、結局説明できないのは、マンスフィールドが書いているように「それでもかまいはしない」からだ。ローラは高い視点から世界を見ることを学んだ。彼女はもう近視を装う必要はなくなったのである。

おみごと！　私が教えたおかげだよと自慢したいところだが、そう言ったら嘘になる。彼女の洞察は私が導いたものではない。じつのところ私の読みは彼女とは根本的に違うのだが、もし同じだったとすれば、私にもこれ以上のものは書けなかったと思う。このレポートは、きちんと整理され、鋭い観察力と充分な裏づけと的確な表現で書かれている。もっとも、私がみなさんに求めたよりはるかに深くテクストを研究した結果であることは事実だが。じつをいうと、今回協力してくれた学生全員が、お金、つまり経済状態に基づく解釈を書いた。みなさんの回答がここに挙げた三点のどれかと共通していたら、Aをさしあげよう。

読書という行為を科学的あるいは宗教的言葉で語ろうとすれば（読書が物理学や形而上学の領域に入るとは思えないので）、これらの学生の読解はすべて、具体性や深さの差こそあれ、作品の中の目に見える「現象《フエノメノン》」についての、いわば臨床分析だといっていい。これは本来あるべき姿でもある。読者はほかの方向に走る前に、まず作品中に明白に現われた（さほど明白でない場合もあるが）材料を検討する必要がある。読み方としていちばんまずいのは、作品の事実内容からかけ離れて勝手に解釈をつくりあげてしまうこと、文脈を無視して特定の言葉だけを抜き出したり、特定のイメージをテクストで使われているのとまるで違う意味にねじ曲げたりして、気の利いたことを言ってみせることだ。さてその「現象」の分析に対して、私がやろうとしているのは、作品の「物自体《ヌーメノン》」の位相、つまり存在の精神的・本質的位相を考察することだ。そんなことできるわけないよ、と思ったあなたのために、私が手探りしながらテクストを読みほどく過程を紹介しよう。

最初に白状しておく。私は今、姑息な手段を使おうとしている。みなさんにはこの作品が何を示唆しているかを先に答えてもらったが、ここではそれを後回しにしようと思うのだ。理由は簡単。そのほうがドラマチックだから。

ずっと前に私は、ジョイスの『ユリシーズ』が、オデュッセウスが艱難辛苦の末にトロイから故郷に帰るまでを描いたホメーロスの叙事詩を下敷きにしていると述べた。そのときに、タイトルを除けば、小説のテクスト中にホメーロスとのパラレルを示す手がかりはほとんどないと説明したのをご記憶だろうか。たった一語がずいぶんと重たい意味を背負わされたものだ。大長編小説の題名でこれだけのことができるなら、短編だってできないわけはない。というわけで、「ガーデン・パーティー」である。回答してくれた大学生も全員がこのタイトルに注目したが、ほとんどは「パーティー」の部分だった。私の好みは前半のほうだ。私は庭を見るのも、庭のことを考えるのも好きだ。何年も前から大きな農業大学の隣に住んでいるのだが、そのキャンパスたるや、美しい小庭園を組み合わせた一大庭園といっていい。さて、それらの小庭園は、というより世の中のすべての庭は、人類の最初の先祖が住んでいた庭あるいは楽園の不完全なコピーである。だから小説や詩に庭が登場したときは、私はまずエデンの園の鋳型にしっくりと収まるかどうかをチェックすることにしている。マンスフィールドの短編の場合、収まり具合は、やはり不完全だといわなければならない。だがそれでいっこうに差しつかえない。「創世記」のアダムとイヴの話はあくまでもひとつのバージョンにすぎず、神話にはさまざまな親戚筋があるからだ。ここではとりあえず、シェリダン家のガーデンがどのようなものであるかの判断は保留しておく。

このテクストで最初に目を惹くのは「理想的な」という言葉だ。あなたは天気を理想的と表現したことが何回あるだろう？　しかもこれほど「完璧な」日はなかったという。この二語はただの誇張表現かもしれないが、のっけから冒頭の二つのセンテンスに出てくるとなると、やはり何か意味があると考えるべきだろう。空には雲ひとつなく（これだけで読者はいずれ雲が出てくることを予測せずにはいられない）、庭師は明け方から働いている。その後この完璧な午後は、花や果実のように「熟して」いき、「ゆっくりと色褪せて」いく。そこに至るまでには、読者はこの物語がタイトルにふさわしく、花で充満していることに気づいているだろう。以前デイジーが植えてあった場所でさえ、「薔薇花飾り状に点在」しているのだ。本物の薔薇のほうも、一夜のうちに「何百という花」を咲かせている。まるで魔法のように。あるいはマンスフィールドが「大天使の訪問を受けたように」と言っているから、神の意志が働いたのかもしれない。要するに、この最初のパラグラフは理想だの大天使だののイメージで固められているわけだ。これが俗人の住む環境といえるだろうか？

こういう非現実的なほど理想的なセッティングを見せられたとき、私はふつう、仕切っているのは誰だろうと考える。この場合は迷う余地はない。誰でもシェリダン夫人の名を挙げるはずだ。庭は誰のものか？　もちろん庭師のものではない。庭師はただ女主人の命令に従っているだけだ。それにしてもなんという庭だろう。何百もの薔薇や百合に囲まれた芝生、つやつやの葉に黄色の実をつけたカラカの木立、ラベンダー、加えていくつものトレイに詰めこんだカンナの鉢。そのカンナについて、夫人は「一生に一度、いやというほど」飾ってみたかったのだと言っている。パーティーの客までが夫人の庭の王国の一部になって、まるで「色とりどりの小鳥」のように芝生をそぞろ歩き、かがみ込んで花を愛でるのだ。のちにローラに与える夫人の帽子は「金色のデイジー」で飾られている。明らかに夫人こそは、この庭園世界の女王ないしは女神である。王国では食べものも重要な要素だ。夫人はパーティーの料理を監督している。サンドイッチ（クリームチーズとレモンカード、卵とオリーヴを含む十五種類）にシュークリーム、パッションフルーツのアイスクリーム（これで舞台がニューキャッスルでなくニュージーランドだということがわかる）。最後の構成員は子どもたちだ。子どもは四人もいる。女王様は植物と食べものと子孫からなる王国に君臨しているのである。ここまでくると、シェリダン夫人があやしいほど豊穣の女神と重なって見えてくる。しかし豊穣の女神にはさまざまなタイプがいるので、特定するにはもうすこし情報が必要だ。

じつは帽子の件はまだ終わっていない。それは黒い帽子で、黒いベルベットのリボンと金色のデイジーがついている。パーティーにもその後の弔問にも不似合いな帽子だ。しかし私が注目するのはどんな帽子かということより、持ち主のほうである。買ったのはシェリダン夫人だが、自分には「若すぎる」からと無理やりローラにかぶらせる。ローラは抵抗を感じるが、あとで鏡を見て、自分の「愛らしい」姿にうっとりしてしまう。ローラはたしかに愛らしいのだろうが、魅力の一部は感情転移だ。若い人物が年長の人物の持ち物を護符《タリスマン》として身につけると、年長者のパワーの一部がのりうつる。これは父親の上着でも、師匠の剣でも、先生のペンでも、母親の帽子でも同じだ。シェリダン夫人の帽子をもらったローラは、その瞬間からきょうだいの誰よりも母親に近い存在になった。この同一化は、つぎにローラが母親と並んで立って客を見送るところ、さらにはバスケットの中身、つまりパーティーで残った食べものと、カラーの花（レースのドレスを汚すという理由で見送られるが）によってさらに深まる。シェリダン夫人とローラがしだいに同一化していくところはいろいろな意味で示唆的だが、それについてはあとで触れる。

その前に、ローラが不幸のあった家を訪ねる場面を見てみよう。高台の邸の完璧な午後は終わりに近づき、ローラが「庭の門を閉めたときには、あたりは薄暗くなりはじめて」いる。ここからは、ローラが進むにつれあたりはどんどん暗くなっていく。窪地にかたまった家は「黒い影」の中だし、路地は

「煤けて暗い」。みすぼらしい家のなかにはかすかな光がまたたいているところもあって、窓に影が映っている。ローラは上着を着てこなかったことを後悔する。陰鬱な背景では、白いドレスが光って目立つからだ。死者の家で、彼女は「暗い廊下」を抜け、「くすぶったランプで照らされ」た台所に通される。弔問を終えたあとは「黒っぽい人たちのあいだを通り抜け」、兄のローリーが「影の中から踏み出して」きたところに出会う。

この場面にはほかにいくつか奇妙な記述がある。たとえば最初に路地に向かうとき、ローラの前に大きな犬が意味もなく現れて「影のように走り過ぎ」る。坂の下に着いたとき、ローラは「広い道」を渡り、陰気な路地に入っていく。そこには松葉杖を持った老婆が新聞紙に足をのせてすわっている。この家に入るときも出るときも、ローラは黒っぽい影のような人たちのそばを通るが、彼らは誰もローラに話しかけない。唯一ここが死者の家だと答える女は、「奇妙な微笑」をうかべる。ローラは遺体を見たいとは思っていないが、シーツがめくられると、彼を「すばらしい」「美しい」と思う。その朝、職人がラベンダーの香りを嗅いでいるのを見て感激したときと同じように。また、兄のローリーは「お母さんが心配していた」と言ってローラを迎えに来るが、彼自身は路地に入ることができないかのように、入り口で待っている。

いったい何が起こっているのだろう?

まず第一に、学生たちの回答にあったとおり、ローラはここで、「持たざる者」たちの生き方を（そして死に方を）垣間見ることになった。この物語の主要テーマは、間違いなくローラの下層階級との出会いであり、その出会いが、それまであたりまえだと思っていた階級意識や偏見にもたらされた課題である。またこれは少女の成長の物語でもあって、初めて死んだ人を見るという経験は成長の重要な一過程だ。しかし私は、もうひとつ、まったくべつの物語が同時進行していると思う。

ローラは地獄に行ったのだ。もうすこし正確に言えば、地下の黄泉の国ハーデースに行ったのだ。しかもローラ・シェリダンとしてではなく、ペルセポネーとして。さあ、今あなたが考えていることは想像がつく。この先生、とうとう頭がおかしくなっちゃったよ。もっとも、あなたがそう思ったのはこれが最初ではないだろうし、最後でもないだろう。

ペルセポネーの母親は、農業と豊穣と結婚の女神デーメーテールだ。農業、豊穣、結婚、すなわち食べもの、花、子どもたち。おや、誰かに似ていないかな？　思い出してみよう。シェリダン夫人のガーデン・パーティーで花を愛でた客たちは、みなカップルでぞろ歩いていた。まるで夫人が責任をもってペアを組ませたかのように。ここで「結婚」はクリアーされる。ペルセポネーの話は詳しくはすでに第二〇章で説明済みだが、光速バージョンでおさらいをしておこう。豊穣神である母、美しい娘、地底の冥界の王による誘拐と誘惑、永遠の冬、ザクロの実にもとづく取り決め、六か月の生長と実りの季節、円満解決。これはもちろん、季節の移り変わりと農作物の実りを説明するための神話だ。この種の神話をもたない文化がもしあったとしたら？　私に言わせれば、とんでもない怠慢というものだ。

だがこの神話がカバーしているのは季節と実りだけではない。少女の成人という要素もある。少女は大きな一歩を踏み出す必要がある。大人になるには、死に向き合い、理解しなければならないからだ。この神話にはイブの話と同様に、果物を食べるところが出てくる。どちらも大人の知識を得ることに結びつく。またイブと同じように、その知識とは人間の死すべき運命だ。ペルセポネーの神話ではその点は重要な要素にはなっていないが、死者の国のCEOと結婚するのだから、まさか知らぬ存ぜぬというわけにはいかないだろう。

でも、どうしてローラがペルセポネーなの、とあなたは訊くかもしれない。第一に、母親がデーメーテールであること。これはすでに説明したように、花と食べものと子どもとカップルを考えれば明らかだろう。さらに、一家がオリュンポスのような高台に住み、地理的にも階級的にも、眼下の谷底にいる短命な庶民を見下ろしていることも忘れてはならない。神々の国では、天気はいつも完璧で理想的だ。愛娘を失ったデーメーテールが激怒して喪に服してしまう前と同じように。つぎに、坂を下って影や煙や闇に包まれた別世界に行く旅がある。そこでローラが渡る広い道は、ハーデースに入るために渡らねばならないスティックス川だ。ハーデースに入れてもらうには、さらに二つのことが必要だ。冥界の番犬ケルベロスの前を無事に通り抜けること、入場券（アエネアスの金の枝）を持っていること。そうそう、案内人がいればなおよろしい。ローラは家の門を出たところで大きな犬に出くわしている。金の枝の代わりになるのは帽子についた金色のデイジーだ。案内人については（いかなる旅人もガイドなしに冥界に行くべきではない）、ダンテは『神曲』（一三二一）でローマの詩人ウェルギリウスに道案内をまかせ、ウェルギリウスの『アエネーイス』（紀元前一九）ではクーマエの巫女《シビュラ》が案内を引き受けた。ローラにとってのシビュラは、スコットの家の前にいる奇妙な笑みをうかべた女だ。女の態度はクーマエのシビュラと共通点がある。また、すわっている老婆が足の下に敷いている新聞紙は、シビュラの洞窟にある木の葉に書かれた神託を連想させる。旅人が洞窟に入ったとき、風が吹いて木の葉を散らし、神託を乱してしまう。アエネアスはシビュラの口から語られたお告げだけを聞くように言われる。スコットの家の前に集まった人々は、ローラが近づくと無言で道をあける。冥界への訪問者はみな、影のような死者たちがほとんど関心を示さないのに気づくことになっている。現世の生を終えた人たちにとって、生者は何の役にも立たないからだ。もちろん、ハーデースへの旅のこうした要素は、ペルセポネーの物語だけに限られたものではない。だがそれらは私たちが冥界への旅を理解するときの助けになる。ローラが死者を見て美しいと感じること、嘆き悲しむ未亡人に共感をおぼえること、死者の前で声をあげて泣くことは、象徴的な結婚を示唆している。しかし冥界は危険なところだ。ローラの母は娘を送り出すとき忠告を与えようとする。神話の一部のバージョンでは、デーメーテールはペルセポネーに黄泉の国で何も食べないように念を押している。シェリダン夫人はヘルメースの代わりにローリーを遣わして、ローラを死者の世界から連れ帰らせる。

なるほどね。でもどうしてわざわざ何千年も前の神話をここで持ち出してくる必要があるんだろう？ あなたはきっとそう首をかしげているに違いない。理由はふたつほどある。あるいはさまざまな可能性のなかに、主要な理由がふたつほどあると言ってもいい。多くの評者が述べてきているように、ペルセポネーの神話は、若い娘が必ず経験しなければならないこと、つまり元型的な性と死の知識の獲得を語っている。人が大人の仲間入りをするには、人間の性的な本質と死すべき運命とを理解しなければならないと教えているのだ。物語に描かれたローラの一日には、この要素がきちんと含まれている。彼女は職人に会ってすばらしいと感じ、日曜の夜会に来る青年たちより高い評価を与え、おそらくは姉にもボーイフレンド予備軍として紹介しようとする。またその後死者に対面して、美しいと思う。これは性と死の両方にわたる反応だ。物語の最後で彼女が人生について語ろうとしてできずに終わるのは——「人生って」と二度繰り返して終わってしまう——死に直面した衝撃が大きすぎて、この時点ではまだ生を言葉で表現できなかったからだろう。大人になることを意味するこのパターンは、何千年にもわたってわれわれの文化に刻まれてきたのだとマンスフィールドは言っているようだ。もちろんそのとおりであって、この元型を体現した神話は古代ギリシアの時代から途切れることなく西洋文明の中に息づいている。成年の儀式を伝える古代の説話を利用することで、マンスフィールドはローラの成長の物語にこれまで積み上げられてきた神話の力を加えようとしたのだ。第二の理由は、これよりは卑近かもしれない。ペルセポネーが冥界から帰ってきたとき、彼女はある意味で母親と同化する。実際一部のギリシアの儀式では、母親と娘の区別をつけていない。母親がデーメーテールであればそれでもいいが、シェリダン夫人となると話はべつだ。母親の帽子をかぶり、母親が用意したバスケットを持つことで、ローラは母親のものの見方を受け継ぐ。物語全体を通じて、ローラは自分の家族の傲慢さに無意識のうちに反発するが、結局、下界に住む人間に対するオリュンポス的な態度を断ち切ることはできない。下界への旅が「感動的」だったとはいえ、ローリーに救出されて安堵したということは、独立した自我を確立しようとする彼女の努力が不完全に終わったことを意味する。そんなローラに自分自身の不完全な自律性を重ねてみる読者は多いだろう。良きにつけ悪しきにつけ、自分が両親からかなりの影響を受けていることを否定できる人が、いったいどれだけいるだろう。

もしこうした背景がひとつも頭にうかばなかったら。ペルセポネーもイブも神話も何も思いつかず、少女が未知の場所に出かけて新しい人生経験を積むだけの話としか読まなかったとしたらどうだろう。モダニスト詩人のエズラ・パウンドは、詩は何よりもまず「鷹はたんなる鷹である」と受け取る読者のレベルに訴えるように書かれていなければならないと言っている。これは小説にもあてはまる。「ガーデン・パーティー」のように卓越した作品の場合、文字どおりの意味で何が起こったかを理解することは、重要な出発点になる。そのうえでイメージのパターンや暗示を拾い上げていけば、読みはしだいに深まっていくだろう。あなたの結論は私やダイアンのものとは違うかもしれない。だが、注意深く読み、あらゆる可能性を考えたなら、独自の有効な結論を出すことができるはずだ。それは必ずやあなたの読書体験を深め、豊かにしてくれるに違いない。

さて、それでは結局のところ、この作品は何を示唆しているのか？　答えはたくさんある。階級制度批判、セックスと死の待つ大人の世界に加わるための通過儀礼の物語、家庭内力学の愉快な観察、両親の絶大な影響下でなんとか独立した自我を確立しようとする少女の感動的なポートレート。

たった一編の短編小説から、これ以上何が期待できるというのだろう。

終幕　仕切っているのは誰？

その問い合わせはさらりとやってきた。答えに手こずるやつはいつもこうなのだ。学生。質問。解説のむずかしい複雑な課題。「親愛なるフォスター教授、ひとつお尋ねしたいのですが……」

じつはこの質問、まさに私が長年ずっと取り組んできた課題でもある。仮にスティーヴンとしておこう。彼がメールしてきたのは、ほかにも大勢の連中から直接間接に訊かれてきた問いかけで、簡潔に言えばこうだった。「自分が正しいかどうか、どうすればわかるんですか？」長文バージョンはもっと厄介だ。ここでは「スティーヴン」と、これまでに受け取ってきた数多い質問との合成版をお目にかけよう。

ひとつ質問があります。僕がある小説の中で、これは象徴だなと思うもの（たとえば盲人）を見つけ、友達に話して、みんなも同意したとします。でも実際には、作家がこの盲人のキャラクターを作ったのは執筆中にたまたま盲人が歩いてくるのを見かけたからだったのです。

質問は、僕らがそこまで深く意味を解釈してあげるほど、作家は立派な作品を書いているんでしょうか？　作家としての評価がまだ定まっていないような場合はとくに考えてしまいます。

これは言うまでもなく、文学分析にあたって最大の、そしていちばん頭の痛い問題だ。私たちの分析が正しく、的を射て正当であるということが、どうすればわかるのだろう。じつのところここには複数の質問が含まれているので、まず最初の二つを考えてみることにしよう。自分の読み方が正しいかどうかを知る方法はあるのか。どのように確認するのか。

私の答えはこうだ。読者がじゅうぶんに注意を払って読んでいるときに――つまり一部を読み飛ばしたり、ありもしない言葉を挟んだりせずに――何かに気づいたとすれば、それは実際にあると考えてよろしい。たとえばさっきの盲人の例だ。物語の他のエレメントも考慮に入れたうえで、その盲人の存在は、何かしら見ることとか見えないことを示唆しているだろうか？　たとえば彼の目の前に真実を理解できずにいる人物がいるとか。そうした関係性がなかなか見つけにくい場合もあるし、まったく存在しない場合もある。そのときは盲目であることに特別の意味はないと考えていいだろう。ただしこれだけは忘れないでほしい。目の見えないキャラクターを出してくれれば、読者の意識がそこに集中してしまうのはわかりきっている。しかもこういう人物を動きまわらせるのは作家にとってもなかなか骨が折れるので、出してくる以上は何か理由があるだろう。だから何もないと立証できないうちは、意味があると考えたほうがよろしい。

問合せの第二の部分は、さらに興味深い。自分が作家の期待するとおりの読み方をしているかどうか、どうすればわかるの？　私はついしたり顔で言ってしまいそうになる。わかりっこないさ。だから諦めるんだね。世の読者諸君はどうも作家に義理立てしてしまうようだが、魔法の杖をひと振りしてそんな思い込みをかき消してあげられるものなら、喜んでそうしたいところだ。読者が義務を負うとすれば、それはテクストに対してだけだと私は思う。作者にいちいち意図を問い詰めるわけにはいかないのだから、伝えたいことがあるとすればテクストの中に存在するはずだ。言葉を、言葉だけを信じなさい。その裏にある動機など、見つかるわけがない。たとえ作家が作品の意図を説明してくれたとしても、彼らは名高い嘘つき集団だ。信用できるわけがない。しかも物書き連中は、たんに「しっくりきたから」というだけで物事を進める傾向がある。つまり、つねに意識的して選択しているわけではないのだ。だからといって理由がないとは限らないけれども。

しかし本当の問題は、この章のタイトルにある。仕切っているのは誰？　だ。最初にすこしばかり背景を説明しておこう。一九六七年、まだ知名度の低かった（すくなくともアメリカでは）思想家・文芸評論家のロラン・バルトが、同じくあまり知られていなかった『アスペン』という雑誌に「作者の死」という短いエッセイを書いた。この斬新な議論の影響力はすさまじく、バルトの名は広く知れ渡った。あるレベルでそれは、ポスト構造主義者たちの理論プログラムの要石になった。またべつのレベルでは、アングロアメリカ人がヨーロッパ大陸、とくにフランス文化に対して抱く反感の象徴となった。言いかえれば、誰にとっても無視できない存在になったのである。私はこのエッセイを何度か授業で取り上げたことがあるが、結果はいつも同じだった。まさにバルトとその仲間たちに対するアメリカ人の感覚を反映していた。「なんてこと！　彼はつまり、作家なんて何の意味もないというわけね。そんなはずないでしょ。作家は重要よ。そうじゃなかったら、私たち英文学専攻の大学院生はいったいどうなるの？」といった調子だ。

このエッセイの遊び心や茶目っ気はひとまず置くとして、初めて読んだ人が見落としがちなのは、「作者」と「作家」が必ずしも同じではないということだ。たしかにこの二つはしばしば同義語として使われる。ほとんどの場合はそれで問題ない。しかしバルトは注意深く、フランス語の「作家」にあたる ***écrivain*** という言葉を避け、***auteur*** だけを使っている。まさにそこが肝心なところだ。ライターはたんに書き手というだけで、それはそれでかまわない。問題は、つまりテクストについて完全なオーソリティーをもつ人物である。全能の創造者たるAuthor（バルトは見落としを避けるため、この言葉をつねに大文字で書く）は死んだのである。

べつの見方をしてみよう。あなたが読んできた文学作品の作家は、大半が物故者だ。生きている作家もいずれは死ぬ。どこかの時点で、作家は全員われわれの手の届かないところに行ってしまう。さすがの私も悪趣味な冗談で言っているのではなく、ただ事実を述べているだけだ。すべての作家は、いつか必ず天上の売れ残り本コーナーに集まることになる。それが人間の宿命だから。当然ながら、そうなればわれわれ読者は作家に解読のヒントを求めることもできなくなる。いっぽう彼らの肉体的存在とはべつに、書かれた作品はずっと生き残るので、読者は作品だけを頼りに結論を出すしかない。

ここで質問がある。作家はいつ死ぬのだろう？　簡単さ、と諸君は言うかもしれない。ただの医学的な質問だと。私の考えは違う。もちろん、生物有機体としての生命は死亡診断書に記載された日時に終わっている。でもちょっと見方を変えてみよう。文学作品の創造者としての作家はどうだろう。小説が発行された日と、それから百年後とで、何か違いがあるだろうか？　本の中の言葉は変わっている？作家がわれわれ読者の反応をコントロールする力は、一世紀の間に変わっているだろうか？　答えはノーだ。

なかにはヘンリー・ジェイムズのように、何年もたってから自作を集めて「ニューヨーク版」〔ヘンリー・ジェイムズは晩年の十年にわたり、自作を編集し序文をつけて「ニューヨーク版」として全集を出版した〕を出し、さまざまな変更や改訂を加える作家もいるかもしれない。われわれの（いや、私の）同時代人、ルイーズ・アードリックとジョン・ファウルズは、それぞれの自作『ラブ・メディシン』と『魔術師』の改訂版を出しているから、あながちないことではない。一部の詩人――すぐに思い浮かぶのはW・B・イェイツだが――は、雑誌から本になるとき、ときには最初の詩集から全詩集になるときに、大幅に加筆修正している。しかし大半の作家は、一度作品を書き上げたら、よかれ悪しかれそこで終わるものだ。普通は「よかれ」のほうになる。最初にちゃんと書いておきさえすれば、それでよいのだ。今まさに自作の改訂版を書いている私が言うのもおかしな話だが。

ここまで書いてきたことは、スティーヴンのもうひとつの関心事、「評価の定まっていない作家」の問題にもつながる。テクストだけで判断するのなら、作者の年齢や経験などまったく関係ないからだ。例を知りたいって？　いいとも。しかも二人だ。一九八三年には、ルイーズ・アードリックなんてだれも知らなかった。この私もそうだ。彼女は私の大学の二年後輩だから、大した違いはないというのに。当然ではある。当時はまだ一冊も小説を発表していなかったのだから。しかし彼女はそれからものすごい小説を出した。『ラブ・メディシン』は、一九八四年の全米批評家協会賞を受賞した。処女作がベストとか、それに近い出来であることはめったにないのだが（アーネスト・ヘミングウェイとハーパー・リーを数少ない例外として）、これはまさにそうだった。刊行される四、五年前から一部の章が短編小説として文芸誌や一般雑誌に掲載されていたので、アードリックはまったくの無名、未発表というわけではなかったが、肝心なのはこれが処女作だったという点だ。もし実績を積んではじめて重要性を認められるというなら、私たちはすばらしい小説を見失うことになるだろう――すくなくとも、その作家が「成長」して評判になるまでは。私としては、評判より小説を読みたい。

こんな例もある。私がこの「終幕」を書いている二〇一三年の夏に、出版業界で興味深い暴露事件があった。まず四月に英国で、ある新人作家のデビュー作としてミステリー小説が出版されたが、書評家の受けはよかったものの、まるっきり売れなかった。七月中旬、大量に売れ残った同書が回収され、酸のタンクに放り込まれて溶解されようというまさにそのタイミングに、タイムズ紙が日曜版で、作者はたしかに大人向けのミステリーでは新人だが、世界一有名な小説家であることを（スティーヴン・キングは異議を唱えるかもしれない）すっぱ抜いた。ロバート・ガルブレイスはJ・K・ローリングだったのである。ローリングの名前なしで『カッコウの呼び声』が書評家からどう評価されるか確かめたくて、匿名で出版したのだ。その前に出した『カジュアル・ベイカンシー』は、百万部以上売れたにもかかわらず批評家からは叩かれたので、動機はあったわけである。作者の正体が判明したとたん、この新刊書はおもにe－ブックの分野で、長期にわたってアマゾンのベストセラー第一位に君臨することになった。紙の本は一瞬で売り切れてしまったからだ。版元のリトル・ブラウンは大慌てで大量に増刷した。私に言わせれば、じつにくだらない騒ぎだ。マーケティングの観点から見ればもちろん完璧に理解できるが、審美眼的には、それがどうしたと言いたくなる。ローリング女史が書いた本なら、彼女の分身である引退した英軍諜報部員の作品より良かったり悪かったりするとでもいうのだろうか。小説の評価はあくまでもテクストのよしあしで決まるべきであって、作者のブランド力とは関係がないはずだ。そしてテクストのよしあしを判断するには、読んでみるしかない。批評家の意見が参考にならないことは、だれもが経験して知っている。売上部数も概してあてにならない。私が読んで最悪だと思ったもののなかには、「みんな」が読んで絶賛している本もあった。自分はごく平凡な人間だが、「みんな」と同じではないと実感するのはそんなときだ。私が好きな本、感動する本、嫌いな本は、自分で読んでみなければ絶対にわからないと思う。

それは、分析でも解釈でもいいが、この本で何百ページもかけて述べてきたことについても同じだ。私は自分で読んだ小説や詩についてはまずまず説得力のある解説ができるつもりだが、あなたの代わりに読んであげることはできない。私には文学の知識があり、愉しみ方も知っているつもりだが、私はあなたではないし、あなたにとっては大変幸運なことに、あなたも私ではない。『パイの物語』や『嵐が丘』や『ハンガーゲーム』をあなたと同じ読み方で読む人間は、この世にほかにひとりもいない。残念ながら学生たちには、文学作品について自分の考えを言う前に弁解したがる者が多すぎる。「これってただの私の意見なんですけど、でも」とか、「たぶん僕が間違っていると思うけど、でも」とか、やたらに言いわけをするのだ。謝るのはやめなさい！　なんの役にも立たないばかりか、見くびられるだけだ。知的に、大胆に、自分の読解に自信を持とう。それがあなたの意見なのだし（ただの、ではない）、読解が間違っている可能性がないわけではないが、学生たちが思うよりははるかに少ないものだ。というわけで、私の最後のアドバイスはこれである。**自分が読む本を自分のものにしなさい。**詩でも小説でもフラッシュフィクション〔いわゆるショート・ショート〕でも、戯曲でも回想録でも映画でも、クリエイティブ・ノンフィクションでも、その他どんなものでも同じだ。物理的な意味で言っているわけではない。本を書いて生活している身としては、買ってもらえるにこしたことはないわけだが。私が言いたいのは、読書体験を自分のものにしなさいということだ。それはあなただけの特別なものだから。世界中探しても他には見つからない、唯一無二のものだ。あなたの鼻や親指のように。本を読んでディスカッションすることで、人は相手から多くを学び、ディスカッションによって自分の読み方も変化していく。それは私も同じだ。しかし、だからと言って自分の見方を捨ててしまうわけではないし、あなたも捨てるべきではない。

自分の意見を決める権限を、批評家や教師や有名作家や、知ったかぶりの大学教授に譲り渡してはいけない。話を聞くだけは聞いて、あとは自信をもって読み続けよう。自分の読み方を恥じたり謝ったりするのはやめよう。あなたに理解力と知性が備わっていることは、あなたも私も知っている。誰にも否定させてはいけない。テクストを信じ、自分の直観を信じなさい。そうすればまず間違うことはないのだから。

結《アンヴォワ》びの句

詩の世界では古くからの伝統として、長い物語詩や、時には詩集の終わりに、短いスタンザをつけることがあった。その役割は簡潔なまとめであったり、結論であったりと、詩によってさまざまだ。なかでも私が気に入っているのは、詩そのものに対する弁解の言葉だ。「わが小さき本よ、おまえは大したものではないが、私の精一杯の作品だ。これからひとりで世に出ていき、できるかぎりの成功を勝ち取っておくれ。万事うまくいくことを祈る。さようなら」。こうした送別の辞のようなものは、アンヴォワと呼ばれ（言っただろう？　最高の文学用語はみんなフランス語なのだ。――最低のほうもだが）、元来は、任務を与えて送り出すというほどの意味だ。

私が本書に弁解は不要だと言いたててみたところで、読者も私自身もそれが真実でないのを知っている。物書きは誰でも作品の行く末を案じつつ、不安を抱きながら原稿を完成させるものだ。しかし原稿が本になったとたん、不安は行き場を失ってしまう。昔の詩人もそのことを理解していたからこそ、哀れな著書に、今日からおまえは孤児だ、これからは親の庇護を期待してはいけないよと言い聞かせたのだろう。とはいえ私は、このささやかな企てが世に出た暁には、独力でそれなりの成功を収めてくれるだろうとも思っている。だから送別の辞は贈らない。

かわりに、私のアンヴォワは読者に向けることにしよう。みなさんは本当に話のわかる読者だった。

私の戯れ言やつまらない冗談、うんざりするようなマンネリズムに辛抱強くつきあってくださった。まったく第一級の聴き手だった。ここでお別れするにあたって、いくつかお伝えしておきたいことがある。

第一は告白と戒めだ。もし、結びに至って本書が文学解釈のためのコードを論じ尽くしたという印象を与えたとすれば、私は読者に詫びなければならない。それは事実ではないからだ。実際にはうわっつらをちょいと引っ掻いた程度にしかすぎない。たとえばの話、ここまでどうして一度も火について触れることがなかったのか、自分でも不思議でならない。火は水と土と空気と並ぶ四大元素であるにもかかわらず、なぜか話題にはのぼらなかった。ほかにも取り上げることのできた、あるいは取り上げたほうがよかった題材は数多くある。じつを言うと私は初め、もっと少ない章立てを考えていたし、順序も違っていた。あとから追加された章は、題材のほうがうるさく主張して入り込んできたのである。追いはらおうとしても言うことを聞かないアイデアがあって、ずうずうしく割り込んだり、行儀のいいべつのアイデアを押しのけてしまったりした。今改めてテクストを見直してみると、私の個人的な好みが色濃く出ているのがわかる。わが同業者たちも同じような流儀の読書を主にしているはずだが、私の分類法についてはは大声で異議を唱えるに違いない。それもそのはず。大学教授なら誰でも、独自の強調すべき点をもっているからだ。私は自分の考えを必然だと思う方法で分類するわけだが、ほかの人にとってはべつのグループ分けや構成が必然になる。

本書は、作家が創作するために、また読者がその作品を理解するために用いる文化的コードを集めたデータベースをめざしたものではない。みなさんが自力でコードを見つけられるように、ひな型や類型や法則を説明しているだけだ。それらをすべて網羅することは不可能だし、読者も百科事典みたいな本を押しつけられたくはないだろう。私はこの本を難なく二倍の長さにすることができた。だが著者も読者もそんなものを望んではいない。

二番目は「ご安心を」だ。ほかのコード？　そんなものはいらない。すくなくとも書き出しておく必要はない。誰でもこういう読み方を続けていれば、文学作品にパターンやシンボルを見つけ出すのが第二の天性になる。言葉やイメージが向こうから主張してくるようになる。ダイアンが「ガーデン・パーティー」で鳥のイメージに注目したのを思い出してみよう。誰かが彼女に、本を読むときは鳥を探せと教えたわけではない。さまざまなコースで多様な作品を読んだ経験から、ダイアンはテクストの日だった特徴や、ある物または動きの反復に気づくコツを身につけたのだ。鳥や飛ぶ場面が一度出てくるのはたんなる出現、二度は偶然かもしれない。だが三度あったら明らかに傾向だ。そして傾向ときたら、解読してくれと叫んでいるのも同然だ。たとえば火。あるいは馬。文学の登場人物は何千年にもわたって馬に乗り、あるいは馬がいないことを嘆いてきた。歩きに対して、馬に乗るのは何を意味するのだろう。『イーリアス』でトラキア人の名馬を盗むディオメーデースとオデュッセウス。後脚で立つシルバーにまたがったローン・レンジャー。馬をくれと叫ぶリチャード三世。『イージー・ライダー』の改造バイクで爆音とどろかせて走るデニス・ホッパーとピーター・フォンダ。例はほんの三つか四つでじゅうぶんだ。私たちは馬と馬に乗ることについて何を知っているのか？　知らないことは？　ほらね、あなたにもきっとできる。

第三は今後のための提言だ。巻末に付録としておすすめ本のリストをのせておく。リストは系統だったものではなく、ほとんど脈絡すらない。私はアメリカの文化戦争に勇んで加わるつもりはないし、策を弄した読書リストを押しつけてみなさんをどこかに導こうともくろんでいるわけでもない。ほとんどは本書の中で触れたものであり、私自身が好きで、いろんな理由で秀作だと思い、みなさんにも楽しんでいただけると考えた作品だ。これらの本に対するみなさんの評価が本書を読む前より高まってくれれば、心から嬉しいと思う。しかし私がいちばんおすすめしたいのは、みなさんが自分で好きな本を見つけることだ。私のリストなどにこだわる必要はない。書店や図書館に行って、あなたの想像力と知性に響く小説や詩や戯曲を探してほしい。文学の「名作」といわれるものはぜひ読んだほうがいいが、とにかくよく書けた作品を読むことだ。私の愛読書には、本棚を漁っていて偶然見つけたものが多い。もうひとつ。作家が死ぬまで待つ必要はない。生きているうちに本を買ってあげれば、印税は作家のポケットに入る。読書は愉しみであるべきだ。名前こそ文学だが、文学は学問でなく遊びなのだ。だから読者のみなさんも存分に遊んでいただきたい。

では、「万事うまくいくことを祈る。さようなら」

付録
おすすめ本リスト

私はここまで本や詩のタイトルを、目くるめくようなスピードで繰り出してきた。私自身が大学生になったばかりのころの、あの途方に暮れた感覚を思い出す（教授陣がさらりと口にする「アラン・ロブ＝グリエ」の何たるかを知るのに何年もかかったものだ）。結果として陶酔状態になった読者は、これから文学を研究する意欲がわいてきたことだろう。逆に、聞いたこともない作家や作品を並べられ、自分がまぬけに思えて、むかっ腹を立てた読者もいるだろう。だが間違っても自分を責めてはいけない。作家や作品を知らないのは、たまたま、まだ出会っていなかっただけのことであって、罪ではない。私も知らない作品や作家に毎日のように遭遇している。聞いたことすらない名前がいくらでもある。

ここに挙げるのは本書で取り扱った作品と、本来なら取り上げるべきで、紙面さえ許せば取り上げただろうと思われる作品である。これらの作品に共通するのは、学びに役立つということだ。私もじつに多くを学んだ。本書全体と同じで、このリストもけっして系統だったものではない。これを全部読んだところで、魔法のように「教養」や「学識」が身につくわけではない。また私は、これらの作品が選ばれなかった作品よりすぐれていると主張するつもりもない（だいたいにおいては）。『イーリアス』が『変身物語』より上だとか、ジョージ・エリオットよりチャールズ・ディケンズのほうがいいとか言っているわけではないのだ。じつは私は文学的価値というものについて、かなりはっきりした意見をもっている。しかしここでそれを論じるつもりはない。私が言いたいのは、これらの作品を読めば、あなたは今よりも物知りになるということだ。ただそれだけ。私たちは学びを生業《なりわい》にしている。とにかく私はそうだし、ここまで読み進んできたのだから、あなたも同様のはずだ。教育とはふつう制度のことであり、証明書に判を押してもらうことだ。それに比して学びとは、自分が自分のためにすることである。運がよければ両者は一致する。どちらかひとつを選ばなければならないなら、私は学びを選ぶ。

そうそう、だいじなことを忘れていた。このリストにある作品を読めば、あなたはきっと楽しいと感じるだろう。ほとんどの場合は。約束する。おっと、だからといって全員が全作品を気に入るはずだとか、私の趣味があなたの趣味に一致するはずだなどと言うつもりはない。私に保証できるのは、これらの作品が読者を楽しませる力をもっている、ということだけだ。古典は古いから古典なのではなく、偉大な小説であり、偉大な詩であるから、そして、美しかったり、面白かったり、ワクワクさせたり、滑稽だったり、あるいはそのすべてだったりするからこそ、古典なのだ。古典とは呼べない新しい作品はどうかって？　いずれは古典の仲間入りをするだろうが、ひょっとしたらしないかもしれない。しかし今のところじゅうぶん魅力的で示唆に富み、楽しいことはたしかだ。前にも言ったように、文学と呼ばれていても、じつは遊びである。小説や戯曲や詩を読んでいる時間が楽しくないとしたら、何かが間違っている。小説を読んでいて試練だと感じるようなら、その本はやめてしまったほうがいい。あなたは本を読むために給料をもらっているわけではないし、読まないからといってクビになるわけでもないのだ。どうぞ楽しむことに徹していただきたい。

基本的作品

フリア・アルバレス『ガルシア家の娘たちはどのようにして訛りを失ったか How the Garcia Girls Lost their Accents』（一九九一）、『蝶たちの時代』（一九九四）〔青柳伸子訳／作品社〕、『Yo!』（一九九七）。残虐な独裁政治時代のドミニカ共和国を舞台に、暴力、喪失、転地、米国移住体験などをテーマにした抒情的で魅惑的な物語。アルバレスは力強さと美しさが共存する作品を書く。こんないい仕事はない。

W・H・オーデン「美術館」（一九四〇）、「石灰岩を讃えて」（一九五一）〔『オーデン詩集』沢崎順之助訳／思潮社〕。前者はピーテル・ブリューゲルの絵画をもとにした人類の苦しみについての考察。後者は穏やかな景色とそこに住む人間を賛美する名詩。オーデンにはほかにも傑作が多い。

ジェイムズ・ボールドウィン「ソニーのブルース」（一九五七）〔現代アメリカ小説選集第四、木内信敬訳／荒地出版社〕。ヘロイン、ジャズ、兄弟間のライバル意識、死んだ両親との約束、悲しみ、罪悪感、救済。二十ページにそのすべてを凝縮。

サミュエル・ベケット『ゴドーを待ちながら』（一九五二）〔安堂信也・高橋康也訳／白水社〕。目の前に道があるのに登場人物がその道を行こうとしなかったら？　それには何か意味があるのだろうか？

『ベーオウルフ』（紀元前八世紀）〔忍足欣四郎訳／岩波文庫〕。私自身は二〇〇〇年に出たシェイマス・ヒーニーの現代語訳が好きだが、どの訳を選んでもこの英雄叙事詩の興奮は伝わるはずだ。

T・コラゲッサン・ボイル『ウォーター・ミュージック』（一九八一）、「外套2」（一九八五）〔『血の雨―T・コラゲッサン・ボイル傑作選』青山南訳／東京創元社〕、『世界の果て』（一九八七）。残酷なコメディ、罵倒するような風刺、あっと驚くストーリーの冴え。

アニータ・ブルックナー『秋のホテル』（一九八四）〔小野寺健訳／晶文社〕。老いていくこと、傷心、苦悩の末に得た英知についての短くも美しい小説。

ルイス・キャロル『不思議の国のアリス』（一八六五）、『鏡の国のアリス』（一八七二）〔いずれも脇明子訳

／岩波少年文庫、他多数〕。キャロルは実生活では数学者だったが、どんな作家にも劣らず夢の空想力と非論理性を理解していた。才気あふれる奇妙で楽しい物語。

アンジェラ・カーター『血染めの部屋』（一九七九）〔富士川義之訳／ちくま文庫〕、『夜ごとのサーカス』（一九八四）〔加藤光也訳／国書刊行会〕、『ワイズ・チルドレン』（一九九一）〔太田良子訳／早川書房／ハヤカワepi文庫〕。小説による破壊活動はよいものであることとも。カーターは父権社会の常識を転覆させてみせる。

レイモンド・カーヴァー「大聖堂」（一九八一）〔『Carver's Dozen』／村上春樹訳／中公文庫〕。完璧に現実化された短編小説のひとつで、全然わかっていない男が学習していく話。盲目、聖餐、身体的接触など、私たち好みの要素が詰まっている。カーヴァーはミニマリズム／リアリズムの短編をほぼ完成させた作家であり、その作品の大半は一読に値する。

ジェフリー・チョーサー『カンタベリー物語』（一三八七―一四〇〇頃）〔桝井迪夫訳、岩波文庫〕。中世の英語を読む訓練を受けていない読者は現代語訳で読まなければならないが、言語の区別なくすばらしい本。旅の途中でたまたま出会ったさまざまな階級の人たちが物語を語っていくという構成から予測されるとおり、涙あり笑いあり、ほのぼのとしたり皮肉を利かせたりと、あらゆる要素が含まれている。

ジョゼフ・コンラッド『闇の奥』（一八九九）〔藤永茂訳／三交社〕、『ロード・ジム』（一九〇〇）〔鈴木建三訳／講談社文芸文庫〕。コンラッドほど人間の魂を深く長く見つめた作家はいない。彼は極限状況と異質な風景に真理を見出した。

ロバート・クーヴァー「お菓子の家」（一九六九）。「ヘンゼルとグレーテル」の短くも独創的なリメイク。

ハート・クレイン『橋』（一九三〇）〔『ハート・クレイン詩集――書簡散文選集』東雄一郎訳／南雲堂〕。ブルックリン・ブリッジとアメリカの大河をめぐる偉大なアメリカ叙事詩集。

コリン・デクスター『悔恨の日』（一九九九）〔大庭忠男訳／ハヤカワ・ミステリ文庫〕。モース警部のミステリーはどれを読んでもおすすめ。デクスターは人の孤独とかなわぬ望みをこの探偵に見事に体現させており、それは積もり積もって当然の結果として心臓疾患を引き起こす。

チャールズ・ディケンズ『骨董屋』（一八四一）〔北川悌二訳／ちくま文庫〕、『クリスマス・キャロル』（一八四三）〔中川敏訳／集英社文庫〕、『デイヴィッド・コパフィールド』（一八五〇）〔石塚裕子訳、岩波文庫〕、『荒涼館』（一八五三）〔青木雄造・小池滋訳／ちくま文庫〕。ディケンズほど人情味あふれる作家はいない。ディケンズはすべての欠点をひっくるめて人間を信じていて、一生忘れられない人びとが登場するすばらしい物語をつむぐ。

E・L・ドクトロウ『ラグタイム』（一九七五）〔邦高忠二訳／ハヤカワ文庫〕。一見単純で漫画的とさえ感じられる語り口で、人種間の軋轢や歴史を動かす力の衝突を描く。

エマ・ドナヒュー『部屋』（二〇一〇）〔土屋京子訳／講談社〕。誘拐事件の結果生まれた子による監禁生活の物語。五歳の少年ジャックは、しばしば自分が語っている話の意味を理解していない。何よりもまず、防音装置を施した小さな部屋に閉じ込められて生きることの異常さを知らないのだ。彼にとって定冠詞は存在しない。「the room」は固有名詞の「Room」になり、「the bed」は「Bed」になる。なぜならジャックが知るかぎり、それらは世界にたったひとつしかないからだ。「視点」のトリックを駆使した傑作。

ロレンス・ダレル『アレクサンドリア四重奏』（『ジュスティーヌ』、『バルタザール』、『マウントオリーヴ』、『クレア』）（一九五七―六〇）〔高松雄一訳／河出書房新社〕。情熱、陰謀、友情、諜報活動、コメディ、ペーソスを、現代小説中もっとも官能的な散文で描いた連作。ヨーロッパ人がエジプトに行くとこんなことが起こる。

T・S・エリオット「J・アルフレッド・プルーフロックの恋歌」（一九一七）〔『三月兎の調べ——詩篇一九〇七—一九一七年』村田辰夫訳／同文社〕、『荒地』（一九二二）〔『荒地・ゲロンチョン』福田陸太郎・森山泰夫訳／大修館書店〕。エリオットは現代詩の顔を誰よりも大きく変えた。形式の実験、霊的探究、社会批評。

ルイーズ・アードリック『ラブ・メディシン』（一九八六）〔望月佳重子訳／筑摩書房〕。ノース・ダコタのチペワ保留地を舞台にした連作のうち最初の小説で、関連した短編のシリーズのように語られる。アードリックの作品すべてを貫くものは、情熱、苦しみ、絶望、希望、勇気などだ。

ウィリアム・フォークナー『響きと怒り』（一九二九）〔高橋正雄訳／講談社文芸文庫〕、『死の床に横たわりて』（一九三〇）〔佐伯彰一訳／講談社文芸文庫〕、『アブサロム、アブサロム！』（一九三六）〔高橋正雄訳／講談社文芸文庫〕。社会史、現代心理学、神話をミックスした難解だが読みがいのある本。誰にも真似できない独特の文体。

ヘレン・フィールディング『ブリジット・ジョーンズの日記』（一九九六）〔亀井よし子訳／ヴィレッジブックス〕。ダイエット、デート、悩み、自己啓発などをいっぱいに盛り込んで現代女性の本音を描く。ジェイン・オースティンの『高慢と偏見』（一八一三）〔中野康司訳／ちくま文庫〕とは間テクスト性関係にある。

ヘンリー・フィールディング『トム・ジョーンズ』（一七四九）〔『トム・ジョウンズ』朱牟田夏雄訳／岩波文庫〕。こちらが本家本元のフィールディング／ジョーンズの組み合せによる喜劇小説。若者の成長を描き、二百五十年たっても笑える本というのは間違いなく本物だ。

F・スコット・フィッツジェラルド『グレート・ギャツビー』（一九二五）、「バビロンに帰る」（一九三一）〔いずれも村上春樹訳／中央公論新社〕。現代アメリカ文学にたった一冊の小説しか存在しなくても、それが『グレート・ギャツビー』なら、じゅうぶんかもしれない。緑色の灯火の意味は？　ギャツビーの夢は何を象徴している？　灰の山と広告板に描かれた目は？

フォード・マドックス・フォード『かくも悲しい話を……情熱と受難の物語（原題は *The Good Soldier*）』（一九一五）〔武藤浩史訳／彩流社〕。心臓疾患について書かれた史上最高の小説。

E・M・フォースター『眺めのいい部屋』（一九〇八）〔西崎憲・中島朋子訳／ちくま文庫〕、『ハワーズ・エンド』（一九一〇）〔池澤夏樹＝個人編集　世界文学全集1―7／吉田健一訳／河出書房新社〕、『インドへの道』（一九二四）〔瀬尾裕訳／ちくま文庫〕。北と南、西と東、意識の洞窟など、これぞ地理の問題。

ジョン・ファウルズ『魔術師』（一九六五）〔小笠原豊樹訳／河出文庫〕、『フランス軍中尉の女』（一九六九）〔沢村灌訳／サンリオ〕。文学は遊びやゲームにもなりうる。ファウルズの場合には往々にしてそうだ。前者では、エゴイストの青年が彼を成長させるために上演される内輪の演劇の観客のようにも思える。後者では、ある男が二人の女のうち一人を選ぶが、じつは二種類の人生からの選択を意味する。ファウルズはそういう作家だ。つねに複数のレベルが並行して進んでいく。また、示唆的、官能的なすぐれた散文の書き手でもある。

ロバート・フロスト「りんご摘みのあとで」「薪の山」「消えろ、消えろ――」「草刈り」（一九一三―一六）。フロストの詩はすべて読むべき。フロストを抜きにした詩など想像もつかない。

ウィリアム・H・ギャス「ザ・ペダーソン・キッド」「アメリカの果ての果て」（一九六八）〔杉浦銀策訳／富山房〕。風景と天候を巧みに利用した短編の独創性には舌を巻く。ハイスクールのバスケットボールが宗教体験になるなんて、誰が思いつくだろう？

ヘンリー・グリーン『盲目 Blindness』（一九二六）、『生きる Living』（一九二九）、『遊山にゆく Party Going』（一九三九）、『愛する Loving』（一九四五）。最初に挙げた作品はメタファーと事実の両面で盲目を扱っている。『遊山にゆく』は旅人たちが霧で立ち往生する状況が、ある意味で盲目に似ている。『愛する』は「昔むかし」で始まって「それからずっと——暮らしましたとさ」で終わる、一種のおとぎ話の書き直しである。この魅力には逆らえない。『生きる』はイギリスの工場を舞台にあらゆる階層の人たちが登場する傑作であり、"a" "an" "the" がほとんど出現しないというユニークな本でもある。奇抜だがステキな文体の実験だ。グリーンの名前は聞いたこともない人が多いと思うが、残念なことである。

ダシール・ハメット『マルタの鷹』(一九二九)〔小鷹信光訳/ハヤカワ・ミステリ文庫〕。アメリカ初の真に神話的な探偵小説。映画版も見逃せない。

トマス・ハーディ「三人の見知らぬ客」(一八八三)〔『ハーディ短編集』/井出弘之訳/岩波文庫〕、『カスターブリッジの市長』(一八八六)〔上田和夫訳/潮出版社〕、『テス』(一八九一)〔井上宗次・石田英二訳/岩波文庫〕。ハーディを読むと、風景や気候がキャラクターであることがわかる。宇宙は人間の苦しみに無関心なわけではなく、積極的に関与しているのだと信じるようになるだろう。

ナサニエル・ホーソーン「ヤング・グッドマン・ブラウン」(一八三五)「石の心の男——ある寓話」(一八三七)〔いずれも『ホーソーン短篇小説集』/坂下昇訳/岩波文庫〕、『緋文字』(一八五〇)〔八木敏雄訳/岩波文庫〕、『七破風の屋敷』(一八五一)〔筑摩世界文学大系35/大橋健三郎訳/筑摩書房〕。ホーソーンは象徴性の意識を掘り下げて、疑惑や孤独や嫉妬を置き換える方法を見出したアメリカ随一の作家かもしれない。そのためにたまたまピューリタンを使ったまでで、ピューリタンについて書こうとしたわけではない。

シェイマス・ヒーニー「沼地」(一九六九)「心の隙間」(一九八六)『北』(一九七五)〔『シェイマス・ヒーニー全詩集』村田辰夫・坂本完春・杉野徹・薬師川虹一訳/国文社〕。真に偉大な詩人のひとり。歴史と政治に力強さがある。

アーネスト・ヘミングウェイ『われらの時代』(一九二五)〔『われらの時代・男だけの世界』高見浩訳/新潮文庫〕の短編、とくに「二つの心臓の大きな川」、「インディアン・キャンプ」、「ファイター」。『日はまた昇る』（一九二六）〔高見浩訳／新潮文庫他〕、「白い象のような山並み」（一九二七）〔『われらの時代・男だけの世界』高見浩訳／新潮文庫〕。『武器よさらば』（一九二九）〔高見浩訳／新潮文庫〕、「キリマンジャロの雪」（一九三六）〔『勝者に報酬はない・キリマンジャロの雪』／高見浩訳／新潮文庫〕、『老人と海』（一九五二）〔福田恒存訳／新潮文庫〕。

ホメーロス『イーリアス』、『オデュッセイア』（紀元前八世紀頃）。現代の読者には後者のほうがとっつきやすいだろうが、いずれ劣らぬ傑作。『イーリアス』を教えると、学生たちは口を揃えて、こんなに面白い話だとは思わなかったと叫ぶ。

ヘンリー・ジェイムズ『ねじの回転』（一八九八）〔行方昭夫訳／岩波文庫〕。怖い、怖い。悪霊に取り憑かれたのか、狂気なのか。もし後者だとしたら誰の狂気なのか？　いずれにしろ、これは人間どうしが破壊しあう物語であり、それはべつの意味で『デイジー・ミラー』（一八七八）〔行方昭夫訳／岩波文庫〕も同じだ。

ジェイムズ・ジョイス『ダブリンの人びと』（一九一四）〔米本義孝訳／ちくま文庫〕、『若い芸術家の肖像』（一九一六）〔丸谷才一訳／新潮文庫〕。本書では、前者のうち二編の短編をふんだんに使わせてもらった。「アラビー」はわずかなページにじつに多くの内容が盛りこまれている。通過儀礼、人類の堕落の経験、晴眼と盲目のイメージ、探求の旅、性欲のめざめ、世代間の敵意。「死者たち」では、短編小説のもっとも完成されたかたちを経験することができる。すべてを極めたジョイスがこれ以後短編形式をやめたのも無理はない。『肖像』のほうは、成長と精神の発達を描いたすぐれた教養小説だ。加えて、少年は汚濁のなかに飛びこみ（小説中の用語では「四角い溝」となっている）、書きとめられたうちでもっとも痛烈な神父の説教を聞く。堕落、上昇、救いと天罰、エディプス的葛藤、自我の探求など、少年期と思春期を描いた小説を読みごたえのあるものにする要素すべてがここにある。

フランツ・カフカ『変身』（一九一五）、「断食芸人」（一九二二）、『審判』（一九二五）〔いずれも池内紀訳／白水uブックス〕。カフカの不可解な世界では登場人物が非現実的な現象に巻き込まれ、抜け出せなくなって、最終的には破滅に追い込まれる。ただしこう聞いて受ける印象よりはずっと面白く、ユーモアがある。

バーバラ・キングソルヴァー『野菜畑のインディアン』（一九八八）、『天国の豚』（一九九三）〔いずれも真野明裕訳／早川書房〕、『ポイズンウッド・バイブル』（一九九八）〔永井喜久子訳／DHC〕。この作家の小説は原始の力強さを感じさせる。最初の二作では、テイラー・グリーアがボロ車に乗り、新しい人生に向かって感動的な旅に出る。

D・H・ロレンス『息子たちと恋人たち』（一九一三）〔本多顕彰訳／岩波文庫〕、『恋する女たち』（一九二〇）〔福田恒存訳／新潮文庫〕、「博労の娘」（一九二二）、「狐」（一九二三）、『チャタレー夫人の恋人』（一九二八）〔武藤浩史訳／ちくま文庫〕、『処女とジプシー』（一九三〇）〔壬生郁夫訳／彩流社〕、「木馬の勝ち馬」（一九二六）〔『ロレンス短編集』上田和夫訳／新潮文庫〕。象徴性的思考の王者。

サー・トーマス・マロリー『アーサー王の死』（十五世紀後半）〔厨川文夫・厨川圭子編訳／ちくま文庫〕。言語は非常に古いが、作家や映画製作者はマロリーから借用しつづけている。偉大なる物語。

ヤン・マーテル『パイの物語』（二〇〇一）〔唐沢則幸訳／竹書房〕。少年とトラと救命ボート、とくれば、ほかに何がいるだろう。英雄の旅（ヒーローズ・ジャーニー）の異色版には、読む者をぐいぐい引き込む力がある。

コラム・マッキャン『明るさのこちら側 This side of Brightness』（一九九八）、『世界を回せ』（二〇〇九）〔小山太一、宮本朋子訳／河出書房新社〕。ひとつは低所（ニューヨーク市で地下鉄トンネルを掘る男たち）、ひとつは高所（フィリップ・プティが世界貿易センタービルのツインタワー間に張ったワイヤーを渡った日の、種々さまざまなニューヨーカーたちのグループ）を舞台にした、英語散文の名手による傑作二編。

アイリス・マードック『切られた首』（一九六一）、『ユニコーン』（一九六三）〔栗原行雄訳／晶文社〕、『海よ、海』（一九七八）〔蛭川久康訳／集英社（現代の世界文学）〕、『緑の騎士』（一九九三）。マードックの小説は、『緑の騎士』のタイトルでもわかるように、おなじみの文学類型を使ったものが多い。想像は象徴性に富み、ロジックは容赦ないほど合理的（なんといってもマードックはもともと哲学者なのだ）。

セナ・ジェター・ナズランド『エイハブの妻 Ahab's Wife』（一九九九）。「偉大な男」たちが冒険の旅に出たあと、残された家族がどうなったかを考えたことはあるだろうか。『白鯨』のエイハブ船長がいかに立派かを論じるのはたやすいが、文学作品や人物をフェミニスト的観点から見直す試みのひとつとして、ナズランドは狂気の船長――と、その創作者――が名前すら与えなかった女性の人生に焦点を当てている。

ウラジーミル・ナボコフ『ロリータ』（一九五五）〔若島正訳／新潮文庫〕。そう、あれだ。いやいや、ポルノ小説ではない。しかし描かれているのはこの世に存在しなければいいと思うようなもの。文学史上もっとも不快な主人公は、自分を正常だと思い込んでいる。

ティム・オブライエン『カチアートを追跡して』（一九七八）〔生井英考訳／新潮文庫〕、『本当の戦争の話をしよう』（一九九〇）〔村上春樹訳／文春文庫〕。この二作はベトナム戦争が生んだ小説の白眉だが、加えてオブライエンはさまざまな思考の素材を提供してくれている。一万三千キロに及ぶ陸路の旅。しかも行き先は和平会談の開催地パリ。白人の主人公を西方に導く先住民の道案内。『不思議の国のアリス』とのパラレル。ヘミングウェイとのパラレル。あなたが義父母の家に長逗留するはめになっても一か月は気をまぎらせていられるほどの象徴性の山だ。

エドガー・アラン・ポー「アッシャー家の崩壊」(一八三九)〔『黒猫・アッシャー家の崩壊』巽孝之訳/新潮文庫〕、「モルグ街の殺人」(一八四一)、「陥穽と振り子」(一八四二)、「告げ口心臓」(一八四三)、「大鴉」(一八四五)、「アモンティリャードの酒樽」(一八四六)。ポーはフィクションのなかで無意識を自由に活動させた最初の作家のひとり。ジークムント・フロイトが現われる半世紀も前に、ポーの短編は(その点では詩も同じだが)私たちが見る悪夢と同じ論理で展開し、私たちが抑圧も制御もできない恐ろしい想念を語っていた。ポーはまた世界で最初の本物の推理小説(「モルグ街」)を書いて、サー・アーサー・コナン・ドイル、アガサ・クリスティー、ドロシー・セイヤーズその他後年の推理小説家の先駆者となった。

トマス・ピンチョン『競売ナンバー49の叫び』(一九六五)〔志村正雄訳/筑摩書房〕。私の学生にはこの短い小説にてこずる者が多いが、それは深刻に考えすぎるからだ。初めから漫画的な六〇年代の小説だと割り切れば大いに楽しめる。

シオドア・レトケ「大草原を讃えて」(一九四一)、『遠野』(一九六四)。

ウィリアム・シェイクスピア(一五六四—一六一六)。どれでもお好きなものを。私が選ぶのはこれだ。『ハムレット』、『ロミオとジュリエット』、『ジュリアス・シーザー』、『マクベス』、『リア王』、『ヘンリー五世』、『夏の夜の夢』、『から騒ぎ』、『テンペスト』、『冬物語』、『お気に召すまま』、『十二夜』〔いずれも小田島雄志訳/白水uブックス〕。そしてもちろんソネット集〔高松雄一訳/岩波文庫〕がある。できれば全部読んでほしい。各編たった十四行だ。私のベストは七十三番だが、いいものがたくさんある。

メアリー・シェリー『フランケンシュタイン』(一八一八)〔森下弓子訳/創元推理文庫〕。この怪物はただの化けものではない。怪物の創造者ヴィクター・フランケンシュタインと彼が住む社会について多くを語っている。

『サー・ガウェインと緑の騎士』（十四世紀後期）〔言語・文化研究センター叢書4／池上忠弘訳／専修大学出版局〕。ビギナー向けではない、と思う。私自身がビギナーのころにはつらかった。そんな私でもだんだんと若きガウェインとその冒険を楽しめるようになった。みなさんも、たぶん。

ソポクレース（ソポクレス）『オイディプス王』〔藤沢令夫訳／岩波文庫、他〕、『コロノスのオイディプス』〔高津春繁訳／岩波文庫、他〕『アンティゴネー』〔呉茂一訳／岩波文庫 他〕、（いずれも紀元前五世紀）。不幸を運命づけられた一家をめぐる三部作。第一部（西洋文学における最初の傑作推理小説でもある）は盲目と洞察力について。第二部は道を行く旅と、すべての道が行き着くところについて。第三部は権力と国家への忠誠および個人の倫理観について。二千四百年を経てなおお古さをまったく感じさせない。

サー・エドマンド・スペンサー『妖精の女王』（一五九六）〔和田勇一・福田昇八訳／ちくま文庫〕。スペンサーを読破するには多少の努力と忍耐が必要だが、読めば赤十字の騎士が大好きになるだろう。

ロバート・ルイス・スティーヴンソン『ジキル博士とハイド氏』（一八八六）〔夏来健次訳／創元推理文庫、他〕、『バラントレーの若殿』（一八八九）〔海保真夫訳／岩波文庫〕。スティーヴンソンは分裂した自我（善と悪の二面性）というテーマをみごとに小説化した。これは十九世紀にもてはやされた題材でもあった。

ブラム・ストーカー『ドラキュラ』（一八九七）〔新妻昭彦・丹治愛訳／水声社、他〕。え、理由なんかいるの？

ディラン・トマス「ファーン・ヒル」（一九四六）〔ディラン・トマス全詩集／松田幸雄訳／青土社、他〕。少年時代・夏・人生、そして生きるものと死ぬものすべてが喚起する美しい思い出。

マーク・トウェイン『ハックルベリー・フィンの冒険』（一八八五）〔西田実訳／岩波文庫、他多数〕。気の毒に、ハックは近年厳しい批判にさらされている。たしかに人種差別的な言葉は飛び出すが（人種差別社会を描いているのだからあたりまえだ)、そんじょそこらの小説よりも、ハック・フィンには純粋な人間愛がある。ロード・ストーリー(水びたしの道ではあるが)と友情物語としては、史上最高のひとつに数えていい。

アン・タイラー『ここがホームシック・レストラン』(一九八二)〔中野恵津子訳/文春文庫〕。タイラーは『アクシデンタル・ツーリスト』(一九八五)〔田口俊樹訳/早川書房〕をはじめ、すぐれた小説をたくさん書いているが、これが私の商売には最適の一冊。

ジョン・アップダイク「A&P」(一九六二)〔『アップダイク自選短編集』/岩元巌訳/新潮文庫〕。探求の旅の章で私が使ったキップがスーパーに行く話は、ここから借用したわけではない。こちらは良質の短編。

デレク・ウォルコット『オメロス』(一九九〇)。カリブ海を望む漁村を舞台にした英雄譚。ホメーロスの二大叙事詩とパラレルになっている。心を惹きつける作品。

フェイ・ウェルドン『男心と男について』(一九八七)〔矢倉尚子訳/集英社〕。愉快で悲しくて不思議な、魅力いっぱいの小説。絶妙な軽さ。

ヴァージニア・ウルフ『ダロウェイ夫人』(一九二五)〔丹治愛訳/集英社文庫、他〕、『灯台へ』(一九二七)〔池澤夏樹個人編集 世界文学全集 2-1/鴻巣友季子訳/河出書房新社、他〕。意識の流れ、家族間の力学、当時の現代生活を清冽で繊細な文体で描く。

ウィリアム・バトラー・イェイツ「イニスフリーの湖島」(一八九二)、「一九一六年のイースター」(一九一六)、「クール湖の野生の白鳥」(一九一七)〔『W・B・イェイツ全詩集』鈴木弘訳/北星堂書店、他〕。あるいはほかのどの詩でも。私が習った中世研究の教授は、イェイツこそ英語詩の最高峰だと信じていた。詩人をひとりだけ選べと言われたら、私はイェイツを選ぶ。

＊これなしでは生きられないおとぎ話

「眠れる森の美女」、「白雪姫」、「ヘンゼルとグレーテル」、「ラプンツェル」、「ルンペルシュティルツヒェン」。のちにアンジェラ・カーターとロバート・クーヴァーがこれらのおとぎ話から着想を得て語り直した物語も必読。

＊読んでほしい映画

『アニー・ホール』（一九七七）『マンハッタン』（一九七九）『ハンナとその姉妹』（一九八六）。ウディ・アレンは三十年近くにわたり、ほぼ毎年新作を監督してきた。全部完璧かって？　まさか。でもみんな面白いのかな？　もちろんだ。アレンの映画は滑稽で神経症的、独創的で、どれも人間味にあふれている。できることなら、軽いコメディの『泥棒野郎』（一九六九）『ウディ・アレンのバナナ』（一九七一）から、後年の傑作『ミッドナイト・イン・パリ』（二〇一一）や『ローマでアモーレ』（二〇一二）まで、すべてを観てほしい。だが選ぶ必要があるのなら、最初に挙げた、いわゆるニューヨーク三部作がおすすめだ。女性の描写がすばらしい。

『アーティスト』（二〇一一）。この二十一世紀に、フランス人俳優が演じる字幕付き白黒サイレント映画だって？　そのとおり。助演俳優――ジョン・グッドマン、ジェイムズ・クロムウェル、ペネロープ・アン・ミラー――がアメリカ人で、最大のスターはジャックラッセルテリアのアギーだということはさておき。しかもストーリーと演技は最高だ。監督のミシェル・アザナヴィシウスは、台詞もカラーも3Dも、最新技術を何も使わなくても純粋な映像だけで観客に訴えられることを、新世代に証明してみせた。ついでにわれわれは、ジャン・デュジャルダンやベレニス・ベジョといったスターの名前を発音してみる楽しさも発見できる。

『アバター』(二〇〇九)。『タイタニック』を観せてくれたジェイムズ・キャメロンが、今度は帝国主義と環境汚染をテーマにしたSFアクションもので、三メートル近い身長に青い肌をしたナヴィたちの国に案内してくれる。コンピューターが作成した映像、あるいはCGIにほぼ完全に依存した史上初の映画として、歴史的な意味はべつにあるだろうが、英雄の旅のストーリーとしても秀逸である。

『市民ケーン』(一九四一)。観て面白いかどうかは疑問だが、「読む」のにはふさわしい。

『黄金狂時代』(一九二五)、『モダン・タイムス』(一九三六)。チャーリー・チャップリンは映画史上最高の喜劇役者だ。チャップリンに代わる者はいない。彼が創り上げた「小さな放浪者」(little tramp)は偉大なキャラクターである。

『汚名』(一九四六)、『北北西に進路を取れ』(一九五九)、『サイコ』(一九六〇)。誰かがつねにヒッチコックのコピーを試みているが、オリジナルは必見。

『オー・ブラザー!』(二〇〇〇)。『オデュッセイア』を原作としているだけでなく、秀逸なロード・ムービーでもあり、アメリカっぽいサウンドトラックもいい。

『ペイルライダー』(一九八五)。クリント・イーストウッド監督・主演。牧師が「復讐の天使」型ヒーローとなって町の平和を守るために立ち上がる。

『レイダース/失われたアーク《聖櫃》』(一九八一)、『インディ・ジョーンズ/魔宮の伝説』(一九八四)、『インディ・ジョーンズ/最後の聖戦』(一九八九)。出来のいい探求の冒険もの。モーセの石板の入った聖櫃や聖杯を探すという話が出てきたら、中世騎士物語の再現と決まっている。インディの革ジャケットとフェルト帽と鞭を、鎖かたびらとヘルメットと槍にかえれば、サー・ガウェインが見えてくる。

『シェーン』（一九五三）。これがなければ『ペイルライダー』も存在しなかった。

『駅馬車』（一九三九）。ネイティヴ・アメリカンの扱い方は現在では受け入れ難いが、罪と救いとやり直しをテーマにした西部劇の名作。アパッチ襲撃シーンが有名。

『スター・ウォーズ』（一九七七）、『帝国の逆襲』（一九八〇）、『ジェダイの復讐』（一九八三）。ジョージ・ルーカスはジョゼフ・キャンベルがうちたてた英雄の基本構造から多くを学び（『千の顔をもつ英雄』ほか）、この三部作にさまざまな英雄と悪役をちりばめた。アーサー王伝説を知って観れば、さらに楽しめる。ただし個人的には、この映画から何を学ぶかなど関係ない。とにかく面白い。何度でも観るべきだ。

『トム・ジョーンズの華麗な冒険』（一九六三）。トニー・リチャードソン監督、アルバート・フィニー主演の名作。これ以外はダメ。物を喰うシーンを見て赤面したのは、あとにも先にもこれだけだ。ただしこの映画は食事シーン以外も、十八世紀に書かれた原作ともども大いにおすすめできる。「道楽者のなりゆき」の筋立て――ダメ息子の成長と発展――はいつの世にもあるが、これは本当に笑える（『道楽者のなりゆき』はストラヴィンスキー作曲のオペラ。主人公の名前はトムだが話はまったく違う）。

二次文献

あなたの読書術を磨き、文学の解釈を深めるために役立つすぐれた指南書はたくさんある。ここに挙げるのはそのほんの一部にすぎない、

M・H・エイブラムス『文学用語辞典 A Glossary of Literary Terms』（一九五七）。題名を見ればわかると

おり、読むためではなく、調べるための本。文学用語、文学運動、概念を網羅して、数十年を経てもなお定番でありつづける。

ジョン・チャーディ『詩はいかに意味するか？　How Does the Poem Mean?』（一九六一）。同書の発表以来今日に至るまで、チャーディは多くの読者に、詩が伝えたいことを伝えるための特殊な方法を教えつづけている。自身も詩人にしてダンテの翻訳者でもあるチャーディは、このテーマを熟知していた。

E・M・フォースター『小説の諸相』〔中野康司訳／みすず書房〕。一九二七年に発表された本だが、非凡な実践者による小説とその構成要素についての解説は、現在まですこしも古びることがない。

ノースロップ・フライ『批評の解剖』（一九五七）〔叢書ウニベルシタス97／海老根宏・中村健二・出淵博・山内久明訳／法政大学出版局〕。私が本書で語ってきたことは、水で薄めて読みやすくしたフライの文学論だ。オリジナルにあたってみるのも興味深いだろう。フライは単一の有機体としての普遍的文学の概念を、それを理解するための包括的な枠組みとともに最初に提起した批評家のひとりである。たとえその意見に賛同できなくても、フライが人間味あふれる魅力的な思想家であることにかわりはない。

ウィリアム・H・ギャス『フィクションと人生の形態 Fiction and the Figures of Life』（一九七〇）。こちらも理論中心の本で、私たちがいかにフィクションを読み解き、フィクションがいかに私たちに影響を与えるかを論じている。ギャスはこの本で「メタフィクション」という用語を紹介した。

エドワード・ハーシュ『詩を読んで詩と恋に落ちる方法 How to Read a Poem and Fall in Love with Poetry』（一九九九）。ハーシュはたとえあなたにその気がなくても、詩に恋したい気持ちにさせてしまうだろう。詩を理解するにあたっての貴重な洞察を提供してくれる本でもある。

デイヴィッド・ロッジ『小説の技巧』（一九九二）〔柴田元幸・斎籐兆史訳／白水社〕。イギリスの重要なポストモダン小説家にして文芸批評家でもあるロッジが新聞のコラムのために書いたエッセイ集。面白くて簡潔でわかりやすく、適切な例を挙げた解説は秀逸だ。

『プリンストン詩と詩学事典 Princeton Encyclopedia of Poetry and Poetics』こちらも重要な参考書。詩と詩作について知りたければ、答えはここにある。

フランシーン・プローズ『作家のように読む』(二〇〇六)。作家志望者と、それを理解できる読者のための、何をどう読むかの恰好の指南書。

マスタークラス

最後に紹介するのは、総合的な読書体験を実現したい読者におすすめの本だ。これらの作品はあなたに、覚えたての技を使って独創的で洞察に富んだ解釈を導き出す機会を与えてくれるだろう。つぎの四編の小説から教えを学びとったあとは、もう何の助言も必要なくなるはずだ。もっとも、どうしてもこの四冊でなければということはない。あなたが習得したきらびやかな技術を披露できる小説や長詩や戯曲なら、優に百編やそこらはあるはずだ。以下の四編は、たまたま私が愛してやまない小説というだけのことである。

チャールズ・ディケンズ『大いなる遺産』(一八六一)〔山西英一訳/新潮文庫〕。生、死、愛、憎しみ、潰えた希望、復讐、恨み、贖罪、苦しみ、墓場、沼地、こわい弁護士たち、犯罪者たち、頭のおかしい老女、死人のウェディングケーキ。この本には人体自然発火現象(『荒涼館』には本当に出てくる)以外のすべてが詰まっている。これぞ必読書。

ジェイムズ・ジョイス『ユリシーズ』(一九二二)〔丸谷才一・永川玲二・高松雄一訳/集英社文庫ヘリテージ・

シリーズ』。お願いだからこれ以上言わせないでほしい。まずは自明の事実を。『ユリシーズ』は初心者向きではない。大学院レベルに達したと思えるようになってから挑戦することをおすすめする。私のクラスの学部学生はなんとか読み通しはするものの、相当なヒントをもらっても四苦八苦している。そう、たしかに難解なのだ。とはいえ、これほど読んで得るものの多い小説はないというのは衆目の一致するところ。

ガブリエル・ガルシア＝マルケス『百年の孤独』（一九六七）〔鼓直訳／新潮社〕。この小説にはラベルを貼るべきだ。「注意・本書の言語は象徴性なり」と。ある登場人物は銃殺刑の難を逃れ、自殺未遂から助かり、十七人の女に十七人の息子を生ませてそのすべてに自分と同じ名前をつけるが、一夜にして全員が敵に殺されてしまう。何か意味があるとは思わないほうがどうかしている。

トニ・モリスン『ソロモンの歌』（一九七七）〔金田眞澄訳／ハヤカワepi文庫〕この小説についてはいやというほど語ってきた。もう言うべきことは残っていない。あとは読んでもらうしかない。

謝辞

この本の執筆に協力してくれた学生のひとりひとりに謝意を伝えることはできないが、学生諸君なしには生まれえない本であった。本書に含まれた着想や見解の大半は、諸君のたえまない発言、疑い、質問、答え、提案、そして反応から引き出されたものだ。私の奇抜な意見に対して諸君は驚異的な忍耐力を発揮し、わかりにくい理論や難解な作品にも果敢に挑戦してくれた。諸君のありがちなコメントと鋭い質問、斬新な思いつきと退屈しきった目つき、気の利いた冗談と私の出来の悪い洒落に対するひきつった表情、爆笑や不満の声、文学作品への賞賛と反発、そのすべてに心から感謝している。おかげで私には休んだり自己満足に浸ったりしているひまはまったくなかった。この本の構想を進めるにあたってとくに協力してくれた学生が数人いるので、ここに名前を挙げて謝意を表したいと思う。モニカ・マンは、私に文学に関する格言癖があることを鋭く見抜いて指摘してくれたが、彼女が毛沢東ならぬ「トム主席語録」と名づけたものが使えそうだと気づくには、なお何年かかかった。メアリー・アン・ハルバスは本書の基になったアイデアに耳を傾け、貴重な意見を述べたうえに、当初の構想以上のものに発展させてくれた。ケリー・トーブラーとダイアン・セイラーは快く実験台になって、キャサリン・マンスフィールドについてのみごとな解釈を披露してくれた。最終章は、二人のおかげで格段によくなったと思う。

本書はまた、同僚たちの支援、助言、励ましと忍耐に負うところが大きかった。とくに、草稿を読んで意見や情報を提供し、私の愚痴や妄念に耳を貸し、英知をもって支えてくれたフレデリック・スヴォボーダ、スティーヴン・バーンスタイン、メアリー・ジョー・キーツマン、ジャン・ファーマン各教授にお礼を申し上げたい。その知性とユーモアと惜しみない協力のおかげで私の苦労は軽減され、本書はよりよいものになった。こんなすばらしい同僚をもったことは天の助けだと思う。著者が実際以上に物知りに見えるとしたら、ひとえに同僚のおかげであり、誤りはすべて私のものである。

エージェントのフェイス・ハムリンとこの増補新版を担当していただいたハーパーコリンズ社の編集者マイケル・シニョレリには、本書への信頼と建設的な批判や提言にあつく感謝している。

そしていつものように、家族の支えと忍耐と愛に礼を言いたい。息子のロバートとネイサンは原稿を読んで解釈を提供し、学生の立場から貴重な意見を出してくれた。妻のブレンダは日常の雑事をすっかり引き受けることで、私を執筆に専念させてくれた。三人に心からの感謝と愛を贈る。

最後にわがミューズに感謝を捧げたい。長年本を読み、書いてきた私だが、インスピレーションの源泉がどこにあるのかは、いまだにわからない。ただそれが枯渇しないことに感謝するのみである。

訳者あとがき

英米文学を読むのに、ギリシア・ローマ神話、聖書、シェイクスピアの知識は欠かせないといわれる。英米の小説には神話を下敷きにしたり、聖書の中のイメージを何かに象徴させたり、シェイクスピアの台詞をもじったりしたものが多く、それらを踏まえて臨めば一気に読みが深まる（らしい）ことは、ご存じの方が多いだろう。では新書で神話の知識を仕入れ、シェイクスピアの三十七の戯曲を片っぱしから読破して小説に取り組めばいいのかというと、話はそう単純ではない。野鳥図鑑を通読してから双眼鏡を持って森に出かけたところで、遠くの枝で餌をついばむルリビタキを見つけられるわけでないのと同じだ。何ごとにもコツというものはある。小説世界にのめり込み、主人公の行動に一喜一憂しながらページを繰り、読み終わってああ面白かった！とため息をつく。そのとき心をよぎる不安の影。この読みは当たっているのだろうか。ひょっとしたら何か重大な象徴やアイロニーを読み落としたかも……。

長年にわたり大学で文学を教えてきたトーマス・C・フォスター教授が、そんな不安を抱える学生や一般読者のために、小説を読むコツを惜しげもなく伝授すべく書いたユーモアあふれる入門書、*How to Read Literature Like a Professor: A Lively and Entertaining Guide to Reading Between the Lines* は、二〇〇三年に出版されて以来、学生から社会人まで幅広い読者層に不動の人気を誇ってきた。おかげさまで拙訳書『大学教授のように小説を読む方法』も、二〇一〇年に出版されて以来好評をいただいている。著者は二十世紀の英・米・アイルランド文学を専門に、ミシガン大学フリント校で二十七年間現代文学、戯曲、詩、創作を熱血指導したのち、現在は退職して名誉教授になっている。この本は、言うなればそのフォスター先生の公開授業だ。オリジナル版が人気をよびロングセラーになったので、コラム・マッキャンの『世界を回せ』やエマ・ドナヒューの『部屋』など二〇一〇年前後のベストセラー小説の分析を加筆したり、新たな章を加えたりして、二〇一四年に増補新版が出版された。本書はその全訳である。

「プロローグ」によると、大学教授と一般読者の読み方を分かつのは、記憶、象徴、パターンの三点だそうだ。小説でも詩でも映画でも、大学教授はすぐに、「これはどこかで見たことがあるぞ」と記憶をたどり、何が何を象徴しているかを考え、古今の文学作品中でたびたび繰り返されてきたパターンを探す。一般読者も、批評や解説などで象徴やパターンについての説明を読めばなるほどと膝を打つのだが、いざ自分で分析しようとすると、どこから手をつけていいか途方に暮れてしまうものだ。こうしたパターンや象徴の見つけ方をわかりやすく楽しく解説して、読者が文学への理解を深める一助にしようというのが、本書の狙いである。

小説の中で人が水に落ちたら何を意味する？　揃って食卓を囲む意味は？　主人公が南を目指すのは？　生まれつき身体に傷があったら？　あっと驚くフォスター教授の解説を読むたびに、目からウロコがはらはらと落ちてくる。ことに日本ではキリスト教文化になじみの薄い読者が多いから、『老人と海』のサンチャゴ老人や『時計じかけのオレンジ』のアレックスがキリストの見たてだと言われたら、一瞬絶句するだろう。だが著者が何よりも強調しようとしているのは、この世のあらゆるストーリーは、それ以前に存在したストーリーの上に成り立っている、ということ。私たちは何層にも堆積したストーリーの一部を拾い上げて読んでいるわけだ。しかもこれは小説だけにとどまらず、詩もドラマも映画も歌詞も漫画も、すべて同じことだという。本書を読みながら、『スター・ウォーズ』や『インディ・ジョーンズ』はもちろん、現代日本のファンタジーノベルやロールプレイングゲームの中にも、アーサー王伝説や中世の騎士物語の伝統が連綿と受け継がれていることに気づいて、感動を新たにした読者も少なくないのではないだろうか。

フォスター教授は当初、もう一度学び直したい、あるいはただ面白かったと満足するだけでなく、もう少し深読みしてみたいと思っている社会人の読者を想定してこの本を書いた。ところが「まえがき」にあるように、高校生の読者が予想外に多いことに驚いたという。アメリカの高校は習熟度別授業を行なっているところが多く、おもに上級クラスでこの本が教材あるいは課題図書として使われているそうだ。高校時代からこの読み方を身につければ、さぞ目利きの読者が育つことだろう。

アマゾンなどの読者レビューを見ると、「若いころこんなすばらしい入門書と出会えていたら、真剣に文学を勉強したのに」とか「もう一度大学生にもどってフォスター教授のクラスを取りたい」といった論調が目立つ。なかには読書会のディスカッションを活性化させるために大変役立った、という感想もあった。これはまさに訳者が感じたとおりのことで、本書は小説をもう少し分析的に読んでみよう、小説について多少深みのある議論をしてみようという読者には最適の参考書だと思われる。もちろん、これから大学で文学を勉強しようとしている学生、勉強しはじめた学生には、何が何でも読んでいただきたい。おまけとして、レポートのネタの二つや三つはすぐに見つかるはずだ。

ところで、本書の中では長編だけでなく短編小説も多数論じられている。そのほとんどは、アメリカの高校や大学の授業で一般的に教材として使われているものらしい。なかにはグーグルで検索すれば、無償で原作のテクストをダウンロードすることができるものも多い。フォスター先生の解説を読んで原作に興味をもたれた方もあろうかと思うので、ここにダウンロード可能で比較的読みやすそうな短編の原題と作家名を、一部ご紹介しておくことにしよう。

「ソニーのブルース」　Sonny's Blues by James Baldwin
「三人の見知らぬ男」　The Three Strangers by Thomas Hardy
「石の心の男——ある寓話」　The Man of Adamant by Nathaniel Hawthorne
「アラビー」　Araby by James Joyce
「死者たち」　The Dead by James Joyce
「博労の娘」　The Horse Dealer's Daughter by D.H. Lawrence
「木馬の勝ち馬」　The Rocking Horse Winner by D.H. Lawrence
「ガーデン・パーティー」　The Garden Party by Katherine Mansfield

特に最後の「ガーデン・パーティー」(「園遊会」と訳されているものもある)は、著者も絶賛するとおり、一度読んだら忘れられない短編文学の傑作である。思春期の少女を語り手に設定しているため、英語もきわめて平易で読みやすい。拙訳をご参考に原作にチャレンジして、色や光や花や鳥の豊潤なイメージと象徴性をじかに確かめ、読者独自の解釈を試みていただきたいものだ。

なお、本書は数え切れないほどの文学作品に言及しているが、そのうち邦訳がないもの、もしくは確認できなかったものは、仮題とともに原題を添えた。第二章に登場するジェイムズ・ジョイスの「死者たち」からの引用は米本義孝氏の『ダブリンの人びと』を、各所に散在するシェイクスピアの戯曲からの引用は小田島雄志氏の訳文を、同じくシェイクスピアのソネットは高松雄一氏の訳詩を、今回新たに加わった第25章「それが僕の象徴だ」で論じられているジョン・ダンの詩は湯浅信之氏の訳詩を拝借したが、原著の論旨に合わせて一部改変させていただいたところもあることを、謝意とともにお断りしておく。聖書の引用は新共同訳を使用した。巻末の「おすすめ本」の項では、邦訳が複数存在する場合、文庫本を優先し、比較的入手しやすいと思われるものを選んだつもりである。ちなみに著者のおすすめ本リストはすばらしく、どれを選んでも満足していただけると思う。

最後に、本書を二度にわたって翻訳する機会を与えてくださった白水社と、特に大変お世話になった糟谷泰子さんに、心から感謝申し上げたい。

二〇一九年九月

矢倉尚子

訳者略歴
上智大学文学部英文学科卒。
主要訳書
ウェルドン『男心と男について』
ミン『マダム毛沢東――江青という生き方』
（以上、集英社）
トマリン『ジェイン・オースティン伝』
ファウラー『ジェイン・オースティンの読書会』
『私たちが姉妹だったころ』
バイセル『ブックセラーズ・ダイアリー』（以
上、白水社）

大学教授のように小説を読む方法［増補新版］

二〇一九年一一月五日 第一刷発行
二〇二五年一月六日 第八刷発行

著者 トーマス・C・フォスター
訳者 © 矢《や》倉《ぐら》尚《なお》子《こ》
発行者 岩堀雅己
印刷所 株式会社理想社
発行所 株式会社白水社
東京都千代田区神田小川町三の二四
電話 営業部〇三（三二九一）七八一一
編集部〇三（三二九一）七八二一
振替 〇〇一九〇‐五‐三三二二八
郵便番号 一〇一‐〇〇五二
www.hakusuisha.co.jp
乱丁・落丁本は、送料小社負担にてお取り替えいたします。

株式会社松岳社

ISBN978-4-560-09730-4

Printed in Japan